BASTEI
LÜBBE

Michael Moorcock
im BASTEI-LÜBBE-Programm:

13058 Der Herzog von Köln
13074 Der Weg nach Tanelorn
13157 Das Bordell in der Rosenstraße
20027 Das Buch Corum
28117 Byzanz ist überall

MICHAEL MOORCOCK

DER OPIUM-GENERAL

Das letzte Abenteuer des Jerry Cornelius und andere Geschichten

BASTEI
LÜBBE

BASTEI-LÜBBE-TASCHENBUCH

Science Fiction Special
Band 24109

Erste Auflage: August 1988

Deutsche Lizenzausgabe 1988
Bastei-Verlag Gustav H. Lübbe GmbH & Co., Bergisch Gladbach
Originaltitel: The Opium General and Other Stories
Ins Deutsche übertragen von Michael Kubiak
Lektorat: Reinhard Rohn
Titelillustration: Patrick Woodroffe
Umschlaggestaltung: Quadro-Grafik, Bensberg
Satz: Fotosatz Schell, Bad Iburg
Druck und Verarbeitung: Brodard & Taupin, La Flèche, Frankreich
Printed in France
ISBN 3-404-24109-6

Der Preis dieses Bandes versteht sich einschließlich
der gesetzlichen Mehrwertsteuer.

Inhalt

Einführung

Nur wenige meiner Texte wurden geschrieben, um einen spezifischen politischen Standpunkt darzulegen, obgleich ich die meiste Zeit meines Lebens immer mit Politik zu tun gehabt habe. *Miss Brunners letztes Programm*, 1965 geschrieben, dürfte mein erster relativ anspruchsvoller Versuch gewesen sein, politische Ironie in mein Werk einzuführen. In diesem Roman versuchte ich außerdem, einige meiner eigenen Empfindungen zu dem zu beschreiben, was man heute Geschlechterrollen nennt (Punkte, die in der Filmversion vom Regisseur total verzerrt und in abgeschmackte sexistische Scherze verwandelt wurden, was der Hauptgrund dafür ist, daß ich diesen Film so sehr verabscheue). Bis 1973 hatte ich die meisten Jerry Cornelius-Geschichten niedergeschrieben und hatte in ihnen, indem ich Jerry gestattete, Hautfarbe, Alter und gelegentlich sogar das Geschlecht zu wechseln, den Teil eines Territoriums erforschen können, welches mir auch heute noch vorwiegend mysteriös erscheint. Damals versuchte ich, eine Art Frauen-Abenteuer-Roman zu schreiben, nämlich *The Adventures of Una Persson und Catherine Cornelius in the Twentieth Century*. Obgleich er eine ganze Menge Rollentausch und verschiedene Szenen enthielt, die ich für einige meiner besten halte, bin ich weiterhin mit diesem Buch unzufrieden. Damals betrachtete ich mich für einige Zeit selbst als Feministen (ein politischer Standpunkt, der sehr gut zu meinem Anarchismus paßte) und verfolgte natürlich die Karrieren verschiedener weiblicher militanter Aktivisten mit gesteigertem Interesse. Meine gemischten Gefühle über z. B. Ulrike Meinhoff oder Patty Hearst werden wahrscheinlich in *The Adventures* allzu deutlich. Schließlich aber gelangte ich zu der Auffassung, daß die meisten dieser Revolutionärinnen vorwiegend männliche Dialektik und Methoden einsetzen, um ihre Wut auszudrücken, und von echter weiblicher Strategie keine Rede sein konnte. Sie übernahmen nicht nur die Taktiken, sondern auch die antiquierte Rhetorik einer extrem romantischen, übermächtig maskulinen, gewalttätigen, geradzu unmoralisch simplen politischen Haltung. Ich blieb weiterhin ihr Mitkämpfer im Geiste, verstand ihre Wut und ihre Frustrationen, betrachtete sie jedoch bis zu einem gewissen Grad genauso als Opfer ihrer männlichen Verbündeten wie auch ihrer autoritären Widersacher. Dies ist ein allgemein bekanntes Problem, speziell für Sozialisten. Da man es sich aber nur selten verdeutlicht, bleibt das Problem bestehen, auch wenn Erfolge in Gestalt von Reformen oder Revolutionen erzielt werden konnten; in dieser Problemverdrängung liegt auch der Grund, warum so viele edle Anliegen verwässern und lediglich zu unterschiedlichen Versionen des sozialen Systems werden, das zu vernichten sie gehofft haben. Nachdem ich einige Bücher aus der Perspektive weiblicher Helden geschrieben hatte, kam ich zu der Überzeugung, daß die einzige wirkungsvolle Strategie darin besteht, zuallererst ein Feminist zu sein. Für mich ist die dringendste Revolution in der ganzen Welt jene, die von der Frauenbewegung gefordert wird, denn so lange die Frauen nicht genausoviel (wenn nicht sogar mehr) Macht wie die Männer haben, gibt es keine Grundlage für eine durch und durch gleichberechtigte Gesellschaft. Während wir Männer uns (mit zunehmend lächerlichen Argumenten und immer brutaleren Strategien) an unsere Macht klammern, werden wir weiterhin jede Anschuldigung, jeden Schlag gegen uns, jede Wunde und jeden Fluch verdienen, denn wir sind die Hauptfeinde der Gerechtigkeit, der Vernunft, der Menschlichkeit und der allgemeinen Moral, und die Frauen, die ihre Interessen durch uns vertreten lassen, sind bestenfalls dumme und schlimmstenfalls grundsätzlich zynische Opportunistinnen. Nur wenige von uns sind offensichtlich zu überzeugen, und wenn es überhaupt irgendeine halbwegs klare Botschaft in *The Adventures* gab, dann die, daß die erste und einzige Loyalität der Frauen ihrem eigenen Geschlecht gelten muß, wenn im Status quo eine bleibende Änderung herbeigeführt werden soll. Ich würde sogar noch weiter gehen und fordern, daß jeder Mann, der diese Veränderung aufrichtig wünscht, sich der Frauenbewegung anschließen soll. Kein selbstgerechter Landjunker und ›Mann des guten Willens‹ aus dem 19. Jahrhundert ist eine lächerlichere Erscheinung als ein Mann von heute, der sich selbst als Befürworter der Gerechtigkeit und Demokratie betrachtet, sich jedoch weigert zu erkennen, wie fadenscheinig sein eigener Egoismus und wie gerecht und unverdient seine eigene Macht ist.

Als eine Art Nachbemerkung zu dieser Geschichten-Gruppe habe ich einige journalistische Arbeiten angefügt. Die erste wurde auf Anfrage von Stuart Christie von der *Cienfuegos Anarchist Review*, etwas über Science Fiction zu schreiben, angefertigt. Der Text wendet sich an eine vorwiegend anarchistisch eingestellte Leserschaft. Die zweite Arbeit wurde vom *Guardian* erworben, aber nicht veröffentlicht (wahrscheinlich ist meine Bewunderung für Makhno nicht gerade objektiv zu nennen), und die dritte Arbeit stammt aus dem *Index on Censorship*. Da dieses vorliegende Buch wahrscheinlich das am eindeutigsten politische ist, das ich je veröffentlicht habe, erschien es mir als das geeignete, um diese Arbeiten dort einzufügen. Von den Geschichten sind lediglich *Unterwegs nach Kanada, Abschied von Pasadena* und *Abstecher nach Kambodscha* schon vorher veröffentlicht worden.

Michael Moorcock
Fulham
März 1984

Die Frage des Alchemisten

Das letzte Abenteuer des Jerry Cornelius

1 Englands Brautführer

Tony ›Lester‹ Pigott, der beste Kricketspieler aus Sussex, wurde heute vormittag zum Volkshelden anstatt zum Ehemann. Ein letzter Hilferuf der vom Verletzungspech verfolgten englischen Mannschaft zwang Pigott, seine Hochzeitspläne zu verschieben. Aber es wurde nicht weniger ausgelassen gefeiert, als er England im Spiel gegen Neuseeland entschlossen zum Sieg trieb.

The Sun, 3. Februar 1984

»Ich stehe schon wieder unter Volldampf.« Fatalistisch überprüfte Jerry Cornelius seine Temperatur.

»Nicht so, wie du es eigentlich müßtest, mein Sohn.« Shaky Mo Collier reagierte mißbilligend. »Mittlerweile ist in der Cola mehr Speed als im Speed selbst. Ich finde so etwas unmoralisch. Und bei all diesem billigen EEC-Stoff auf dem Markt kann jeder Aktienhändler heutzutage ein Wochenend-Junkie sein. Das ist nicht Mos Stil, ich weiß.« Seufzend knüllte er das leere Papier zusammen. Er schob es sich nachdenklich in den Mund und begann zu kauen.

»Das läßt jeden Versuch, den nützlichen Verfall zu berechnen, unsinnig erscheinen«, sagte Miss Brunner.

Sie wandten ihr die höflichen, verwirrten Augen gerade erst erwachter Krallenaffen zu.

»$q(t)=De-\frac{\Delta}{t}$«, fügte sie halblaut hinzu.

»$C(t)=\frac{D}{V}\,\frac{\Delta}{t}$.«

Mo lutschte den letzten Tropfen Saft aus seinem Fetzen
Mo lutschte den letzten Tropfen Saft aus seinem Fetzen
Imitationskunst. »Wer hat dir das verkauft?«

»Ein schwarzer Mann in der Kneipe. Er meinte, es wäre pur.«

Mo schüttelte sich. »Wir hätten dich niemals losschicken sollen.«

Sie war gekränkt. »Es stimmt nicht, daß meine Mathematik nicht in Ordnung ist, Mr. Collier. Sie wurde vom Computer überprüft.« Sie holte einen kleinen Tachometer aus ihrer Handtasche. Knallend stellte sie ihn auf die nächste Konsole. Jerry griff danach.

»Die Batterien waren wahrscheinlich schon etwas schwach.« Er dachte bei sich, er sollte versuchen, die Temperatur zu senken.

Hinter ihm zeigten ein Dutzend Diagramme in hellen Farben die schwankenden Infrarot-Emissionen Birminghams. Sergeant Alvarez gab eine Reihe weiterer Fragen in den DUEL MX ein. Der Computer antwortete mit lakonischen, fast schon ungeduldigen Negativdaten. Einen Moment später färbten alle Schirme sich hellrot und blieben so und übergossen das Zentrum mit ihrem blutigen Schein. »$E=MC^2$«, sagte Mo mit einem seligen Grinsen.

Miss Brunner fand seinen Kindergartenhumor ermüdend. »Ich habe Birmingham immer sehr gemocht.«

»Und dabei mag sie keinen Curry!« Spuckend und sich selbst auf die Schulter klopfend applaudierte Mo seine eigenen Schlagfertigkeit.

Jerry zählte Herzschläge. »Zu viele«, murmelte er. »Zu viele.« Er fuhr sich mit bebenden weißen Fingern durch sein Haar, überwältigt von einem Gefühl der Nostalgie jener Jahre, als er noch der Inbegriff, der Hauptkrisenmanager für die Einfache Antwort gewesen war.

Möglicherweise als Reaktion auf Alvarez' Fragen begannen die Schirme alte Wochenschauaufnahmen von Adolf Hitler in Nürnberg, von Hitler in seinem Haus an der österreichischen Grenze, von Hitler beim Betatschen kleiner Kinder zu zeigen. Abgelöst wurden sie durch Bilder von Kemal Atatürk, der voller Ernst und Erhabenheit seine Landsleute anlächelte. Mussolini, Stalin, Trotzki, Lenin, Franco wurden in einer schnellen Sequenz abgespult, die mit einem zitternden Standbild von Birmingham Sekunden vor der Auslöschung endete.

Miss Brunner begann hektisch auf ihrem Armbandrechner herumzutasten. »Wenn es eine Gleichung sein soll, dann ist sie täuschend grob.« Sie blickte auf, als erlebte sie eine kurze Erleuchtung. »Oder ist sie nur grob?«

Alvarez drehte seinen Kopf um ein oder zwei Grad, um mit ihr zu reden, doch seine Augen blieben ausschließlich auf seine Schirme gerichtet. »Geheimnissen Sie nicht zuviel in die Ideen von DUEL hinein«, riet er ihr. »Sie sind ziemlich primitiv. Es ist fast so, als müsse man die Gesellschaft des altklugen Kindes eines Bekannten ertragen.«

»Dazu fehlt mir die Geduld.«

»Wer beklagt sich?« Jerry starrte wütend auf den Schmutz an seinen Spitzenmanschetten. »Deshalb erledigt Alvarez den Job. Machen Sie sich Sorgen wegen Ihrer Sklaven, General? Ich meine Doktor? Liege ich richtig?« er blickte auf in ein Paar wütend funkelnder Augen. Von ihrer braunen Frisur umrahmt, erinnerte ihr Gesicht an einen unruhigen Mithras.

»Das ist eine Sache der Verantwortung«, sagte sie. »Wer ist dafür, in den Untergrund zu gehen?«

Jerry fragte sich, ob sie sich entschlossen hatte, wieder nach dem Einlaß in die Hohle Erde zu suchen. Oder meinte sie nur Lappland?

Alvarez schniefte. »Ich denke daran, alles einzupacken.«

»Habgieriger Bastard.« Mo strich geistesabwesend über den schwarzen Rand eines Druckers, dann leckte er den Finger hoffnungsvoll ab. »Verdammter Staub.«

»Fehlfunktion. Das ist alles, was ich zustande bringe.« Alvarez war in seiner eigenen Welt aus Skalen und Schaltern. »Irgendwo muß es doch eine Alternative zu Birmingham geben.«

»Nun«, tat Miss Brunner ihre Sorgen ab, »ich habe eine Verabredung einzuhalten.«

Alvarez, beleidigt, pfiff ein paar Takte eines Schlagers, der in seiner Jugend populär gewesen war. »Mit dem Teufel?«

Sie schürzte die Lippen. »Mit einem Zahnarzt.«

Jerry zwinkerte wissend. Er hatte die Genugtuung von ein oder zwei Flammen, als sie den Code drückte, um die Tür zu öffnen. Er hatte absolut keine Idee, was sie gemeint hatte, aber er wußte genau, wie er sie in Gang halten mußte.

Die Reaktion hatte ihn ausgelaugt. Er ließ sich mit einem tiefen Seufzer auf den nächsten Hocker sinken.

»Scheiße.« Alvarez zeigte auf seine Schirme. »Nichts als Schnee.«

Für eine Sekunde hellte Mos Laune sich auf. Seine Augen bekamen vor Erwartung einen metallischen Glanz, dann wurden sie plötzlich stumpf.

»Es wird Zeit für mich, auszublenden«, sagte Jerry.

»Ist dies der Winter unserer Trennung?« plapperte Mo. Aber er war von einer unbestimmten Angst erfüllt. »Fit. Fit. Halt es ab. Weg damit.« Seine Gliedmaßen imitierten die Haltungen von Athleten, die er im Fernsehen beobachtet hatte, gerade als sie fast automatisch in die Posen seiner Rock 'n' Roll-Heroen übergingen. »Man kann nicht vorsichtig genug sein.«

Er schaute sich suchend nach Jerry um. »Mit was soll ich mich identifizieren? Mit wem?«

»Frag lieber Miss B.«, riet Alvarez ihm und fragte sich dabei, ob sein Bart sehr viel grauer geworden war. »Du kannst dein Leben darauf verwetten, daß sie jetzt hinter Rekruten her ist. Du bist dafür schon überreif, Kumpel. Sieh dich doch an!«

Aber Mo betrachtete sich bereits. Er hatte im leeren unteren Monitor einen Blick von seinem Bein erhascht und studierte jetzt eingehend das Spiegelbild, wobei er das Bein hin und her drehte. »Die Antwort liegt in einem selbst.« Er verstand die alte Säge nur teilweise. Er bückte sich, linste auf seine hageren Züge, zog seine Lider hoch, um sich zu vergewissern, wie blutunterlaufen seine Augen waren. »Mo könnte einen neuen Haarschnitt gebrauchen.«

»Wem kann man trauen?« fragte Alvarez.

»Wie recht du hast«, stimmte Mo ihm zu. »Mein Dad

machte seinen Job immer bestens. Mo wird man niemals in irgendwas von Unisex antreffen.«

Der Ingenieur war wieder weggetreten. Alvarez öffnete eine Klappe und starrte hinaus auf die einzige Realität, die ihm noch geblieben war. Mit zerzausten Federn durch das feuchte Laub auf dem Herbstrasen stolzierend, wanderten drei Pfauen und zwei Pfauhennen durch den frühen Morgendunst des Holland Park. Gerade als Alvarez Anstalten machte, sich wieder seinem Problem zuzuwenden, stieß einer der Pfauen einen Schrei des Selbstmitleids aus. Die anderen antworteten nicht und schenkten ihm auch nicht die Aufmerksamkeit, die er so offensichtlich forderte. Sie verschwanden in den Rhododendronsträuchern. Nur von Alvarez beobachtet, spannte der Pfau sein Schwanzrad auf. Alvarez schloß die Kappe. In dem ganzen Prunk hatte es auch nicht den Hauch eines Leuchtens gegeben; es war nicht mehr als ein verstaubter Fächer.

Mo spannte die Muskeln seines linken Unterarms.

»Fit.«

2 Das türkische Problem

Zwischen dem 10. und dem 30. Mai wurden eintausendzweihundert sehr prominente Armenier und andere Christen, denen die Religionsausübung versagt wurde, in Diyarbekir und Mamouret-al-Aziz gefangengenommen. Es hieß, daß sie nach Mosul gebracht würden, aber es wurde weiter nichts über sie bekannt. Am 30. Mai wurden sechshundertvierundsiebzig von ihnen auf 13 Barken aus Tigris gesetzt mit der Absicht, sie nach Mosul zu bringen. Der Flügeladjutant des örtlichen Gouverneurs, unterstützt von fünfzig zivilen Wachmännern, trug die Verantwortung für diesen Geleitzug. Die Hälfte der Wächter bestieg die Barken, während die anderen am Ufer entlangritten. Kurz nach Beginn dieser

Reise wurden die Gefangenen gezwungen, sich zuerst von ihrem Geld und ihren Kleidern zu trennen. Dann wurden die Gefangenen in den Fluß geworfen. Die Wächter am Ufer hatten den Befehl, niemanden entkommen zu lassen. Die Kleider wurden auf dem Markt in Diyarbekir verkauft.

Sonnenaufgang, Berlin, Oktober 1915

Una Persson tauchte zitternd und erfrischt aus dem Meer auf. Ihr grüner Tauchanzug verschmolz mit den grünen Farnwedeln und machte ihren Körper nahezu unsichtbar. »Wie stehen die Dinge in Mandalay?«

»Düster.« Jerry hockte in seinem Deckstuhl, hatte die Lippen liebkosend um einen Regenbogenstrohhalm geschmiegt. Sein magerer Körper war bleich, als würde das Licht jegliche Farbe aus ihm herausziehen. Er kratzte seine Brust. »Ich hab eine ganze Menge Punkte beim Kricket gemacht.«

Ihr Lächeln versuchte Glauben zu signalisieren. »Was brachte dich dazu, mich aufzusuchen?«

Er kicherte. »Ich hatte gehofft, zuverlässige Einrichtungen zu finden.«

Ihre liebliche Hand wies auf die prähistorische Landschaft.

»Dies dort ändert sich kaum jemals.« Das blaue kabbelige Wasser, die hohen Farnwedel und der Strand aus weißen Muscheln boten die reinste Malbuch-Schlichtheit. »Ich komme jedes Jahr hierher, wenn ich irgendwie die Gelegenheit dazu habe.«

»Das würde mir nicht reichen.« Jerry senkte eine schmale Gesäßhälfte in das Leinentuch. »Auf regelmäßiger Basis. Ein paar Haken und Ösen würden Wunder wirken.« Er starrte mit leerem Blick hinaus und stellte sich vor, wie Frank, sein Bruder, die Möglichkeiten ausgeschöpft hätte.

Una zündete sich eine Shermans an. Auf dem weißen Papier war eine Art schwacher, glitzernder Schimmel. Niemand, der unter Heuschnupfen litt, konnte diese Zeit länger als nur ein paar Minuten an einem Stück ertragen. »Und wie geht es deinem Freund?«

»Mo?«

»Miss Brunner.«

»Ach, meine Freundin. Sie ist völlig hinüber. Sie hat gerade erst vom nuklearen Winter erfahren.«

»Ich hab doch schon immer gesagt, daß die meisten ihrer Probleme sich aus der Umwelt ergeben.« Una hüstelte leise und nahm ein paar Schlucke von dem geeisten Tee. »Wohin gehst du von hier aus, Jerry?«

Er nickte. »Genau.«

»Du kannst nicht bleiben.« Sie wirkte entschlossen. »Ich erwarte Besuch.«

Er erging sich in Selbstmitleid. »Was hat sie, das ich nicht habe?«

»Charme.« Una drückte ihre Zigarette aus. »Und sie kann besser den Shimmy tanzen. Solltest du dich nicht mal zusammenreißen?«

Sein Grinsen wirkte kränklich. »Es ist dieses Zusammenreißen, das mich immer schafft.« Er erhob sich mühsam aus dem Regenbogenleinen. »Richte Catherine meine liebsten Grüße aus.«

»Sie hat es schon immer hinter sich gehabt, nicht wahr?« Una wurde umgänglicher. »Oder was du Liebe nennst. Du wirst schon wieder schwach. Ich hatte in den sechziger Jahren einige Hoffnungen auf dich gesetzt. Sogar noch Anfang der siebziger.«

»Nun, ich kann es noch immer schaffen, oder nicht?« Sein unbeholfener Versuch, den Macho zu spielen, mißlang ziemlich. »Ich denke, ich werde als nächstes nach Prag gehen.«

»Vergiß das, Jerry. Die sofortige Genugtuung wird noch mal dein Tod sein, Jerry. Versuch, erwachsen zu werden.«

»Aber ich möchte keiner sein, der es vielleich zu Großem hätte bringen können.«

»Et tu Brute.« Für eine kurze Zeit hatten sie sich in einer sentimentalen Bindung zu Barry befunden.

Er wurde ärgerlich. »Das ist nicht fair. Ich wurde aus der

männlichen Verschwörung ausgestoßen und zur weiblichen gar nicht erst zugelassen.«

»Wessen Schuld ist das denn? Du hattest mehr Chancen als die meisten. Wann hast du das letzte Mal eine Entscheidung allein aus moralischen Gründen getroffen?«

»Moral gebiert Selbstsucht. Das habe ich nie geglaubt.«

»Es ist nicht viel anderes übrig, Jerry.«

Er zuckte die Achseln. »Ich weiß nicht, aus welcher Richtung der verdammte Wind jetzt weht. Ich verschwinde dann mal.«

»Ich habe nicht gesagt, daß du sofort aufbrechen mußt.«

»Ist schon okay. Meine Erwartungen sind enttäuscht worden.« Er blickte sich um, während er seine antiken Gerätschaften einsammelte, seine Kollektion defekter Waffen und Rüstungen. Er ließ seine weite Hose flattern. »Du kannst dein verdammtes Paläozoikum behalten.«

»Mesozoikum.«

»Die Vergangenheit hat für mich keine Unterschiede.« Seine Prahlerei klang sogar in seinen eigenen Ohren dumm. »Ich weiß vielleicht nicht, was Moral ist, Una, aber ich weiß, was Fairneß bedeutet.« Seine Unterlippe begann zu zittern. Dann erbebte sein gesamter Körper.

Sie war besorgt. »Du siehst ja furchtbar aus. Was ist los?«

»Ich scheine die Energie nicht halten zu können.« Er setzte sich wieder. »Wie eine Batterie, die sich nicht mehr auflädt. Ich denke, es ist Erschöpfung.«

»Drogen. Du hast es in den Sechzigern übertrieben. Seitdem hast du versucht so zu leben, wie du es damals getan hast. Wie alt bist du jetzt?«

Er reagierte mit einem hohlen, von Selbstmitleid geprägten Lachen. »Vierzig.«

Sie musterte ihn eingehend. »Das ist trotz allem nicht die Entropie, Jerry.«

»Ich weiß«, sagte er. »Es ist die Zeit. Aber ist das nicht das gleiche? Wir haben es gelernt, uns in ihr zu bewegen. Wir überwinden sie nie. Wenn man das begreift, dann erkennt man auch, daß man sterben muß. Richtig sterben, meine ich. Nicht einfach so vergehen. Dieses Bewußtsein von Sterblichkeit verdirbt einem den Stil. Nun, meinen jedenfalls. Und es ist für die Urteilskraft das reinste Gift.« Er kam langsam auf die Füße und begann sich anzuziehen. »Ich mache es vorwiegend mit Durophet. Und ich weiß genau, daß Miss Brunner in ihrer Garage eine ganze Kiste Benzedrin stehen hat. Aber warum weiterkämpfen? Nomaden des verdammten Zeitstroms. Dahinziehende Edelsteine. Bemüht, eine Chronologie zusammenzuflicken. Mit einer Logik, die nie benötigt oder um die niemals gebeten wurde.«

»Du?« Sie amüsierte sich. »Bietest Logik an?«

»Irgendwie schon, Colonel. Jemand muß dem Chaos dienen. Wer könnte das besser tun als Pierrot?«

»Du solltest lieber hinausgehen und in den Mond schauen.« Sie streckte eine Hand aus. »Glückwunsch. Vierzig! Dann müßtest du eigentlich schon soweit sein, den großen Sprung von der Jugend zur Reife zu vollziehen?«

Er nahm ihre Hand, allerdings eher wegen ihrer Wärme als wegen der Bedeutung dieser Geste. »Oh, den Sprung habe ich gemacht. Unglücklicherweise bin ich irgendwo dazwischen gelandet. In einer Lücke zwischen den Stufen. In einem Loch in der Bühne. Ich falle immer in irgend etwas hinein.« Er bückte sich, um ein verblichenes Mars-Riegel-Papier aufzuheben. »Hallo! Das muß eigentlich ein Hinweis sein.« Er blickte erwartungsvoll in den primitiven Dschungel, als glaubte er, daß jeden Augenblick der Eigentümer erscheinen müßte.

»Komm nicht zu voreiligen Schlüssen«, warnte sie. Sie machte Anstalten, ihn zu küssen, aber er hatte plötzlich einen Anflug von Stolz und trat zurück in den Translokator, ehe sie ihn erreichen konnte.

Plötzlich von Trauer erfüllt, verfolgte sie, wie seine pathetischen Atome flackerten und verschwanden. Dann gab sie sich einen Ruck. »Es hat keinen Sinn, emotional zu werden«, sagte sie, »glaube ich jedenfalls.«

3 Wee Willie Winkie

Gegen 11 Uhr abends, einige Stunden, nachdem die Zäune niedergerissen und die Tore blockiert wurden, gelangten 16 Frauen in den Umgrenzungszaun und begannen, sich durch eine zweite Stacheldrahtsperre hindurchzuarbeiten. Ihr Ziel waren die Raketensilos in der Nähe des Grünen Tores. Daraufhin stürmten Soldaten auf die Frauen zu. ›Sie brüllten und traten und beschimpften uns‹, berichtete eine der Frauen. ›Sie trieben uns zusammen und bauten um uns einen kleinen Käfig aus Stacheldraht. Eine der Frauen wurde in eine kleine Hütte etwa fünfzehn bis zwanzig Meter entfernt geschleppt. Man bearbeitete sie mit Schlägen und Tritten. Als die Polizei endlich erschien, war das Loch, das wir in den Zaun geschnitten hatten, mit Stacheldraht geflickt worden. Wir standen zusammengedrängt in unserem Stacheldrahtkäfig, dessen Dornen sich in einige Frauenkörper bohrten. Einer der Soldaten hatte uns die ganze Zeit mit eisigen Augen angestarrt. Plötzlich holte er sein Ding heraus, zerrte daran und ejakulierte sofort.‹

City Limits, 10. Februar 1984

Jerry hatte es nicht geschafft, in die Gegenwart zu gelangen. Prag sah einfach zu kitschig aus, um in die Nachkriegszeit zu gehören. Er stand unentschlossen in den morgendlichen Schatten der Nerudastraße und erinnerte sich an eine Zeit 1968, als er hier den Tod eines anderen vernünftigen Traumes beobachtet hatte. Er entfernte sich von der Burg und ging hinunter zum Malostronskaplatz in der Hoffnung, die Alte Stadtbrücke zu finden, wo er sich vielleicht wieder zurechtfand. Der Überfluß an alternder Gotik und übertriebenem Barock verwirrte ihn, als hätte er sich in einer Bach-Fuge verfangen. Aber er schaffte es bis zur Straßenbahnhaltestelle und erwischte eine Linie 17, voll mit Arbeitern in stinkenden Jacken und fleckigem Moleskin, unterwegs zu den Porzellanfabriken auf der anderen Seite der Stadt. Er hatte vergessen, wieviel altes Mauerwerk in Prag existierte. Er hatte, als er aus der Straßenbahn stieg, damit begonnen, über die Unterhaltung mit Mrs. Persson nachzugrübeln. »Ich war androgyn, ehe ich politisch wurde.« Er sagte es laut, zweifelnd. »Oder beides gleichzeitig. Ich wurde re-identifiziert. Scheiß auf die verdammten Pole.«

Endlich konnte er den Lobkowitz-Palast sehen, ein relativ klar gegliedertes Gebäude mit seinen geschwungenen Flügeln, das ihm wie ein weitaus tröstlicherer Neo-Klassizismus erschien (wenngleich nicht ohne seinen Anteil an Ikonen und Draperien). Das 18. Jahrhundert Mozarts und Steeles war, wie er in einem Anflug von Romantik glaubte, seine geistige Heimat. Er erinnerte sich an eine Zeit, in der man sich das Geschlecht oder die Rasse auswählen konnte, die man darstellen wollte, und sie wechseln, wenn einem danach zumute war. Nun hatte sich alles wieder verhärtet. Es war die Folge enttäuschter Pläne, vermutete er. Er zog am Seil. Tief im Innern der prinzlichen Zitadelle erklang eine Glocke, aber es dauerte eine Weile, bis ein Diener, offenbar ein russischer Jude mit nachdenklichen braunen Augen und einem dunklen, attraktiven Gesicht, erschien und nach seinem Begehr fragte. Der Jude war Ende Dreißig. Man konnte in seinen Augen lesen, was man wollte. Jerry fragte sich, warum er eine Kosackenuniform trug. Er kannte die Brigade des hl. Basilius. Als er seinen Namen nannte, schien der Diener zu erschrecken, schloß aber sofort das Tor auf und ließ ihn eintreten. Sie überquerten die kurze Auffahrt zur Eingangshalle, wo Jerry wartete und in die Kuppel und die Deckenstreben hinaufstarrte. Sie schienen mit Engeln und verschiedenen Früchten dekoriert zu sein. Er runzelte die Stirn. Er glaubte sich an den Raub der Sabinerinnen erinnern zu können.

Als Prinz Lobkowitz erschien, lächelte er erfreut. »Mein lieber alter Freund! Wie schön, Sie unter diesen halbwegs angenehmen Umständen wiederzusehen. Sie sind blaß. Waren Sie krank?«

»Es ist nur das Ende einer Ära.« Jerry bemühte sich, ihn zu beruhigen. »Es ist nichts Ernstes.«

»Nun, ich nehme an, wir sind alle etwas mitgenommen. Was treiben Sie im Jahr 1938?«

»Ich bummle herum. So sieht es jedenfalls aus.«

»Ohne festes Ziel, was?« Der Diplomat beschrieb mit seiner pergamentenen Hand eine Geste und zeigte auf Prag. »Ich fürchte, ich habe alles getan, was hier getan werden muß. Die Rasse ist verloren.«

»Und die Teutonen?«

»Die sind wieder im Kommen, wie es scheint.«

»Ich vergesse, was als nächstes geschieht.« Jerry führte ein Selbstgespräch.

»Das übliche.« Lobkowitz schleifte ihn durch Hallen voll mit alten Ölgemälden. »Wann waren Sie zuletzt in Bangladesh?«

»Ich verstehe Sie nicht.«

Lobkowitz hielt inne, blickte aus den Schatten durch ein Fenster in einen terrassenförmig angelegten Garten, der mit Grünpflanzen dicht bewachsen war. »Bauern, Land, Städte. Die Machtelite ist von Natur aus eine Kombination der brutalsten und phantasielosesten Elemente ihrer Gesellschaft. Das ist auch der Grund, warum alle Naturgeschichte, Anthropologie – wie könnte man es nennen? Reduktionismus? – sowohl richtig wie auch furchtbar falsch ist. Darwinismus hat mit der moralischen Ordnung nicht allzuviel zu tun.«

»Ich dachte, Kropotkin wäre ein Naturalist?«

»O nein, er war immer makellos ausgestattet. Er hatte etwas von einem Dandy an sich. Sein Fach war die Geographie, wissen Sie?«

Jerry konnte nicht genau entscheiden, was in diesem Gespräch falsch ablief. Möglicherweise war es ein semantisches Problem. Oder die Dinge gerieten ein wenig ins Rutschen wie lose oder abgenutzte Schrauben. Die Umrisse der Wände waren vage. Er zwinkerte und versuchte, etwas zu erkennen. »Meister ...« Manchmal fiel es ihm schwer anzusehen, wohin seine aristokratischen Anarchisten unterwegs waren. »Ich weiß, woher Sie kommen.« Er hatte die Vision von einer Brandung, von einem einsamen, pseudospanischen Schloß auf einem Berg, wo Zebra und Giraffe herumtollten. Er wünschte, er könnte dorthin zurückkehren.

»Sie müssen frieren«, sagte Lobkowitz. »Kommen Sie, die Bibliothek ist geheizt.«

»Ich dachte schon, es läge an mir.« Er fragte sich, wie er hatte annehmen können, daß schon Sommer war. Er konnte sehr gut die Schneereste auf einem Dach in der Ferne erkennen.

Umgeben von Büchern, Lederwänden und alter Eiche, saßen sie in hochlehnigen Sesseln neben dem Feuer. »Ich habe meine Geschichte der böhmischen Literatur abgeschlossen«, sagte Lobkowitz. »Die Hauptarbeit lag natürlich im 19. Jahrhundert. Aber es ist das zwanzigste, welches die wichtigen Daten liefert, so glaube ich. Vieles ist natürlich deutsch. Wie Kafka zum Beispiel. Autoren suchen stets das größte und von ihnen am einfachsten zu erreichende Publikum. Irgendwann wird vielleicht alles auf Englisch geschrieben werden. Ich frage mich, ob das gut oder schlecht wäre.« Er rieb seine länglichen Hände über dem Feuer und streckte die Arme. Als er das nächste Mal Jerry ansah, geschah das mit einem Ausdruck tiefer Sorge. »Sie sind erschöpft. Sie haben den Überblick verloren. Was kann ich für Sie tun?«

»Ich nehme nicht an, daß es in Prag jemanden gibt, der mir zu einem Schuß verhelfen könnte?«

»Noch nicht. Zur Zeit jedenfalls nicht. Dies war früher einmal, müssen Sie wissen, die Metropole der Alchemie.« Lobkowitz blickte auf den ewigen Kalender, der in eine schwarze Marmoruhr auf dem Kaminsims eingelassen war. »Die meiste sinnvolle Arbeit wurde in Prag geleistet. Und natürlich wurde auch viel Unsinn produziert. Ich würde Ihnen nicht raten, hier zu warten. Können Sie zu einem Zeit-Zentrum gelangen?«

»Sie schließen nach und nach.«

»Alle?«

»Es gibt Filialen um den Holland Park. Dort haben wir kein Glück. Es sind jeden Tag mehr. Fast so, als ginge die Zeit zur Neige. Wir können uns nicht auf irgendwelche Alternativen konzentrieren.«

»Aber es gibt so viele!«

»Alle weg. Aber vielleicht habe ich auch nur die Koordinaten vergessen. Mein Bruder ist tot.«

»Das tut mir leid.«

»Ihm, glaube ich, auch.«

»Aber Ihrer Schwester geht es blendend, wie ich annehme?«

»Das müßte so sein. Sie hat es immer so einfach ...« Jerry wunderte sich plötzlich über seinen eigenen Unmut. Vielleicht hatte Una recht. Nicht nur die Sterblichkeit holte ihn ein. Er entwickelte sich allmählich zu einem Mann.

Er starrte entsetzt auf die Teile seines Körpers, die für ihn sichtbar waren. »Verdammte Hölle. Was ist das Gegenteil von Veränderlichkeit?«

»Stagnation?« machte der Prinz einen Vorschlag.

»Ist das das gleiche wie Tod?«

4 Pierrot und israelische Armee räumen das Feld

Dann erschien Pierrot, in voller Falangistenkluft, grinste von einem Ohr zum anderen, trug eine ultramoderne Sonnenbrille und unterhielt sich mit den Israelis auf englisch mit einem Akzent, den er sich während der Zeit als Student in Los Angeles angeeignet hatte. ›Was ist das Problem?‹ fragte er, als er auf Mr. Shehayel zuging und, unglaublich aber wahr, ihm die Hand schüttelte und ihn freundlich anlächelte.

Es wäre eine gelungene Komödie gewesen, hätten Pierrots und Mr. Shehayels Leute sich nicht im wahrsten Sinne des Wortes in den Schuuf-Bergen während der letzten zehn

Monate gegenseitig die Kehlen durchgeschnitten. ›Sie haben gehört, was ich gesagt habe‹, erwiderte Mr. Shehayel in einem Ton leichter Vertrautheit, aber ohne die geringste Feindseligkeit in der Stimme. ›Sie schaffen in diesen Fahrzeugen Verstärkung heran. Wir können Sie nicht passieren lassen.‹

Pierrot – die Falanga hat zur Zeit mit Nachnamen wenig im Sinn – brachte sein gewinnendstes Lächeln zustande. ›Das ist keine Verstärkung. Es sind lediglich junge Männer, die Urlaub gemacht haben und nach Hause zurückkehren.‹ Mr. Shehayel, dem diese Geschichte durchaus einleuchtend erschien, fing an zu lachen. ›Das sind sie nicht‹, meinte er geradeheraus. So harrten wir dort aus, direkt neben den drusischen Scharfschützen und den israelischen Truppen, die in der Mittagssonne aus ihren Raupenfahrzeugen auf diese außerordentliche Szenerie hinunterstarrten.

The Times, 3. August 1983

»Mo ist ein Opfer der Geschichte, Major. Nun, der Zeit, gleich welcher Strahl.« Shaky Mo Collier glättete seinen Bart und die seltsam geschnittenen Haare, von denen er in seiner bizarren Eitelkeit annahm, daß sie sein Aussehen verbesserten. Sein muskulöser kleiner Körper, mehr ein Ergebnis konzentrierter Bemühungen als natürlicher Gegebenheiten, spannte sich zu seiner eigenen Verblüffung. »Sieht so aus, als heilt die Hand.« Seit kurzem sprach er so über seine Gliedmaßen. Und immer häufiger sprach er auch von sich in der dritten Person. »Das ist für Mo!« pflegte er zu sagen, oder sogar: »Typisch Mo, was?« Er verschaffte sich einen besitzerhaften Überblick über den Lake District. Hunderte Fuß unter ihm lag die weite Fläche des Derwent. »Das ist ganz nach Mos Geschmack.«

Major Nye, in abgetragener Tarnkleidung, setzte ein zerbeultes Messingfernglas an die blaßblauen Augen. Die Adern an seinem schlanken Hals traten derart hervor, daß sie wie aufgeklebte Scherzartikel erschienen. Mos Aufmerksamkeit wurde von ihnen gefesselt. Der alte Mann, so bemüht, immer das richtige zu tun, der zu anderen so großzügig war, so grundsätzlich gutherzig, war ein weitaus besserer Soldat, als Mo mit seiner Vorliebe für schwere Handwaffen und spektakuläre Fördersysteme jemals zu sein hoffen konnte. Major Nye wurde anscheinend durch Gewalt nicht im mindesten aus der Ruhe gebracht. Mo war erstaunt.

Sie lagen im Buschwerk eines vorstehenden Vorsprungs, der über eine langgestreckte Klippe hinausragte, welche in Stufen zum Seeufer abfiel. In der Nähe konnte man das seltsame Tropfgeräusch auf den Felsen von Lodore vernehmen. Es war ein trockener Tag mit gelegentlich sich durch die Wolkendecke bohrenden grellen Sonnenstrahlen, die der Szenerie die übertriebenen, offensichtlich künstlichen Kontraste eines viktorianischen Kupferstichs verliehen. Unter ihnen, auf der nicht einzusehenden Straße, jagte ein Rudel Hunde vorbei, jaulend und bellend. »Doggen«, sagte Mo. Ein Rhododendronblatt klebte auf seiner verschwitzten Stirn. Es sah aus wie ein Stammeszeichen.

Major Nye beobachtete das ferne Seeufer. »Dort sind unsere Leute.« Sie hatten die Hände gefesselt und wurden aus dem Wald ins seichte Wasser getrieben. Die uniformierten Männer, allesamt Ghurkas, standen bis zu den Hüften im Wasser und starrten haßerfüllt ihre Peiniger an. Die Gruppe Australier hatte sich die Ghurkadolche hinter die Gürtel geklemmt und balancierte die kleinen Mützen auf ihren mächtigen blonden Schädeln. Mit einer Kollektion komplizierter französischer Waffen in Chrom und farbigem Plastik ausgerüstet, verabscheuten die Australier Khakikleidung und zogen das vor, was sie ›Cocktailbar-Camouflage‹ nannten (kurz ›Cammie‹), deren einziges einheitliches Kleidungsstück ein Hawaiihemd war.

Mo nahm das Fernglas entgegen, gab es aber fast augenblicklich wieder zurück. Er hatte die Leichen der Farbigen gesehen, die die Australier zurückgelassen hatten. »Andererseits, Mo«, sagte er zu sich selbst, »sind die Ghurkas auch nicht besser.« Major Nye starrte in den Himmel und lauschte einem Vogel und dem gedämpften Knallen, als die Australier ihre Gefangenen mit Explosivgeschossen und etwas erledigten, was sie ›Missies‹ nannten: winzige ferngelenkte Raketen, die die Franzosen so wirkungsvoll in ihrem Angriffsfeldzug in den Alpen während des Krieges gegen die Schweizer Kantone zur Verteidigung, wie sie sagten, katholischer Minderheiten eingesetzt hatten.

»Im großen und ganzen«, bemerkte Major Nye hoffnungslos, »glaube ich, daß ich dem Völkermord eine Schlacht vorziehe. Zumindest etwas, wo die Gegner etwa gleiche Stärke entfalten können. Dies jedoch ist eine tierisch unfaire Sache.«

»Mo kann sich damit nicht abfinden, Major. Er würde die Kerle mit einer Handvoll Granaten ausräuchern.«

Major Nye wandte sich verwirrt um und wischte sich Erdkrumen aus den Augen. »Tatsächlich? Ich denke, faire Methoden haben jetzt keinen Sinn mehr. Oder etwa doch?«

»Wir nehmen taktische Geschosse, Major. Das müßte den Burschen klarmachen, was passiert, wenn sie sich an Shaky Mo Colliers Locken vergreifen. Aber jetzt ist es zu spät, es ihnen zu erklären. Wir hätten sie schon vor Jahren zurückschicken sollen!«

»Die Pakistanis?« Major Nye hatte etwas den Faden verloren.

»Natürlich nicht. Sie stehen auf unserer Seite. Ich meine die verdammten Anzacs und die Canucks.«

»Sie glauben, sie könnten die Dinge besser verwalten. Wir haben ihnen jahrelang erklärt, wie wichtig sie sind. Sonst war über sie nicht viel zu sagen. Frisches Blut und so weiter. Sie waren auch voller Selbstvertrauen, wie Texaner. Sie wußten, daß sie von zu Hause unterstützt würden. Aber Gott allein weiß, was sie von uns wollen. Wenn da nicht ihr Rassismus wäre, würde ich sagen, sie könnten es auch mal bei uns versuchen. Aber es gibt einige Traditionen, die es nicht wert sind, erhalten zu werden. Sie werden schal, nicht wahr? Wir alle waren mal Teil des gleichen Weltreichs. Natürlich war Amritsar nicht der einzige Zwischenfall. Es kam in ganz Indien zu Tausenden von Ungerechtigkeiten. Es wäre falsch, das alles zu vergessen. Aber warum sollte man es fortsetzen?«

»Es ist einfacher, auf den Schwachen herumzuhacken.« Mo sah nichts Geheimnisvolles. Er fügte mitfühlend hinzu: »Fragen Sie nur Mo Collier danach.« Er warf einen Stein in Richtung See. *»Ka-boom!* Sie sollten ihn auch fragen, was mit dem verdammten Mr. Cornelius passiert ist. Er läßt uns alle hängen.«

»Wen fragen?« Major Nye tauchte aus seiner eigenen Welt auf. »Mich«, sagte Mo und hielt inne, als er eine seltsame Diskrepanz erahnte. »Vielleicht ist dies das Ende der Welt.«

»Das werden wir schon früh genug erfahren, alter Knabe.«

»Sie hätten die Armenier nicht töten dürfen. Das begründet ein gewisses Verhaltensmuster.«

Major Nye wandte sich wieder seinen Grübeleien zu. »Es muß auch eine Lüge aufrechterhalten werden. Angeblich sollen wir hart darum gekämpft haben, uns im zwanzigsten Jahrhundert eine aufgeklärte Zukunft zu schaffen. Ich bezweifle, ob es wirklich so schlecht stünde, wenn wir wenigstens zugeben würden, daß wir eigentlich nichts erreicht haben außer vielleicht eine neue Stufe des Selbstbetrugs. Wir leben in einem Zeitalter der heuchlerischen Barbarei. Was könnte schlimmer sein?«

»Der alte Mo Collier könnte Ihnen das beantworten, Major.« Er strich mit vertrauten Fingern über seinen linken Oberschenkel. »Nicht jammern. Wenigstens ist die Sehne noch in Ordnung.«

»Ich frage mich, was dem jungen Cornelius wirklich zugestoßen ist. Er kommt seit einiger Zeit immer zu spät, läßt sich jedoch nur sehr selten gar nicht blicken.«

»Vielleicht hat er die Seiten gewechselt. Das tun die Menschen des öfteren, wenn sie die Vierzig überschreiten. Als ich ihn das letzte Mal sah, erschien er mir ziemlich seltsam. Eingewickelt in eine dieser lächerlichen glitzernden folienartigen Weltraumdecken und mit seinem Gerede über große Brüste. Er war niemals ein Brustfanatiker.« Mo erinnerte sich stolz an die alten Zeiten. »Er war auch eigentlich niemals ein richtiger Mann. Nicht in diesem Sinn. Trotzdem hat Mo nichts verraten, oder?«

»Oder?« Major Nye spielte mit seinem Feldstecher.

»Hat er nicht.« Er stand auf und lehnte sich gegen eine Birke, wobei er sich einen Joint anzündete. »Vielleicht gibt es dort nichts für uns. Vielleicht geht bei uns auch alles zur Neige.« Er schniefte und erinnerte sich an die Operationen, die er auf seinem Herweg von Kirby Lonsdale gesehen hatte. Mit etwas Glück wären sie noch immer im Gange, wenn sie zurückkehrten. »Haben Sie bemerkt, wie der Granit zerbröselt?«

»In diesem Klima verrottet einfach alles.« Der Major klappte eine metallene Kartenhülle auf und fischte ein Stück faden Stilton heraus, eine Miniaturausgabe von Cockburn's Port. »Kann ich Sie damit verführen, Collier?«

»Jemand sollte dem alten Mo sagen, was wir hier oben eigentlich suchen.« Er wischte diesen Genuß mit einer Handbewegung beiseite.

»Intelligenz.« Major Nye erbrach das Siegel der Portweinflasche.

»Das erscheint mir verdammt vage.«

»Vage? Und wie.«

»Was erzählen wir ihnen denn, wenn wir jemals wieder mit dieser Einheit zusammenkommen? Daß die Australier die Farbigen niedermetzeln, wo immer sie auf sie treffen? Das ist eine Farce, Major.«

»Das erscheint mir auch so, einverstanden.« Er kehrte wieder zu seiner vorherigen Argumentation zurück. »Dennoch, was gründet eigentlich nicht auf Ungerechtigkeit in irgendeiner Form?«

»Mo weiß es.« Ein Finger an einem Nasenflügel.

Nye hatte nicht mit einer Antwort gerechnet.

»Aber er verrät es niemals.« Mo zwinkerte. »Verdammt, die Welt geht den Bach runter. Oder tue ich es?«

Eine tölpelhafte Form, praktisch konturlos, kam durch das Unterholz auf sie zugerauscht. Sie trug mindestens zwei Tropenhelme, mehrere Pullover, zwei Hosen und Anglerstiefel. Darüber hatte er ein grünes durchsichtiges Radfahrercape gezogen. Seine Stimme klang gedämpft.

»Entschuldige, altes Haus. Hab' ich nicht verstanden.« Der Major starrte den Inhalt des Kleiderbündels an. »Ist das Cornelius?«

Es folgte eine halb erstickte Bestätigung.

»Was liegt denn an? Ist Ihnen kalt?« Major Nye war seltsam fürsorglich.

»Es ist vorbei«, sagte die Gestalt und gestikulierte mit schweren, mehrfach behandschuhten Händen.

»Der Bürgerkrieg?«

»Alles.«

»Ich verstehe nicht, alter Junge.«

Aber Mo Collier suchte seine Sachen zusammen und dachte an Kirby Lonsdale. »Sie werden, Major. Sie werden.«

Die Gestalt murmelte eine Entschuldigung und setzte sich auf eine leere Munitionskiste.

»Was tun?« Mo schnippte ein Zippo-Feuerzeug an, das er soeben gefunden hatte. Das Bündel funkelte durch die Löcher in seinem Kopftuch und sagte langsam und deutlich: »Phase zwei, begrenzter Streik.«

»Dann kann man Europa wohl abschreiben. Wie kommen wir aus dieser Sache heraus, Mister C.?«

Sein Freund redete weiter, während Major Nye damit begann, die Halteleine ihres kleinen Zeltes zu lösen und dabei ihre Konferenz als eine Privatangelegenheit betrachtete und sein Bestes tat, die Distanz zu wahren. Schließlich sah er, wie der kleine Mann sich aufrichtete, beide Arme seitlich ausstreckte und seine Finger bewegte.

»Sprich für dich selbst, Kumpel. Mo ist nicht der Typ, der irgend etwas aussitzt.« Sein Gesicht jedoch zeigte eine seltsame Mischung aus Verblüffung und blinder Wut.

Als er den Ausdruck der Überraschung in Nyes Gesicht sah, fügte Mo hinzu: »Es hat mit Integrität zu tun.« Als hätte er durch Zufall ein tiefes persönliches Geheimnis verraten, ließ er zu, daß sein Gesicht sich für einige Sekunden zu einem Ausdruck des nackten Grauens verzerrte.

5 England erhält sechs Hong Kongs

Großbritannien soll sechs Freihäfen erhalten – ›Mini-Hong Kongs‹ –, wo Firmen Rohstoffe zollfrei importieren, verarbeiten und exportieren können. Die Häfen werden Belfast, Birmingham, Cardiff, Liverpool, Prestwich und Southampton sein.

The Sun, 3. Februar 1984

Jerry schlurfte in die Badehütte und sah dabei aus wie die törichte Guy-Puppe eines Kindes oder irgendein schlecht gestopftes, selbstgemachtes Stofftier.

»Einen Penny für deine Gedanken.« Seine Stimme war gleichgültig und abwesend. »Auf dem Strand ist heute der reinste Zoo. Ich nehme an, sie haben erkannt, daß es ihre letzte Chance auf einen Ferientag vor dem Holocaust ist.« Der Laut, der diesem Statement folgte, drückte Qual oder Amüsiertheit aus.

Miss Brunner freute sich keineswegs, ihn zu sehen. »Ich weiß gar nicht, warum Leute wie Sie überhaupt nach Jersey kommen.«

»Um den taktischen Waffen zu entgehen.« Diesmal mußte das begleitende Geräusch ein Lachen sein. Nur Jerry lachte lauter als Mo über seine eigenen Scherze. Er war sich seines Mangels an Originalität eindeutig nicht bewußt. »Außerdem, was ist das alles?« Er wies auf die Reihe alter Spielautomaten, die an einer Holzwand aufgebaut waren. »Es ist wie ein Zeit-Zentrum des Handelskults.« Sie hatten die vorhandenen Bilder und Zahlen mit seltsamen eigenen Zeichen übermalt, einige davon stammten offensichtlich aus dem Bereich der Alchemie.

»Dies ist mehr als Elektronik. Meine Berechnungen machen etwas Raffinierteres erforderlich als Ihren Haus-Apple. Etwas, das erdverbundener ist.«

»Hexerei.« Er pflückte sich ein Schmutzpartikel von den Lippen.

»Ich nenne es weibliche Wissenschaft. So wertvoll wie männliche Wissenschaft – sogar kompatibel. Aber niemals von der männlichen Orthodoxheit anerkannt.«

»Es ist erstaunlich, wie vielseitig Sie ein makelloses politisches Argument einsetzen können.« Er sprach nun etwas deutlicher, seit er das Kopftuch leicht zurückgeschlagen hatte.

Miss Brunner zerlegte unbeholfen ein Huhn in Stücke. »Dies muß nicht notwendigerweise übel ausgehen.« Sie nickte zu ihrer Bemerkung voller Begeisterung und summte eine Melodie.

»Was wird nicht so schlimm?«

»Der Atomkrieg.« Sie wandte sich um, strahlte. »Er ist ein geheimer Segen.«

»Das nenne ich das Beste aus etwas machen.« Jerry schwankte zur Tür zurück. »Nil desperandum, Miss B. Ziehen Sie sich lieber warm an. Ich gehe nach Norden. Am Polarkreis weiß man, wo man ist.«

»Viel Gutes hat es das letzte Mal nicht für Sie bewirkt.«

»Mehr als für Sie. Einige Ehen funktionieren einfach nicht.«

»Ich mache dafür den genetischen Code verantwortlich. Sie sind ein Narr, Mr. Cornelius. Meine Berechnungen sind einwandfrei.«

»Es ist die Konzeption, die mich stört. Wo haben Sie diesen Haufen Tricks aufgegabelt?« Indem er sich anwärmte, wurden seine Überlegungen logischer, zusammenhängender, jedenfalls in einigen Bereichen. Sein Geruch jedoch erinnerte sie an einen vernachlässigten Kühlschrank.

»Dieser Mann war einmal sehr gediegen gekleidet«, verteidigte sie sich. »Er kam aus Lagos. Ein Arzt in einer Pechsträhne, der versuchte, nach Hause zurückzukehren. Seine Dissertation war alles, was er anzubieten hatte.«

»Es gibt in der Portobello Road jeden Tag mindestens zweihundert Leute, die eine vereinheitlichte Feldtheorie oder eine Karte zur Unterwelt verkaufen. Und alle haben dazu eine überzeugende Geschichte. Ich habe es ja sogar selbst getan.«

»Da ist nicht das, was man erwarten würde«, sagte sie.

Nichts durfte jetzt ihren Rationalismus bedrohen. Sie, wie alle anderen, bewahrte den Traum. Die Wirklichkeit war nicht mehr zu retten. Bestimmt war dies der Zeitpunkt, Toleranz zu beweisen. Er verschränkte seine unförmigen Arme, um zuzuhören.

Aber seine Bewegung lenkte sie ab. Sie wurde wachsam. »Das ist doch nicht Lepra, oder? Oder Strahlung, wissen Sie, halt so was?«

»Ich ziehe mir kaum noch vorzeitige Infektionen zu. Oder etwa doch?« Sie hatte ihm etwas zum Nachdenken gegeben. Er beruhigte sie jedoch. »Ich bin gesund. Obgleich ich das von der Sehkraft nicht behaupten kann.«

»Na ja, solange es nicht ansteckend ist.«

Er reagierte verstimmt. »Das könnte sein. Es könnte sich um eine neue Variante handeln.«

»Werden Sie Ihre Torheiten denn niemals leid?«

Er verweigerte ihr eine Antwort. Die Frage war lächerlich. »Warum sprechen Sie plötzlich über mich?«

»Man kann niemals vorsichtig genug sein.«

Die Tür knarrte. Herein kam Bischof Beesley. Seine massige Gestalt, schwarz und violett, kam zitternd zum Stehen, als er Jerry bemerkte. Er machte einen Schritt zur Seite. »Was ist das?«

Er starrte verblüfft auf die eingewickelte Kreatur, während sie sich durch die Kleiderschichten tastete, um ihm schließlich ein altes Mars-Riegel-Papier zu geben. »Also wirklich!« Er lehnte das Papier ab und ließ es auf den nackten Holzboden fallen.

»Mit Abfall sind sie im Mesozoikum ziemlich komisch«, sagte Jerry. »Obgleich ich nicht begreifen kann, warum sie sich jetzt damit herumschlagen.«

»Eindeutig zu verstehen, da bin ich sicher. Ich wünsche Ihnen einen schönen Nachmittag, Mr. Cornelius. Aber wie Sie sehen, es ist nicht mein Abfall.« Aus seiner Soutane holte er eine Plastiktüte, die mit säuberlich gefaltetem Bon-

bonpapier gefüllt war. »Im Augenblick gibt es ein Sonderangebot. Es zahlt sich nicht aus, so etwas ungenutzt verstreichen zu lassen.«

»Was bekommen Sie?«

»Der erste Preis ist ein vierzehntägiger Aufenthalt in den Alpen in der neuen Mars-Fabrik, dazu so viel, wie man während des Aufenthaltes essen kann und so viel, wie man mit seinen Händen und Armen wegtragen kann. Außerdem gilt das für zwei Personen. Daher wird Mitzi mir helfen können.«

»Sind die Alpen nicht für VIPs reserviert?«

»Das ist ja das Schöne. Ein sicherer Zuschauerplatz für den Weltuntergang, wenn wir die richtigen Leute kennenlernen. Es ist kein einziger Berg mehr übrig, der nicht schon längst in einen Luxusbunker-Komplex umgebaut worden ist. Kostenlose Luft und Parkmöglichkeit. Sicherheitsdienste. Nun, auf jeden Fall lohnt es einen Versuch. Und wie geht es Ihnen?«

»Ich scheine diese Erkältung nicht loswerden zu können.«

»Ich habe ganz hervorragendes Heroin, das garantiert den Schnupfen und die Niedergeschlagenheit stoppt.«

»Mit der Niedergeschlagenheit werde ich schon fertig.«

»Ich halte nichts von Stimulantien, wie Sie sicherlich merken.« Ohne Eile wickelte er einen Riegel Die drei Musketiere aus. Er war offenbar vor kurzem im Ausland gewesen. Als er Jerrys auf den Riegel gerichtete Blicke bemerkte, wedelte er damit hin und her. »Florida. Vielleicht sollten Sie nach Miami gehen.«

»Sogar mein Schmerz hat seine Grenzen, Bischof. Wo ist Mitzi jetzt?«

»Ich habe sie auf der Yacht gelassen. Wir wollen für ein paar Tage nach Torbay. In der Zwischenzeit zögern Sie nicht, längsseits zu gehen, wann immer Ihnen der Sinn danach steht.«

»Miss Brunner war gerade dabei zu erklären, daß mit dem Vierten Weltkrieg eigentlich alles klar geht.«

»Diese Zahlen beweisen schlüssig, daß der nukleare

Winter fast augenblicklich einsetzen wird. Das bedeutet, daß die Mehrheit der gesunden und geeigneten Überlebenden – sagen wir zehn Prozent der Bevölkerung, und wer, nach all dem, braucht schon mehr? – praktisch auf der Stelle erfrieren wird. Das ist es, worauf wir gewartet haben, der Bischof und ich. Eine Möglichkeit, den ganzen Karren zum Stillstand zu bringen, bis wir wieder eine heile und geordnete Welt haben, aus der Tod und Ungewißheit für immer verbannt sind. Natürlich wird es eine Menge Arbeit geben, aber vor der wollen wir uns nicht drücken. Dies wird alles vereinfachen.«

Jerry staunte. »Tatsächlich?«

»Wunderbar! Atombomben bedeuten ewiges Leben!« Der Bischof war für einen knalligen Slogan immer zu haben. Sie hatten ihn an seiner empfindlichen Stelle erwischt.

»Begreifen Sie denn nicht, Mr. Cornelius?« Ihr Ausdruck war friedvoll. »Es ist der kryoginische Winter, auf den wir alle gewartet haben. Alles wird in der Zeit fixiert, bis wir uns entschließen, es wieder aufzutauen!«

»Ich hoffe, Ihr Professor hat es geschafft, nach Lagos zurückzukehren.« Jerry konnte seine Abscheu nicht verbergen. Er war überrascht, etwas derartiges empfinden zu können. Er hatte dieses Gefühl für immer verloren gegeben. Das war allerdings kein Grund zum Feiern. Er befürchtete, die Rückkehr der Sorge zu erleben, und im Augenblick konnte er ganz gut ohne auskommen. Er ging hinaus auf den unbedeutenden Sandstrand von Peter Port und betrachtete interessiert die Palmen entlang der Promenade. Das einzige unpassende Element in der ganzen Szenerie war er selbst. Aber er war zu alt, um mit der Suche nach dem Wärme-Pierrot-Anzug zu beginnen.

Er eilte die Treppe vom Strand zur Stadt hinauf. Kinder schnieften laut, wenn er vorbeikam, und ihre Eltern sagten hastig: »Gib ihm nichts.«

Es schien, als hätte Australien den ganzen Krieg nur geführt, um das alles zu erhalten. Jerry war als Vagabund recht glücklich. Er konnte nicht über die Vorstellung hinwegkommen, daß, seit er vierzig geworden war, dieser Weltuntergangskram angefangen hatte, ihn zu verfolgen. Könnte das etwas mit psychischer Umstellung zu tun haben? Wie viele andere Kinder der sechziger Jahre übertrugen ihre eigene Angst vor dem drohenden Tod auf den Planeten allgemein? Und wie viele hatten die Macht, den Vierten Weltkrieg entweder zu stoppen oder ihn tatsächlich zu beginnen? Was für eine Art von Erklärung war das? Er hatte den Verdacht, daß sie genauso schrecklich war wie Miss Brunners Entdeckung eines Silberstreifens im Atompilz. Wenn sein eigener Körper seine Fehlfunktion überwand, dann wußte er, daß er sich wieder ganz in Ordnung fühlen würde. Warum sollte er sich schon jetzt deswegen Sorgen machen? Die große nukleare Vernichtung war ihm schon immer eher wie ein Comic erschienen: Es war die letzte Pointe der Menschheitsfarce. Hatten wir etwas Besseres verdient?

»Geschieht uns verdammt recht.« Er unterhielt sich mit einer Seemöwe, die ihn beäugte, als wäre er tatsächlich ein möglicherweise wohlschmeckendes Stück Futter. »Und du, Kumpel. Der Triumph des Tieres. Die Überwindung der Vernunft. Die Konsequenzen eines minderwertigen Romantizismus. Ragnarok. Chaos und Alte Nacht. Fimbulwinter, bei Gott. Nun, das ist recht nett.« Er kehrte ins Logierhaus der Heilsarmee zurück, wo er eine Kammer hatte, und begann, die Fahrpläne zu Rate zu ziehen. Bis morgen könnte er schon in Kiruna sein und am Tag danach die Tundra hinter Kwikjok erreichen. Das einzige, was ihn jetzt noch beschäftigen mußte, war, daß Catherine dort mit dem Hundegespann wartete.

6 No, no, Señor!

Der argentinische Präsident Alfonsia schlägt vor, daß die UN eine Friedenstruppe auf die Falklandinseln entsenden soll.

Warum?

Auf den Inseln herrscht tatsächlich Frieden. Und dabei wird es auch bleiben, wenn die Argentinier endlich von ihrer drohenden Haltung abgehen.

Ihr neuer demokratischer Präsident muß akzeptieren, daß wir, nachdem wir eine Bande Fremder gewaltsam vertrieben haben, ganz bestimmt nicht zulassen werden, daß die nächste Bande durch die Seitentür hereinschlüpft.

The Sun, 3. Februar 1984

Major Nye hatte es bis zum Zeit-Zentrum geschafft. Er reagierte mißbilligend, als er sah, daß jemand, höchstwahrscheinlich Sergeant Alvarez, Pin-ups von besonders roher und abartiger Provenienz auf die Hälfte der Monitorschirme geklebt hatte. »Was soll das?«

Alvarez zupfte an seinem ergrauenden Bart, während er sich mit seinem Sessel drehte, um den Major zu begrüßen. Sein Bauch war gewachsen. »Ich nehme an, ich bin ein bißchen weit gegangen, nachdem alle Schirme sich verdunkelt hatten. Sie wissen ja, was ich über Zynismus denke. Es ist eine Krankheit. Und davon habe ich eine Dosis mitbekommen …«

Von Alvarez' kleinem Melodram irritiert, ging Major Nye zur mittleren Konsole. Alle Anzeigen standen auf Null. »Gütiger Himmel.«

»Wo ist Collier?« fragte der Sergeant.

»Der arme Kerl ist zusammengebrochen. Ich vermute, es war der Streß des Nichtstuns. Eine Art Zwölffingerdarmgeschwür. Sie wissen ja, wie er es liebt, beschäftigt zu sein.«

»Er hat den größten Teil des Lebens damit zugebracht, auf den Großen Knall zu warten. Vielleicht ist die Wirklichkeit zuviel für ihn.«

»Wir können es uns nicht leisten, in Begriffen von Wirklichkeit zu denken, Sergeant Alvarez. Wenn man sich im Zeit-Zentrum aufhält, dann ist es immer noch eine ›Möglichkeit‹.«

»Nicht, wenn man dies sieht.« Seine Hand wies auf die

stillgelegten Monitore. »Wenn es keinen Input gibt, dann gibt es für sie auch nichts, was sie zeigen könnten.«

»Wir müssen die menschliche Irrtumsfähigkeit berücksichtigen.«

»Ist es dafür jetzt nicht schon ein bißchen spät, Major? Wir sind im Laufe der Jahrhunderte stetig auf diesen Punkt zugetrieben. Zuerst die Türken im Jahr 1915, dann Stalin, dann die Deutschen, und jetzt will praktisch jeder es mit Völkermord versuchen. Seit dem Zweiten Weltkrieg sieht es so aus, als stritten sich die verschiedenen Mächte ernsthaft darum, jemanden zu finden, den sie vom Antlitz der Erde tilgen können. Wie können wir dem einen anderen Namen geben als Armageddon?«

Nye konnte sehen, daß der Mann hysterisch wurde. »Die Logik war die ganze Zeit ziemlich grob. Das Modell ist zu simpel. Sicherlich können Sie einige Alternativen nennen.«

»Jede einzelne Darstellung für sich ist apokalyptisch, Major. Alles läuft auf das gleiche hinaus. Auf die angehaltene Zeit, wenn Sie so wollen. Klingt ziemlich abstrakt, was? Gefrorener Raum. Oder wie finden Sie den Begriff ›kaputt‹?«

»Also wirklich, Sergeant! Dies ist nicht der rechte Moment für Verzweiflung. Hat nicht Cornelius' Vater die Prototypen der meisten unserer Instrumente konstruiert? Vielleicht hat Cornelius eine Idee.«

»Seine Beziehung zur Hardware ist ausschließlich romantischer Natur. Ehrlich, Major, es gibt nichts, was wir tun können. Wenn wir eine Kontrolle gewünscht hätten, dann hätten wir uns von Anfang an darum bemühen müssen. Aber Gleichgewicht ist eine andere Angelegenheit. Wir haben es, okay. Aber nennen sie es nicht das Gleichgewicht des Todes? Verdammter liberaler Quatsch.«

Während Alvarez immer redefreudiger wurde, nahm Major Nye einen immer strengeren Ausdruck an. Er begann kleine Stücke aus *When I'm Cleaning Windows* und *A Little of What You Fancy Does You Good* zu pfeifen. Wenn es um Elektronik ging, war es überflüssig. Und einiges von diesem Zeug war noch nicht einmal das, sondern ein noch höher entwickeltes System, das, wie er glaubte, mit der Sonne und den Planetenbewegungen in Verbindung stand. Mrs. Persson, in ihrem hochentwickelten Verständnis, hatte es einmal spöttisch als astrologistisch bezeichnet. Er schaute auf die immer noch in Betrieb befindlichen, aber leeren Bildschirme. Wie konnte jede mögliche Alternative zum absolut identischen Ergebnis führen? Er wehrte sich dagegen, eine solche fatalistische Betrachtungsweise der Geschichte oder der menschlichen Natur zu akzeptieren. Irgendwo mußte doch sicher ein wenig Vernunft übriggeblieben sein.

»Könnte jemand unsere Instrumente mit Wanzen versehen haben?«

»Das sind keine Computer, Major. Nicht in erster Linie. Sie liefern genaue und direkte Fakten. Was sie sehen, ist wirklich da.«

»Sie nehmen aber auch Projektionen vor.«

»Natürlich. Und genau so etwas sehen wir zur Zeit.« Alvarez schien an diesem mit allen möglichen Worten beschriebenen Untergang sein Vergnügen zu haben.

»Nun«, Major Nye sprach betont ruhig, »wie empfinden Sie die Fakten?«

Alvarez widersetzte sich jeder Hoffnung. Er war zu morbid geworden. Daran hatte er sich mittlerweile gewöhnt. »Es ist sehr gutes Material. Mein Hauptjob besteht darin, die Konsolen zu bedienen, und nicht, irgend etwas von der Anlage in seiner Funktion zu verstehen. Das ist die Aufgabe eines Ingenieurs.«

»Aber es muß doch jemand da sein, der die Geräte wartet. Der sich mit ihnen auskennt. Ich erinnere mich an einen Captain Maxwell. Er war Ingenieur.«

»Er wurde unabsichtlich von den Australiern getötet. Er probierte gerade irgendeinen lächerlichen SAS-Trick und hatte sich als Neger geschminkt. Überdies glaube ich nicht, daß er ein Ingenieur für solche Geräte war. Mo Collier besitzt ein gewisses Geschick, aber das hat er nur seinem Instinkt und seinem Glück zu verdanken. Er könnte nichts Radikales tun, um sein Leben zu retten. Catherine Cornelius war gerade im Begriff, irgendwohin aufzubrechen. Sie meinte, ihre Fähigkeiten, feinere Abstimmungen vorzunehmen, seien wahrscheinlich per Tiefenhypnose vor dem Tod – oder dem Verschwinden – ihres Vaters implantiert worden. Oder Frank war dafür verantwortlich. Sie war sich nicht ganz sicher. Frank hatte sicherlich ein gewisses Händchen dafür, aber er ist tot. Jerry erklärt, daß sein gesamtes Wissen über technologische Dinge als Folge eines Traumas im Zusammenhang mit einem Kind ausgelöst wurde. Mrs. Persson scheint diejenige zu sein, die noch am vernünftigsten und kompetentesten ist, aber sie reagiert nicht auf ihren Pieper, und jetzt arbeitet der Sender nicht mehr. Die Batterie ist leer. Der Notstromgenerator gibt den Geist auf. Miss Brunner haßt das ganze Zeug. In ihren Augen übermäßig kompliziert. Sie stammt aus einer früheren, mechanischen Ära, glaube ich. Sie war hier eigentlich nie richtig glücklich.«

»Vor einigen Jahren hatte sie einige enttäuschte Erwartungen. Ihre eigenen Experimente in diesem Bereich produzierten eine Menge spektakulärer Anfangseffekte, gingen jedoch dann sang- und klanglos ein. Natürlich war das für sie verdammt ärgerlich. Ich hörte, sie war zu ungeduldig auf der Jagd nach Ergebnissen. Irgend etwas stimmt nicht bei den Grundlagen zu ihren Berechnungen. Außerdem arbeitete sie mit den Forschungsergebnissen von jemand anderem, oder nicht?«

»Vom alten Cornelius. Meine Vermutung geht dahin, daß sie tatsächlich geglaubt hat, auf seinem Mikrofilm den Stein der Weisen gefunden zu haben. Sie hat ihre Ideen total umgekrempelt, vielleicht sogar ihre Ziele und Auffassungen, wer käme sonst in Frage?«

Alvarez versuchte, neue Kräfte zu mobilisieren. »Mr. Jagger? Er ist in diesen Tagen unmöglich zu erreichen. Una konnte ihn aufstöbern. Aber sie hat sich zweifellos in irgendeiner fernen Vergangenheit vergraben, lutscht in irgendeinem Arkadien an irgendeiner Titte oder was sonst ...«

Major Nye war empört. »Aber, aber!«

Auch Alvarez konnte mit der Bemerkung nichts anfangen und war ratlos. So etwas hatte er noch nie in seinem ganzen Leben laut ausgesprochen. »Es ist so, als sei man besessen.« Er fröstelte.

»Kann die Vergangenheit bei einem Fehlen der Zukunft überleben?« fragte Major Nye hastig dazwischen.

»Keine Ahnung. Ich wollte mich nicht über Mrs. Persson mokieren. Es sieht ihr gar nicht ähnlich, sich im Augenblick der Krise zurückzuziehen.«

»Daher müssen wir annehmen, daß es keine Krise gibt. Sie muß einen guten Grund haben, das zu tun, wofür sie sich gemeldet hat.«

Alvarez runzelte die Stirn. »Natürlich! Was geschieht mit all jenen unterbrochenen Zukünften. Wissen Sie was, Major, ich glaube, Sie haben damit einen ganz entscheidenden Hinweis gegeben. Irgend etwas stimmt an der Sache nicht ...«

»Sie meinen, wir sind möglicherweise tatsächlich hereingelegt worden?«

»Nichts erscheint richtig logisch. Dennoch ging ich davon aus, daß wir die höhere Logik nicht verstehen würden – oder daß wir zumindest keine angemessene Ontologie würden liefern können.« Er starrte hilflos auf seine Schirme und Knöpfe. »Aber ich kann noch immer nichts tun.«

»Sogar mir leuchtet ein, alter Knabe, daß, wenn wir tatsächlich aufs Kreuz gelegt wurden, jemand einen verdammt wichtigen Grund dafür haben muß. Ist es möglich, daß wir alle, wenn auch unwissentlich zu dieser von irgendwem ersehnten Lösung beigetragen haben?«

»Gott im Himmel! Ich erkenne, was Sie meinen. Es muß diese Versammlung von Reaktionären sein. Oder was davon noch übrig ist. Von Krupp, Brunner, Beesley und dem Rest. Der Teufels-Zahnarzt.«

Dies ergab für den Major überhaupt keinen Sinn.

»Sie hätten alles, was sie wissen wollten, ohne Mühe aus Frank herausholen können, ehe er starb«, fuhr Alvarez fort. »Er war immer gewillt, für sie zu arbeiten, wenn er Jerry dadurch eins auswischen konnte.«

»Das ist reine Theorie.« Major Nye spürte, daß er in dem Sergeant zuviel Hoffnung geweckt hatte. Die Stimmungen des Mannes wurden beunruhigend flatterhaft. »Und ich sehe nicht, daß wir irgendwelche Mittel zur Verfügung haben, um das zu überprüfen.«

»Wo ist Catherine?«

»Sie hilft ihrem Bruder bei seiner Nordpol-Expedition. Es sieht so aus, als gingen sie verschütt. Sie suchen vermutlich nach der Hohlen Welt. Dazu kann einen die Panik bringen, nicht wahr?«

Alvarez kam herunter. »Dieser dort wird nicht durchdrehen. Jedenfalls nicht nach den abgelesenen Werten. Deshalb ist er auch verschwunden. Aber was ließ ihn mit seinem Hypothermie-Problem ausgerechnet dorthin verschwinden?«

»Eine magische Theorie? Die Aussicht auf Heilung?« Major Nye hatte nur eine vage Vorstellung von solchen Ideen. »Irgendeine homöopathische Sache?«

»Er weiß etwas, das wir nicht wissen. Dieser raffinierte kleine Scheißer.«

»Ehrlich, Sergeant, es kann eigentlich nicht mehr sein als ein animalischer Instinkt. Eine Reaktion auf seine eigene Angst vor dem Tod. Ich nehme an, dort ist auch die Mutter.« Alvarez haßte Mrs. Cornelius.

»Ich fürchte, sie ist gestorben.«

Alvarez hob spöttisch eine Augenbraue. »Sie hatte einen Freund. Er war auch eine Art Wissenschaftler.«

»Pyat war ein seltsamer Typ. Rein emotionell, so vermute ich, im Lager der Mechanisten und Reduktionisten. Aber ich glaube, er ist ebenfalls kürzlich gestorben. Ein lustiger alter Knabe. Ich hab' ihn vor Jahren in Konstantinopel kennengelernt. Hab' ihn seit einer Ewigkeit nicht mehr gesehen.«

Alvarez starrte auf die stummen Instrumente. »Also was tun wir nun? Den Laden zumachen?«

Major Nye saugte an seinen zarten Lippen. »Wir brauchen etwas Positiveres. Wir müssen beweisen, daß uns immer noch Möglichkeiten offenstehen. Wir müssen uns gegen die Logik der Verzweiflung wehren.«

»So werden wir es niemals schaffen. Ich habe alles versucht. Alles, was ich auftreiben kann, sind Fragmente der Vergangenheit, nur ein wenig von der Gegenwart. Bis auf diese spezielle Zone. Und selbst die wird immer schwächer. Es ist fast so, als hätte jemand eine Gleichung weggewischt oder vielleicht eine wichtige Komponente entnommen. Niemand hat sich je bemüht, zu verstehen, wie dieses Zentrum arbeitet.« Er zögerte und verspürte offensichtlich ein Wiederkehren seiner alten Angst. »Jetzt wiederhole ich mich. Ich hasse solche Schlingen. Sogar kleine, ausschließlich persönliche.«

»Manchmal«, sagte Major Nye, »kann ich zu keiner anderen Lösung gelangen, als zu denken, daß ein Chinese hier sehr hilfreich sein könnte.« Seine Miene hellte sich auf, denn ihm war Professor Hira eingefallen. »So sehr ich die Vorstellung hasse, das Gesetz zu brechen, ich fürchte, wir müssen jemanden aus dem Sträflingslager in Putney befreien.«

»Dort sitzen doch Pakistanis.«

»Die Behörden haben keine Unterschiede gemacht. Jeder, der vom Subkontinent stammt, landet dort. Er ist tatsächlich Brahmane. Jemand der auf sehr hohem Niveau hinduistisch denken kann. Ich glaube, er ist wahrscheinlich unsere einzige Chance.«

»Wir sind zu wenige, um ihn herauszuholen. Und außerdem könnte er jetzt ebensogut tot sein. Die Australier nennen sie mittlerweile alle Long Roo. Sie wissen, was das heißt.«

»Glücklicherweise halte ich keine Haustiere. Nicht seit mein Pferd einging. Waren Sie jemals in Indien, Alvarez?«

»Das ist nichts für mich, Major. Das Klima, die Armut, die ständige soziale Ungleichheit.«

»Für den Betrachter macht die Vielfalt eine Menge wett. Wir haben unser Bestes getan. Aber wir hatten natürlich dort nach 1920 nichts mehr unternommen. Das hätten Sie eher sagen können. Aus der Zeit, als Gandhi aus Südafrika zurückkam. Eine ziemlich üble Show. Und nun schauen Sie sich an, was mit Afghanistan passiert ist. Ich habe auch gegen diese Pathanen gekämpft. Ich stimme nicht mit den Russen überein, aber ich beneide sie auch nicht.« Er wurde melancholisch. »Dennoch glaube ich, daß die Zeit der kleinen, einfachen Kriege vorüber ist. Der Dritte Weltkrieg muß für eine ganze Menge Leute eine Enttäuschung gewesen sein.«

»Was ist, wenn wir Hira befreien können?«

Major Nye sammelte sich. Sein Gesicht behielt seinen verträumten Ausdruck. »Ich denke, wir sollten all das lieber einmal durchchecken. Ich habe noch immer ein paar Kontakte zum Ministerium.«

Alvarez begann zu schwitzen. »Haben Sie nicht von einem Chinesen gesprochen?«

Major Nye war nur scheinbar tatendurstig. »Hira ist sogar noch besser. Wir reden die gleiche Sprache.«

»Es gibt hier ein Rollendurcheinander.« Sergeant Alvarez klopfte auf die Instrumententafeln. »Wir könnten einen riesigen Sprung zur Seite machen.«

Major Nye hatte bereits nach dem Telefonhörer gegriffen. »Gibt es denn noch andere? Dieser ist tot.«

Alvarez schüttelte den Kopf. Er bekam seine Zweifel an der Glaubwürdigkeit des alten Soldaten. Rein äußerlich glich er sogar ein wenig Don Quichote.

»Wo ist die nächste Zelle?«

»Zelle?« Alvarez zupfte nervös an seinem Bart. »Zelle?«

Major Nye war schon unterwegs. »Halten Sie die Stellung, alter Junge. Dies ist der letzte Sturm der alten Brigade.«

Alvarez sackte auf seine obszöne Bildersammlung. »Jetzt hat's den armen Teufel tatsächlich erwischt.«

7 Allez oops! Franzosen unterziehen Boy George Le-sex-Test

... Boy George wurde gestern zu einer Geisha und verblüffte französische Einwanderungsorgane, die sich über sein Geschlecht uneins waren. Der Kulturschock erfolgte, als George, aufgedonnert als japanische Gehilfin mit einer echten orientalischen Herrin im Schlepptau, auf dem Flughafen von Nizza eintraf. Die Beamten reagierten mit Spätzündung, als sie sahen, daß die bizarre ›femme‹ einen Paß auf den Namen eines ›homme‹ vorlegte – George O'Dowd. Der chamäleonhafte Sänger der Band Culture Club und sein Freund, der japanische Tänzer, wurden drei Stunden lang aufgehalten, während die aufgescheuchten Amtsschimmel darüber berieten, ob sie die beiden ins Land lassen sollten.

The Sun, 3. Februar 1984

»Sicherlich kein weiterer Totentanz.« Miss Brunner blickte aus ihrer Hütte in den Regen. Am Strand hüpften und sprangen einige Teenager in weiten schwarzen Mänteln sich bei den Händen haltend herum. Sie war nicht in der Lage, ihr Verhalten zu analysieren. Schnell schloß sie die Tür wieder und kehrte zur Sicherheit ihrer Entdeckungen zurück zu ihrem Ewigen Leben. Bischof Beesleys Gesicht befand sich in einer Wolke pinkfarbener Zuckerwatte. Rote Zuckerfäden vermischten sich mit seinem Schweiß, so daß er aussah, als litte er unter irgendeiner exotischen Krankheit. »Haben die es auf uns abgesehen?«

Sie wurde allmählich seine Schrecken leid. »Natürlich nicht. Dafür sorgen wir schon.«

»Ich habe hier eigentlich nichts zu suchen. Wie konnte Mitzi nur ohne mich ablegen?«

»Wahrscheinlich hat sie Ihre Anweisungen falsch verstanden. Bischof, niemand hat Sie hintergangen. Zumindest ist das nicht die nächstliegende Erklärung.« Sie nahm die Fingerknochen eines Affen hoch und ließ sie in ihren Händen klappern.

»Cornelius führt irgend etwas im Schilde.«

»Im Augenblick hat er überhaupt nichts vor. Er ist auf der Flucht. Ist das denn nicht offensichtlich? Er sucht mit ziemlicher Sicherheit nach einem Eingang zu der Innenwelt, die er niemals kennengelernt hatte. Warum sollte er in einer Sache erfolgreich sein, bei der jeder andere gescheitert ist? Wir werden ganz einfach bessere Bunker bauen. Wir sind in der stärkstmöglichen Position.« Sie ließ den Katapult vorschnellen und schaute zu, wie die Stahlkugel durch den durchbrochenen Kreis rollte, ehe sie in eine Mulde mit der Inschrift WIN fiel. Sie hatte die Beschriftung in der Weise verändert, daß jetzt nur noch eine der sieben Mulden die Inschrift LOSE aufwies. »Da, sehen Sie. Haben Sie Ihre empfohlene Auswahl schon aufgeschrieben?«

»Ich habe die dritte Kategorie vergessen. Da waren Rasse und Farbe, ich weiß.« Er legte eine Hand auf ein klebriges Stück Quarto.

»Als nächstes sollten wir uns für die Typen entscheiden. Ich denke, wir sollten jegliche Sentimentalität außer acht lassen und ausschließlich Weiß nehmen, meinen Sie nicht?«

»Das ist doch wohl selbstverständlich.« Er gab sich alle Mühe, aber er blieb furchtbar pathetisch. Unter diesen Umständen würde sie ihn wohl abschreiben müssen. »Soll ich Angelsächsisch aufschreiben?«

»Ich denke, das könnte zu Fehldeutungen führen. Wie wäre es vorerst mit ›nicht hybrid‹? Ich möchte keine Schlupflöcher schaffen. Andererseits können wir nicht streng genug sein. Aber wenden wir uns Afrika zu, ja? Laut der neuen Karte können wir mit einer neunzigprozentigen Erfolgsquote rechnen.«

Aber er beschäftigte sich schon wieder mit seinen Süßigkeiten. Irgendwo hatte er einen ganzen Karton Torquay Rock erstanden.

Sie hob die Schultern und rollte eine neue Karte aus. »Sie

sollten sich nicht vom Zeitgeist beeinflussen lassen, Bischof. Am Ende könnte es lediglich eine Simulation sein.«

Seine Augen glänzten. Sein roter Mund schmiegte sich um eine große pinkfarbene Stange. Er brachte lediglich ein Nicken zustande.

8 Weiße Glut

Feuerwehrzüge fuhren gestern in Washington vor dem Weißen Haus vor, nachdem durch schmorende Elektrokabel im Keller der Alarm ausgelöst worden war.

The Sun, 3. Februar 1984

Jerry und Catherine befanden sich auf dem Dach der Welt.

»Es ist schön, dich wieder frohgemut zu sehen.« Sie nahm ein kleines Stück heißen Pudding. »Es ist schön hier, nicht wahr?«

»Unvergleichlich.« Jerry streckte seinen entspannten Körper im blutroten Licht der Mitternachtssonne. »Erinnerst du dich noch, wie Dad mit uns immer hierher kam?«

»Ich bin zu jung.«

»Das würde ich nicht sagen.« Er gähnte und hob eine seiner alten *Rainbow*-Nummern auf. Tiger Tim und die Bruin Boys waren am Meer und bauten mit Eimern und Spaten eine kunstvolle Sandburg. »Es gab an den Stränden niemals Stacheldraht. Hoffen wir, daß das Leben mit vierzig beginnt. Es ist nicht leicht, Cath, wenn man nur noch ein Schatten seines früheren Selbst ist.«

»Nun, es hat dir gutgetan, und das ist die Hauptsache.« Von Tag zu Tag klang sie mehr wie ihre Mutter. Ruhig betrachtete sie die Eisfläche, die sich von Horizont zu leuchtendem Horizont erstreckte. »Sollten wir nicht lieber zum Hotel zurückkehren?« Himmel und Eis waren blaßblau und paßten zu ihren Augen und zum schwachen Schimmer ihrer Haut. Als er sich an sie gewendet hatte, war sie anfangs mißtrauisch gewesen. Sie wußte, daß er auf Una eifersüchtig war, und sie hatten einen Trick vermutet, doch nun war sie sicher, daß ihr Aufwand an Zeit sich gelohnt hatte. Ihre eigene Vermutung besagte, daß der Tod Franks und ihrer Mutter, der grob mit seinem eigenen Bewußtwerden der Sterblichkeit zusammenfiel, ihn schlimmer belastete, als er sich eingestehen wollte. »Was wirst du tun, wenn du nach Hause kommst?«

»Es wäre vielleicht nicht schlecht, wenn ich mir einen Job suchte. Nicht, daß ich meine, daß irgend jemand an meinen Fertigkeiten interessiert sein könnte.«

»Du kommst mit einem ziemlich komplizierten Programm zurecht.«

»Nichts geht über die alten Zeiten. Aber es wäre ein Gedanke. Ich könnte Platzanweiserin werden. Natürlich eine ganz edle, meine ich. Im National oder einem ähnlichen Betrieb.«

Sie empfand Mitleid mit ihm. Es war fast eine Tragödie, dieser uneingestandene Verlust der Veränderungsfähigkeit. »Du könntest jeden Job bekommen, den du willst.« Sie küßte seine violetten Lippen.

»Ich könnte einige Qualifikationen brauchen.« Während er seine Kleider und Decken aufsammelte, schaute er zum SnoCat, gelb und schwarz; in diesem Moment eine Silhouette vor der riesigen Sonne.

»Dafür ist es zu spät.« Indem sie Kissen und Korb ins Heck lud, kletterte sie auf den Fahrersitz.

Er begann sich anzuziehen, während sie den Motor startete.

»$d^{dg} = \triangle g(t)$ (wenn $\triangle = o$)«, murmelte er unsicher. »$g(t+2t) - g(t) = \triangle g \ t = g(t)$ ...«

»Da!« Sie tätschelte sein wollenes Knie. »Du fühlst dich schon besser.«

9 Erste Schritte zur Annäherung an Argies

Mrs. Thatcher hat erste diplomatische Schritte unternommen, um die Beziehungen Englands zu Argentinien zu bessern ... Die britische Regierung übermittelte in der vergangenen Wochen Vorschläge an Argentinien, wie die Beziehungen wieder normalisiert werden könnten – aber bisher erfolgte darauf keine Antwort ...

Einzelheiten der geäußerten Vorstellungen wurden nicht bekanntgegeben.

The Sun, 3. Februar 1984

Alvarez' Skepsis hatte sich in Groll verwandelt. Der kleine Hindu, seit dem Gauen von Putney noch grauer und dünner, schürzte die Lippen und stellte in Gedanken eine Berechnung an. Alvarez fragte: »Beten Sie etwa?«

»In gewisser Weise schon, alter Junge. Es ist eine Mischung aus, wie Sie sagen würden, Mathe und Mystizismus. Eine Glaubensgleichung, nicht wahr?«

Alvarez verstummte angesichts dieser enthusiastischen Unschuld. Er stand mit verschränkten Armen da und schaute zu, wie Hira eine weitere Platte in Bodennähe entfernte. Der Brahmane wühlte sich in das Gewirr von Leitungen und Kabeln hinein und verschwand erneut.

»Er ist ganz schön schlau«, sagte Major Nye. »Und er ist der einzige Mensch, den ich je getroffen habe, der die logischen Grundlagen der Programme des alten Cornelius annähernd verstanden hat.«

»Nun, für mich klingt das alles wie Hokuspokus. Nicht viel besser als Miss Brunners Unsinn.«

»Ich glaube, der Unterschied liegt in der Einstellung. Vielleicht auch im Glauben, wie Professor Hira meint. An sich selbst mehr als an die Suche nach der Macht.«

»Nun, ich nenne das verdorben.«

»In ihrem Fall haben Sie wahrscheinlich recht.

Obgleich«, Major Nye kicherte, »es scheint ihr ganz gut zu gehen. Die Australier vertrauen ihr.«

Alvarez vertiefte sich wieder in seine alten Ausgaben von *Forum* und *Libido.* Er hatte noch keinen Fluchtweg gefunden, aber er war sicher, daß der Sex ihm einen eröffnen würde. Eine Sache aber wußte er genau: Er würde niemals zur katholischen Kirche zurückkehren.

Unterdessen setzte Major Nye die Kopfhörer seines Stereogeräts wieder auf und lauschte weiterhin den Radiobulletins, die sich mit der bevorstehenden Krise beschäftigten, die jedermann als unausweichlich betrachtete. Bisher war noch keine Rakete abgefeuert worden. Das Rennen war so gut wie vorüber. Die Läufer lagen zu Millionen erschöpft da und warteten auf die Erlösung durch den Tod. Zwischen 1979 und 1984 war etwas Furchtbares mit der menschlichen Moral geschehen. Keine Aufmunterung konnte das Licht des Optimismus von neuem zum Leuchten bringen. Die Welt hatte sich der Verzweiflung hingegeben. Sie hatte sogar das Vertrauen in die Macht ihrer eigenen Habgier verloren.

Professor Hira tauchte wieder auf, bedeckt mit Spinnweben und mit einem Grinsen im Gesicht. In einer Hand hielt er einen runden Gegenstand aus Fellhaaren, Stroh und Papier. »Ein Mäusenest. Ist das nicht schön?«

»Könnte das ein Teil unseres Problems sein?« Major Nyes Stimme klang unnatürlich laut.

»O nein, Major. Ich glaube, es liegt an einer der Hauptfunktionen. Es dürfte mindestens hundert Jahre alt sein. Es ist schon erstaunlich, wieviel organisches Material verwendet wurde. Ich vermute, daß mir die symbolische Struktur jeden Moment offenbar wird.« Er strahlte und kroch mit dem Nest wieder hinein.

»Mein Gott!« stieß Alvarez hervor. Er blätterte hastig durch seine Stapel *Bizarre, Rubber Fun, Spanking Times* und *Beastly Beauties.* Monströse Brüste und umschnürte Gesäße schienen ihn zu umzingeln und zu verschlingen. Er spürte, wie sein Gesicht von der Innenseite eines riesigen Schenkels, der sich aus einem Vinylschlüpfer herauswölbte, zugedeckt wurde, und er stöhnte einmal und stürzte schwer auf den Boden, ehe seine Hand seinen Hosenstall erreichen konnte.

Beim dumpfen Laut des Aufschlags tauchte Professor Hira wieder auf. »Dieses Zeug wird Sie noch umbringen, alter Junge, wenn Sie nicht verdammt vorsichtig sind.« Er schaute zu dem Major hoch, der seinen Kopfhörer abnahm. »Ist es möglich, daß Miss B. sich hier drin an ihn herangemacht hat?«

»Durchaus möglich. Er hat Probleme beim Atmen.« Major Nye kniete neben dem Sergeant nieder. »Es ist so, als wäre er an etwas erstickt.«

Professor Hira betrachtete flüchtig die verstreuten Magazine. »Es könnte das greifbare Böse sein.«

»Jemand muß einen Arzt rufen.«

»Aber es ist eine Frage der Besessenheit ...«

Alvarez schlug die Augen auf. »Bitte, keinen Priester.«

»Können Sie etwas fühlen?«

»Noch nicht. Ich versuche es schon die ganze Zeit.«

Ein Wagner-Thema pfeifend, kehrte Hira wieder in sein Labyrinth zurück.

Major Nye fragte sich, ob Alvarez nicht besser ins Feld geschickt worden wäre. Dieser Posten, so erkannte er jetzt, war nichts für ihn. Alvarez kam wieder zu sich. Seine Pupillen waren winzig, sein Ausdruck angestrengt, flehend. »Bitte! Ich komme nicht runter!«

»Runter?«

»Weg. Hinaus. Es ist nicht fair, mich alleine zurückzulassen, während ihr alle die Flucht ergreift.«

»Unsinn, wir lösen es schon, alter Junge. Professor Hira hat die Witterung aufgenommen!«

Alvarez ignorierte die dargebotene Hand und richtete sich aus eigener Kraft auf. Er lehnte sich schwankend gegen die Trümmer. »Ich ertrage das nicht. Ich brauche etwas C.«

»In der Nähe von Lyme Regis befindet sich ein hervorragendes Altersheim.«

»Warum nicht?«

Ein Schirm in der oberen Reihe, zwei in der linken flakkerten auf. Helle Farben, klare geometrische Formen, etwas in Arabisch. Dann erloschen sie wieder.

»Viola!« Major Nye schlug Alvarez auf den Arm. »Wir haben eine Spur gefunden.«

Aber Alvarez sah nur Gefahr, unbegründete Hoffnung. »Ich gehe runter nach Torquay«, sagte er. »Sie ist doch jetzt dort, oder?« Er begann, seine Pornos in einen abgeschabten ledernen Aktenkoffer zu stopfen.

Hira erschien aus einem neuen Loch. »Bitte, Sergeant Alvarez, nehmen Sie eine Tüte Samosas für die Reise. Das ist Gemüse. Sehr gut!«

Alvarez griff plump nach der braunen Papiertüte und fügte sie seinem Gepäck hinzu.

»Macht's gut«, sagte er. »Soll ich jemandem irgendwas ausrichten?«

Sie starrten ihn schweigend an. Er zuckte die Achseln und verließ das Zeit-Zentrum.

»Das ist ja Wahnsinn«, meinte Hira. »Will dieser Kerl sich der Opposition anschließen?«

»Wenn sie es ist, Professor, dann denke ich schon.«

Major Nye war überrascht, als Hiras Miene sich aufhellte. »Exzellent. Nun schaffen wir doch so etwas wie ein Gleichgewicht.«

Major Nye bückte sich müde und hob eine Ausgabe von *Restraints and Harness* vom Fußboden auf. »Wie ungewöhnlich.« Er hatte Bilder von Pferden erwartet. Während er das Magazin beiseite legte, reckte er seinen Hals, um in die nächste Höhlung zu schauen. Schatten tanzten wie Rauch. Geheimnisvolle Lichter erschienen wie ferne Sterne. Extreme schienen vorzuherrschen: Wetter, Entfernungen, Zeit. Laute drangen an seine Ohren wie das letzte Echo von etwas weitaus Substantiellerem. Er glaubte, Wasser zu hören. »Wie kommen Sie voran, alter Junge?«

»Ich staune, Major, über die Möglichkeiten der Manipulation, die hier vermieden wurden. Es ist einzigartig!«

»Aber sind Sie ein Stück weitergekommen?«

»Das kommt zum großen Teil auf Ihre Definition an.«

Der Hindu kicherte und stand plötzlich lebensgroß unter Major Nyes Nase. »Aber ich bin mir ziemlich sicher, daß Ihre Vermutung richtig war.«

»Demnach meinen Sie, wir wären hereingelegt worden?«

»Gründlich, fürchte ich.«

Das Telefon klingelte. Vorsichtig hielt Major Nye sich den wieder funktionierenden Hörer ans Ohr.

Nach einer Weile sagte er: »Torquay, denke ich.« Er legte den Hörer zurück auf die Gabel. »Das war Mitzi Beesley. Sie ist auf dem Atlantik. Unterwegs von Annapolis, wo sie eine neue Mannschaft angeheuert hatte. Sie wollte wissen, wo ihr Vater ist. Nun ja, wenigstens haben Sie das Telefon wieder in Gang gebracht, alter Freund.«

10 Palast der Phantasie

ZETA, das europäische Sex-Symbol Nr. 1 in der absoluten sexuellen Traumsequenz – erleben Sie mit, wie all Ihre Phantasievorstellungen zum Leben erwachen und wahr werden.
Werbung, Brightstar Erwachsenen-Videos.

Daily Star, 3. Februar 1984

Una Persson hielt ihren schwarzen Soldatenmantel hoch und sah, daß die Motten an mindestens fünf Stellen riesige Löcher hineingefressen hatten. Das reizte sie zum Lachen. »Nun, das Ding werde ich wohl wegwerfen müssen. Was ist sonst noch da?« Sie bückte sich nackt über den Koffer, den Catherine und Jerry auf ihrem Rückweg vom Pol für sie mitgebracht hatten. »Hattest du große Schwierigkeiten, es aus ihm herauszubekommen?«

»Er hat uns für die Unterbringung drei Pfund abgenommen.« Catherine war von der Vielfalt der Kleider fasziniert, die jetzt alle verfault und zerfetzt waren.

»Lumpen«, sagte Una.

»Nützlicher Verfall.« Jerry hatte es nicht gewagt, seine eigenen Kartons zu öffnen. Wie immer bewunderte er ihre Entschlossenheit. »Adieu, Ladies. Wir sehen uns irgendwann.«

»Wo willst du hin?«

»Die Regierung schickt mich nach Lin Tao Island. Ein Verwaltungsjob in Hongkong.«

»Ist das nicht da, wo sie die Boatpeople hinbringen?« Una ließ einen von Mehltau befallenen Stiefel auf den Boden poltern.

Jerry wurde vorsichtig. »Schon möglich.«

Catherine sagte: »Er braucht Sicherheit. Aber er wollte sich auch sozial nützlich machen. Daher hat die SS es aus ihm herausgeholt.«

»Ich dachte, sie wären übereingekommen, den Chinesen die Souveränität zuzubilligen.«

»Sein Job wird davon nicht beeinflußt.«

Jerry blinzelte. »Du hast recht, Una. Eine abgekartete Sache.«

Catherine hatte den Eindruck, als sei ihr etwas entgangen. »Sie sagten, es wäre das Beste, was sie finden konnten. Für jemandem in seinem Alter. Gute Aussichten.«

»Diese verdammten Australier!« Jerry rieb sich heftig den Nasenflügel. »Und ein alter Kämpe wie ich. Was, zum Teufel, ist mit meinem Gedächtnis los?«

»Eine selbstinduzierte Senilität, wenn du mich fragst.« Una umarmte nun Catherine, die sich mittlerweile fragte, ob sie am Ende ihren Bruder nicht betrogen hatte. »Du hast immer noch die Wahl zwischen einigen Möglichkeiten, Jerry.«

»Sie haben das Zeit-Zentrum geschlossen«, sagte er. »Habt ihr nicht gehört? Major Nye und Professor Hira sind auf der Flucht. Man braucht gute Kontakte, seitdem Miss Brunner mit ihrem pränuklearen Wahl-Programm aufgetaucht ist. Sie sind nach Plymouth gegangen und haben den Mecca Ballroom besetzt. Alvarez arbeitet für sie. Bischof Beesley ist der Chef der Gen-Kontrolle. Mitzi ist für die ethnischen Tests verantwortlich. Sie werden vom Innenministerium großzügig unterstützt.«

»Ich weiß«, sagte Una. »Und fast jeder soll befragt werden. Okay, vielleicht solltest du nach Hongkong gehen. Ich nehme an, du hast Glück, daß du nicht in einem Lager sitzt.«

»Jeder versucht, sich für eine Seite zu entscheiden.« Jerry empfand Unbehagen. »Wo ist das Individuelle geblieben?«

»Frag in Plymouth nach.«

»Woher bekommst du deine zahlreichen Neuigkeiten?« fragte Catherine ihre Freundin voller Bewunderung.

»Ich sitze häufig vor dem Fernseher.«

Jerry spürte vage, daß ihm mehr entging, als er mitbekam. Er bog seine Finger. Sie taten ein wenig weh. Vielleicht hatte er die ersten Anzeichen von Arthritis. Es wäre gut, aus der feuchten mesozoischen Luft herauszukommen. Aber wohin sollte er gehen? Das Tal des Todes kam ihm in den Sinn.

»Ich glaube, man kann das Ganze gefahrlos abschreiben. Das meiste von meinem Zeug war miteinander verbunden. Das Zeit-Zentrum zu schließen war Miss Brunners größter Triumph. Aber ich vermute, sie erwartet von ihren neuen Rekruten mehr, als diese leisten können. Ich würde es mir zweimal überlegen, ehe ich unzufriedene Radikalinskis der anderen Seite einstellen würde. Trotzdem glaube ich, daß sie es verdient hat, ihr Glück versuchen zu können.« Una hustete plötzlich. »Sporen.« Sie entfernte sich von ihrem Koffer.

»Es wird zu heikel«, sagte Jerry. »Früher hatte ich eine Menge Hilfe.«

»Du kannst dir ein neuerliches Verkriechen nicht leisten.« Una legte eine Hand auf seine Wange. Er roch eine exotische Creme. »Du bist weitaus besser als alle anderen für ein Überleben ausgerüstet. Sogar jetzt.«

»Wer möchte denn schon den kryogenischen Totalitarismus überleben? Was ist denn 1915 mit all den Armeniern passiert?«

»Sie wurden von den Türken repatriiert. In die Wüste gebracht. Warum machst du dir Sorgen? Wovor hast du Angst?«

»Davor, zu einer Minderheit zu werden.«

»Gott sei Dank bist du das immer gewesen.«

Er begann zu knurren. Aber es war eine Selbstimitation und ohne Bedeutung. Seine Hand wanderte zu seinem kurzgeschorenen Kopf, sank herab und legte sich auf den Tweedstoff seiner Jacke. »Was können sie mir denn noch antun?«

»Du hast ja keine Ahnung, was sie schon alles getan haben. Sie haben deine Möglichkeiten eingeschränkt, deine Moral vernichtet, dich deines Willens und deiner Handlungsfähigkeit beraubt. Dies sind trübe Zeiten, Jerry. Es paßte ihnen, daß du Angst hattest. Es paßte ihnen auch in den Kram, daß alle glaubten, es wäre die Bombe, welche ihnen Angst machte. Tatsächlich war der Schrecken weitaus tiefgründiger und direkter. Es war der Schrecken, selbst zu wissen, daß dir von der Macht, die du noch vor zehn Jahren hattest, nichts mehr geblieben war.«

»Dann wurden wir alle hereingelegt?«

»Und wie. Es gab überhaupt keine Möglichkeit, wie du je hättest gewinnen können. Es war von vornherein getrickst. Deshalb mußte das Zeit-Zentrum verschwinden. Es war die einzige Bedrohung ihres Plans – denn es verzeichnete immer noch Wahlmöglichkeiten. Miss Brunner und die anderen lassen keine Alternativen zu. Sie haben zuviel unter Kontrolle zu halten. Ihre Investition ist hoch und erbarmungslos zielgerichtet. So etwas nennt man in Zeiten der Not Logik. Die meisten Menschen folgen ihr blind wie Schafe auf dem Weg zur Schlachtbank.«

»Sie lassen mich bestimmt nicht stempeln gehen.«

»Hat man erst mal den Schilling des Königs angenommen, dann befolgt man auch seine Befehle. Das ist die wunderbare Macht simpler Ökonomie. Es liegt nicht in ihrem Interesse, daß du wieder reich wirst.«

»Ich dachte, ich schaffte es alleine.«

»Was?«

»Alles, weißt du, was ich getan habe. Was ich erreicht habe.«

»Was war das?«

»Einige Auswege verfügbar halten. Und irgendwelche anderen Dinge. Für jeden.«

»Dein Scheitern«, sagte sie traurig, »ist offenbar ein Scheitern der Klasse.«

Er war erregt, schüttelte seine Manschetten, um seine weißen Ärmel zu zeigen, den goldenen Siegelring. »Was meinst du damit? Klasse ist mein Name.«

»Sie haben dich in die Irre geleitet, Jerry.« Sie seufzte. »Sie waren nur auf deine Energie scharf. Und die brauchen sie jetzt nicht mehr.«

»Ich kann mich nicht mehr gegen sie wehren. Ich bin nutzlos. Ich bin zu alt dafür.«

»Viele Möglichkeiten stehen Ihnen nicht mehr offen, Mr. Cornelius.« Ihre Stimme klang ernst. »Es sei denn, Sie wollen tatsächlich sterben.«

Er erschauerte. Er blickte in ihre tiefgründigen Augen. Er fand dort die einzige Alternative, und die war unerträglich.

»Eigentlich nicht.«

Sein Ausdruck war sowohl flehend wie auch um Verzeihung heischend. Er schien ihr Mitleid zu suchen. Er hatte keine eindeutige Erklärung, warum er so reagierte.

»Noch nicht.«

11 Schock für Maggie wegen Arbeitsmarktlage

Die Arbeitslosenzahl stieg im vergangenen Monat in Großbritannien um 120000 auf knapp unter 3,2 Millionen ... Ministerielle Kreise hatten hingegen mit der normalen Januar-Zunahme von 90000 gerechnet.

The Sun, 3. Februar 1984

Die Gespenster, die ihn in seiner Jugend heimgesucht hatten, hatten einem alltäglicheren Gefühl von Sterblichkeit Platz gemacht. Er war in eine Zeit hineingeboren worden, in der Lenkbarkeit offensichtlich nicht nur möglich war, sondern sogar gefördert wurde. Er dachte gerne daran, daß er die allerbesten dirigiert hatte. Die Realität war formbar, die Wahrheit eine Frage individueller Definition. Doch an irgendeinem Punkt während der siebziger Jahre, etwa zu der Zeit, als seine Mutter starb, wurde ein Versuch unternommen, die Möglichkeit einzudämmen und zu begrenzen sowie die Romantik anzugreifen (in ihrem gesamten Umfang) und sogar in die Welt der Träume einzudringen und sie zu annektieren. Am Ender war der Versuch erfolgreich. Aber er hätte niemals geglaubt, daß er selbst dieser neuen Ordnung unterworfen sein würde. Er hatte zuviel Vertrauen, wie er nun erkannte, in die Macht der Phantasie gesetzt und die Macht der Angst dabei völlig außer acht gelassen. An einem Punkt hatte er gemeint, daß er wenigstens entkommen war oder, falls in einer Falle gefangen, daß er wieder würde entkommen können. Aber das war nicht mehr möglich. Seine Aktionen, seine Phantasien wurden von dieser neuen Autorität bestimmt, in der Gesetz mit einem ordentlichen Haushalt gleichgesetzt wurde und in der Gerechtigkeit das war, was den Staub davon abhielt, aufzusteigen.

»Wir sitzen zusammen in diesem Rettungsboot«, sagte

Miss Brunner aufgeräumt. »Und können nur überleben, wenn wir die Entscheidungen eines Kapitäns und eines Steuermanns akzeptieren.«

Jerry gab sich alle Mühe, seine Zweifel zu unterdrücken. Alle stimmten darin überein, daß sein einziger Weg darin bestand, sich in Miss Brunners Umschulungs-Projekt einzuschreiben. Er betrachtete die Risse in den pinkfarbenen Marmorwänden, verfolgte sie, als würden sie ihn zu einem aufschlußreichen Hinweis führen, aber sie verliefen sich. Diese Art von städtischer Architektur machte ihn immer hilflos.

»Was ich wissen möchte, ist, wie wir in dieses Rettungsboot gelangt sind.«

»Mr. Cornelius, ich gebe Ihnen weitaus mehr Zeit, als Sie verdienen. Wenn Sie das Ganze nicht ernst nehmen, kann ich Ihnen nicht helfen.«

»Die *Marie Celeste*«, sagte er. »Irgend etwas hat die Mannschaft vertrieben. Aber das Schiff war völlig intakt und aufgeräumt und fuhr unter einem ziemlich großen Segel. Wie haben Sie die Mannschaft erschreckt? Und wo, zum Teufel, ist das Schiff?«

»Seien Sie nicht albern, Mr. Cornelius. Dies ist alles, was wir haben. Und wir sollten dafür dankbar sein. Dies sind schlimme Zeiten.«

»Nicht für Sie. Ich hab' Sie noch nie so zufrieden erlebt. Am Ende haben Sie jeden geschafft. Und jetzt handeln wir alle nach Ihrer verrückten Logik. Wo ist die *Marie Celeste,* Miss Brunner?«

Sie schüttelte den Kopf. »Sie sind unverbesserlich. Wir würden Sie nur höchst ungern nach Putney schicken. Aber bei diesem Tempo ...«

»Tempo? Davon kann doch nicht die Rede sein. Oder jedenfalls ist es kaum erwähnenswert. Sie haben uns ja fast auf Null abgebremst. Und wenn wir schließlich bei Null ankommen, was dann? Eine kryogenische Zukunft? Ewiges Leben in nuklearer Nacht? Was wollen Sie denn tun, wenn die Dämmerung endlich anbricht?«

»Zuerst wird es eine Rationierung natürlicher Ressourcen geben. Das ist die Grundlage einer vernünftigen Planung. Sogar Sie müssen das einsehen.«

»Wer bekommt das Sonnenlicht und die Luft? Etwa nur die, welche ihren Geist Ihren armseligen, hoffnungslosen, halbliterarischen Gleichungen verschreiben? Ich glaube, dann würde ich lieber ...«

Sie reagierte ausgesprochen nett. »Genau das erwartet Ihr Land. Freiwillige Selektion.«

»Was wäre, wenn ich aus dem Rettungsboot spränge und versuchte, selbst zu schwimmen?«

»Sie würden in einem Sumpf landen, der allmählich zufriert.«

»Ist das ...«, er suchte nach dem Wort – »so schlimm? Haben Sie ...«, er atmete schwer – »unrecht? Sind Sie böse?«

»Ich betrachte Sie, Mr. Cornelius, als einen bösen Menschen. Selbstgerecht, unloyal, irrational, skrupellos. Und so weiter. Die Gesellschaft ist bis jetzt mit Ihnen zu milde umgesprungen. Sie hat Ihren Typ als Hofnarren, als liebenswertes Rauhbein gepflegt. Nun, für ein liebenswertes Rauhbein ist in einem Rettungsboot nie allzuviel Platz, es sei denn, er benimmt sich anständig.«

Jerry hörte das Knarren von Holzbalken; aber es hätte auch nur etwas sein können, das an einem Galgen baumelte. »Sie bringen unsere Kinder um.«

»O nein, Mr. Cornelius. Wir gehen noch viel weiter. Dies ist für uns die erste Gelegenheit, einen sauberen Schnitt zu machen.«

»Dann stimmt es also.« Er sah draußen einen Baum seine Blätter verlieren. »Sie haben das letzte Vakuum erfunden.« Er spürte, wie etwas an seinem Mantel zupfte.

Es war Mo Collier in einer makellosen Portiersuniform. »'n Tag, Mr. C.« Er tippte an seinen Mützenschirm. »Ich glaube, es wird für Sie Zeit zu gehen, Sir.«

Miss Brunner lehnte mit dem Rücken an victorianischem Marmor und schaute durch die schweren Fenster hinaus auf die langweilige Landschaft. Sie sagte nichts, als er hinaus begleitet wurde. Er folgte Collier durch grüne und braune Korridore zur Eingangstreppe. Etwas an den Gebäuden, die die Plaza säumten und der versiegte Brunnen erinnerten ihn an Liverpool. Aber es hätte London sein können. Wie war er hierher gekommen?

Collier gab ihm von hinten einen Stoß, der ihn schnell ein paar Stufen hinunterstolpern ließ. »Verpiss dich, du schmieriger kleiner Bastard. Versuch beim nächsten Mal nicht mal, dich vorzudrängen.«

»Ich dachte, ich wäre erwartet worden.«

»Du bekommst deine Befehle noch früh genug.«

Dieses Muster der Intrige, dieser Verrat langweilte ihn. Das Leben in der Gefrorenen Gesellschaft hielt, nach pointierter Definition, für ihn keine Überraschungen mehr bereit.

12 Friedensratschläge von Joan

Die singende Kriegsgegnerin Joan Baez beschwor gestern die Friedensfrauen von Greenham Common, sich doch umgänglicher zu verhalten. Joan, die Protestheldin der sechziger Jahre, meinte: ›Sie sollten ihre Botschaft durch Reden, Singen und durch sanfte Aktionen zu Gehör bringen. Statt dessen dringen sie in militärisches Gebiet ein, veranstalten lautstarke Demonstrationen und schüchtern die Menschen ein. Das mag in den sechziger Jahren gewirkt haben, doch jetzt ist diese Methode längst veraltet.‹ Die Sängerin, zu deren Anti-Kriegs-Hits *We Shall Overcome* und *Blowin' In the Wind* gehören, wird morgen mit dem Flugzeug nach Großbritannien kommen und Greenham einen Besuch abstatten.

The Sun, 3. Februar 1984

»Una wird nicht kommen.« Catherine tauchte aus der Dunkelheit der Küche auf. Überall waren alte Dosen und zerknüllte Papierfetzen; schwarze Müllsäcke, modernde Kleider, zerbrochene Möbel. Ein wenig Licht drang durch die vernagelten Fenster in den Keller. Sie fügte hinzu: »Ich wünschte, du hättest einen anderen Treffpunkt ausgewählt. Dieser Ort ist schrecklich. Hat Frank dir nicht gesagt, er würde sich darum kümmern?«

»Das muß es sein, was er gemeint hat.«

»Man sollte meinen, der Hauswirt würde irgend etwas tun.«

»Erinnerst du dich nicht? Es stellte sich doch heraus, daß Frank Mums Hauswirt war. Das stinkt, nicht wahr? Ich werde wegen Cath gesucht. Ich hatte vierundzwanzig Stunden Zeit, mich zur Umschulung zu melden. Ich habe es nicht geschafft. Nicht viele Leute gehen ins Ghetto, um sich zu verstecken. Mir ist nichts anderes eingefallen. Una kann nicht ausgestiegen sein. Was hat sie vor?«

»Hab' ich dir doch schon erzählt. Sie meint nicht, daß sie für irgendwen verantwortlich ist. Oder für dies hier.«

»Keine Neuigkeiten von einer anderen Front? Was kann ich tun, Cath?« Er hockte sich hin und begann, ein paar Bogen des billigen Notizpapiers zu glätten. »Ich hab' noch genug Mumm, um mich nicht Miss B. anzuschließen, aber für etwas anderes habe ich keine Energie mehr. Una sollte meinen Platz übernehmen. Ich bin zu alt.«

»Und sie ist zu müde.«

»Aber sie weiß mehr als ich. Wenigstens hätte sie mir eine kleine Information zukommen lassen können.«

Ein leises Brummen ertönte am Himmel. Er reckte den Hals, um durch die Jalousien zu blicken. Ein 5000er AI Truppentransporter schwebte über den Ruinen von Ladbroke Grove. Das Luftschiff war in Australien gebaut; eine der letzten Maschinen der Bond Corporation, die durch Regierungserlaß aus dem Privatverkehr entfernt und in den Staatsdienst gestellt worden waren. Er hatte gehofft, es sei gekommen, um ihn zu retten. Nun sah er Kisten voll kontaminierter Lebensmittel aus der Hauptladeluke herausfallen. Ein weiteres verdammtes Symbol seiner enttäuschten Träume. Auf der Straße vor dem Haus explodierte ein Karton Corned beef, und eine Dose schlug gegen die Bretter vor dem Fenster.

»Du mußt sie überzeugen, Cath. Ich schaffe es nicht. Nichts funktioniert mehr so wie früher. Fühlst du es denn nicht?«

»Ich habe es versucht, Jerry. Nicht so angestrengt allerdings. Ich finde es schlimm, dich so verzweifelt zu sehen.«

Zwei weitere Kisten schlugen auf dem löchrigen Asphalt auf. Jerry konnte gerade noch ein Aufschluchzen unterdrücken. Er vermißte seine Mum. »Cath? Was kann ich ihr anbieten?«

»Una? Ich bezweifle, ob sie irgend etwas von dem braucht, was du hast. Noch nicht. Sie sitzt nicht über dich zu Gericht, Jerry. Ihre Entscheidung ist rein persönlich.«

»Sie gehörte niemals zu denen, die sich lange herausgehalten haben.«

»Vielleicht weiß sie, wann sie geschlagen ist. Du hättest dich damit zufrieden geben sollen, deine Gesundheit und deine Identität zurückzubekommen, keine Verbündeten, keine Fähigkeiten mehr. Du hast sogar deinen alten Stil vergessen. Du bist ein total durchschnittlicher Kerl, Jerry.«

»Ich habe die Pflicht«, sagte er, »meinen eigenen Erinnerungen gerecht zu werden.«

»Das ist ein längst verlorenes Spiel.«

»Vielleicht. Aber es kommt dem Mut am nächsten.«

»Dies ist nicht gerade die Zeit, in der etwas höher eingeschätzt wird als Äußerlichkeiten. Und die haben dir immer gefehlt. Ich gehe jetzt zurück, Jerry.«

»Wie lange wirst du Ferien machen?«

»Wir fahren nicht in die Ferien. Wir haben uns zur Ruhe gesetzt. Was du tust, ist nicht realistisch. Es ist noch nicht einmal romantisch.«

»Ich kann nicht einfach dastehen und das Ende von allem miterleben, das ich einmal geschätzt habe.«

Sie lachte. »Du solltest dir einmal selbst zuhören. Was ist dir denn je wichtiger gewesen als deine eigenen Gelüste?«

Er hörte sie in den Keller hinuntersteigen. Als er ihr folgte, war sie verschwunden. Er konnte keinen Ausgang finden.

13 Howe in Entlassungsaffäre beim Geheimdienst verwickelt

Außenminister Sir Geoffrey Howe war gestern abend erneut Mittelpunkt eines Durcheinanders im Zusammenhang mit dem von der Regierung ausgesprochenen Verbot gewerkschaftlicher Tätigkeiten in einem Spionagezentrum. Er behauptete, er habe keine Ahnung von der Drohung der Premierministerin, daß Mitarbeiter des Hauptquartiers in Cheltenham ohne Abfindung entlassen würden, falls sie sich weigerten, aus ihrer Gewerkschaft auszutreten oder sich auf andere Stellen versetzen zu lassen. Und er dementierte scharf eine vom Verwaltungschef Barney Hayhoe verfaßte Verlautbarung, in welcher er die Warnung ausspricht, daß die Angestellten ihre Jobs ohne finanziellen Ausgleich verlieren würden, seien sie nicht kooperationsbereit. Sir Geoffrey, der in der Sendung TV Eye von ITV interviewt wurde, sagte: ›Ich habe keine Ahnung, wie so etwas hat aufkommen können.‹ Und er versicherte, daß es eine Möglichkeit zur ›freiwilligen Pensionierung auf der Grundlage von Ausgleichszahlungen‹ geben würde.

Daily Star, 3. Februar 1984

Major Nye bedauerte seine Entscheidung, den Fluß zu verlassen und zu versuchen, über Land vorwärtszukommen. Seine weiße Dienstkleidung war verschmutzt von Schlamm, Granatapfelsaft und Baumharz. Wohingegen Professor Hira, wie es schien, in seiner Kluft aus heller Baumwolle und mit einem Turban makellos sauber geblieben war. Auch die Träger zeigten keinen Verdruß trotz der Tatsache, daß die Ausrüstungsgegenstände auf ihren Köpfen und Rücken schwer und sperrig waren.

»Wir haben sicherlich die burmesische Grenze längst überschritten, oder?« Der Major blickte blinzelnd auf helles, unwahrscheinliches Gefieder. »Sollten wir nicht eine Rast einlegen und etwas zu essen austeilen?«

Professor Hira fand das sehr belustigend. »Mein lieber alter Freund, das können wir bei Anbruch der Dunkelheit machen. Außerdem wissen wir ja gar nicht, ob wir in einer Stunde überhaupt noch in diesem Waldgebiet sind.«

Und wirklich gerieten sie von einer Zone in die nächste. Major Nye machte dafür ihre Last verantwortlich. Sie waren in Shepperton aufgebrochen und hatten 1951 innerhalb eines Tages einen Teil von Kenia durchquert, dann 1960 die Außenbezierke von Famagusta und hatten irgendwann 1920 in Louisiana einen sumpfigen Flußarm überwunden. Dort hatten sie beinahe den Lastwagen verloren. Er war 1949 im Tschad endgültig zusammengebrochen, und dort hatten sie ihre Träger angeheuert. Der Beweis, daß immer noch Alternativen existierten, zumindest in der ein oder anderen Form, reichte nicht aus, Major Nye mehr als nur ein wenig aufzumuntern. Diese Wanderung war besser, als gefangengenommen zu werden oder Miss Brunners düstere Logik zu übernehmen. Aber er war frustriert. Wenn sie ihre Last zu einem neuen Bauplatz transportieren könnten, könnten sie auch versuchen, ein vorübergehendes Zeit-Zentrum zu erbauen.

Sie hatten eine Lichtung betreten. Im Licht der späten Nachmittagssonne, das durch die höher liegenden Etagen riesiger Bäume gefiltert wurde, entdeckte Major Nye ein Bauwerk, das er anfangs für einen zerstörten Tempel hielt. Dann erkannte er, daß das Gebäude noch recht neu war und den Kontrollturm eines mittelgroßen Flughafens darstellte. Indem sie ihren Trägern vorauseilten, näherten die beiden Männer sich dem Bauwerk. »Sieht aus, als wäre es während des Krieges gebaut worden«, sagte Major Nye. »Vielleicht etwas, das die Amerikaner zurückließen.«

Hira schüttelte den Kopf. »Das ist japanisch. Sehen Sie doch.« Er wies auf Ölfässer, deren Rost noch nicht alles bedeckt hatte. »Das verursacht mir fast schon nostalgische Gefühle. Ich war nämlich ihr Gefangener, müssen Sie wissen, etwa eine Woche lang. Wegen falscher Identität. Nun, wir können hier ohnehin für die Nacht ein Lager aufschlagen.«

Major Nye stemmte sich mit der ihm noch verbliebenen Kraft gegen eine Stahltür. Knarrend schwang sie auf. Kleine Tiere huschten davon. Einige Fledermäuse zogen sich weiter in die dunklen Schatten zurück. »Ein ziemlich sorgfältig angelegtes Areal. Ich möchte bloß wissen, was sie beabsichtigten.«

»Offenbar dachten sie an eine zivile Verwendung, nachdem die Anlage militärischen Zwecken gedient hatte. So dachten sie allerdings nicht immer. Welche Idee steckte dahinter? Wollten sie den Einheimischen so unter Beweis stellen, daß ihre Südostasien-Wirtschaftshilfe-Aktion tatsächlich wirksam wurde?«

»Ich war schon immer gespannt darauf, einmal einem freundlicheren Gesicht des Imperialismus zu begegnen. Aber wo soll dann die Rollbahn sein?«

»Die ist wahrscheinlich niemals angelegt worden.«

»Eine sehr ungewöhnliche Art und Weise des Vorgehens. Ich kann kaum den Sinn erkennen. Und doch stehen wir davor.« Im schwachen Licht von oben und unten kletterten sie metallene Stufen zu einem Hauptkontrollraum hinauf, nach dem Standart der achtziger Jahre eine ziemlich rohe Angelegenheit. Überall befand sich Funkausrüstung, unberührt, aber der größte Teil der Drähte war korrodiert, und die Gummiisolierungen waren brüchig geworden. Nur der Stahl, das Glas, die Messinggegenstände und das Bakelit befanden sich in einem ordentlichen Zustand.

»Offensichtlich haben die Yanks das hier nie gefunden.« Major Nye konnte durch verschmierte, von Efeu überwucherte Fenster und durch das tiefe Grün des umgebenden Dschungels in der Ferne Wasser glitzern sehen. Nachtaffen tauchten aus dem Laubwerk auf und schwangen sich geschmeidig von Ast zu Ast. »Niemand ist seit vierzig Jahren hiergewesen. Das erscheint mir seltsam. Das hier ist total geheim. Es muß Meilen von allem entfernt sein.«

Professor Hira wendete seine Aufmerksamkeit einer verblichenen Wandkarte zu. »Dies war an sich kein Landefeld, sondern ein Luftschiffhafen. Von den Deutschen und den Japanern angelegt. Ich habe hier die Verankerungsvorschriften für einen Zeppelin.«

Major Nye schnaubte. »O mein Gott.«

Professor Hira setzte sich auf einen Tisch, um die Information zu überdenken. »Nun, wenigstens ist Ihre Hoffnung erneut bestätigt worden, Major. Wir sind auf eine wichtige Linie gestoßen. Eine Art Hauptader sozusagen. Die Alvarez für total ausgelöscht gehalten hat. Wenn es also so etwas gibt, dann muß es auch noch andere geben.«

»Nun brauchen wir nichts anderes zu tun, als von hier zu verschwinden und den jungen Cornelius zu finden. Ich rufe die Träger herbei. Sie können das Lager am Morgen errichten.« Major Nye machte einen zufriedenen Atemzug. »Das könnte sogar die Hauptader sein.«

Professor Hira lachte erfreut.

14 Skandal um Mutter Teresa

Mutter Teresa von Kalkutta wurde um £ 200000 an Spendengeldern erleichtert. Geld, das ihr geschickt wurde, um Millionen von hungernden Menschen zu helfen, wurde von einer skrupellosen asiatischen Mafia in die eigenen Taschen geleitet. Viele Spenden stammten aus Großbritannien, wo man von der Heiligkeit der Nonne, die im vergangenen Jahr den Verdienstorden der Königin erhielt, zutiefst bewegt ist. Gestern ließ der Repräsentant von Mutter Teresa in London verlauten: ›Schicken Sie um Himmels Willen keine Spenden mehr nach Kalkutta. In der Mission ist davon kaum etwas angekommen.‹

Daily Star, 3. Februar 1984

Prinz Lobkowitz bewahrte sich eine privilegierte Position, im wesentlichen auf Grund der Menge fremder Währung, die er immer noch mit seinen Übersetzungsarbeiten und seinen historischen Werken verdienen konnte. Er wohnte nicht mehr im Palast, sondern hatte ein geräumiges Haus unweit der Waldsteingärten. Er war erfreut, Jerry zu sehen. »Sie kamen doch fast nie nach Prag. Wie konnten Sie ein Ausreisevisum bekommen?«

»Ich habe keins. Ich erinnerte mich an eine auf Eis gelegte und immer noch verwendbare Identität in Westdeutschland. Man kann immer noch in einem gewissen Rahmen innerhalb der EEC ungehindert reisen. Aber ich mußte England mit einem gefälschten Paß verlassen. Ich bin ein gesuchter Verräter, müssen Sie wissen. Ein Spion und Saboteur. Aber Sie müßten dazu die ganze Geschichte kennen. Haben Sie gehört, daß Mrs. T. öffentlich vor Gericht gestellt und hingerichtet wurde? Die Phase Zwei hat begonnen, genau wie vorausberechnet.«

»Der Terror. Das ist natürlich eine Folge der enttäuschten Erwartungen, obgleich Gott allein weiß, was Miss Brunner sonst noch will. Ich dachte, die Erwartungen wären auf Null reduziert worden.«

»Wenn ich ihr Programm richtig verstehe, dann zielt sie auf einen totalen Atomkrieg ab. Um ein neues Jahrtausend anbrechen zu lassen. Sie hat sich alles bis ins letzte Detail ausgedacht. Aber sie hat mehr Schwierigkeiten als erwartet, die Amerikaner zu überzeugen.«

»Dann sind Sie hergekommen, um uns zu warnen?«

»Wenn Sie so wollen. Erkennen Sie denn nicht, daß sie verrückt ist?«

»Im Gegenteil, alter Freund, unsere Herren kommen mit ihr bestens aus. Sie verstehen den Reduktionismus. Sie freuen sich, daß sie nun mit jemandem zu tun haben, der kompetent eine Sprache spricht, die sie bis ins letzte nachvollziehen können. So etwas schaffen demokratische Führer nur selten, wissen Sie. Meinen Sie, daß sie vor ihr Angst haben? Sie haben immerhin genausolange wie sie in einer Stasis verharrt. Dennoch werden sie glücklich sein, Sie zum Helden zu machen, wenn Sie nicht zuviel sagen. Sind Sie in offizieller Mission herübergekommen?«

»Ich glaube nicht.«

»Mein Rat lautet, dies alles so lange wie möglich hinauszuschieben.« Seine dünnen, blutlosen Finger zitterten, als er braunen Wodka über Eiswürfel goß.

Jerry dachte bei sich, daß er noch nie jemanden gesehen hatte, der so alt wirkte. Die weißen Haare und die fast durchsichtige Haut, der zerbrechliche Körper, das alles war gesund. Aber Lobkowitz sah aus wie zweihundert. Wie hatte er so viele Rückschläge und Intrigen überleben können?

»Warum sind Sie hier, Jerry? Um das Geheimnis zu erfahren, wie man in einem System ohne Alternativen lebt? Um herauszufinden, warum die Dinge sich kaum bessern, sobald man den Kapitalismus abgeschafft hat? Der Kapitalismus ist ein schreckliches Übel und die Ursache für sehr viel Ungerechtigkeit. Doch der Totalitarismus ist noch schlimmer. Beide zusammen sind ein Greuel. Und so ein Greuel haben Sie jetzt in England. Und das nächste dürfte es in Amerika geben, oder?«

»Ich hatte gehofft, das zu verhindern.«

»Alleine?«

»Meine Freunde meinen, es sei töricht.«

Lobkowitz schüttelte heftig den Kopf. »Das können Sie nicht. Die Entstehung hat bereits begonnen. Die Vereinigten Staaten müssen auf der Welt das Land sein, wo es am schwierigsten ist, Simplifizierungen durchzusetzen, doch jetzt gibt es dort eine Unzahl von Beispielen.«

»Was bedeutet, daß die Welt untergehen muß. Wie sie es, wie ich annehme, auch verdient. Ich hatte gehofft, es wären noch Alternativen übrig. Die letzten Berichte aus dem Zeit-Zentrum, bevor es aufgelöst wurde, besagten, daß es keine mehr gibt. Bei all dem tut mir die Dritte Welt leid.«

»Ich muß zu meinem Bedauern erklären, daß dies nicht mein Gebiet ist. Ich könnte niemals spekulieren. Ich weiß nur, daß die USA kein weiteres Jahr mehr durchhalten können, ohne die Logik der unvermeidbaren Stasis zu übernehmen. Dann haben wir die Atomraketen, dann die Eiszeit; das letzte große Ziel all ihrer Sehnsüchte. Recht und

Gesetz nach dem kleinsten gemeinsamen Nenner. Alles ist am Ende leicht zu erklären. Das ist noch besser als der Krieg selbst. Die Gerechtigkeit reduziert sich auf die Frage, welcher Körper eingefroren bleibt und welcher aufgetaut wird. Aber wen wollen sie dann für all ihre Nöte verantwortlich machen?«

»Ich glaube, das ist alles, worauf wir gespannt sein können.«

»Nun, wir werden es natürlich nicht erleben.« Lobkowitz machte es sich in einem weichen Sessel bequem und breitete eine dicke Decke über seine Knie. »Sie sind herzlich eingeladen, während Ihres Aufenthaltes bei mir zu wohnen.«

Jerry biß sich unglücklich auf die Zunge. »Scheißkerl.« Sie hatten auch Lobkowitz eingefangen. »Können Sie mir behilflich sein, nach Madagaskar zu gelangen?«

»Mein Rat würde lauten, erst einmal zur Ruhe zu kommen. Sie können ja in einem fort um die Welt kreisen, bis Sie ganz benommen sind. Aber das würde die Situation nicht ändern.«

»Veränderung ist alles, was ich kenne.«

Lobkowitz fand diese Erwiderung peinlich. Er murmelte, daß er tun würde, was in seiner Macht stehe. »Aber Sie müssen sich darüber klar sein, daß ich mehr toleriert als respektiert werde. Wegen des Geldes, das ich hereinbringe. Vor ein paar Jahren war ich so klug, der Autoren-Union beizutreten. Dadurch habe ich gewisse Vorteile.«

Deprimiert entschuldigte Jerry sich und ging zu Bett.

15 Mädchen, 15, zu TV-Porno gezwungen

Wie gestern vor einem Gericht ausgesagt wurde, haben zwei Männer eine hübsche Schülerin gezwungen, sich einen Pornofilm anzusehen, während sie sie vergewaltigten. Dabei spielten sie die auf dem Bildschirm gezeigten pornographischen Szenen nach, berichtete Mr. Roger Scott von der Staatsanwaltschaft. ›Sie praktizierten mit ihr, was sie im Film sahen‹, erklärte er den Geschworenen.

Daily Star, 3. Februar 1984

Professor Hira fragte sich, ob seine Drähte vorschriftsmäßig angeschlossen waren. Er blickte hinüber in die Ecke, wo Major Nye eingeschlafen war. Die Ausrüstung war von den Trägern hereingebracht und auf die niedrigen Regalbretter gestellt worden, auf denen sich früher die Funkanlage und das Radar der alten Anlegestation befunden hatten. Die hochgewachsenen, schlanken Männer hatten sich jetzt auf der Lichtung verteilt und trugen ein improvisiertes Cricketmatch aus. Als kleine Gruppe am linken Feldrand hatte sich eine Gibbonfamilie eingefunden und bildete ein Publikum, das gelegentlich völlig wahllos applaudierte, sehr zum Leidwesen der Werfer oder Schläger.

Der Professor arbeitete gutgelaunt, zufrieden, lösen zu können, was sich als relativ einfaches Problem erwies, nun da er theoretisch nicht mehr im dunkeln tappte. Er wagte kaum, sich die Folgen auszudenken, wenn er bei diesem eher unbedeutenden Versuch erfolgreich war.

Ein weitaus verwirrenderes Geheimnis blieb allerdings, warum die Station aufgegeben worden war. Was ging dort draußen vor?

Er verfolgte mit tiefer Befriedigung, wie ein Teil des Dschungels und zwei Gibbons für einige Sekunden verschwanden. Er wünschte sich, daß er einen der Träger in seiner Nähe hätte. Für eine Tasse Tee wäre er jetzt gestorben.

Major Nye öffnete seine müden Augen. »Wie geht es uns, alter Junge?«

»Sehr gut, wird wohl Zeit, daß wir weiterziehen, ja?«

»Es dürfte nicht mehr lange dauern, Major. Der Empfang ist hervorragend, aber es gibt beim Senden noch ein paar kleinere Probleme. Danach müssen wir einen anständigen Testdurchlauf machen.«

»Es wird lange dauern, ehe sie diesen Standard erreichen.« Er hob den Kopf. »Oh, gut eingefangen!« Er wurde lebhafter, streckte sich und ging zu einem der frisch gesäuberten Beobachtungsfenster. »Der Dschungel ist um diese abendliche Stunde immer am schönsten, was meinen Sie?«

»Das müssen wir hoffen, um jeden Preis.« Professor Hira suchte nach einem verrosteten Schraubenzieher, den er gefunden hatte. »Halten Sie die Finger zusammen, Major. Oder sind es Ihre Beine?«

Major Nye entschied, daß sein Freund übertrieb.

16 Schock fürs Gericht

Gestern erschien ein Mann vor Gericht – weil er eine Lampe angeknipst hatte. Michael Burke, ein siebenunddreißigjähriger Mechaniker, wurde beschuldigt, widerrechtlich ohne Erlaubnis elektrischen Strom verbraucht zu haben.

Daily Star, 3. Februar 1984

»Bondage ist meine Methode, mein wahres Selbst zu befreien.« Miss Brunner war mittlerweile stolz auf ihren Mangel an Originalität. Sie bestand offen auf den Tugenden dessen, was sie inspirierte Ähnlichkeit nannte: die Ästhetik der Stasis. »Es war der einzige Weg, die Schweizer beim Auftauen zu überholen«, erzählte sie Jerry. Ihre Stimme wurde von der Mickey-Mouse-Gasmaske verzerrt, die sie trug.

Sie hatten ihn in Ungarn verhaftet und ihn im Gepäckabteil einer Aeroflot Iljuschin 808, einer eindeutigen Kopie der 48sitzigen Bond, nach Hause geflogen. Sie hatten ihn sofort zu den Cotswolds gebracht. Erst als er die hübsche

Landschaft erkannte, wurde ihm der Ernst seiner Lage bewußt. Das war schlimmer als Besserung oder Umschulung. Sie hatte ihre Recycling-Experimente aufgegeben und wollte jetzt nichts anderes als Versteinerung. »Es sieht so aus, als hätten wir eine weltweite Übereinkunft erreicht«, erklärte sie ihm.

»Die große Kälte ohne den großen Schnupfen«, sagte Mo. Er hing in einem Gewirr von Gurten und Haken von einer früheren Kletterübungswand, die nun als eine Art zoologische Ausstellungsvitrine diente. Miss Brunners Sammlung. Mo war von dem System begeistert. Er hatte Jerry erzählt, daß er schon zum zehnten Mal oben hing. »Ich bin ein Veteran. Dadurch erringt man sich hier im Lager eine Menge Ansehen, glauben Sie mir.«

Jerry spürte ein schwaches Regen seiner alten Qualitäten als Retter in seinen geschundenen Knochen. Seine Augen funkelten in einem kaum wahrnehmbaren, aber eindeutig raubtierhaften Glanz. Seine noch verbliebenen Zähne knabberten prüfend an dem polierten schwarzen Vinyl, in den Miss Brunner ihn aufgehängt hatte.

»Altbackene Tugenden verdienen eine altbackene Unterstützung.« Sie zerrte unbehaglich an ihrem Gummikorsett herum. »Wir müssen uns über unsere Prioritäten klar werden und ihnen den entsprechenden Nachdruck verleihen.«

»Verdammte Hölle.« Jerry ließ seine Ketten hängen. »Können Sie nicht mit etwas Frischerem kommen?«

»Kein Wort von faulem Fisch.« Mos Warnung klang eindringlich, fast schon hysterisch.

Jerry wandte den Kopf. »Was treibt ein hübscher kleiner Kapo wie Sie eigentlich in einem solchen Netz?«

»Das reicht jetzt«, sagte Miss Brunner großzügig.

Jerry wies auf Mo. »Konzentrieren Sie sich lieber, Miss B. Ihre Fliege fängt an, sich zu befreien.«

Ihre Augen brannten, blieben auf seiner ausgebrannten Gestalt liegen, funkelten. Sie bog ihre Gerte. Durch ihre schenkelhohen Plastikstiefel wurde er an ihre letzte Pantomime erinnert, an der er teilgenommen hatte. Ihr Prinz Charming hatte Autorität besessen, aber ihm fehlte Eleganz. Andererseits war sein Buttons, so dachte er, nur wenig von der Perfektheit entfernt gewesen. »Kopf hoch, Cinders«, sagte er laut, »es gibt immer ein Morgen – und morgen wird aus Regen Sonnenschein.« Er begann die Melodie seines großen Liedes zu summen.

Miss Brunner holte mit der Gerte aus und ließ sie, mit einem Zischen schmerzhafter Wut, auf ihr glänzendes schwarzes Bein sausen. »Vertrauen Sie lieber nicht auf diese Vermutung, Mr. Cornelius. Die Zukunft wurde nicht nur aufgegeben. Um sechs Uhr wird sie illegal sein. Wir haben nämlich die Ewige Gegenwart ausgerufen.«

»Den Status quo«, sagte Mo plötzlich. Er stöhnte, die Verzerrungen seines Mundes wie mongoloid, die Kopfhörer auf voller Lautstärke. Er war mittlerweile ein alter Vertrauensmann mit gewissen Privilegien. »Sie müssen Ihren Körper fit halten. Auch der Geist muß in Form bleiben. Das ist die einzige Möglichkeit, den Sensenmann zu besiegen.«

Diese Worte waren Jerry fremd.

»Ich hoffe, Sie gelangen dazu, zu verstehen, wie sehr uns Ihre Interessen am Herzen liegen«, sagte sie. »Sie könnten tatsächlich behaupten, daß, allgemein gesprochen, unsere Interessen völlig alltäglich sind.«

»Banal, ganz sicher«, stimmte er zu.

»Sie sind über Vierzig.« Sie schlug sich mit der Gerte in die flache Hand. »Meinen Sie nicht, es wäre endlich an der Zeit, daß Sie erwachsen werden?«

»Ich werde es noch einmal versuchen. Aber was werden Sie in der Zwischenzeit tun?«

»Machen Sie sich nicht lächerlich. Werden Sie erwachsen.

»Wenn Sie wollen, dann lassen Sie mich die Peitsche spüren.«

»Sie sind unmöglich.«

»Und Sie sind zu wahrscheinlich.«

Sie formte mit ihren Lippen eine häßliche Schnute. »Wir erziehen Sie noch, Sonny Jim. Am Ende akzeptieren Sie die Tatsache, daß Sie zu einem totalen Anachronismus geworden sind. Das müßte sie doch winzig klein machen, was?

Das hassen Sie, nicht wahr? Sie modegeiler kleiner Pisser. Den Höhepunkt hinter sich. Den Zenit überschritten. Der einzige stinkende Fisch wird hier derjenige sein, der nicht mehr im Wasser schwimmt.«

Ihre Beleidigungen wurden immer irrer, während sie sich in Stimmung brachte.

Er versuchte, ihren Ausdruck zu imitieren, legte die Brauen in Falten, preßte den Mund zu, doch die Mickey Mouse geriet ihm dazwischen. Er konnte mit einer Nase und Ohren von dieser Größe nicht mithalten.

Er stellte Mo eine weitere Frage. »Wie hat sie es geschafft, daß Sie aus ihrer verdammten Hand fressen?«

Mo zuckte die Achseln. »Keine Ahnung.«

17 Liban: L'eure des chiites

Pour la première fois dans l'histoire du Liban, les chiites – la plus importante communauté du pays – jouent unrôle central: ils tiennant en main Beyrouth – ouest où leur dirigeant, Nubih Berri s'efforce de rétablir un minimum d'ordre.

Liberation, 10. Februar 1984

Sergeant Alvarez war in seiner Kontrollkabine zufrieden, wo er die wöchentlichen Nachrichten für das Fernsehen produzierte. In vieler Hinsicht war es ein befriedigenderer Job, sicherlich viel kreativer als eine nüchterne Wiedergabe tatsächlicher Ereignisse und Möglichkeiten. Er war im Zeit-Zentrum immer frustriert gewesen. White City war schon eine bedeutendere Sache.

Mo Collier, trainiert und braungebrannt, in einem neuen Jogginganzug und teuren Trainingsschuhen, erschien in der Kabine. Er überreichte seinem Vorgesetzten die neuesten Nachrichtenbänder und salutierte. »Da sind sie,

Sarge. Brandneu, aus aller Welt. Das Zweite Britannische Festival, der Rosenzüchter-Wettkampf, der Morris-Tanz in Beaconsfield, England im Spiegel von World Sport, Biggest Crufts To Date, Britischer Mumm im Boxring. Es ist erstaunlich, wie Sie immer wieder an neues Material herankommen.«

»Haben Sie Miss Brunner wegen eines neuen Texters gefragt?«

»Sie hatte sich Hoffnungen auf Cornelius gemacht. Aber einmal abartig, immer abtrünnig, wie man so schön sagt.« Alvarez fädelte das erste Band ein und versank in einem Traum von einem Merry Old England. Sie erledigten einen hervorragenden Job. Er fragte sich, welcher Wahnsinn ihn all die Jahre hatte im Zeit-Zentrum vergeuden lassen. In gewisser Hinsicht hätte es ihm alleine auf Grund seines Namens besser ergehen müssen. Seit der Beseitigung fremdländischer Minoritäten hatten viele Inder versucht, als Abkömmlinge der Portugiesen anerkannt zu werden, die sich vor 1933 in Großbritannien niedergelassen hatten.

Miss Brunner wurde vor ihrem neuen Hauptquartier interviewt. Hever Castle hatte niemals solider ausgesehen. Sie verglich sich selbst mit Mary Tudor. (»Nur sind wir, natürlich, erfolgreich. Der Lauf der Geschichte ist umkehrbar. Dem Fluß kann man eine neue Richtung geben – ihn sogar in umgekehrter Richtung fließen lassen. Alles, was man braucht, um diesen Fluß in einen stillen See zu verwandeln, ist der Wille, die Energie und zugegebenermaßen die Technologie. Großbritannien besitzt all das im Überfluß. Die Schätze unserer Vergangenheit, begraben und vergessen unter einer Flut von Dekadenz und Genußsucht, werden überall im Land wiederentdeckt. Wir weichen nicht zurück. Wir werden nicht zurückweichen. Wir halten stand. Siegreich und glücklich, beneiden uns alle anderen Nationen.«)

Mo applaudierte wie entfesselt. »Und dann haben wir die Long Bow VDM, ihr Bastarde! Boom. Kommt Mo ja nicht in die Quere!«

»Darüber sollten wir doch eigentlich nichts verlauten lassen«, sagte Alvarez. »Nicht wahr? Oder haben die Direktiven sich geändert?«

»Kleiner Versprecher.« Mo schämte sich. »'ntschuldigung.«

»Nobody is perfect.«

»Erstaunlich, wie stark man sich fühlt.« Mo spannte seine Muskeln an. »Der alte Colliersche Kampfgeist ist wieder da. Und seine Lebensfähigkeit.« Er stellte sich in Ringer-Pose. »Was ist das Gegenteil von Hypochondrie?« fragte er nachdenklich. »Die Instinkte sind ... Das Kleinhirn dringt nicht durch. Es kommt einem der Gedanke ...« Er gab es auf. »Ich hab' einen leichten Krampf im Bein, mehr nicht.«

»... Wolkenkuckucksheim.« Jerry Cornelius sah jetzt älter als vierzig aus. Vielleicht war das vom Studio beabsichtigt. Er erschien auf dem Monitor von Kanal 6 und machte Reklame für Kakaopillen, das Getränk, das man kauen kann. Sie hatten seine Stimme etwas verlangsamt und einige Bässe hineingemischt, so daß sie leicht verhallt klang.

Alvarez wurde nervös. Mo beruhigte ihn. »Es ist alles vorproduziert. Der alte Sack stellt keine Gefahr dar.«

»Ich habe meine Zweifel. Warum sollte er einen Regierungsjob zugunsten einer solchen Sache ablehnen?«

»Er war niemals fähig, Verantwortung zu übernehmen. Fragen Sie Mo Collier mal, was beim Panama-Twist geschah.«

»Er desertierte.«

»Zog los. Eroberte Belize. Besetzte Madagaskar durch die Hintertür, dann ließ er es sich vom Kabinett teuer bezahlen, daß er zugunsten von König Alain abdankte. Das waren Zeiten, Sarge. Sie hätten den alten Mo Collier mal sehen sollen, alleine auf dem Old Mother Crag, kaum Schutz und ein Hurricane von Nordosten im Anmarsch. Hals über Kopf unter den Granny's Claw, mit der Hand die Haken in den morschen Sandstein schlagend. Die Haut ging in Fetzen von den Fingern. Die Füße waren so taub, daß es einem vorkam, als suche man mit genagelten Schuhen nach winzigen Vorsprüngen. Unterdessen sitzt Cornelius in Mozambique, delektiert sich an kristallisierten Früchten und ist von Lilien umgeben, während ein halbes Dutzend nackter Frauen seine Wünsche erfüllen. Für was? Mo hat nach einem Ziel gestrebt, hat versucht, etwas für sich selbst zu erringen. Jerry wollte ganz nach oben.«

»Was haben Sie auf der Felsspitze getan?«

»Ich sagte Ihnen doch. Der Twist.«

Alvarez zuckte die Schultern. »Es war nur die Spitze des Eisbergs, wenn Sie mich fragen. Wen haben Sie unterstützt?«

»Ihn! Zumindest nahm ich es an. Er – Mo – ich wurde aus seinem Kurs nicht schlau. Er kam mir so willkürlich vor, sorgfältig willkürlich.«

»Nun, über Willkür brauchen wir uns nicht mehr den Kopf zu zerbrechen. Aber ich kann nicht für die anderen sprechen.« »Alvarez blickte über das Deck. Es war zwei Minuten vor dem Start.

Mo humpelte durch die Tür. »Alle machen es. Was Collier etwas stört, ist die Frage, warum sie sich noch immer auf die nukleare Nacht vorbereitet.«

»Es ist ein Testlauf.«

Das machte für Mo Sinn. Vorsichtig öffnete er die Tür.

Irgend etwas stimmte plötzlich mit den Monitoren nicht mehr. Alvarez' kurze Finger tanzten hektisch über seine Konsole. »Interferenzen von außerhalb. Ich kann es nicht glauben.«

»Wer ...?« Mo war wie eine aufgescheuchte Eule.

»Nicht Cornelius. Ein ganz anderer.« Er drehte Knöpfe und schob Regler hin und her. »Überhaupt nicht natürlich. Es könnte jede Sendung verzerren.«

»Es gibt im ganzen Land keine Energiequelle, die dazu fähig wäre. Außer unserer, natürlich.«

Alvarez schüttelte den Kopf. »Es ist weg. Wahrscheinlich nur ein Zufallstreffer. Ein aufgegebener Satellit, der explodiert ist.«

»Feedback. Es gibt nicht viel, was Mo über Feedback

nicht weiß. Er sollte sich lieber einmal den Generator anschauen, was?«

Der Techniker war unnachgiebig. »Ich komme damit schon zurecht.«

Beleidigt zog der abgewiesene Kurier sich zurück.

Alvarez sagte die Sechs-Uhr-Nachrichten an: die Bestätigung eines zufriedenen England.

18 Margaret im Oberhaus

Prinzessin Margaret besuchte gestern das Oberhaus, um mitzuerleben, wie ihr Freund, Colin Tennant, den Sitz des dritten Lord Glenconnor übernahm. Sie saß mit der Frau des Adligen, Lady Anne, auf der Besuchergalerie, während er den Amtseid leistete. Lord Glenconnor besitzt die Insel Mustique, wo sie ein Ferienhaus gebaut hat.

Daily Star, 3. Februar 1984

Una stöhnte im Schlaf so laut, daß sie selbst davon erwachte. Sie war in Schweiß gebadet. Ihre Laken und Kissen waren triefnaß. Sie konnte sich an den Traum nicht erinnern, aber als sie nach Catherine rief, tat sie es auf jiddisch. Sie rieb sich die nassen Augen. Nur ihr Mund war trocken.

Just tell me, baby, if you wanna little more speed.
Said tell me, baby, if you wanna little more speed.
Just blow my whistle and I'll give you all you need.

Sie hatte keine Ahnung, wie ihr der Text in den Sinn gekommen war, aber er rührte unerwünschte Erinnerungen auf. Durch die halboffene Tür der Hütte konnte sie das Geländer ihrer Veranda sehen und dahinter einen grünen und ruhigen, gezeitenlosen Ozean, in dem es von den Anfängen intelligenten Lebens wimmelte. Es fehlte nur noch der richtige Katalysator; danach würde niemand sagen können, was geschehen würde. Sie blieb weiterhin entschlossen, nicht diejenige zu sein, die den Prozeß in Gang setzte. Was immer sie auch war, sie war niemals eine Erdenmutter gewesen. Während sie sich aus ihrem schweißgetränkten Bett erhob, wischte sie sich Salz von den Lippen und trat hinaus auf die Veranda.

»Catherine?«

Weit entfernt, jenseits der wogenden Farnfelder, stieg gelbschwarzer Qualm in den strahlend blauen Himmel. Una rannte hinter die Hütte. Der Jeep war verschwunden.

In ihrem Grauen, ihrer Panik, ihrer Vision von einem umgestürzten Fahrzeug, in dem Catherines zarter Körper langsam verschmorte und sich schwarz färbte, begann Una auf die Quelle des Qualms etwa zwei Meilen entfernt zuzurennen. Sie war völlig nackt und unbewaffnet. Es war unvorstellbar, daß ihr Versteck überfallen worden war. Es mußte ein Unfall sein.

Als sie das Feuer erreichte, war sie voller Prellungen, und sie blutete, als wäre sie durch eine Gasse türkischer Ruten gelaufen. Die Sonne stand hoch am Himmel und blendete sie; sie war erschöpft. Zu ihrer unendlichen Erleichterung sah sie, daß die Flammen nicht aus Catherines Jeep stammten, sondern aus dem gigantischen Skelett eines Gebildes, das sie zuerst für ein Reptil hielt und dann als Luftschiff erkannte: das Symbol aller hehren, gescheiterten Träume des 20. Jahrhunderts. Es lag in seinen letzten Todeszuckungen; als hätte es die Würde eines einsamen Hinscheidens in der prähistorischen Vergangenheit gesucht.

Aber Una wußte, daß irgend etwas dieses Gebilde durchgelassen hatte. Oder hergeschickt hatte. Oder es lediglich in die Irre gesteuert hatte. Nichtsdestoweniger betrachtete sie es als ein persönliches Omen, das einer genaueren Untersuchung bedurfte.

Die Aluminiumkonstruktion begann langsam einzustürzen. Der Gestank von brennendem Metall breitete sich aus.

Sie konnte keine Überlebenden finden.

Una kehrte zum Meer zurück. Sie erreichte das Haus gerade rechtzeitig, um zu sehen, wie Catherine mit dem Jeep vom Westen über den Strand näherkam. Una rannte hinunter zum Wasser, um sich den schlimmsten Schmutz und das Blut abzuwaschen, ehe ihre Freundin zu Hause war.

Catherine winkte vom Strand, während Una hinausschwamm. Sie drehte sich um, lag reglos auf dem Rücken und beobachtete, wie die dünnen Blutfäden im Wasser trieben. Dann winkte sie zurück.

»Ich habe gerade drei Elefanten gesehen!« Catherine war aufgeregt wie ein kleines Mädchen.

Una ließ sich untergehen.

Als sie wieder auftauchte, rief Catherine: »Sie haben keine Elefanten, oder? Sollten sie?«

Una deutete aus dem Wasser. Der Qualm des abgestürzten Zeppelin war noch immer zu erkennen, obgleich die Rauchsäule etwas kleiner geworden war.

»Was ist das?« erkundigte Catherine sich.

»Ein Zeichen der Zeit«, sagte Una halblaut.

»Äh?«

»Das Ende der Welt, wie wir es kennen.« Una schwamm mit kräftigen Zügen zum Strand. »Wir sollten lieber unsere Sachen packen.«

Catherine war darauf vorbereitet. »Irgendwelche Waffen?«

»Nur für den Fall des Falles.« Una stieß einen tiefen Seufzer aus und inspizierte die Striemen und Abschürfungen an ihren Armen. »Pack mein MK14V in den Kasten. Und die Rickenbacker 12.«

»Verdammt«, sagte Catherine. »Wer hat das getan?«

»Das bekommen wir mit etwas Glück schon in Kürze heraus.«

Während sie *Dixie* pfiff (denn allmählich wurde es ihr langweilig), machte Catherine Cornelius sich auf die Suche nach ihrem Wärmeanzug. Früher oder später würde sie sowieso die Kälte spüren.

Una, in Betty-Jackson-Streifen, einem breitkrempigen beigefarbenen Hut und Stiefeln, stellte sich vor den Spiegel, während Catherine noch unter der Dusche stand. Ihre etwas praktischere Ausrüstung war ständig in zwei Reisetaschen verpackt. Sie war nervöser als sonst. Sie verlor allmählich ihr Selbstvertrauen, vielleicht nur, weil sie schon zu lange nicht mehr aktiv gewesen war. Danach jedoch beabsichtigte sie, nach Amerika zu gehen und sich in ein Haus in Pennsylvanien, 1931, zurückzuziehen. Dort würde sie sich ausruhen, ehe sie ein längeres Comeback in Angriff nahm.

Catherine nahm den Haartrockner vom Rattan-Frisiertisch. Sie kämmte ihre langen Haare aus und schaltete das Gerät ein. Es gab ein schwaches, schnurrendes Geräusch von sich, dann verstummte es ganz.

»Das ist merkwürdig. Die Elektrizität ist weg.«

»Ein plötzlicher Anstieg. Hoher Energieverbrauch. Wahrscheinlich von jemand, der nicht weiß, was er tut.«

Plötzlich begann das Gerät wild zu summen. »Gott sei Dank.« Catherine begann sich die Haare zu trocknen. »Hängen wir hier fest?«

»Es ist die Energie, die uns hier hält. Das schlimmste Problem für uns wäre eine Art allgemeiner Abzug – willkürlich über alle Zonen und Ebenen verteilt, um fast überall wirksam zu werden. Es zum Vergnügen zu machen ist eine Sache; festzusitzen ist eine andere. Das eine ist eine Fahrt auf der Achterbahn; das andere ist eine Fahrt auf einem Dutzend Ströme, die nie enden oder sich bis in alle Ewigkeit hin und her winden.«

»Deprimierend, könnte ich mir vorstellen.« Catherine versuchte sich daran zu erinnern, ob so etwas schon einmal ihr zugestoßen war.

»Es soll angeblich gut für die Seele sein.«

»Ein Labyrinth ohne Orientierungsplan. Ist das so etwas wie die Moral, von der du gesprochen hast? Ehe du herkamst?«

»Das alles gehört zum gleichen Syndrom, Liebes.« Una lachte. »Du bist eine echte Cornelius. Das kann man wohl behaupten. Manchmal vergesse ich das.«

Da Unas Tonfall tolerant, ja sogar zustimmend war, unternahm Catherine keinen Versuch zu verstehen, auf was ihre Freundin abzielte. Sie war nur glücklich und genoß das Vergnügen, das sie stets empfand, wenn Unas Laune sich besserte.

Es schien, im Gegensatz zu ihren Erklärungen, als hätte Una auf den Ruf gewartet wie ein suchender Ritter, der sich spirituell auf einen Kreuzzug vorbereitet, vielleicht sogar auf den Heiligen Gral. Als kleines Mädchen hatte sie ihren Bruder Jerry in einem ähnlichen Licht gesehen. Sie wußte, daß es eine Schwäche war, aber sie hoffte immer noch, daß er eines Tages ihre romantischen Vorstellungen von ihm erfüllen würde. Das war vermutlich auch der Grund, warum sie ihm so viel von ihrer Zeit opferte.

»Hast du Ahnung von Astrologie?« Una schminkte ihren Mund.

»Nicht mehr, als daß ich jeden Tag mein Horoskop in der Zeitung lese.«

»Nun, ich habe die schreckliche Ahnung, daß wir schon bald bis zum Hals drinstecken. Von dem geheimen Königreich – wie heißt es noch – Shanhala ganz zu schweigen. Ist es vielleicht Glastonbury?«

»Grundrißlinien!« Catherine erinnerte sich an ihre Kindheit in den sechziger Jahren. »Ich dachte, es wäre das gleiche wie Dehnstreifen. Es hat irgendwas mit Kokain zu tun. Oder war es Kohle?«

»Dünger!« Una schnippte mit den Fingern. »Somerset ist so gut wie jeder andere Ort.«

»Shit?«

»Der Stoff Großbritanniens.« Una massierte Duftcreme in ihre Haut. Sie begann zu summen.

Blow your whistle baby if you want a little more speed.
I said blow your whistle baby if you want a little more speed.
'Cause I'm here to please you and give you just what you need.

Catherine, die weder das Problem noch die Lösung kannte, zu der Una offenbar gelangt war, umschlang die Taille ihrer Freundin und küßte sie auf das linke Ohrläppchen. »Stoff?«

»Zeit. Raum. O Jesus. Ich brauche einen On-line-Zugang. Moral. Du hast recht, Cathy. Moral ohne Religion. Protestantischer Materialismus. Wissenschaftliche Spiritualität. Es muß eine Form von Logik geben. Es ist das, was sie verloren haben, das uns unsere Antwort geben kann. Die Türken haben es auch verloren. Aber nicht jeder Moslem. Verstehst du?«

»Kein bißchen. Ich bin nur froh, daß du wieder voll da bist.«

»War ich so down?«

»Ich denke schon. Hat all das etwas mit Hippies zu tun?«

»Mystisch ... Nein. Nichts Mysteriöses. Eine Form von Rationalismus, der nur im engsten Sinne pragmatisch ist. Und der entsetzliche Rassismus der Briten. Noch mehr abzulehnen, glaube ich, als der von allen anderen, weil er so getarnt daherkommt.«

»Jerry sagt, sie hätten alle Pakistanis und Leute von den Westindischen Inseln getötet und sich mit ihrer eigenen Stimme in die Union australischer Staaten hineingewählt. Amerika wollte sie nicht haben.«

»Sie sind widerwärtig. Wenigstens hatten sie früher mal einen Glauben, einen rhetorischen oder selbstlosen Hilfsdienst, an den viele glaubten und den sie sogar praktizierten, ganz gleich wie verrückt seine Grundlagen waren. Es ist nicht meine Aufgabe, sie vor den Folgen ihrer Mittelmäßigkeit und Engstirnigkeit zu bewahren.«

»Um der alten Zeiten willen.«

»Die Zeit sollte besser auf sich selbst achten. Es muß jetzt zu einer Wende kommen, und zwar zu einer radikalen.«

»Jerry sagte, sie würden den Anbruch der Eiszeit einleiten. Frank meinte, sie folgte automatisch auf die Steinzeit.«

»Das hätte er wohl gerne. Zum Ende hin war er ein Verfechter der strengen, aber gemütlichen Regierung. Erinnerst du dich? Es war ein Ableger dessen, was von der Liga der Afterdinner-Romanciers, dem Festival des Lichts, den Weltreichs-Loyalisten, Mrs. Whitehouse, Mrs. Thatcher und Miss Brunner, noch übrig war.«

»War das nicht das Twickenham-Triumvirat? Wann? '84? Das Komplott, meine ich, diesen Kanadier auf den Thron zu setzen. Den, der mit einer Kennedy verheiratet war. Es stand in der *Sun.* Oder war es im *National Enquirer?*«

»Es wurde alles vertuscht. Zum Schweigen gebracht, sagten sie. Diese Leute sind noch ängstlicher als ich. Imitationen von Mensch. Sie können nicht zugeben, daß sie Angst haben. Sex-Verräter. Geschlechts-Spitzel.« Una lachte. »Sie haben alles verkauft bis auf ihren wahnwitzigen Ehrgeiz. Den Status quo zu erhalten, aus dem sie ihre Macht gewinnen, wird zu ihrem Pseudo-Ideal, durch das sie jeden Verrat, jede Grausamkeit, jeden Akt der Habgier und Feigheit rechtfertigen. Sie sind schlimmer als die Männer, weil sie nicht einmal darauf konditioniert waren, sich so zu verhalten. Sie imitierten und lernten es, und indem sie es lernten, wiesen sie ihre Rechte als Frauen zurück. Die Antwort liegt dort, ich weiß es. Ich muß nur die Frage richtig formulieren und tarnen.«

»Wie in dieser Geschichte. Griechisch oder so.«

»Ein Orakel ist heutzutage nur irgendein Teletext. Was versuche ich eigentlich mitzuteilen?«

»Es ist ganz offensichtlich, daß du dich über irgend etwas ärgerst. Willst du nicht die Welt retten?«

»Welche Welt? Vielleicht hat Miss Brunner es tatsächlich getan, und es ist nur noch eine Welt zum Retten übrig. Deine Elefanten, mein Zeppelin sind möglicherweise nicht mehr als Reste aus dem Zusammenbruch. Es ist nicht die Welt, Cathy. Das Zeit-Zentrum brauchte sich darum nie zu kümmern. Es ist die starke Vermehrung von Möglichkeiten. Alternativen. Die Alternativen sind es, die von Bedeutung sind, nicht ob sie nach unserem Geschmack sind oder nicht. Wenigstens gibt es so wenigstens eine Chance auf Gerechtigkeit.«

»Demnach hat es mit dem Heiligen Gral zu tun.«

Nun wurde Una schlagartig aufmerksam. »Noch mal.«

»Das ist meine kleine Phantasie. Ich hab' dir schon davon erzählt. In der Schule. Diese Lehrerin. Sie ließ es uns lesen. Lancelot und so. Aber noch mehr von dem älteren Zeug. Walisisch?«

»Es ist kein – was hattest du gesagt?«

»Ich dachte, daß du danach suchst. Es ist eine Art Pokal. Oder ein Kelch.«

Sie hatten fast fertig gepackt. Catherine blickte hinunter in den Spiegel, der in ihrer Hand lag. »Stoppelreihen! Ich erinnere mich.« Sie schnüffelte. »Aber sie waren nicht weiß. Fliegende Untertassen.«

»Einige sagen, ein Kessel.«

»Was? Wie bei Hexen?«

»Das zielt eindeutig in die richtige Richtung.« Una leckte über den Spiegel, hauchte ihn an, betrachtete ihn eindringlich, als wäre er ein Schirm, der den Gehalt ihrer Auffassungen enthüllen konnte. »Ich denke, wir können von Paddington einen Zug nehmen. Die Göttin hat keinen weiblichen Widersacher, der ihr ebenbürtig ist. Sie hatten versucht, Morgan dazu zu machen. Die Kirche hat in jenen Zeiten gegen die Frauen Krieg geführt. Ich weiß bis heute nicht, wovor sie Angst hatte. Kannst du dir eine Ebenbürtige vorstellen? Gott hat den Teufel. Die Göttin hat ausschließlich mächtige männliche Widersacher – kriegerische Engel von einer unheiligen Ergebenheit. Aber wenn Frauen sie ablehnen, wem folgen sie dann? Gott oder Satan? Groß ist die Auswahl nicht.«

»Ist das nicht ein wenig, nun, wie dieser Quatsch, den du so haßt? Dieses Friedens- und Liebeszeug?«

»Letztes Heilmittel.« Una reagierte verlegen. »Ich wollte eigentlich nur sagen, daß in jedem Mythos ein Stückchen Wahrheit steckt. Dieses alberne Zeug interessiert mich nicht. Aber was liegt darunter? Jerry bekam Hypothermie und ging zum Nordpol, um sich zu kurieren.«

»Wollte er uns etwas mitteilen?«

»Das bezweifle ich. Aber er ist ein wahrer Überlebender. Er weiß, wie man zu den Grundlagen zurückgeht und ein Problem bis zu seinen Wurzeln verfolgt. Er hat eine Nase für die Quellen von nahezu jeder Art von Logik. Was liegt darunter?«

»Die menschliche Not und das Bedürfnis, an den Wert unserer Existenz zu glauben. Ich erinnere mich, daß du es so erklärt hast.« Catherine erkannte plötzlich, daß ihre Erinnerung und damit auch ihre Fähigkeit zu denken und zu verstehen schnell zurückkehrten. »Cor!«

»Auch etwas Positives. Es wurde mißbraucht, denke ich, aus negativen Gründen. Eher zur Flucht als zur Konfrontation. Wie jeder Glaube. Aber wenn wir die echte, wahre Logik entwickeln könnten, dann würde sie Miss Brunner und alles, was sie erreicht hat, vernichten.«

»Wir wissen gar nicht, was das ist. Nur was wir gehört haben.« Catherine war noch immer verwirrt. »Du sagtest, es wäre lediglich eine Rechtfertigung für Frauen, weiterhin zu stricken und Kinder zu kriegen. Du sagtest, es wäre ein Ersatz für politische Macht. Du hast sogar gedacht, Greenham wäre blöd.«

»Aber es muß eine positive Qualität haben. Die Dinge werden im Wert gemindert. Sie haben eine Funktion. Nur wenn ihre Funktion nicht länger benötigt oder manchmal sogar einfach vergessen wird, dann werden sie verfälscht ...«

Catherine war bereit, die ziemlich ziellose Suche ihrer Freundin nach einer Lösung zu akzeptieren. Sie hatte eine vage Vorstellung, um was es ging. »Demnach nehmen wir keine Feuerwaffen mit?«

»Ich verstehe, was du meinst. Ja, das steckt auch in der Logik, nicht wahr? Okay, lassen wir die Pistolen und das andere Zeug zurück.«

»Ich habe mit so etwas keine Erfahrung.« Sie erlebte einen Anflug von Angst.

»Nein. Du hast recht. Diesmal müssen wir es richtig machen. Wenn überhaupt.«

»Ist das die einzige Antwort?«

»Die einzige, die sich anbietet. Besser als nichts, meine Liebe!«

Catherine blickte bedauernd auf ihren Kampfanzug, den

sie auf dem Bett ausgebreitet hatte. »Mir haben solche Abenteuer immer viel Spaß gemacht.«

»Was anderes ist es wahrscheinlich auch nicht gewesen.« Una übte keine Kritik, sie wirkte lediglich wehmütig. »Eigentlich war es nie eine richtige Revolution. Es war zu vergnüglich, vielleicht.«

Sie setzten sich, legten ihre Köpfe gegeneinander. Auch Una hatte plötzlich das Gefühl eines großen Verlustes. »Es war wirklich nicht viel. Wir wurden mitgerissen. Es war eine Zerstreuung.«

»Sie machen es mit einem so, wenn sie es schaffen. Deshalb können sie einem auch jederzeit die Macht wieder nehmen, wenn sie wollen. Wir müssen eine neue Basis gründen. Eine sichere. Und als erstes müssen wir die Pseudo-Frauen und die Quasi-Männer loswerden. Dann haben wir es endlich wieder mit dem Teufel zu tun, den wir schon kennen. Dann ist es wieder der Krieg nach der alten Art.«

»Darin sind wir alle noch jungfräulich.« Una lachte. »Wir müssen noch eine Menge lernen.«

»Vielleicht ist diese Unerfahrenheit ein Teil unserer Stärke. Vielleicht wissen wir schon alles und müssen es nur erst herausfinden.«

»Laß uns nicht zu schnell voranschreiten. Zu leicht könnten wir in die Falle der Abstraktion geraten. Und die Abstraktion ist der Feind der Durchführung. Wir müssen alles Stück für Stück erkennen und begreifen und es einsetzen, wenn es uns zur Verfügung steht. Meinst du nicht?« Una küßte Catherine zärtlich und voller Bewunderung. »Wir sind ein besseres Team als jemals zuvor.«

»Wir brauchen auch Verbündete.«

»Du mußt deinen Bruder aus all dem heraushalten.«

»Er war auch meine Schwester. Es ist nur, daß er jetzt in der Klemme steckt. Das kann einem leicht passieren, Una, das mußt du zugeben.«

»All das ist doch für ihn vorbei. Ein Bund mit Miss Brunner? Wie konnten sie je erwarten, daß so etwas von Dauer ist? Dann diese Cloning-Experimente! Er hätte all das genausogut mit einem Idioten versuchen können.«

»Er hat es gut gemeint.«

»Das sagen sie alle.«

»Wir haben gehofft, daß wir es schaffen.«

»Einen Bund schließen?«

»In etwa. Er konnte sich das Buch von diesem Typ beschaffen, über den Browning einiges geschrieben hat. Du weißt schon, der die Celsiusgrade erfunden hat. Paracelsus! Kurz darauf trennte er sich völlig von den Jesuiten. Das hatte auch eine Menge mit Kesseln zu tun. Und mit dem Stein der Weisen. Das weißt du doch.«

»Und wie wollte er mit dir weitermachen?«

Catherine kicherte. »Ich schlug einen großen Robotkoch vor.«

»Du brauchst mehr als nur Willenskraft.«

»Ich denke, das Problem ist finanzieller Natur. Wir haben natürlich alles verloren. Miss Brunner konnte schon immer gut mit Geld umgehen. Aber eigentlich, wenn Frank nicht gewesen wäre, dann hätten wir es vielleicht geschafft.«

»Frank war eifersüchtig, nicht wahr?«

»Mörderisch. Ein kleiner verdammter Judas.«

»Jerry war eher verwirrt als von bösen Absichten getrieben, das kann ich dir versichern. Aber dazu gehört mehr als nur gute Absichten oder sogar ein erweitertes Verständnis. Auch die Motive müssen sich ändern. Deshalb kann er im Fall einer Krise nichts anderes tun als kapitulieren und aufgeben.«

»Du hast das gleiche getan, Una.«

»Aus anderen Gründen. Nicht aus besseren, das gebe ich zu. Außerdem hat mein Aussteigen Jerrys Aufgabe nicht gerechtfertigt. Überleg doch mal, was er alles hätte tun können, wäre er nur etwas weniger genußsüchtig gewesen. Wenn du an seiner Stelle gewesen wärest.«

»Ich war manchmal an seiner Stelle.«

»Du warst es, klar. Mehr als ich. Und du weißt, was passiert ist.«

»Wir haben es vermasselt. Ich mache dafür vorwiegend die Trenchcoats verantwortlich.« Sie machte sich über sich selbst lustig. »Ich wollte Humphrey Bogart sein.«

»Eine weibliche Beurteilung der Helden ist immer viel interessanter als der eigentliche Vorgang. Jerry zumindest wußte, daß es ein Rollentausch war. Er versuchte es bewußter. Aber seine Motive waren total verdreht. Er tat es aus Nervenkitzel. Um seinen Spaß zu haben.«

»Mehr aus Neugier. Das ist seine seligmachende Gnade.«

»Er hätte es auch noch mit einigen mehr machen können. Gnade!«

»Ich glaube nicht, daß er es wirklich geschafft hat, oder? Gab es einen Moment?« Sie dachte seufzend an den Bruder, wie sie ihn sich so sehr gewünscht hatte. »Es ist eine Schande.«

»Wir müssen danach suchen. Er weiß vielleicht, wo man anfangen muß. Wir müssen dem ernsthafte Aufmerksamkeit schenken.«

»Wir können nicht passiv bleiben – oder gar Pazifisten sein. Das liegt nicht in unserer Natur, Una. In deiner sowieso nicht.«

»Einverstanden. Wir müssen neue, geeignete Waffen finden. Wir müssen ihnen schon früher begegnet sein, haben sie vielleicht sogar benutzt. In dieser Hinsicht hat Miss Brunner weniger zu bieten.«

»Wie kommen wir an diese Göttin heran? Diese Idee dann? Und, Una, wir brauchen Verbündete. Miss Brunner würde die 7. Kavallerie dezimieren oder sie zum Frühstück verspeisen oder sie erpressen. Das gefällt mir nicht. Ich möchte noch für einige Zeit Jungfrau bleiben.«

»Genau. Wir wollen unsere Macht erhalten.« Una klopfte gegen ihre Zähne. »Ich vermute, wir müssen es mit den alten Kollegen versuchen. Auf Grund ihrer Erfahrung. Aber wie viele sind noch übrig? Und von welchem Geschlecht?«

»Fast nur Männer. Aber wenn wir genug weibliche Verbündete finden, dann ist alles okay. Miss Brunner weiß natürlich Frauen Angst einzujagen. Deshalb folgen sie ihr, wenn sie Beständigkeit verheißt.«

»Nehmen wir einmal an, wir bekommen Jerry und die anderen. Sie müssen eine Richtung einschlagen. Keine Einmischung. Keine Machtspiele. Entweder sie sind mit unserer Linie einverstanden, oder sie kommen nicht mit herein.«

»Ich glaube, auch sie sind entsetzt. Wenn sie nicht von Miss Brunner total geschluckt wurden, dann sind sie mit unseren Bedingungen einverstanden.«

»Und keine verdammten Gegenrevolutionen. Bei der Gelegenheit, wie geht's deinem Vater?«

Catherine kicherte. »Ich glaube, die sind alle schon ein wenig zu alt dafür.«

Una zog den Reißverschluß ihres Kosmetiktäschchens zu. »Es sind die Alten, nach denen man Ausschau halten muß.« Sie zwinkerte.

Als Catherine aus ihrer kleinen Kollektion eine Bluse und einen Rock ausgewählt hatte, gingen sie Arm in Arm zu dem Generatorschuppen hinter der Haupthütte. Noch während sie eintraten, flackerte das Deckenlicht und verblaßte zu einem schwachen Orange. Das Brummen des Generators verstummte.

Una umklammerte Catherines Hand. Sie verspürte einen Schlag, der weder aus der Erde noch aus ihrem eigenen Körper kam, sondern von etwas weitaus Mächtigerem. Es war erschütternd. Es erfüllte sie mit Schrecken. »O Catherine! Wir brauchen nur ein paar Minuten. Muttergottes, nur zwei Minuten.« Sie begann Drähte wieder anzuschließen und Schalter auf dem altertümlichen Instrumentenbrett zu verstellen. »Zwei Minuten.«

Ein weiteres Erschauern, als das Gewebe von Zeit und Raum zerriß. Catherine wurde schwächer. Una streckte die Hand aus, um sie festzuhalten. Ihre Hände berührten sich. Dann flackerte das Licht wieder heller. Nun waren sie geblendet. »Dreißig Sekunden!« flehte Una.

Sie griff blindlings nach dem Wagenlenkrad, das sie früher auf ihren Reisen aus der Ruhe ins Abenteuer so lässig gehandhabt hatte.

Sie bewegte es sanft und vorsichtig, zwei Grad Steuerbord, vier Grad Backbord. Sie kannte ihre Codes auswendig. Aber alles war so viel schwieriger geworden. Sie operierte nach Regeln, die sie nur vage verstand. Fast alles war neu. Dennoch hatte sie gleichzeitig das eindeutige Gefühl, daß sie sich lediglich an ein vererbtes Wissen erinnerte, das sie früher einmal als Ausdruck der Schwäche zurückgewiesen hatte. Catherine strahlte. Ihre Augen brannten wie in der Ekstase eines Orgasmus. Ihr Lächeln, wenn sie Una kurz über die Brücke ihrer Arme ansah, war vertraut und wunderbar.

Die Frühgeschichte befreite sie. Una betete weiterhin, daß sie die Koordinaten richtig berechnet hatte und daß sie an der Stelle ankommen würden, wo ihr Glaube und ihr Wille sowie ihre Unschuld am wirkungsvollsten wären.

Sie fühlte sich furchtbar schlecht. Catherine strahlte wie die Sonne; sie schien wie der Mond. Sie hatte ihren schönen Kopf zurückgelegt. Sie keuchte, lachte, stöhnte. Sie war flammendes Silber.

Sie waren zusammen in einer blauen Wolke. Indem sie Catherines göttliche Schönheit in sich hineintrank, fühlte Una sich zum ersten Mal in ihrem ganzen, selbständigen aktiven Leben eins mit sich selbst. War dies die Belohnung des echten Glaubens: ein absolutes Zutrauen zum eigenen Urteil? Religion oder Politik mußten nicht nur eine Flucht oder eine Reihe von Vereinfachungen sein. Aber Glaube bedurfte ebensowenig irgend welchen Ergänzungen; Rationalisationen, wie edel auch immer, wurden schnell schal. Una keuchte laut. Dann lachte sie. Sie hatte ihre Göttin angenommen: sich selbst.

Gebäude tauchten aus dem grauen, feuchten Morgen auf. Sie kehrten in die Welt ihres Ursprungs zurück. Wahrscheinlich würden sie sie nie mehr verlassen. Una zerbrach sich darüber nicht mehr den Kopf. Sie konnte jetzt leicht sterben. Sie konnte sich jeder Gefahr ohne Angst entgegenstellen. Es leuchtete ihr ein, daß Angst nie von Angst besiegt wurde, genausowenig wie man Feuer mit Feuer bekämpfen konnte. Es gab keine zweitrangigen Regeln, aber in diesem Moment begriff sie, daß diejenigen, die Sicherheit aus einer falschen, idealisierten Vergangenheit schufen, sehr leicht mit den Realitäten konfrontiert werden konnten, aus denen sie ihre Rhetorik und Sehnsüchte empfangen hatten; durch den moralischen Mut, die strenge, menschliche Rechtschaffenheit, die wütende Leidenschaft, das Erkennen des Geheimnisvollen, das seine Quelle in der Weisheit ihrer Vorfahren mütterlicherseits hat.

London war kälter und feuchter, als sie es je in Erinnerung hatte. In ihrer ungeeigneten Kleidung warteten sie eine Stunde, bis der Paddington-Bus eintraf. Wenigstens hatten sie genug Geld. Mit Erster-Klasse-Tickets waren sie fröstelnd nach Westen unterwegs. Una entspannte sich, während ihre Kleider trockneten.

Der Zug fuhr durch Didcot. Der Bahnhof war hellrot gestrichen; offensichtlich mit glitzerndem, buntem Stacheldraht geschmückt, als würde er für irgendein furchtbares, totalitäres Festival vorbereitet. Ein Hauch von vertrautem Humor lag über der Szene, und Una fiel dazu nur Auschwitz ein, obgleich die Verbindung etwas obskur war.

»Ich denke, wir gehen noch über den Fundamentalismus hinaus.« Sie betrachtete eingehend die zugedeckten Frachtwagen auf einem Nebengleis, ohne etwas Genaueres herauszufinden.

Ihre Freundin lächelte und streckte eine tapfere Hand nach ihr aus.

19 Maivergnügen

Mit dem Kent Hooden Horse kam die Mollie mit ihrem Reisigbesen, in Wales wurde das Mari-Llwyd-Pferd von Judy begleitet, die ebenfalls einen Reisigbesen trug, während der besentragende als Frau kostümierte Mann mit den Old Tup-

Spielern aus der Gegend um Sheffield Our Old Lass genannt wurde. Der Abbots Bromley Horn Dance Frauen-Mann ist nun als Maid Marian bekannt, und das Zeichen ihres Amtes ist eine Kelle, während bei der Horn Fair in Charlton jeder Mann in Frauenkleidern erscheinen konnte. Am ersten Mai feierten die Londoner Straßenkehrer mit dem Lord und der Lady, wobei die Lady natürlich ein als Frau verkleideter Mann ist, und auf der Insel Man bei dem Maienkampf zwischen den Streitmächten der Maienkönigin und denen der Winterkönigin ist die letztere ebenfalls ein als Frau verkleideter Mann.

Janet und Colin Bord, *Erdriten,* 1982

Major Nye versuchte es erneut mit dem behelfsmäßigen Verbindungshebel, während Professor Hira heiser rief: »Noch einmal!«

Draußen war es stockfinster. Sie hatten sich früher an diesem Tag versteckt, als ein Kriegszug Dayaks an ihnen vorbeikam, welcher die Vermutung nahelegte, daß sie überhaupt nicht in Burma waren, sondern irgendwo auf der Malayischen Halbinsel oder auf einer der kleinen Inseln. Dies hatte für Hira nur wenig Bedeutung. Er sprudelte jetzt nur noch irgendwelche Gleichungen hervor. Für Major Nye war es jedoch einleuchtend. Es war viel wahrscheinlicher, daß jemand einen Luftstützpunkt auf einer der kleinen Inseln baute (und aufgab).

»Wir können nicht mehr weit von Australien entfernt sein«, hatte er gesagt. »Oder dort ist auch Rowe Island.« Für einen Moment von dieser Vorstellung getröstet, erinnerte er sich im nächsten Augenblick daran, daß er ein gesuchter Mann war, weil er während des Krieges auf der pakistanischen Seite gekämpft hatte.

Professor Hira war viel dünner. Er setzte sich auf den Fußboden und begann mit hoher, überkippender Stimme zu singen, während er an einem Schaltpult, das wie ein fast perfekter Davidsstern geformt war, letzte Justierungen vornahm. »Ich glaube, jemand kommt durch zu uns.« Er setzte ein Paar Kopfhörer auf und lauschte konzentriert. »Ein eindeutiger Rhythmus. $C(b) - -\frac{x}{g} = K(VG) + -$ ... Wenigstens eine Person. Glänzend.«

»Schon irgendwelche anderen Zonen, alter Junge?«

»Sie kommen und gehen. Wir können die gesamte Chronosphäre empfangen. Der nächste Schritt besteht darin, spezielle Zonen aufzuspüren und auszuwählen. Aber ohne Zweifel existieren die meisten noch. Wer immer das Zeit-Zentrum installiert hat, leistete gründliche Arbeit. Und eine sehr intelligente dazu, Major.«

»Das war eindeutig Miss B.« Bis jetzt hatte Major Nye gehofft, daß sie ihr Herz am rechten Fleck hatte.

»Motiv, Gelegenheit, technisches Verständnis. Wer sonst verfügt über diese Kombination? Aber hat das überhaupt eine Bedeutung?«

»Ich glaube nicht. Außer, daß es eine Art Verrat ist.« Major Nye sog Luft in seine schmale Brust. »Natürlich war sie nie ein richtiges Mitglied des Teams. Jedenfalls nicht unseres Teams. Sie legte sich gerne mit anderen Leuten an, wissen Sie. Das hatte sie mit Beesley und den anderen gemein. Das ist wie Weiße und Schwarze Magie.« Seine Stirn glättete sich, als hätte er die Lösung zu einem uralten Problem gefunden. »Es ist nicht die Macht selbst, wie es heißt, sondern das, was man damit anfängt.«

»Und wie hat die Dame sie benutzt, Major?«

»Mm?«

Hira war wieder bei seinem Problem. »Es ist eine Art Inversion. Aber an welcher Stelle und wie erfolgt der Wechsel von positiv zu negativ? Und wie kehrt man diesen Prozeß um?«

»Ein Mangel an Großzügigkeit, wenn alles gesagt und getan ist. Das nehme ich an, alter Junge. Vielleicht ein Mangel an Phantasie. Eine solipsistische Unfähigkeit, die individuellen Bedürfnisse eines jeden Mitglieds der Gemeinschaft zu erkennen und zu begreifen, daß dieses Erkennen ein Handeln erforderlich macht.« Er wurde zutiefst verlegen. »Ein Mangel an Sympathie? Mehr als ein

Mangel: ein gezielter Haß auf die Bedürfnisse anderer Menschen. Fast eine Wut, daß diese Menschen überhaupt existieren. Gehe ich zu weit? Sicherlich gerät Miss Brunner in eine furchtbare Laune, wenn wir es ablehnen, nach ihren Vorstellungen zu kooperieren.« Er schaute auf seine Dienstuhr. Sie war stehengeblieben. Er schürzte die Lippen und pfiff ein oder zwei Takte von *A little of What You Fancy Does You Good.* »Dennoch kann man in der anderen Richtung zu weit gehen und niemals eine unabhängige Identität finden. Das ist für meinen Geschmack ein wenig zu orientalisch. Ich dachte, alles wäre besser als Hitler. Verrückte Leute müssen ihre Sicht der Welt um jeden Preis von so vielen wie möglich bestätigt bekommen. Und wenn sie diese Bestätigung nicht erhalten, dann fordern sie Schweigen. Das ist erstaunlich, nicht wahr? So viele Formen der Tyrannei lassen sich auf eine so simple Formel reduzieren. Ich glaube, sie gewinnen nur wegen dieses Glaubens an die Vorrangigkeit ihrer eigenen Bedürfnisse.«

»Warum verlieren sie, Major? Das ist es doch, wonach wir hier suchen.«

»Ich bin mir nicht sicher, ob ich qualifiziert bin, darauf zu antworten, alter Junge.«

Hira schöpfte mehr Selbstvertrauen. »Sie sind gezwungen, mehr und mehr Energie darauf zu verwenden, eine fundamentale Lüge aufrechtzuerhalten. Alles wird zu diesem Zweck umgeleitet. Zuerst erhält das Selbst einen neuen Namen und wird fortan ›Gemeinschaft‹ genannt, um sich dieser größeren Macht bedienen zu können. Dann wird die Gemeinschaft nach und nach ausgeschlachtet. Das heißt, sie beginnt sehr schnell mit dem Prozeß der Erschöpfung, zehrt von ihrer eigenen Substanz, während es so aussieht, als verschlinge sie andere.«

»Was wird aus dem Jäger, der das Tier nicht verspeist, das er tötet?« Major Nye tat sein Bestes, eine Unterhaltung in Gang zu setzen, die er schon vor mehr als fünfzig Jahren in Kalkutta mit Vergnügen geführt hatte.

Hira schlängelte sich wieder zurück in seinen Kabelwirrwarr. »Das ist ein altes Sprichwort!« Er lenkte seine Aufmerksamkeit wieder auf die Schaltkreise. »Was wird aus der Frau, die ein Baby bekommt, um ihre Ehe zu retten?«

»Keine Ahnung«, sagte Major Nye höflich. Er dachte an seine verstorbene Frau, seine dahingegangenen Kinder und sein altes Pferd.

20 Vögel im Nest

Die blonde Jackie Sharrock und die hübsche Gina Nash bilden ein bezauberndes Duo – sogar wenn sie in der Küche stehen. Die beiden lernten sich bei einem Show-Termin kennen und beschlossen, ihre Habseligkeiten und Rücklagen zusammenzuwerfen, indem sie sich ein ›Junggesellinnen‹-Apartment in London teilen.

Daily Star, 3. Februar 1984

»Fragen Sie den Fuchs!« Bischof Beesley blickte mit einem Ausdruck der Befriedigung auf die Trümmer der Westminster Abbey.

»Wie bitte?« Mo senkte seine Banning F7. Er hatte fünf Raketen gebraucht, um nur einen der westlichen Türme zu knacken.

Beesley ließ ein fettes Kichern hören. »Wenn es ihm Spaß macht.« Sie beobachteten, wie die Überlebenden zur Brücke rannten, ahnungslos, daß das mittlere Stück fehlte. Schon bald würden sie den anderen Leichen in der grauen Themse Gesellschaft leisten. »Das wird die Perversen lehren, in einer unserer Kirchen Zuflucht zu suchen. Das nenne ich Nerven haben. Sie schienen noch nicht einmal zu wissen, daß die Marien-Kapelle schon vor Jahren umbenannt wurde.« Mit einem angeekelten Schütteln des Kopfes wickelte er ein Twix aus. »Walisischer Abschaum.«

»Ich könnte jetzt ein Stück Kuchen vertragen.« Mo war

ausgepumpt. In den alten Zeiten war er immer recht erregt, wenn er mit einer solchen Feuerkraft ausgestattet wurde. Er schaute hinüber zum Parlament, wo das Georgskreuz anstelle dessen flatterte, was Miss Brunner kürzlich ›den arroganten, vulgären Fetzen‹ genannt hatte, nämlich den Union Jack. »Sollen wir der Kantine einen Besuch abstatten?«

Beesley watschelte auf die Reihen der SAS zu, die bei der Vernichtung der Abbey mitgeholfen hatten. Dahinter fuhren die Arbeiter fort, den Rasen auszulegen und zu rollen, der die Mutter aller Parlamente auf drei Seiten umgab. »Irgendwann werden wir es wiederaufgebaut haben«, versicherte er Mo. »Aber manchmal muß man die Menschen mit einer zutiefst dramatischen Geste beeindrucken. Wir mußten beweisen, daß es uns ernst ist, ungeachtet der Kosten. Wir können uns keine Sentimentalitäten leisten.«

»Scheiße!« Mo war auf einer Bananenschale ausgerutscht. Er streckte eine Hand aus, um nach Bischof Beesleys Soutane zu fassen, und riß ihn beinahe um.

»Immer langsam. Am Ende pumpen Ihnen meine Leibwächter noch den Wanst voll, wenn Sie nicht vorsichtig sind.« Der Bischof fand so etwas amüsant.

Mo war jetzt deprimiert. Entweder wirkten die alten Reize nicht mehr, oder irgend etwas stimmte nicht mit ihm. Vielleicht waren es nur die Umstände seiner Einsätze. Oder die Gesellschaft. Er beschloß, auf seinen Kuchen zu verzichten und nach Hause zu gehen.

Während er in den Stabswagen stieg, wandte er sich um, um zurück auf die Ruinen zu blicken. Für einen kurzen Moment schien es, als hätte die Abbey sich selbst wiederhergestellt und stünde komplett und solide da, wie sie es vor sechs Stunden auch gewesen war. Mo wunderte sich über die Erleichterung, die er empfand. Aber nur für einen Moment. Dann kehrten die Trümmer, die verrenkten Leichen, die kleinen, aber schrecklichen Feuer zurück.

»Wohin, Colonel?« Der Fahrer war ein pausbäckiger Neuseeländer.

Mo konnte sich an seine Beförderung nicht gewöhnen.

Sie verursachte ihm ein tiefes Unbehagen. Miss Brunner hatte zweifellos angenommen, es würde seine Loyalität noch vertiefen. Eher dachte er daran, ganz aus der Armee auszuscheiden und sich vielleicht in ein angenehmeres Land zurückzuziehen, obgleich, soweit er es beurteilen konnte, sie alle auf der gleichen Seite standen. Wie hatte er sich nur so gründlich isolieren können? Er hatte es sich anders überlegt, aber er hatte niemanden verraten. Er war müde. Er hatte Vernunft erlebt. Was war so schlecht daran? Es war realistisch. Miss Brunner hatte es gesagt. Pragmatismus war ihre Umgangssprache.

Sein Haus in Hyde Park Gate, klein, aber hübsch, war nach jenem hochgestochenen schlechten Geschmack möbliert, der von Adligen bevorzugt wird, die sich einst bezüglich ihres Wohnstils nach der königlichen Familie (die jetzt in Sydney lebte) gerichtet hatten. Es hatte einem Tituladiplomaten gehört. Mo konnte sich nicht an den Namen des Mannes erinnern. Er war in Hampstead Heath aufgestöbert und getötet worden, während er, so erzählte man sich, mit einer farbigen Prostituierten den Geschlechtsakt vollzogen hatte. Diese Angelegenheit war entweder vertuscht oder sorgfältig verschleiert worden, oder es war eine willkommene Lüge. Miss Brunner hatte Mo das Haus angeboten, kurz nachdem sie Gouverneurin geworden war. Offenbar hatte Jerry, mittlerweile eine bekannte Fernsehpersönlichkeit, es als zu modern zurückgewiesen. Jerry wohnte in einem der noch intakten victorianischen Klinkerbauten in Brixton. Brixton bestand nun vorwiegend aus rekultiviertem Parkgelände. Mo sah ihn eigentlich nur noch auf dem Fernsehschirm. Mit seinem ergrauenden Haar und dem Make-up sah er aus wie das Sinnbild beständiger Sicherheit. Mo tröstete sich selbst. Wenn er sich verkauft hatte, dann hatte Jerry das auch getan, und zwar Körper und Seele. Mo hatte die alten Zeiten genossen, aber er hatte nie genau gewußt, warum.

Er ging sofort ins Bett. Sein Schlafzimmer war weiß und grün und mit einer sorgfältig modellierten Decke. Ehe er sich seiner Uniform entledigen konnte, klingelte das Telefon auf dem kleinen Tisch im georgischen Stil.

»Mo Colliers Wohnung«, sagte er. »Wer wünscht ihn zu sprechen?«

Ein Flüstern erklang in der Leitung. Zuerst konnte Mo lediglich das Wort ›dope‹ hören. Dann ›Unze‹.

»Kaufen oder verkaufen Sie?«

»Mo ...« Oder war es ein ›No‹?

Nun glaubte er, die Stimme zu erkennen. »Frank?«

»Du Bastard!«

»Jerry?«

Die Stimme verwehte, bis Mo nichts anderes hören konnte als ein Zischen. Schließlich legte er den Hörer auf. Er kam sich vor, als hätte er einem strafenden Gespenst gelauscht.

»Irgendein Heini erlaubt sich einen Schabernack mit dem alten Mo.« Er fragte sich, wer von seinen Freunden es sein konnte. Dann fiel ihm ein, daß er schon längst keine Freunde mehr hatte. Er hatte sie alle verloren oder abgewiesen. Mittlerweile hatte er nur noch Vorgesetzte oder Kollegen. Alle hatten ihn hängengelassen. Niemand war am Ende erschienen, um seinen Mann zu stehen. Er würde einem guten Anführer überallhin folgen, doch er mußte diese Person total bewundern, wenn man ihm sein Bestes abverlangte. Früher hatte es geheißen: »Wird es gehen?« Heute hieß es: »Soll ich ihm trauen?« Sie alle waren Würstchen oder schlimmer. »Die ganze verdammte Welt läßt Mo hängen.« Er hatte sich bemüht, die Regeln des Spiels zu erlernen. Als das nicht funktionierte, hatte er versucht, für sich selbst ein paar einfache Regeln aufzustellen. Soweit er es verstand, war es genau das, was man auch tun sollte. Aber nur er hatte seinen Regeln gehorcht, und daher hatten sie sich als sinnlos erwiesen.

Er konnte kaum Anerkennung für sich selbst erringen. Sein Gehirn gratulierte seinen Händen oder einem anderen Teil seines Körpers, wenn er etwas geleistet hatte, aber das entsprach nicht gerade dem Beifall der Menge. Irgendwo auf dem Weg hatte er etwas sehr Wertvolles weggeworfen.

Er konnte noch nicht einmal den Weg zurückgehen, um danach zu suchen, da er nicht wußte, was es war. Er hatte ein- oder zweimal versucht, es in dem schmuddeligen Gewirr von Gassen und Seitenstraßen zwischen Euston und Camden Town zu finden, dann war Miss Brunner erschienen. Sie hatte Regeln. Sie erklärte ihm genau, was von ihm erwartet wurde. Und ehe er sich versah, war er Colonel bei ihrer persönlichen Wache. »Lehren Sie mich das Spiel«, hatte er ihr versprochen, »und ich beende den Job.« Doch fast gleichzeitig hatte er sich plötzlich frustrierter gefühlt. Er stand seiner Umwelt mit mehr Mißtrauen gegenüber als je zuvor.

Als das Telefon wieder klingelte, stand er unter der Dusche. Er ließ von einem Hausangestellten eine Botschaft aufschreiben.

Miss Brunners Sekretärin hatte angerufen, um ihm zu gratulieren. Er hatte eine Medaille bekommen.

»Mistkerl.« Mo wickelte den Frotteemantel um seinen tadellosen kleinen Körper. »Welchen Preis hat Stirner jetzt? Ist dies der alte Mo Collier?«

Mit dem vagen Glauben, daß Strafe wenn nicht Belohnungen so doch eine bestimmte Art des Trostes bringen konnte, schickte er sich selbst ohne Abendessen ins Bett.

21 Der Luftschiffangriff Londons

Die militärischen Luftschiffe steuerten auf London zu. Ausreichende Warnungen von ihrem Kommen hatte es gegeben, und die Stadt lag jetzt in tiefer Dunkelheit bis auf die umhertastenden Suchscheinwerfer. Die Straßen waren voll von Menschen, deren Neugier ihre Vernunft übertraf, und sie wurden mit einem der herrlichsten Schauspiele belohnt, die der Krieg bisher gesehen hatte. Zwei Angreifer wurden von unserem Abwehrfeuer vertrieben, doch einer schaffte es, von Osten her an die Stadt heranzukommen. Gegen Mitternacht war der Himmel klar und sternenübersät. Der Klang der Kanonen wurde weithin vernommen, und helle Lichtflekken erschienen am Himmel, wo unsere Granaten explodierten. Kurz nach zwei Uhr am Morgen des 3. wurde etwa 10000 Fuß hoch in der Luft ein Luftschiff gesichtet, das in südwestlicher Richtung unterwegs war. Das Schiff sank und stieg, als wollte es den Granaten entkommen, und für einen kurzen Moment schien es am Himmel stillzustehen. Dann wallte eine Rauchwolke auf, welche einen Schirm um das Schiff bildete und es verhüllte, und dann flackerten hoch oben kleine Lichtpunkte auf. Plötzlich wurden die Suchscheinwerfer abgeschaltet, und das Geschoßfeuer verstummte. In der nächsten Sekunde war das Luftschiff deutlich zu sehen wie eine riesige glühende Zigarre, die sich schnell rot verfärbte und dann von wütenden Flammen umzüngelt wurde. Das Schiff stürzte in einem dichten Funkenregen ab, erleuchtete dabei den ganzen Himmel, so daß die Leute auf dem Land in fünfzig Kilometer Entfernung immer noch den Schein erkennen konnten. Die Zuschauer brachen in wilde Hochrufe aus, denn der Angreifer hatte sein Ende gefunden.

John Buchan, *Geschichte des Krieges,* Nelson, 1917

Jerry konnte nicht aufhören zu zwinkern. Es hatte die Wirkung eines Stroboskops. Una und Catherine huschten durch sein Zimmer und schauten unter sein Bett, hinter seinen Frisiertisch und suchten, wie er annahm, nach Wanzen. Sie waren während der Nacht zu ihm gekommen, und der Besuch hatte ihm Angst eingejagt. Er hatte mit einem Herzanfall gerechnet. Er war jetzt ruhig, aber noch immer nicht vollkommen gelassen.

»Was macht ihr hier?« Sein Mund war trocken. Die Körper der Frauen erschienen seinen Augen, die an Halbdämmer und an gedämpfte, schwächer werdende Farben gewöhnt waren, unnatürlich hell.

»Wir sind gekommen, um dich wieder zur Vernunft zu

bringen.« Una verschränkte die Arme und schaute auf ihn herab.

Das alarmierte ihn noch mehr. »Ich will sie nicht mehr. Gefährlich.«

Catherine wickelte ein Bündel aus, das sie mitgebracht hatte. Ein alter schwarzer Automantel, schwarze Hosen, schwarze kubanische Stiefel mit elastischen Seitenstreifen, eine schwarze Weste, eine schwarze Strickkrawatte und ein weißes Hemd mit einem Buttondown-Kragen. Er begann unkontrolliert zu zittern. »Alles weg! Alles weg. Nein!« Er jammerte und versuchte, sich in einen Dämmerzustand zu versetzen, aber seine Schwester hatte ihn beobachtet. Sie hielt eine Spritze bereit. Er spürte, wie sie sich durch seinen Pyjama in seinen Arm bohrte. »Das wird den Prozeß aufhalten«, hörte er sie sagen, »aber ich bin nicht sicher, ob es ihn umkehren wird.«

Una murmelte: »Wie widerwärtig. Er hat sich in seinen Bruder verwandelt. Sind sie denn alle besessen?«

»Von Frank?«

»Und anderen Dybbuks?«

Ein Muskelkrampf schüttelte seinen Körper. Sein Mund klaffte auf und zeigte ein Totengrinsen. Zum erstenmal seit ewigen Zeiten war in seiner Haut Gefühl. Sein Blut begann zu singen, und eine nahezu unerträgliche Schärfung seiner Sinne fand statt. »Was war das? Sulfat?«

»Dort, wo das herkam, ist noch viel mehr«, versprach Catherine. »Lecker!« Jerry ordnete sein Atmen neu und suchte das Badezimmer auf. Sie hörten ihn duschen und sich die Zähne putzen. Als er wieder erschien, waren seine Haare nicht mehr grau, und auch seine alten raubtierhaften Bewegungen waren wieder da. Er schlängelte sich gekonnt in die getragenen Kleider. »Jetzt ist Mord- und Totschlag-Zeit, nicht wahr, Ladies?«

»Ich fürchte nein.« Una war fast verlegen. »Die Regeln wurden ein wenig geändert.«

»Sagen Sie nicht mehr. Zeigen Sie mir nur die richtige Richtung.«

Catherine wußte, daß seine Aufgeräumtheit schon bald

verfliegen würde, doch sie erfreute sich an der Rückkehr ihres Bruders zu den Sitten und Gebräuchen seiner Jugend.

»Du folgst uns, Jerry. Keine unabhängige Aktion. Keine schnellen Bewegungen. Nichts ohne Frage und Bestätigung.« Una war kompromißlos.

»Ist mir recht«, sagte Jerry. »Ich bin an so etwas gewöhnt.«

»Er ist absolut amoralisch«, sagte Una zu Christine, während sie zusahen, wie Jerry sich an jedes Handgelenk eine Digitaluhr band.

»Das war seine Entscheidung.« Catherine befand sich in der Defensive.

Jerry hatte ihnen zugehört. »Das stimmt.« Er zwinkerte. »Ich bin nur ein Werkzeug.«

»Wollen wir aufbrechen?« Mit einem schnellen Blick zur Decke ging Una nach unten voraus und machte einen Schritt über die schlafenden Leibwächter. Während sie das Haus verließen, hörten sie das Telefon klingeln.

»Wie kommt es, daß ihr gekleidet seid wie vestalische Jungfrauen?« Jerry kroch gehorsam auf den Rücksitz des alten Citroen. »All diese lose weiße golddurchwirkte Seide. Fahren wir zu einer Party?«

»Keine Parties mehr.« Una löste die Handbremse und legte den Gang ein. »Es ist Tugend, Reinheit der Gedanken, und ich fürchte, für einige Zeit ist es auch Redlichkeit und Mut, fürchte ich. Und tapfere, selbstlose Aktion.«

»Ihr habt den falschen Mann.« Jerry war amüsiert. »Ich bin kein verdammter Parsifal.«

»Du bist alles, was wir haben, Tiger.«

Er zuckte die Achseln. Die Wirkung der Droge verflog ein wenig. Er sank in das gepolsterte Leder zurück. »Ich habe schon vor Jahren aufgegeben, es zu versuchen.«

»Wir sind nicht in den Ferien.«

Jerry, der nicht mehr davon hören wollte, versuchte, das Thema zu wechseln. Sie fuhren durch Clapham. Die Landschaft bestand jetzt fast ausschließlich aus Parks und Plätzen bis hinauf nach Richmond und Windsor. Er hatte noch nie so viele Maibäume gesehen. Es könnten aber auch, dachte er bei sich, besonders hohe Kricketstangen sein. Oder Behelfsflugplätze. »Miss B. wird ganz schön wütend sein, wenn sie herausbekommt, daß ihr mich gekidnapped habt. Sie würde in die Luft gehen. Millionen sehen mich jeden Tag. Ich bin das Symbol und der Geist der Nation.«

»Deshalb wollten wir dich abspülen und waschen.« Una versuchte ihre eigene Freude zu unterdrücken. Sie mußte sich zwingen, sich an die neuen Begriffe zu erinnern, und durfte nicht in alte Gewohnheiten verfallen, ganz gleich, wie reizvoll sie auch sein mochten.

Sie Ausgangssperre war kein Problem. Sie war mit einer speziellen Erlaubnis in Jerrys Anzug hereingekommen und hatte sie auch benutzt, als sie über die Putney Brücke fuhren. Der Zivilwächter salutierte vor Jerry, der begonnen hatte, sich ein wenig hängenzulassen, und sie fuhren weiter nach Fulham, keine Viertelmeile vom alten Palast im Bishops Park entfernt, den Beesley zu seiner Residenz auserkoren hatte. Er war jetzt Erzbischof von London und daher Chef der nationalen Kirche. Nach dem Einbiegen in die Fulham Palace Road steuerte Una auf Hammersmith und das alte Odeon zu. Dieser Ort war während des Krieges verrammelt gewesen, und es hatte niemals einen Grund gegeben, ihn wiederzueröffnen. Tatsächlich lag halb Hammersmith inklusive die neue Stadthalle und das Einkaufsviertel immer nach der Schlacht in der King Street in Trümmern, als das zweite (gemischte) William Morris-Bataillon sich gegen vorwiegend australische Panzer und mobile Raketenwerfer behauptet hatte. Der größte Teil von Hammersmith, zwischen der Dawes Road und der Hammersmith Road bis hinunter zum Fluß, war Sperrgebiet. Polizei und Soldaten wagten sich nur selten herein, waren aber zufrieden damit, die Bewohner in einem Ghetto zu halten, wo sie sich langsam zu Tode hungerten.

Nachdem sie durch die Bühnentür im hinteren Teil vorausgegangen war, stieg Una zwei Betontreppenabschnitte zu den alten Garderoben hinauf. Seit Jerry sie zuletzt gesehen hatte, waren sie renoviert worden und wirkten fast gemütlich mit Öllampen, Bauhaussesseln und sogar einem tragbaren Gasheizer. Jerry traf zu seiner Verblüffung Major Nye und Professor Hira an, wie sie ein Sandwich aßen und vor einem winzigen, batteriebetriebenen Fernsehgerät saßen.

»Hat er es doch noch geschafft! Eine tolle Show!« Major Nye schüttelte heftig seine Hand. Professor Hira umarmte ihn und küßte ihn auf die Wange. »Entschuldigen Sie mein Aussehen, alter Freund. Aber ich arbeite schon seit Tagen, um endlich alles in Gang zu bringen.« Er war mit Spinnweben bedeckt, mit Ölflecken, Staub, Schlamm und Baumrinde.

»Fünf«, sagte Jerry. »Kein richtiger Hexensabbat. Miss Brunner wird uns ausradieren.«

»Nicht, wenn ich recht habe.« Una schob einen langen Ärmel hoch. »Wären Sie so nett, Professor?«

Ziemlich erregt führte Professor Hira die Gruppe durch einige Korridore in einen größeren Raum, der, wie Jerry sich erinnern konnte, für Filmvorführungen, Lightshows und Tonkontrolle verwendet worden war. Er grinste, doch er wurde immer schwächer. »Das ist wohl eine Art Zeit-Zentrum, nicht wahr?«

»Selbst wenn sie es mit eigenen Augen sehen würde, hätte sie Schwierigkeiten, es zu glauben«, sagte Una.

Die vier begaben sich zu unterschiedlichen Abteilungen der Anlage. Die Fernsehschirme waren von unterschiedlichen Fabrikaten und Größen, aber sie funktionierten; desgleichen die Instrumententafeln.

»Ich muß sagen, daß wir Alvarez auch ganz gut brauchen könnten.« Catherine rätselte an einem Verbindungskasten herum. »Er ist der Operator. Der wahre Experte.«

»Trotzdem könnte er über meine Bemühungen in Verzweiflung geraten.« Hira wischte sich über das Gesicht und kratzte sich unter seinem Turban.

»Besser als alle anderen, Professor.«

Jerry war erregt. »Sie hat mir gesagt, es wäre alles vorbei. Sie hat bewiesen, daß keine Alternativen mehr zur Verfügung stehen.«

»Das hat sie fast jedem bewiesen.«

»Wir sollten versuchen, es der Öffentlichkeit ... irgendwie ... nahe zu bringen ...« Jerry ließ sich in einer Ecke nieder und begann zu träumen.

»Steht der arme Teufel wieder unter Schock?« Wie immer zeigte Major Nye Mitgefühl.

»Der ist leicht wieder aufzuwecken«, versicherte Una ihm. »Wie lautet Alvarez' Adresse, Catherine?«

Catherine Cornelius zog ihre Notizen zu Rate. »Royal Crescent, Holland Park. Nicht weit von hier. Es besteht die Möglichkeit, daß er nicht mitkommen will. Er ist eifersüchtig auf den Professor, glaube ich. Ihr wißt ja, wie Techniker sind. Dann ist da auch Mo Collier.«

»Kein Grund sich damit aufzuhalten. Elizabeth?«

»Ich fürchte, meine Tochter überlebte ihre Mutter nur um ein Jahr.« Major Nye zupfte an seiner Manschette, als wolle er sich mit dieser Geste entschuldigen.

»Auchinek?«

»Konzentrationslager«, warf Hira ein. »Ich glaube, er ist irgendwo in Somerset gestorben. Und wir wissen, daß Pyat ebenfalls tot ist. Bastable?«

»Zurückgekehrt. Wahrscheinlich in einem Schlupfloch. Den würden wir niemals rechtzeitig aufstöbern. Das gleiche gilt für Mr. Jagger und all die anderen.«

»Demnach sind wir höchstens zu sechst.«

»Wahrscheinlich«, sagte Una. »Möglich.«

»Wir brauchen noch einen mehr. So sehe ich es. Drei währen noch besser. Vorzugsweise Frauen. Aber wir könnten trotz allem Mo nehmen.«

»Es ist kaum noch Zeit, soweit ich es beurteilen kann.« Hira sah erschöpft aus. »Was sollen wir jetzt genau tun?«

»Beten«, erklärte Una ihm. »Wenn Sie mir folgen können.«

»Ich folge Ihnen, Miss Persson. Und die anderen?«

»Sie müssen es lernen.«

»Das bedeutet den Tod der Vielfalt.« Major Nye unterhielt sich mit Jerry, dessen Augen sich plötzlich geöffnet hatten. Sein glasiger Blick und seine seltsame Haut ließen ihn wie eine Wachsfigur erscheinen. »Keine Marie Lloyd mehr. Kein Max Wall. Das Fernsehen kann sie nicht mehr produzieren. Und Vielfalt ist die Würze des Lebens, nicht wahr?«

»Würze von was? Wo bin ich?« fragte Jerry langsam.

»Wo du immer sein wolltest.« Seine Schwester sprach mit ihm, als wäre er senil. »Im Hammersmith Odeon. Das ist deine Chance zu einem neuen Anfang.«

»Wer ...?« Sein Mund erschlaffte.

Catherine blickte verzweifelt zu Una.

»Die wandelnden Verletzten.« Una zwang sich dazu, sich an ihre Gelübde zu erinnern. »Das wird mir zu sehr ein McCarthy-Western. Und der nächste Vollmond ist schon in zwei Tagen.«

Jerry begann zu sabbern. Zärtlich gab Catherine ihm noch eine Spritze.

22 Rassenvernichtung

Einen ganzen Monat lang konnten auf dem Euphrat Leichen beobachtet werden, die zum Teil zu mehreren zusammengebunden den Fluß hinuntertrieben. Die männlichen Körper waren meistens furchtbar verstümmelt – die Geschlechtsorgane waren abgeschnitten worden, und die anderen Wunden waren mindestens ebenso schrecklich, während die weiblichen Körper aufgeschlitzt waren. Der Kaimakam von Djerablous, der türkische Offizier, hat diesen Leichen die Beerdigung verweigert ... Hunde und Geier delektierten sich an solchen, die an den Ufern hängen blieben. Viele Deutsche haben das beobachtet. Ein Mann, der für die Bagdad-Eisenbahnlinie arbeitet, berichtet uns, daß sich die Biredjik-Gefängnisse täglich füllen und sich jeden Abend wieder leeren – in den Euphrat ... Aleppo und Ourfa sind die Einschiffungsorte für die armenischen Auswanderer. Geschätzte 50000 sind von April bis Juli 1915 dort durchgeschleust worden. Die Mädchen wurden fast ohne Ausnahme von den Soldaten und ihren arabischen Anhängern entführt ...

Sonnenaufgang, Berlin, Oktober 1915

Die Gespenster (wenn es denn Gespenster waren) wurden für Mo zuviel. Seit Jerry und Alvarez verschwunden waren, fühlte er sich von ihnen verfolgt und verlassen zugleich. Er mußte mit ihnen über seine Ängste reden, über seine Sehnsucht nach den Tagen, als sie den Amazonas hinaufgefahren waren oder in den Simlabergen Rast gemacht hatten; als sie in weißen Wasserflugzeugen über die ukrainische Steppe geflogen waren oder in den Straßen eines verlassenen Istanbul mysteriöse Schlachten geschlagen hatten. Stündlich wurde die Welt, in der er lebte, düsterer, grauer, und dennoch konnte er nirgendwo ein Zeichen entdecken, daß es besser würde oder daß er sogar davon frei wäre. Zum erstenmal erwog er den Selbstmord als eine Fluchtmöglichkeit.

Er war überrascht, als er eine Botschaft von Miss Brunner erhielt, die ihn anwies, sich zum Lunch im Hampton Court einzufinden.

Sie speisten allein im großen Saal. Von dort aus konnten sie die geometrisch angeordneten Hecken und Blumenbeete, die säuberlich geordnete Natur überschauen, die die Monarchen so nötig hatten, um ihre eigenen charakterlichen Schwächen im Zaum zu halten. Miss Brunner, mit ihrem roten Haar in einer Art Renaissance-Frisur und mit einem langen Brokatmantel bekleidet, schien ganz bewußt den Versuch zu unternehmen, Königin Mary Tudor zu verkörpern. Sie war ganz sicher von ihrer eigenen Macht überaus verblüfft und pflegte jene herablassende Haltung, welche sie vielleicht ›huldvoll‹ genannt hätte (Mrs. T hatte sie schon vor ihr an den Tag gelegt), die jedoch in Wirklichkeit ein Symbol ihres kleinbürgerlichen Snobismus war.

»Lieber Colonel Collier, wie ausgesprochen nett, Sie hier zu sehen.«

»Morgen, Ma'am. Das ist alles etwas viel für Mo Collier.

Und die Knie spielen auch wieder verrückt, deshalb werden Sie bestimmt nichts dagegen haben, wenn er die alten Beine etwas ausstreckt.« Er knurrte und stöhnte. »Mo hätte es nicht zugelassen, daß sich die Dinge derart verschlimmern.« Dennoch fühlte er sich durch ihre Aufmerksamkeit geschmeichelt und nahm sie als Würdigung seiner Person.

»Natürlich.« Mit einer damenhaften Grimasse gab sie durch eine Geste zu verstehen, daß die Gänseleber serviert werden solle. »Ehrenhafte Wunden, Colonel.« Sie war hinter irgend etwas her. Er sehnte sich so sehr nach gewöhnlicher Anerkennung, daß er sich entschied, das Offensichtliche zu ignorieren. »Marokko«, er massierte das Bein, »mickrige Orangen! Ho, ho, ho! Was kann ich für Sie tun?«

Er versuchte den alten, erfahrenen Soldaten zu mimen.

Sie durchschaute diese Rolle jedoch nicht und ärgerte sich über seine Leichtigkeit. Sie hatte sich daran gewöhnt, daß die Leute auf sie in einer Weise reagierten, wie sie es verlangte – ›nett‹ oder ›höflich‹. Sie sah eine Seite Mos, die sie durch die Beförderung ausgemerzt zu haben glaubte, indem sie ihn offensichtlich in ihr Vertrauen zog.

»Sie können ... da bin ich sicher. Ich will ganz offen sein, Colonel Collier ...«

»Okay. Und Mo wird Jerry sein.«

Sie starrte ihn entsetzt an. Sie versuchte zu grinsen.

»Verzeihung, Ma'am.« Mo befleißigte sich wieder des Benehmens, das seiner Position entsprach. »Der alte Colonel Collier ist ein wenig beschwipst. Er hat seid einiger Zeit Erscheinungen. Könnte Malaria sein, nehme ich an.« Jetzt ahmte er Major Nye nach.

»Erscheinungen?«

Er zuckte die Achseln. »Gespenster und so.«

»Wir kommen gleich zur Sache, Colonel. Sowohl Mr. Cornelius wie auch Mr. Alvarez sind verschwunden, wie Sie wissen.«

»Leider«, sagte er. »Ma'am.«

»Ich hatte beschlossen, Sie zum Leiter der Nachforschungen zu machen.«

»Was soll ich tun?« Mo umklammerte die Armlehnen seines Stuhls.

»Wir glauben, daß Sie am ehesten qualifiziert sind, sie zu finden. Ehe es zu spät ist.«

Mo kaute seinen Toast und die Gänseleber. »Mo tappt immer noch im dunkeln. Warum zu spät?«

»Colonel Collier. Wir versuchen, die Zivilisation zu erhalten. Es gibt nur einen Weg, das zu tun. Ihre alten Freunde – unsere alten Freunde – könnten alles verderben, was wir geschaffen haben.«

»Sie meinen, sie sind fahnenflüchtig.«

»Viel wahrscheinlicher sind sie gekidnapped worden. Ich war mir ihrer Loyalität sicher. Aber wir erwarten, daß Sie das herausfinden. Haben sie sich Ihnen anvertraut?«

»Nicht ganz. Diese Telefonanrufe. Gespenster. Geflüster. Er drehte völlig durch.«

»Mr. Cornelius?«

»Er dachte, er wärs. Oder Frank, wie Sie sagten.«

»Wer dachte das?«

»Mo!« Er fragte sich, ob sie überhaupt zuhörte. »Ich. Er – ich bin ...« Mo konzentrierte sich wieder auf sein Essen. »Es ist der Knöchel. Der Kopf. Die Ohren. Die Augen. Das Herz.«

»Gibt es etwas, was Sie mir nicht erzählen?«

»Fragen Sie Mo nicht. Er weiß es nicht. Sie haben vor ein paar Tagen angefangen. Jerry schien in Schwierigkeiten zu sein. Vielleicht war es Alvarez. Es war nicht zu entscheiden. Nur Statik und so, fast die ganze Zeit. Zischen. Schwache Stimmen. Die Vergangenheit.«

»Das ist albern. Spielen Sie ja nicht verrückt. Konzentrieren Sie sich auf die Realitäten. Es gibt nur ein paar. Sie wissen ja, wie Sie Ihre Last mindern können, Colonel, oder? Suchen Sie die Quelle Ihres Schmerzes. Die Regierung wird Ihnen dabei helfen. Und wenn die Zeit zum Handeln kommt, dann bekommen Sie alle Unterstützung, die wir Ihnen bieten können.«

»Kreuzfahrten?« Mos Gesicht leuchtete hoffnungsvoll auf. »Große Sachen?«

Miss Brunner legte eine Mittelklassenhand auf sein Knie. Er zuckte zusammen. Sie nickte. »Große Sachen.«

23 Eine Mission wird vorgeschlagen

›Sie sind ein intelligenter Zeitgenosse, und Sie werden fragen, wie ein polnischer Abenteurer, nämlich Enver, und eine Gruppe von Juden und Zigeunern die Kontrolle über eine so stolze Rasse an sich reißen konnten. Der einfache Mann auf der Straße wird Ihnen erklären, daß es von Deutschen organisiert und mit deutschem Geld und Waffen unterstützt wurde. Sie werden erneut fragen, wie es kommt, daß, wo die Türkei doch im wesentlichen eine religiöse Macht darstellt, der Islam eine so geringe Rolle dabei gespielt hat. Der Sheik-ul-Islam wird mißachtet, und obgleich der Kaiser einen Heiligen Krieg ausgerufen hat und sich selbst Hadji Mohammed Guilliamo nennt und verkündet, daß die Hohenzollern vom Propheten abstammen, scheint dies völlig danebengegangen zu sein. Der einfache Mann wird antworten, daß der Islam in der Türkei allmählich überholt ist und daß Krupp-Kanonen die neuen Götter sind. Dennoch – ich weiß nicht so recht. Ich glaube nicht ganz, daß der Islam sich überholt hat ... Ein trockener Wind weht durch den Osten, und das verdorrte Gras wartet auf den Funken. Und der Wind bläst in Richtung der indischen Grenze. Was meinen Sie, von woher kommt dieser Wind?‹

John Buchan, *Greenmantle,* 1916

Mitzi Beesley saß im Heck des mobilen Detektor-Van, spielte mit der Mechanik ihrer Remington und öffnete und schloß den Verschluß. Das Magazin lag neben ihr auf der Sitzbank. Ihr Vater trug Kopfhörer, die sich im Rhythmus seiner Kaubewegungen hoben und senkten, er versuchte den Standort einer zweifelhaften Radioquelle zu bestimmen. »Es könnte Barnes sein«, meldete er. »Oder auch Chiswick.« Er sprach in ein Mikrofon und meldete seine Fortschritte an Miss Brunner im Hauptquartier weiter. Er fühlte sich irgendwie mißachtet. Jemand in seiner Position hätte sich nicht mit so etwas herumschlagen sollen. Aber es waren nur noch vier Experten übrig, seit Karen von Krupp zu Weihnachten im vergangenen Jahr in Croydon einem Attentat zum Opfer gefallen war. Mo Collier saß am Stuer. Miss Brunner überwachte die Aktion. Ihre sorgfältig eingeteilten Reserven schwanden schneller, als sie erwartet hatten. Dies war heftigste Entropie und überhaupt nicht das, was sie eigentlich geplant hatten.

Mo parkte den Van in der Nähe des Eingangs zum M4. »Noch näher dran.« Beesley geriet in Erregung. »Sieh dir die Werte an, Mitzi.« Sie strich sich durch ihre Stirnlocken und folgte seinem ausgestreckten Finger. »Wir haben sie beinahe erwischt.«

Mitzi langweilte sich. Sie antwortete nicht darauf. Da das Gewehr ihre Aufmerksamkeit nicht mehr fesselte, öffnete sie ihren Schminkkoffer und begann ihre Wimperntusche und den Lippenstift zu erneuern.

Der Graphikschirm zeigte ihnen eine große Kirche, die U-Bahnstation, zwei Büroblocks, ein Kino. Der Rest waren Ruinen.

Mo stieg aus dem Van. »Bin in zehn Minuten zurück. Ich überprüf mal das Odeon.«

»Ich tippe eher auf die Kirche«, sagte Beesley.

Mo ignorierte ihn.

»Brauchen Sie mich?« Mitzi war voller Eifer. Ihre kleinen blauen Augen funkelten vor kalter, verbotener Lust.

»Wenn du gebraucht wirst, dann erfährst du es per Walkie-talkie.« Mo hielt das Gerät hoch. Vorsichtig stieg er über zerborstenes Mauerwerk hinunter zum Schauplatz des Geschehens. Dabei brachte er seine Barning in Anschlag und schoß ein Loch in die Vordertür. Er rannte die Stufen hinauf und verschwand durch den qualmenden Eingang.

Fünf Minuten später stieß Mitzi die Hecktüren des Van auf. »Ich werde ihn suchen. Er könnte in Schwierigkeiten sein.«

»Unsinn.« Beesley hatte es sich mit einem Karton Schokoladenhasen gemütlich gemacht. »Er ist in seinem Element. Wir hätten sonst etwas über sein Radio gehört. Das ist seltsam.« Widerwillig kehrte er wieder an die Kontrollen zurück. »So etwas wie Möwengeschrei. Doch jetzt ist da nichts.« Ein wenig Schokolade tauchte an seinem Mundwinkel auf und lief an seinem Kinn herunter. »Die Position. Alles. Weg.«

Mitzi entfernte sich rennend von dem Van und schob dabei das Magazin ins Gewehr. Die nächste Bühnentür stand offen, und sie benutzte sie, drückte den Rücken an die Wand und schlich die unbeleuchtete Betontreppe hinauf.

Sie brauchte über eine halbe Stunde, um das Odeon zu durchsuchen. Als sie zum Van zurückkam, war ihr Vater eingedöst, seine Hand lag auf einem schmelzenden Hasen. Er gähnte, als sie ihn wachrüttelte. »Glück gehabt?«

»Es ist verlassen. Völlig leer, könnte ich schwören. Sie sind abgehauen, und Mo mit ihnen.«

»Das ist heutzutage nicht möglich. Miss Brunner hat das Zeit-Zentrum neutralisiert. Das war der wichtigste, am gründlichsten vorbereitete Teil ihres Plans. Es gibt keinen Transmigrator, der nicht geschlossen wurde. Die Stillegung war in jeder Hinsicht erfolgreich.«

Mitzi lächelte. Sie jedenfalls war froh, daß die Dinge allmählich wieder in Gang kamen.

24 Christine wendet sich an die Damen

›O meine Damen, flieht, flieht vor der närrischen Liebe, die sie euch aufzwingen! Flieht, um Gottes willen, flieht! Denn nichts Gutes kann euch daraus erwachsen. Seid lieber versichert, daß, so verführerisch ihre Lockungen auch sind, euch am Ende großer Schaden droht. Und glaubt nicht das Gegenteil, denn anders kann es niemals sein. Denkt daran, liebe Damen, wie diese Männer euch zerbrechlich, oberflächlich und leicht beeinflußbar nennen, dabei jedoch jeden

Versuch unternehmen und alle Arten von seltsamen und hinterlistigen Tricks einsetzen, um euch einzufangen, so wie man wilden Tieren Fallen stellt. Flieht, flieht, meine Damen, und meidet ihre Gesellschaft – unter ihrem Lächeln lauern tödliche und schmerzhafte Gifte.

Christine de Pizan,
Das Buch der Stadt der Frauen, 1405

Prinz Lobkowitz, blaß und so dünn, daß es schien, als würde er zerfallen wie eine Mumie, sobald er der frischen Luft ausgesetzt wurde, stieg aus dem alten Rolls und begab sich in die Wärme der kleinen High Street-Kneipe. Ein Feuer brannte in der Kaminecke, Pferdezaumzeug glänzte, dazu alte Bilder, deren Glas die polierte Eiche reflektierte. Die schwarzen Balken über ihm bedrohten seinen schneeweißen Kopf, denn er war immer noch groß. Er wußte, wie künstlich all dies aufrechterhalten wurde, aber er fand die Gemütlichkeit in Cotswold noch immer reizvoll. Sein geheimes Laster, entschied er, obgleich der Antisemitismus ihm manchmal den Magen umdrehte. Er hatte Dutzende von Büchern und Filmen in dem Bemühen studiert, einen Einblick in die verwirrende Logik des britischen Mystizismus des 20. Jahrhunderts zu gewinnen und seiner Verbindung mit den christlichen Idealen, die in gewisser Weise erst den Aufstieg Hitlers ermöglichten.

Er hatte *Goodbye, Mr. Chips* genauer gelesen als *Lost Horizon, A Prince of the Captivity* genauer als *Mr. Standfast*, während Dornford, Yates, Warwick Deeping und Charles Morgan noch weniger zu bieten hatten als H. E. Bates. Er fragte sich, ob er überhaupt an den richtigen Stellen nachschaute. *The Eagle and Child* war in Rundford eines der seltsamsten Symbole für diese rätselhafte Mischung aus Laster und Tugend, aus öffentlichkeitsbewußter Zuneigung und abgeschotteter Intolleranz, sogar Haß auf alles, was unerobert oder fremd blieb.

Prinz Lobkowitz ging durch die dunkle Lobby zum Empfangspult, wo Catherine Cornelius, in Schwarz und Weiß gekleidet, ihn freundlich anlächelte, aber so tat, als würden sie einander nicht sehr gut kennen. »Wie nett, Sie wiederzusehen, Sir. Wir haben Ihr Telegramm gestern abend erhalten. Wie war die Reise?«

»Ziemlich ermüdend, aber interessant.«

Zwei rotgesichtige Männer an der Bar hörten seinen Akzent und blickten kurz in seine Richtung. Ihr Ausdruck war nichtssagend.

Lobkowitz erkannte ein unwillkommenes Augenzucken der Vertrautheit. Er nahm seinen Homburg ab und legte ihn ordentlich auf die Theke. Catherine hielt ihm für ein Autogramm ein Buch hin.

»Danke, Prinz Michael«, sagte sie und zwinkerte nur ihn vielsagend an. Er lächelte. Sie hatte die Männer gekonnt verwirrt.

Mo Collier kam langsam durch die Tür, von wo er in der öffentlichen Bar bedient hatte. »'nabend, Sir.« Während er über seine Stirnlocke strich, hob er den Koffer des Prinzen hoch und stieg als erster die schmale Treppe hinauf.

»Wir servieren Ihnen im Nebenzimmer eine Mahlzeit, sobald Sie es wünschen.« Catherine wendete ihre Aufmerksamkeit wieder der Speisekarte für den nächsten Tag zu.

Es dauerte nur einen kurzen Augenblick, bis einer der Männer aufgeräumt feststellte: »Ein königlicher Gast, nicht wahr, Miss?«

»Der Großneffe der Königin Victoria. Aus einer der ältesten Familien Europas. Er kann seine Blutslinie bis in die Zeit vor den Römern zurückverfolgen.«

»Ich wette, das lohnt sich, was?«

»Der größte Teil seines Vermögens wurde dazu verwendet, den britischen Kriegsgefangenen auf dem Balkan zu helfen.« Sie bezog sich auf die BEF, welche die Türken in ihrem vergeblichen Versuch unterstützt hatte, die alten Grenzen wiederherzustellen. Sie waren von dem israelischen Vorstoß über Syrien nach Anatolien bis zu der alten NATO-Pipeline überrascht worden. An diesem Punkt hatte

Großbritannien sich auf Grund eines Interessenkonflikts zurückgezogen.

»Ein anständiger alter Knabe, wenn man ihn so betrachtet.«

»Was heißt schon anständig.« Catherine schaute Mo nach, als er wieder verschwand. Sie war innerlich angespannt. Nun war jeder hier. Sie fieberte schon dem Feierabend entgegen.

Major Nye war der erste, der von der privaten Bar her rief: »Bitte, meine Herren, trinken Sie aus.« Er bot das perfekte Bild eines pensionierten indischen Offiziers, der seine Ersparnisse hier investiert hatte. Das einzige Problem, das sie hatten, war das mit Jerry, der allseits bekannt, gesucht und nur gelegentlich bei Bewußtsein war, und Professor Hira, der nun total fehl am Platze war, da fast niemand mehr mit seiner Hautfarbe in England lebte.

Alvarez, in gestreifter Schürze und hochgekrempelten Hemdsärmeln, verriegelte die Türen hinter dem letzten Gast und ging sofort in den niedrigen, verrammelten Speisesaal. Hier saß Mrs. Persson in einem weich fallenden, langen Kleid auf einem Tisch und wartete auf die anderen. In dem einzigen Ledersessel träumte Jerry Cornelius vor sich hin, seine Schwester saß neben ihm auf der Armlehne. Major Nye und Professor Hira folgten Mo Collier, der Prinz Lobkowitz begleitete sie.

»Nun, da wären wir alle«, sagte Alvarez. Er war sauer wie immer und ärgerte sich über die mächtige Last der Gewohnheit, die er nicht mit Loyalität verwechselt sehen wollte. Er war Techniker, und sein Job, wie er ihn verstand, bestand darin, seinen Geist so objektiv sein zu lassen wie irgend möglich. Nur Mrs. Perssons Logik, so versicherte er sich selbst, hatte ihn wieder mit Professor Hira in Streit geraten lassen, dessen Verknüpfungsarbeit er mit einer Mischung aus entsetztem Staunen und Abscheu betrachtete, auf der einen Seite unfähig zu glauben, daß sie überhaupt funktionierte, und andererseits von einer Reihe Prinzipien fasziniert, die zu begreifen er ernsthaft niemals hoffen konnte. Er wich Hiras freundlichem Blick aus.

Una sagte: »Es wird Zeit, daß wir alles zusammentragen, was wir haben. Wir müssen die Mauern einreißen, die Miss Brunner errichtet hat. Dann wird es viel einfacher sein, etwas Neues zu erbauen. Wir brauchen eine gute Basis; einen neuen Beginn. Danach werden die Dinge sich wieder in alle Richtungen entwickeln. Die Alternativen werden dasein, damit man sich eine aussuchen kann. Andere Leute werden sie für sich selbst schaffen. Andere Menschen wollen sie für sich selbst schaffen. Das Zentrum – gewissermaßen der Kern – arbeitet jedoch nach weiblichen Prinzipien.«

»Ganz recht«, sagte Professor Hira. »Das ist das Geheimnis.«

»Wie soll das bewerkstelligt werden?« Major Nye klopfte seine Taschen auf der Suche nach Tabak ab. »Wir sind so wenige.«

»Altmodische Probleme«, sagte sie, »erfordern altmodische Lösungen. Sie wollen ein fröhliches England, König Artus, Turnierkämpfe, Maibäume, geröstete Ochsen und so weiter; die Bauern an ihrem Platz, der Landbesitzer in Sicherheit und deshalb, so argumentieren sie, voller Güte. Pomp und Rüstung. Chretien de Troyes und die beschwerliche Straße zum Ruhm.«

»Was? Wo Elvis starb?« Mos Hände hatten noch nie zuvor so heftig gezittert.

»Das war Memphis«, sagte Alvarez. »Und wir reden von dem christlichen Geheimnis, das geschändet wurde, um die menschliche Habgier zu rechtfertigen ...«

»Hacken Sie nicht auf Memphis herum. Wir haben es dorthin exportiert.« Mo schaute ihn an. »Oder etwa nicht? Wie Kleopatras Nadel.« Mos geschichtliches Verständnis war ziemlich zusammengeschustert.

Prinz Lobkowitz war zutiefst verwirrt. Er fragte sich, ob seine Beherrschung der englischen Sprache wirklich so war, wie sie sein wollte. Hatte er früher vielleicht zuviel gelesen?

»Dazu haben wir nicht die Zeit.« Una sog an ihrer noch nicht angezündeten Sherman und wandte sich zu Jerry um, in dessen Gesicht ein albernes Lächeln lag, als hätte er gerade erst einen Witz verstanden, den man ihm schon vor fünf Minuten erzählt hatte. »Jerry ist derjenige mit dem religiösen Hintergrund. Zumindest war er es, der den Willen zum Durchhalten hatte, im Gegensatz zu Ihnen, Alvarez.«

»Ich habe für diese Nonnen eigentlich niemals besonders viel übrig gehabt.« Er nahm noch immer eine Verteidigungshaltung ein. »Äh?« Er zwinkerte. »Das ist nicht mein Stil. Aber ich fand sie nett.«

»Sie meinen dieses Jesuiten-Zeug«, sagte Catherine sanft.

»Es war eine Phase, die ich durchmachte.«

»Einiges davon könnte sich jetzt als nützlich erweisen.« Als Una Ungeduld zeigte, unterdrückte Catherine ihren Drang, ihren Bruder zu verteidigen. »Die Basis, vielleicht. Du weißt, wie man Dinge reduziert.«

»Es geschah wegen des Krieges.« Er schaute auf und hoffte auf Mitgefühl. »Nicht nur Martin Luther. Daran ist nichts, wirklich, außer einer Art mentales Training. Einige intelligente Köpfe, finde ich.« Er lächelte sie an wie ein Kind, das sich plötzlich im Zustand der Glückseligkeit befindet.

»Oh, ich verstehe! Ich könnte mich selbst erlösen, nicht wahr? Das werden, was ich eigentlich hatte werden wollen? Und das.«

Una verschluckte eine Erwiderung. Sie gab sich alle Mühe, ihn nicht wegzuschicken, die Gewohnheit war so übermächtig. Aber sie hatte nicht den Wunsch, ihn zu Miss Brunner zurückzuschicken. Überdies war es offenbar geworden, seit sie ihre Experimente mit *The Eagle and Child* begonnen hatten, daß Jerry tatsächlich in bestimmten wichtigen Bereichen einmalig war.

»Miss Brunner und ich waren inkompatibel«, erzählte er Una ernsthaft. »Deshalb trennten wir uns.«

»Darüber wissen wir Bescheid.«

»Mein Vater hatte niemals die Absicht gehabt, sie ebenfalls damit zu betrauen. Er kannte sie noch nicht einmal.

Sie stieß auf seine Aufzeichnungen. Meine Mum wußte am besten Bescheid. Aber sie ist natürlich schon tot.«

»War Ihre Mutter *au fait* mit der Arbeit Ihres Vaters?« Professor Hira war überrascht.

»Sie war verdammt noch mal seine Inspiration.« Jerrys Ausdruck verhärtete sich. Er straffte seine Schultern. »Sie gab ihm all seine Ideen ein.«

»Er meint nicht die Mathematik«, sagte Catherine, von seiner Reaktion überrascht. »Er meint die Grundlagen.«

»Miss Brunner hätte niemals in die Sache verwickelt werden dürfen. All dieses dämliche Herummachen in Lappland. Das ist schon Jahre her, nicht wahr? Und in den Jahren danach hatten wir unsere Chancen gehabt. Frank vermittelte mir die Überzeugung, daß du tot bist, Cathy.«

»Ich war tot«, sagte sie. »In gewisser Weise. So gut wie.«

»Ich verbarg meine Gefühle ein wenig.« Er schämte sich etwas, als er begriff, daß er bei seinem Geständnis so viele Zeugen hatte. »Ich wollte nicht eingestehen, daß es nicht weitergehen konnte. Gleichzeitig war ich nicht ganz ich selbst. Selbstmitleid. Aber ich nannte es Trauer.«

»Das könnte es auch gewesen sein«, sagte Una. Sie fing an zu begreifen, was er meinte. »Du redest von Lappland. Dieses Programm von Miss Brunner?«

»Hast du das denn nicht gemeint?«

»Teilweise.« Una wurde ernst, stand vom Tisch auf und ging langsam auf ihn zu, als hätte sie Angst, sie könnte ihn erschrecken und zum Rückzug veranlassen.

»Ich dachte, ich würde alles aufgeben«, gestand er ihr, senkte die Stimme und wurde vertraulich. »Das tat ich auch wirklich, Una. Das große Opfer. Aber ich denke, es gab zuviel Zynismus. Kann man in einem Schmelztiegel gekreuzigt werden?« Er lachte. »Das war alles Alchemie. Beide – mein Vater und Miss Brunner – brauchten sie als Grundlage. Aber Miss Brunner unterschätzte die Bedeutung meiner Mutter, weißt du. Und alles, was dazu gehörte. Frank. Catherine. Jerry. Nun, es macht Sinn. Dreien und Neunen. Auch einen solchen Sinn. Das Wissen lag bei meinem Vater. Das kann ich dir bestätigen. Aber die

Weisheit kam von ihr. Miss Brunner ist gar nicht so anders. Ich glaube, sie möchte irgendeine Art Mann sein. Sie hört den Männern zu, weil sie glaubt, daß sie irgendein Geheimnis haben. Sie verachtet Frauen. Ich bin zu schwach ...« Er schloß die Augen.

Catherine grinste.

Sie hatte nur wenig Angst um die Zukunft ihres Bruders. »Haben wir ein Orakel, Una?«

»Für unsere Zwecke ist es gut genug.« Während sie auf den alten Attentäter hinunterschaute, schüttelte Una den Kopf. Sein Körper erschlaffte wieder. Sein Kopf sank auf eine Seite. Er fing an, laute, häßliche Schnarchtöne von sich zu geben. »Wieviel kann er noch vertragen?«

»Eine ganze Menge, auf dem Papier«, sagte seine Schwester. »Soll ich ihm noch einen Schuß geben?«

Alvarez meldete sich in schmollendem Ton von der Tür. »Ich möchte nur wissen, sind wir im Geschäft, oder sind wir nicht im Geschäft.«

»Ich glaube, wir sind es«, sagte Major Nye. Seine Aufmerksamkeit galt Jerry, den er liebte wie einen Sohn.

»Nun denn«, sagte Collier mürrisch, »wer hilft dem alten Mo, sein Zeug nach Glastonbury zu schaffen?«

»Wohin?« Jerry war von allein aufgewacht. »Wohin?« Er wollte seine Lippen befeuchten, schaffte es aber nicht. Er sah wieder entsetzt aus. Jede Spur von Ruhe war von ihm gewichen. »M=L=C. Sie sind alle gleich. O Jesus! Das kretische Kreisproblem. Deshalb hängt es mit der Türkei zusammen!«

Una krümmte sich fast, als sie ihre Hand auf Jerrys verschwitzten Kopf legte. »Er hat ein furchtbares Fieber. Was sollen wir tun?«

»Opfer!« Jerry verdrehte die Augen. »Mutter!« Dann brach er zusammen und war wieder bewußtlos.

»Ich gebe die Schuld dem Konvent«, sagte Alvarez ohne Mitgefühl. »Dort schnappt man solche Ideen auf.«

»Aber warum hat er eine solche Angst?« Fast brutal drängte Major Nye sich an Prinz Lobkowitz vorbei, um zu Jerry zu gelangen. »Was haben Sie mit ihm vor?«

»Nichts, wofür er nicht geboren wurde«, sagte der Prinz traurig.

»Sie haben diese Nonnen nicht gekannt.« Alvarez blickte mit tiefem Selbstmitleid auf seine Vergangenheit. »Die Juden hatten das Glück, daß nicht sie Sachsenwald leiteten.«

»Kennen Sie Südafrika, Sergeant?« Major Nye war überrascht.

»Ich bin dieser Gegend nie auf Nilpferdpeitschenlänge nahegekommen.« Alvarez war vorsichtig. »Ich bevorzuge kältere Gefilde.«

»Hier sind Sie in Sicherheit«, sagte Catherine.

»Nun, egal.« Mo Collier wurde allmählich ungeduldig. »Bekommt er seine Befehle? Wird jemand mithelfen?«

»Es tut mir leid.« Una bemerkte, daß Jerry sich wieder in seinem Normalzustand befand und schlief. »Ich glaube, in dieser Sache steckt mehr Abstraktion, als ich ertragen kann. Ich brauche einen Moment Ruhe.«

Mo ließ einen verärgerten Furz ab.

25 Verlorene Götter

Es waren die Worte eines sehr jungen Mannes. Ich war etwa in seinem Alter, aber ich hatte mich ein wenig herumgetrieben und sah seine Unfertigkeit. Trotzdem beeindruckte es mich tief. Feuer und Poesie lagen darin, und auch eine besondere Klugheit. Er hatte seine Berufung erfahren und beeilte sich nun, sie zu erfüllen. Von da an diente sein Leben nur einem Ziel, der Gründung eines Britisch-Equatoria mit den Bergländern im Osten und Süden als Ausgangsbasis des weißen Mannes. Es sollte ein Land der Weißen wie auch der Schwarzen sein, ein neues Königreich von Prester John. Es sollte Südafrika mit Ägypten und dem Sudan verbinden und damit Rhodes Plan abschließen. Es sollte ein Magnet für unsere Jugend sein und Siedlungsgrund für unsere überzählige Bevölkerung. Es sollte auch für England eine spirituelle Renaissance einleiten.

John Buchan, *Die Insel der Schafe*, 1936

Miss Brunners Vision von einem Utopia war so mächtig wie eh und je, sagte sie sich. Auch wenn eine Eiszeit unausweichlich war, ganz gleich, wie sie geschaffen wurde, so war es dennoch möglich, das Land wiederaufzubauen, sobald der Melt-down erreicht war. Aber die Vorbereitungsarbeit war wichtig. Sie hatte die Fundamente gründlich angelegt. Die Schlangen, die nicht aus ihrem Eden geflohen waren, waren entweder zerdrückt oder neu gestaltet worden. In Schloß und Hütte, Dorf und Stadt waren die Briten frei von Streit und Angst, von all den Übeln, die im 20. Jahrhundert aufgetaucht waren. Es war eine harte, blutige Arbeit gewesen, die viele Opfer und eine furchtbare Seelensuche einschloß. Sie hatte ihre Pflicht getan und nichts von dem ungern weggegeben, was sie besessen hatte. Es war zum Nutzen der Mehrheit geschehen, und sie erwartete keine Belohnung, obgleich sie sich doch über Anerkennung gefreut hätte. Aber sie brauchte noch immer soviel Zeit wie möglich, um ihre Suche fortzusetzen. Und die galt nicht weniger als der wahren Seele Englands. Nun, da das Land gesäubert und befreit war, wie Bischof Beesley es formuliert hatte, würde es schon bald vom Winter in den Frühling übergehen, wiedergeboren mit einem Maibaum auf jeder Rasenfläche, einer BBC, auf die man stolz sein konnte, und einer normalen, anständigen jungen Generation mit unverdorbenen Fähigkeiten und dem dringenden Wunsch, sich dem öffentlichen Wohl zu verschreiben. Diese reiche Quelle des Stolzes und der Verantwortung von Pflicht und Hingabe, die eine wirkliche Religion gewesen war, bevor die großen Kriege des 20. Jahrhunderts (eine Folge der deutschen Mißgunst) den Leuten und dem Britischen Empire den Schneid abgekauft hatten, würde wieder sprudeln, eine Sache von Dauer und ein Vorbild für die übrige Welt sowie ein Reservoir der Stärke. Die australische Lösung war lediglich ein Notbehelf, bis die Angelegenheiten geradegerückt werden konnten.

Miss Brunner glaubte, daß jeder, der diese Vusion ablehnte, ganz eindeutig böse war. Dennoch taten ihr die Leute wegen ihrer Dummheit leid. Es mußte schlimm sein, ein Leben ohne Sinn zu führen: Es war ein Leben der Zerstörung. Sie hatte niemals verstanden, wie eine gesunde Person sich bereitwillig mit der Schaffung der Anarchie beschäftigen konnte. Und besonders merkwürdig war, daß so viele Fanatiker Frauen waren! Sie waren eine Schande für ihr Geschlecht. Sie waren eindeutig pervertiert. Miss Brunner wußte, daß Selbstopfer und Disziplin am Ende immer mehr wert waren. Der freie Wille war ein auf Genuß ausgerichteter Trugschluß, eine Rationalisierung für jede Form von Böswilligkeit oder Zügellosigkeit.

Sie stand vor den Befestigungen des Schlosses von Windsor, wobei ihre blasse Hand leicht auf einer Fender V2 Haubitze ruhte, und schaute zur Stadt, die sich, Eton in der Nähe, zu einem Haupttreffpunkt ihrer großen Schar von Rittern entwickelt hatte, jenen ausgesuchten Männern, deren Berufung es war, die englische Lebensart zu verteidigen und den englischen Gral zu suchen. Bischof Beesley und seine Tochter, sie in Uniform eines Majors der Haushalts-Kavallerie, kamen zu ihr. Die Sonne verblaßte an einem kalten, blauen Himmel. Im Park waren schwache, verlängerte Schatten zu erkennen. Von Westen setzte ein plötzliches Rauschen von Flügeln die Äste von Ulmen in Bewegung, so daß sie wie mit den Händen ängstlicher Mütter winkten, und eine Wolke Stare stieg im dunstigen Licht vom Fluß auf, dann verschwand sie über den roten Dächern in der Stille.

»Sie sind eine Reinkarnation, liebste Lady, von unseren edelsten Herrschern.« Er verbeugte sich so weit, wie sein Bauch es ihm gestattete, eine Hand an seiner wackligen Mitra, die andere an seinem Stab. »Sie sind König Artus im

Herzen, wenn nicht sogar im Leib. Und hier, um Sie herum, liegt das wiederhergestellte Camelot, ehe die Heere vom Mordred und Morgana le Fay sich erhoben. Hier ist unsere Festung gegen Dunkelheit und Ignoranz, unsere Garantie auf Dauerhaftigkeit und wahre, ungestörte Ruhe.«

Sie lehnte seinen angebotenen Bounty-Riegel ab. Sie hatte noch nie viel für Nüsse übriggehabt. »Ich schulde sehr vieles von dem Ihnen, Bischof. Während ich Verständnis für unsere kurzzeitigen Bedürfnisse habe, liefern Sie ein profundes Wissen um Bedürfnisse, die rein spirituell sind. Gibt es irgendwelche Neuigkeiten von den wenigen Verrätern, die unsere Arbeit vernichten wollen?«

»Nein, Ma'am. Sie sind, wie mir versichert wurde, dazu verdammt, außerhalb unserer Grenzen zu leben. Sie haben niemals den starken Geist oder den Charakter, uns so sehr zu drohen, und ganz sicher sind sie zahlenmäßig unterlegen.«

»Götter«, sagte sie, stützte Handflächen gegen Granit, als sie sich vorbeugte, um den Stacheldraht zu betrachten, der sich um den Burggraben spannte. »Wenn es doch vollständig wäre. Müssen wir uns immer noch mit ihnen streiten?«

»Ich glaube nicht, Ma'am.«

»Guter Bischof.« Sie berührte mit einem dankbaren Finger sein Gewand. »Sagen Sie es noch einmal, so daß ich den Rest der Nacht beruhigt in meinem Bett verbringen kann.«

»Madam, wir haben ihnen die Waffen abgenommen, haben ihre Geister exorziert und sie in die Unterwelt verbannt. Auch ihre Titel sind vergessen!«

Sie schloß die Augen und sagte in einem leisen Flüstern: »Ich habe sie nicht vergessen, mein Herr. Stundenlang sind ihre Namen durch meinen Schädel marschiert. Oh, was für eine Litanei des Bösen! Sie hätten vernichtet werden können, während wir sie total unter Kontrolle hielten.«

»Wir werden beim nächsten Mal aufpassen, Madam,

wenn wir jemanden lebend fangen. Aber ich glaube, sie werden den Großen Winter nicht überleben.«

»Laßt uns beten, Bischof. Aber laßt uns auch nicht vergessen, daß sie Zuflucht nehmen konnten zu dämonischer Macht.«

»Diese Macht existiert nicht mehr, Madam!«

Sie lehnte ihren langen Körper in seinem prachtvollen Gewand gegen die Brustwehr. Von einem Feld klang eine Trompete herüber, und Pferde trotteten rasselnd ihrem Futtertrog entgegen.

Bischof Beesley kratzte sich unter seiner Mitra und machte ein skeptisches Gesicht. Er genoß den Anblick gestreifter Pavillons, die Standarten, die Federbüchsen, die hellen Schilde mit ihren alten Rüstungen, die Wappen von tausend Rittersippen; die Kochfeuer, die Musik der Dulcimer und Leiern, die eiligen Junker, dies alles vor dem Hintergrund der wunderschönen Türme und Zinnen von Eton. Er fühlte sich dadurch an das englische Rittertum am Vorabend der Schlacht von Poitiers erinnert; doch dann fiel ihm ein, daß das, was er vor sich sah, in Wirklichkeit der französische Adel vor Agincourt war. Er spürte, daß er um Haaresbreite davon entfernt gewesen war, eine Ketzerei auszusprechen, und sog zischend die Luft ein. Dies war ein historischer Umzug; ein Tableau, nicht mehr. Er wandte den Kopf. Dann kehrten die georgische und victorianische Gemütlichkeit Windsors zurück.

»Sind wir uns unserer Taktik jetzt sicher?« Er stellte die Frage fast beiläufig, darauf bedacht, nicht ihren Zorn zu erregen.

»Für die Parade? Den Vormarsch?«

»Aye, Madam. Dafür.«

»Ganz sicher, mein Herr und Bischof.«

»Dann müssen wir nur noch wissen«, sagte Mitzi und polierte ihre Halsberge mit dem Handschuh, »wo sie kämpfen wollen.«

»Kämpfen?« Miss Brunner fuhr auf ihrem Brunnen herum, ehe der warnende Blick des Bischofs sie vorbereiten konnte. »Wurde etwa ein Turnier arrangiert?«

»Ich dachte, eine Schlacht ...«

»Meine Tochter scherzt, Majestät.«

»Ich bin nicht Ihre Majestät, Sir. Noch nicht.«

»Es wurde in der Tat von Turnieren gesprochen.«

Sie schob sich die roten Locken aus den Augen, wobei ihr Ärmel ein goldenes Blatt vom Granit wischte. »Was halten Sie vor mir zurück, mein Herr? Neuigkeiten von unseren Feinden?«

»Ein Gerücht, Lady. Nicht mehr.«

»Dann heraus mit diesem Gerücht, Sir.«

»Unsere Spione melden irgendeine Art Versammlung. Unweit der Stadt Glastonbury. Aber wir haben überhaupt keine Ahnung, was das bedeuten soll.«

»Bedeuten? Nun, Sir, können Sie das nicht erraten?«

»Es wäre dumm, sich auf Vermutungen zu verlassen, Madam.«

»Wir wollen nicht das Heer wie wild losmarschieren lassen«, sagte Mitzi. »Das wäre dumm.«

Sie bemerkte gar nicht, daß sie überhaupt nicht wußte, um was es ging. »Ich meine, denken Sie doch nur an die Schlacht von Hastings. Wir würden quer durchs Land marschieren und total erschöpft sein, wenn es endlich zum Kampf kommt.«

Miss Brunner betrachtete sie mit unverhohlener Abneigung. Sie konnte kaum glauben, daß Bischof Beesley, der, zugegebenermaßen, zum Mittelstand gehörte, ihr keine bessere Ausbildung ermöglicht hatte. Statt dessen hatte er sie durch die ganze Welt mitgeschleift und sie praktisch zur Hure gemacht, wenn es in seine Pläne paßte. Sie sehnte sich nach besserem Material. Sie wußte, daß es dort draußen war, auf dem Feld, und sie würde es irgendwann finden. Bis dahin mußte sie mit dem zufrieden sein, was sie hatte. Sie meinte, daß, da sie Fortschritte im Hinblick auf Manieren und Auftreten gemacht hatte, der Bischof wenigstens dafür hätte sorgen können, daß Mitzi den letzten Schliff erhielt. Aber ihm fehlte ihre Entschlossenheit. Er hegte Wünsche nach den gleichen Dingen, besaß aber nicht den Willen, mit dem sie sie erreicht hatte.

»Aber Sie meinen doch, daß sie es sind«, sagte sie. »Bei Glastonbury.«

»Die Detektoren legen die Vermutung nahe ...«, begann Beesley.

»Die alte Arlekin-Truppe, äh?« Sie runzelte die Stirn. »Das war nicht zu vermeiden. Was würden Sie tun, wenn Sie an ihrer Stelle wären? Im Niemandsland verharren? Sie haben keine andere Wahl, als ein letztes Mal zu kämpfen. Überhaupt keine Wahl.«

»Keine Wahl.« Mitzi wurde zu einem militärischen Echo. Ihre zierliche, ziemlich habgierigen Züge hatten nie einen zufriedeneren Ausdruck gezeigt. Sie griff mit der Linken nach ihrem Säbelgriff und drückte die Klinge gegen ihren Oberschenkel.

»Zu kämpfen«, sagte Miss Brunner leise, »und zu verlieren. Ich glaube, das bewundere ich. Es gibt keine Möglichkeit, gegen mich zu gewinnen. Nicht jetzt.«

»Wir haben sie, wo und wann wir es wollen«, sagte Mitzi. »Unser Commonwealth wird tausend – zweitausend – dreitausend ...«

Bischof Beesley zog seine Tochter auf die Seite. »Reg dich nicht so auf, Liebes. Ich muß gestehen, daß ich gehofft hatte, die Neuigkeiten etwas weniger plötzlich zu verkünden.«

»Ich habe nichts falsch gemacht.« Mitzi machte sich von ihm los.

Dem Bischof kam es so vor, als sei seine Führerin wachsamer geworden, aber er machte sich mehr Sorgen wegen Mitzi. Er kannte dieses Verhalten bei seiner Tochter nicht. Nachdenklich suchte er in seinen Taschen nach Smarties. Er war sich nicht sicher, was in sie gefahren war, aber insgeheim hatte er Miss Brunner im Verdacht. Seit sie in aller Form alle früheren Verträge und Abkommen gekündigt und eine Politik der bewaffneten Neutralität ausgerufen hatte, war sie ihren engen Vertrauten gegenüber immer verschlagener geworden. Dies waren Anzeichen, so glaubte er, einer extremen Paranoia. In gewisser Weise war er froh, daß Mitzi sich so begeistert in ihre neue Rolle gestürzt hatte. Sie würden, wenn diese Sache vorbei war, noch wachsamer als sonst sein. Sobald alle äußeren Feinde besiegt waren, würde Miss Brunner sich unweigerlich auf die alten Freunde stürzen. Das lag in der Natur der Sache. Er spürte eine kühle Berührung an der Wange. Er blickte auf. Es bewölkte sich. Einige Schneeflocken schwebten herab.

26 Probleme in Syrien

Angesichts der Szenen des Grauens, die sich tagtäglich vor unseren Augen außerhalb der Schule abspielen, wird unsere Arbeit zu einer Herausforderung der Menschheit. Wie können wir armenische Schüler dazu bringen, *Schneewittchen und die sieben Zwerge* zu lesen, wie können wir ihnen das Konjugieren und das Deklinieren beibringen, wenn gleich neben unserer Schule ihre Gefährten verhungern? Wenn fast vollständig nackte Mädchen, Frauen und Kinder, einige auf dem Erdboden liegend, andere zwischen den Sterbenden oder den Särgen, ihren letzten Atemzug tun?

Von den 2000 bis 3000 Landleuten, Frauen und Mädchen aus dem oberen Teil Armeniens, die bei guter Gesundheit hierher gebracht wurden, sind nur noch 40 oder 50 zum Skelett abgemagerte Gestalten übrig. Die hübschesten darunter sind die Opfer der Lüsternheit der Wachen. Die häßlichen erleiden Schläge, Hunger oder Durst; denn obwohl sie neben dem Fluß liegen, dürfen sie nicht trinken. Europäer dürfen den Hungernden kein Brot zukommen lassen. Jeden Tag werden mehr als einhundert Leichen aus Aleppo wegtransportiert. Und all das geschieht unter den Augen hochrangiger türkischer Offiziere. 40 oder 50 Skelette sind auf dem Hof gegenüber unserer Schule eingesperrt. Es sind Frauen, die den Verstand verloren haben; sie wissen nicht mehr, wie man ißt! Wenn jemand ihnen Brot anbietet, dann werfen sie es fort und zeigen kein Interesse daran. Sie jam-

mern und warten auf den Tod. ›Daran‹, sagen die Eingeborenen, ›ist das *Ta-a-lim el Alman* schuld (die Lehre der Deutschen).‹
Brief an den deutschen Außenminister in Berlin, geschrieben von vier Lehrern an der Realschule, Aleppo, 8. Oktober 1915.

(Zitiert in *Die Armenier: Vom Völkermord zum Widerstand,* 1983)

»Klassenkampf auch. Die Götter der Adligen sind nicht die Götter der Gemeinden. Der keltische Adel kannte Rhiannon, Mannanan und die anderen, aber das Volk huldigte vielleicht nur Brigit. Und aus der Göttin erwuchs die Hexenkunst. Und aus diesem alten Wissen, mißverstanden, mißbraucht, entwickeln Miss Brunner und ihresgleichen ihre hohle Magie. Sie können Sinnestäuschungen produzieren, sind aber unfähig, eine wahre Veränderung zu vollbringen. Die Grammatik des Volkes wird stets ausgeliehen, um es an seinem Platz zu halten. Wir können Miss Brunner mit ihren Methoden nicht besiegen – außerdem kann man sie kaum Methoden nennen. Aber wir können die Quellen suchen und aus diesen Quellen die ursprüngliche Macht gewinnen. Wir haben den Stolz und die Wut der unterdrückten Massen, die um etwas Kontrolle über ihr eigenes Schicksal, um Wissen und Glanz kämpfen, und die von zungenfertigen Diplomaten zum Verstummen gebracht werden.« Prinz Lobkowitz lächelte kurz. »Sie haben die Quellen in Ihrer wilden Göttin, Ihrer Brigantia. Es leuchtet ein, daß sie eines Tages gerächt werden muß.«

Una wünschte sich allmählich, sie hätte das Gespräch niemals begonnen. Wie die meisten alten Männer erging Prinz Lobkowitz sich in einem endlosen brabbelnden Sermon, obgleich er seine geistigen Fähigkeiten noch nicht eingebüßt hatte. Wie konnte sie der Antwort widerstehen: »An jedem Mann?«, während sie zärtlich ihren Ex-Geliebten betrachtete.

»Sehr traurig, aber ich befürchte es. Vielleicht nur für

eine kleine Weile. Ich habe noch keine Erfahrung mit ihrer Gnade.«

Sie hatten den Hauptraum im Zentrum des Labyrinths gefunden und beobachteten im dämmrigen Gaslicht, wie Mo und die anderen sich abmühten, um die Geräte aufzubauen. Ein Teil des Komplexes, im Tor ausgehöhlt, war schon immer dagewesen, doch ein großer Teil war restauriert oder neu. Man hatte daran gedacht, die Anlage als eine Art Basis zu benutzen, vielleicht als Atombunker, bis zwei kleinere Einbrüche die Absichten der Institution geändert hatten, die den alten Berg umfunktioniert hatte. Es gab auch Gerüchte, die besagten, daß sie bei den Arbeiten zur Sicherung und zum Bau des Labyrinths zu viele Leute verloren hatten, von denen einige nie mehr aufgetaucht sind.

»Schön, schön, schön.« Alvarez war bester Laune. Er kam zu ihnen herauf und rieb sich die öligen Hände. »Ich nehme an, wenn wir scheitern, dann können wir darauf hoffen, daß irgend so eine verdammte fliegende Untertasse auftaucht und uns rettet.«

Una teilte seine Abneigung gegen die Korruption, doch sie fand seine allgemeinen Manieren weiterhin abstoßend. Ihre Geduld mit den meisten Männern, die auch zu ihren besten Zeiten niemals abzuschätzen war, war noch geringer denn je. In einer Hinsicht machte das ihre Arbeit härter, in anderer einfacher. Zumindest erlebte sie nicht die Verwirrtheit, die sie empfand, wenn sie über ihre Gegner, Miss Brunner und Bischof Beesley, nachdachte. In ihren Augen waren sie auch weiterhin sowohl Verräter als auch zuverlässig. Daher waren ihre Gefühle um einiges weniger eindeutig. Catherine jedoch vertraute ihr grenzenlos, fast genauso wie sie auf sich selbst vertraute.

Major Nye hatte sich Jerrys Rollstuhl angenommen. Außer Catherine schien er die einzige Person zu sein, die sich um den letzten männlichen Cornelius ernsthaft sorgte. Nachdem er nicht mehr viel an praktischer Hilfe leisten konnte, fühlte er sich offensichtlich glücklicher, sich um Jerry kümmern zu können. »Sehen Sie dieses ganze geheimnisvolle Zeug, alter Junge? Sie wandeln das Ganze jetzt in eine Art riesigen Empfänger um. Für die Zeit unseres Hierseins. Um jede noch freie Energie aufzuspüren. Die große Show steigt in ein oder zwei Tagen.«

Jerry murmelte eine Frage. Seine Haut hatte wieder die leblose graue Farbe früherer Zeiten angenommen.

»Klar doch, alter Knabe. Mach ich gerne.« Major Nye begann *Lily of Laguna* zu singen und danach *You're the Cream in my Coffee, You're the Milk in my Tea.* Unfähig, Worte zu formen, summte Jerry mit, so gut er konnte.

Mo unterbrach seine Arbeit, um die beiden wütend anzustarren, als sie vorüberkamen. »Verfluchte Faulenzer, wie immer. Ich dachte, jeder von uns müßte seinen Teil leisten, aber nicht unsere Oberstrategen!«

»Er ist noch nicht soweit, daß er mithelfen kann.« Catherine reichte ihm eine neue gedruckte Schaltungsplatine.

»Er drückt sich, wollen Sie sagen.«

»Wenn Sie wüßten, was ich weiß, dann würden Sie sich auch davor drücken.« Sie war Mo seit seinem letzten Furz aus dem Weg gegangen. Sie war überzeugt, daß es wahrscheinlich von Schaden war, nur so wenige Menschen zu mögen und sie nur oberflächlich zu tolerieren, aber sie dachte andererseits, daß es eigentlich sowieso nicht viel ausmachte. Am Ende hoffte sie, einige der Qualitäten ihres Bruders auch bei sich selbst zu finden. Sie mußte nur Geduld haben.

Professor Hira befand sich irgendwo in den Schatten des Felsdaches. Sie hörte seine Stimme, als er Mo zurief, er möge ihm die Platine heraufbringen. Sorgfältig löste Mo die Sicherheitsleine von seinem Gürtel und begann seinen langsamen Aufstieg, als kletterte er in irgendeiner tausend Meter hohen unwegsamen Felswand im Yosemite Valley.

Catherine nahm Una beiseite, als ihre Freundin eine kurze Pause einlegte. »Bilde ich mir das nur ein, oder werden einige der Männer immer gröber?«

»Mir ist das gleiche aufgefallen. Wahrscheinlich fallen sie wieder in ihre alten Verhaltensweisen zurück, aber das ist nichts Ernstes. Unmut drückt sich meistens in kindlichem

Verhalten, in unflätigen Scherzen und so weiter aus. Offenbar müssen wir uns nur wegen Alvarez und Collier Sorgen machen. Die anderen scheinen mit ihrer Situation erstaunlich zufrieden zu sein.«

»Alvarez hat sie gerade einen Haufen Pisser genannt. Mir gegenüber, halblaut.«

»Ich denke, wir sollten ein wenig Verständnis zeigen.« Una lachte frei heraus. »Wir sollten uns lieber daran gewöhnen. Wenn alles klappt, dann werden wir in der nächsten Zeit noch viele von ihrer Sorte kennenlernen.«

»Ich kann noch immer nicht verstehen, warum Mo bereit ist, für Miss Brunner zu arbeiten, aber für uns nur höchst ungern tätig ist.«

»Wir können nicht auf die gleichen Knöpfe drücken. Kurzfristig ist es die Kombination, die den Sieg davonträgt. Eine Art gnadenlose Bereitschaft, Macht in einem männlichen Sinne zu benutzen, aber mit der entschlossenen Energie einer Frau.« Una hatte seit ihrem langen Gespräch mit Prinz Lobkowitz Analysen aller Art allmählich satt. »Außerdem ist es für Burschen wie Mo überaus eindrucksvoll. Er begreift die Hackordnung. Wir machen nur den Fehler, daß wir an Bereiche in ihm appellieren, deren Existenz er entweder glattweg leugnet, oder die er lieber vergißt. Er begreift solche Charaktereigenschaften als schwach, denn er hält sie für typisch weiblich. Der arme Teufel.«

Major Nye kehrte zurück und schob Jerry vor sich her. »Ich nehme an, wir sind fast bereit. Alles ist für das letzte Programm vorbereitet, oder?«

Der Scherz war reichlich geheimnisvoll, jedoch fand er ihn überaus amüsant, denn er lachte noch lange, nachdem er längst an ihnen vorbeigegangen war. Dann, sehr plötzlich, brach sein Gelächter ab.

Catherine blickte sich um. Im schwachen Licht sah sie Jerry in seinem Rollstuhl stehen und mit den Armen rudern. Er stolperte vorwärts, während Major Nye herbeilief und ihn zu umarmen schien. »Die Wiederkunft. Sie ist da!« Jerry starrte mit wilden Blicken um sich. »Sie kommen!

Der ganze verfluchte Haufen. Und wir sind noch nicht fertig!«

»Ganz recht, alter Junge. Noch lange nicht fertig. Wir werden es ihnen zeigen!« Major Nye hatte Schwierigkeiten, seinen Schutzbefohlenen festzuhalten. »He, helf mir doch mal einer mit ihm! Ich bin nicht mehr so jung wie früher!«

Catherine rannte los. Sie half dem Major, Jerry wieder in den Rollstuhl zu setzen.

Jerrys Stimme klang ruhig, und der Ausdruck seiner Augen war fest und normal, als er sie ansah. »Sie sind unterwegs, Cath. Es wird ein Hallo und auf Wiedersehen.« Sein Lächeln war freundlich.

Catherine brach in Tränen aus.

Hiras Stimme war ein mächtiges Dröhnen von oben. »Gute Show, Mr. Collier. Das war das letzte Bauteil. Können Sie mal einschalten, Sergeant?«

Fast im gleichen Moment war die Höhle von Musik erfüllt.

Jerry bog und streckte seine Finger und erhob sich aus seinem Rollstuhl. »Wie geht's Ihnen jetzt, altes Haus?« Major Nye war erleichtert. »Wieder voll da?«

»$N_2O_4(g)=2NO_2(g)$.«

»Was ist das, alter Junge?«

»In diesem Verhältnis muß die Annäherung an das Gleichgewicht zur Abnahme stehen«, sagte Jerry. »Sie kennen, Major, das weite Feld der freien Energie. $G=HT-TS$? $AG<O$? 325K? Können Sie mir folgen?«

»Ich wünschte, du würdest nach etwas Besserem suchen, als es das zweite Gesetz der Thermodynamik darstellt, Jerry.« Una konnte nicht begreifen, wie dieses erneute Aufblühen so schnell hatte einsetzen können. Fast schien es, als genese er an der Musik. War das der springende Punkt? »Es ist das freie Energieminimum, auf das ihr euch konzentrieren solltet.«

»Demnach befinde ich mich auf der richtigen Wellenlänge.«

»Sei nicht so selbstgefällig, Jerry.«

»Ich klinge nur so«, verteidigte er sich. »Eigentlich wollte ich einen Scherz machen.«

»Das ist ja noch schlimmer. Möchtest du sehen, was draußen los ist?«

»Wo draußen? Ist das hier Lappland?«

»Es war niemals Lappland. Nicht in den Unterlagen deines Vaters. Ich vermute, daß Miss Brunner die Karte falsch interpretiert hat. Oder die falschen zwei und zwei zusammengezählt hat. Wir sind im Glastonbury Tor.«

»Oh, Scheiße.« Er schien wieder Angst zu haben. »Nun, ich nehme an, ich hatte eine ganz gute Strähne.«

»Ich frage mich noch immer, wieviel du die ganze Zeit wußtest und nicht weitergeben wolltest. Oder dir selbst gegenüber geleugnet hast. Was war es nun?«

»Ich bin nicht der richtige für eine solche Frage, Una.« Ihm war nicht mehr nach Witzen zumute. Er fröstelte. »Können Sie nicht etwas anderes spielen als die Sechste?«

»Wechselt den Beethoven«, sagte Cathy in das Mikrofon, das sie bei sich hatte. Sie schaute ihren Bruder an. »Und was?«

»In alles andere außer Mahlers *Gesang der Erde*. Oh, oder die, du weißt, toten Kinder.« Er folgte Mrs. Persson die wackelige Holzleiter hinauf zu einer düsteren Galerie, wo Fernsehschirme ihre direkte Umgebung zeigten. »Wir sollten schnellstens weitermachen. Ich bin in Gefahr, mich in einen zweitklassigen Doctor Who zu verwandeln.«

»Ich habe Neuigkeiten für dich ...«, begann Una, dann überlegte sie es sich anders. Sie erkannte, daß sie ihn immer für unverwundbar gehalten hatte. Das war auch der Grund, warum ihr sein Selbstmitleid immer lächerlich vorgekommen war. Sie spürte endlich, daß er doch einiges Recht auf Trübsal hatte.

»Wir sind vollkommen umzingelt.« Catherine wies auf die Schirme. »Seht doch.«

Standarten flatterten wie die Beflaggung windloser Segelklipper. Miss Brunners pseudo-artusische Waffen, darunter ein Drache als wesentliches Element, waren auf Flaggen, auf den Seitenflächen von Panzern und Raketenwerfern, ihrer speziellen Kavallerie, zu sehen. Es war ein mächtiges Heer. Kaum zu erkennen waren dahinter die Türme von Glastonbury. In einem Kostüm, das vage an Mary und Elizabeth Tudor erinnerte, saß Miss Brunner auf dem Geschützturm eines Warwick Mk VII. Sie hatten eine Art Damensattel für sie angefertigt. Sie hatte soeben eine Rede gehalten. Die Männer in ihrer nächsten Nähe applaudierten und schwenkten begeistert die Waffen. Jerry bemerkte, daß nur ein Australier zugegen war. Er machte Catherine darauf aufmerksam.

»Alle scheinen entschieden zu haben, daß dies eine eng begrenzte örtliche Angelegenheit ist, die man auch intern regeln sollte. Ich nehme an, das dort draußen ist praktisch die gesamte englische Armee.«

»Was geschieht, wenn sie uns schlagen?«

»Das bedeutet den Tod. Gott weiß, welche Schrecken sie wieder zum Leben erwecken wird. Öffentliche Verbrennung? Erhängen, Zerreißen und Vierteilen?«

»Und wenn wir gewinnen?«

»Nichts. Die Chance zu einem neuen Beginn.«

»Für mich?« Er mußte sich überwinden, diese Frage zu stellen.

»Du gewinnst eigentlich so oder so nicht, mein Lieber. Im Hinblick auf dein Ego jedoch in jedem Fall.«

»Setzen wir denn die Show jetzt fort?«

»Nicht mehr lange.« Sie wandte sich ab und war unsicher, ob sie den vereinbarten Kurs weiterverfolgen sollte, wenn sie dabei mitansehen müßte, daß er weinte. »Du hattest ein paar gute Ideen. Die werden verwendet. Aber deine Methoden waren konfus. Ungenau. Fehlerhaft.

»Und ich werde deshalb den heiligen Gral nicht zu sehen bekommen?«

»Du sagst es, Lanzelot.«

»C=M=C=M=C.« Sein Gelächter wurde von einem Gähnen unterbrochen. »Entschuldigung.«

»Du könntest mit Würde sterben«, sagte sie. »Wenigstens das.«

»Verdammt noch mal! Mandala gleich Kreis gleich Labyrinth gleich Zelle gleich Kessel gleich Leib. Ich verdiene es, den Gral zu sehen.«

»So wie die Dinge stehen, haben nur Frauen die Macht dazu. Du kannst zwar schauen, aber du würdest ihn nicht sehen. Erinnerst du dich denn an gar nichts?«

Jerrys Aufmerksamkeit wurde auf den Schirm gelenkt. Der gepanzerte Stabswagen Beesleys, ein großer Mercedes, hatte die Schlachtreihe verlassen und blieb am Fuß des Tores stehen. »Ich glaube, er möchte verhandeln.«

»Ist das ein gutes Zeichen für uns?« fragte Catherine.

»Das bedeutet gar nichts.« Una blickte mit zusammengekniffenen Augen auf den Fernsehschirm. »Nicht, wenn Beesley darin verwickelt ist.«

»Wer von uns soll hinausgehen?« Catherine schob den rechten Gurt ihres Kampfanzugs zurecht. »Ich?«

»Major Nye hat dafür wohl die besten Voraussetzungen.«

Catherine machte sich auf die Suche nach dem alten Soldaten. Jerry erholte sich und war offensichtlich völlig entspannt. Er vergrub seine Hände tief in den Taschen seines schwarzen Automantels. »Demnach ist das Labyrinth wieder komplett. Ist dies hier der Mittelpunkt? Waren Sie schon mal in Hampton Court?«

»Miss Brunner hat mich nie dorthin eingeladen.«

»Davor. Und was bist du, Una? Herrin des Irrgartens?«

»Ich diene dieser Herrin.«

Er schaute sie scharf an, überrascht über ihre Ernsthaftigkeit. »Da ist also Miss Brunner und ihre Hexenkunst; ihre lächerliche Alchemie, und du schlägst dich mit einem Haufen Jungschen Unsinn herum. Fast bin ich froh, daß ich dem Untergang geweiht bin.«

»Du übertreibst. Alles, was geschehen wird, wenn wir siegreich bleiben, ist eine Wiederholung des gleichen Experiments, das du mit Miss Brunner durchgeführt hast. Ihr wart damals inkompatibel. Diesmal haben wir all diese Probleme gelöst! Unsere Hauptsorge gilt den Umständen, unter denen wir arbeiten. Hast du gesagt 325K?«

Düster deutete er eine bestätigende Geste an. »Wir haben es geteilt«, sagte er.

»Es hätte niemals funktionieren können. Ich war verblüfft, daß es überhaupt so lange lief.« Sie stellte auf ihrem Armbandcomputer eine schnelle Berechnung an. »Alles andere ist überprüft worden. Enzyme und so weiter. Wir haben ein vollständiges Modell einen Monat lang laufen lassen. Diesmal, was immer an Nebeneffekten auftreten mag, werden wir keine unerwünschten Pseudo-Klons erhalten.«

»Ich habe sie gemocht.«

»Total verständlich. Aber jetzt liegen all unsere Eier in einem Korb. Nur eine einzige Chance.«

»Und wie bringen wir ihre Geschütze zum Schweigen?«

»Wir bitten sie darum. Jedenfalls etwas in dieser Richtung.«

»Diese schmierigen Bastarde um etwas bitten? Genausogut können wir hier und jetzt kapitulieren.«

»Offenbar müssen wir sie zuerst beeindrucken.«

Er schickte sich an, den Rückzug anzutreten. »Knossos. Reihe B. Schoß.«

»Du weißt genausogut wie ich, daß es kein Zurück gibt.«

»Am Ende entpuppst du dich als eine verderbte, verräterische verfluchte Ariadne. Du hast mich durch deine Tricks dazu gebracht, daß ich mich als Perseus sah. Und nun meinst du, ich solle der Minotaurus sein.«

»Das ist Unsinn. Dies ist ein Versuch, den Geist des Minotaurus ein für allemal zum Schweigen zu bringen. Hast du denn keine Erinnerung, keine Freude daran? Ist das alles für dich begraben? Warst du überhaupt je richtig bei Bewußtsein?«

»Überall und nirgends«, sagte er mit einem Anflug seines alten Selbstvertrauens. »Kümmere dich nicht um mich, dann laß ich dich auch in Ruhe. Ich dachte, wir säßen in einem Boot.«

Sie war von seinem Verständnis geschockt. »Du hast ganz recht.« Ein flacher Atemzug. »Ich vergaß.«

»Aber ich frage mich, was hast du zu verlieren, Una?«

»Ich bin mir nicht sicher.« Sie wandte sich ab. Dies war nicht der Zeitpunkt, um mit sich selbst zu hadern. »Meinen Glauben?«

»Erhalte ihn dir. Es gibt keinen besseren Katalysator. Das wird für mich ein gutes Vorbild sein.«

Sie versagte sich den Luxus, ihn zu umarmen.

27 Artois

In dem berühmten Labyrinth, das sich Mitte des Monats praktisch in französischer Hand befand, war über Wochen ein mörderischer unterirdischer Krieg im Gange. Tunnel verliefen in zehn bis dreizehn Meter Tiefe, und das Dreieck zwischen den Straßen nach Bethune und nach Lille war Schauplatz eines Kampfes, dessen alptraumhaftes Grauen nur mit dem Schleifen einer mittelalterlichen Stadt verglichen werden kann. Die Franzosen, die sich nicht mehr frei auf offenem Gelände mit Blumen an ihren Mützen bewegten, wie am ersten Tag ihres Vorrückens, kämpften sich von Keller zu Keller, von Sappenkopf zu Sappenkopf, und gruben sich durch Trennwände. Das einzige Licht kam von den elektrischen Lampen der Offiziere. Der Feind widersetzte sich unermüdlich, und dort unten, tief im Innern der Erde, kämpften Männer auf engstem Raum mit Hacken und Messern und Bajonetten – häufig wie wilde Tiere mit Händen und Zähnen.

John Buchan,
Nelsons Geschichte des Krieges, Bd. 8, 1915

Major Nye tastete sich vorsichtig den Pfad hinunter, bis er den Fuß des Tors erreichte und zur Straße gelangte, wo Bischof Beesley wartete. In der goldenen und schwarzen Livree eines Militärgeistlichen, seine Standarte von einem

Pagen in Brokat getragen, fünf bewaffnete Männer (SAS) hinter sich, und seine Tochter Mitzi auf einem braunen Wallach zu seiner Rechten, schniefte der Bischof. Die Luft des späten April drang süß in seine Nase. Major Nye war so lange im Untergrund gewesen, daß er vergessen hatte, wie schön die Landschaft von Somerset sein konnte. Aus Macht der Gewohnheit und aus seiner natürlichen Liebenswürdigkeit heraus bot er seine Hand dem Bischof zum Gruß, der den Cremeriegel in die Tasche stecken, den Stab in seine linke, runde Faust nehmen mußte und die Hand ergriff.

Major Nye bemerkte zu seiner Verblüffung, versteckt hinter einer Hecke, Fernsehkameras, die das Treffen festhielten. »Ein wenig seltsam das, nicht wahr?«

Bischof Beesley reagierte versöhnlich. Er stieß einen tiefen Seufzer des Mitgefühls aus. »Miss Brunner, in ihrer Weisheit, hielt es für das beste, die ganze Angelegenheit als eine Art Spiel zu behandeln. Als einen saisonbedingten Spaß, wissen Sie. Die perfekte Mischung von Sport und Schauspiel, die England zu einem so abwechslungsreichen Ort zum Leben macht. Ich bin sicher, Sie stimmen mir zu, daß keine Notwendigkeit besteht, die Öffentlichkeit zu beunruhigen.«

»Guter Gott, Mann! Und wenn es zu Blutvergießen kommt? Wahrscheinlich sind diese Waffen dort alle echt. Und Ihre Artillerie schießt doch nicht mit Platzpatronen, oder?«

»Das ist ja genau der Punkt, Major. Wenn Sie sich mit unserem Plan einverstanden erklären, dann wird sie genau damit schießen. Und kein Mensch wird verletzt. Sie werden bis zur Küste eskortiert. Dann bekommen Sie ein Schiff zu jedem nichteuropäischen Zielort, den Sie angeben. Sie alle, meine ich.«

»Sogar Jerry.« Mitzi winkte mit der Lanze, die für sie zu schwer war. »Sogar diese beschissenen Überläufer Collier und Alvarez. Unsere Bereitschaft zur Barmherzigkeit ist ziemlich hoch, meinen Sie nicht? Unter dem Aspekt, daß wir Ihnen waffen- und personalmäßig überlegen sind?

Aber lehnen Sie ab, Major! Und unsere Granaten und Raketen fallen wie der sanfte Blutregen vom Himmel auf Ihre Erdfestung. Sie können ja dann zurückschlagen. Bestimmt aber mit nichts Nuklearem. Das hätten unsere Geigerzähler längst angezeigt.«

»Sie scheinen, Major, der ganzen Regelung etwas abgeneigt zu sein.« Bischof Beesley holte ein frisches Taschentuch aus seiner Gesäßtasche und reichte es ihm. Major Nye begann, sich die feuchte Handfläche abzuwischen. »Miss Brunner ist nicht hundertprozentig zuverlässig. Ganz unter uns. Möglicherweise überlegt sie es sich später anders.«

»Dann sind Ihre Bedingungen wertlos!« Major Nye war verwirrt.

»Geben Sie ihnen doch eine Chance! Seien Sie ein netter Bursche. Ist das nicht besser, als auf diesem armseligen Berg ausgelöscht zu werden? Auch die Stadt würde darunter leiden. Und die Landschaft. Bitte denken Sie doch nicht nur an sich selbst, Major. Ich verspreche, daß Mitzi und ich alles unternehmen werden, um Ihre Sicherheit zu gewährleisten.«

»Ich werde meine Gefährten unterrichten. Wie lange Zeit haben wir, um uns zu beraten?«

»Bis jenes Gestirn dort unter- und wieder aufgegangen ist!« Mitzi beugte sich vor, wobei das Gewicht der Lanze sie beinahe vom Pferd kippen ließ. »Wenn wir bis zum Morgengrauen nichts von Ihnen hören, Sir, werden wir keine Zeit mehr vergeuden! Englands mächtige Waffen werden sich dann auf Sie ergießen und den Berg zermalmen. Und gleichzeitig auch all das Ungeziefer, das in seinen Löchern haust.«

Major Nye blinzelte. »Wie bitte?«

Unter seinem Chorhemd holte Bischof Beesley eine große goldene Uhr hervor. »Bis zum Sonnenaufgang morgen früh.« Er blickte zum kalten Himmel auf. »Ich habe das Gefühl, als würde es bis dann Schnee geben, meinen Sie nicht?« Er befeuchtete seine dicken, grauen Lippen. »Auf das Wetter kann man sich überhaupt nicht verlassen.«

Major Nye meinte, sie sollten eine Münze werfen oder

den Boden untersuchen. »Ein bißchen spät für Schnee, würde ich sagen.«

»Für Schnee ist es nie zu spät.« Der Bischof amüsierte sich über seinen sehr persönlichen Scherz. »Eh?«

Der alte Soldat schob seine Hände in das zerrissene Futter seiner Norfolkjacke. »Offen gesagt, ich tappe ziemlich gründlich im dunkeln.«

»Sie sind sich selbst vierundzwanzig Stunden voraus.« Mitzi grinste. Es kam Major Nye so vor, als hätte sie ihre Zähne nadelspitz gefeilt. Nun, da er darüber nachdachte, erschien ihm einiges in dem ganzen Arrangement ziemlich barbarisch.

»Ich habe das Gefühl«, sagte er, »wir werden beschließen, die Sache auszufechten. Nach dem, was Sie sagen, ist mit Miss Brunner nicht ganz einfach zu argumentieren. Sie werden sich erinnern, daß die ganze Sache ursprünglich unsere Idee war. Wir wollen Ihre Macht gar nicht an uns reißen.«

»Warum dann ...?« Bischof Beesley war leicht verwirrt. »Was wollen Sie dann von uns?«

»Wir wollen, daß Sie aufhören, alter Junge.«

Mitzi drehte ziemlich heftig den Kopf ihres Pferdes in Richtung ihrer grauen Zelte. »Wir kämpfen für die Seele Englands, Sir. Für den verlorenen Gral. Für das, was wir aus den Ruinen retten können. Für das, was das Beste in uns ist!«

Major Nye blickte hinauf zur Spitze des Tor, wo die steinernen Überreste der Sankt Michaels Kirche, kreneliert wie zur Verteidigung, als scharfe Silhouette vor dem bewölkten Himmel standen.

Während seine Tochter zur Kampflinie zurückgaloppierte, entschuldigte Bischof Beesley sich. »Sie steht vollkommen unter Miss Brunners Einfluß, fürchte ich. Ich glaube, man kann ihr keinen Vorwurf machen. Sie ist ein leicht zu beeindruckendes Kind. Miss Brunner hat eine extrem beherrschende Persönlichkeit. Manchmal muß sogar ich ...« Er zuckte die Achseln und suchte nach dem Cremeriegel, den er weggesteckt hatte. »Mein Ratschlag als einfacher Mann der Kirche ist der, machen Sie sich noch heute abend auf den Weg zu den Scilly-Inseln. Würden Sie alle in einen Hubschrauber passen?«

»Oh, leicht.«

»Gut.« Bischof Beesley schnippte sich Konfekt in den Mund und schluckte. »Sie könnten auch nach Amerika gehen. Für Leute wie Sie ist dort noch Platz. Verschwinden Sie aus dem Land. Nehmen Sie den Zug nach Penzance. Oder nach Portsmouth.«

Er kicherte unsicher. »War das nicht der Ort, von wo die *Mayflower* aufgebrochen ist?«

»Wir haben mit den Pilgervätern nicht viel gemein, alter Junge. Noch weniger als Sie.«

»Jetzt ist nicht der Zeitpunkt für Haarspaltereien, Major.« Eine Böe kalter Luft fing sich in seinem Gewand und in den Standarten. Sie flatterten lautstark. »Wir beide holen uns hier draußen noch den Tod.« Er senkte die Stimme, als wollte er sicher gehen, daß seine eigenen Männer ihn nicht verstanden. »Ich gebe dem Ganzen noch fünfzehn Jahre, bis alles zusammenbricht. Danach bleibt noch reichlich Zeit, ein neues Jahrtausend zu beginnen, das einem gefällt. Lernen Sie warten, Major. Dies ist eine Zeit, wo Raffinesse und Planung von höherem Wert sind als Darbietungen altmodischer Tollkühnheit.«

»Wir sind Angehörige der Gesellschaft, alter Junge. Dazu gehören automatisch moralische Verantwortlichkeiten.«

»Natürlich. Das sage ich stets. Miss B. ebenfalls.«

»Nun, dann schlage ich vor, wir tun unsere Pflicht, wie wir Sie sehen.«

Bischof Beesley runzelte die Stirn. »Mein lieber Herr, ich äußerte lediglich ein logisches Argument. Natürlich bleibt genügend Raum für Kompromisse. Deshalb bin ich ja auch hier, oder? Es war meine Idee, diesen Waffenstillstand auszurufen.«

Major Nye streckte einen Arm aus. Er lächelte leicht. »Ihre weiße Fahne ist ins Lager zurückgekehrt. Ich befinde mich sozusagen in Ihrer Gewalt.«

»Das war schon die ganze Zeit der Fall, fürchte ich. Den-

noch, ich bin ein umgänglicher Bursche. Und das sind Sie sicherlich auch.«

»Sie müssen glauben, wir hätten noch etwas in der Hinterhand, Erzbischof. Eine Trumpfkarte?«

»Überhaupt nicht. Haben Sie eine?«

»Sie war nie in unserer Hinterhand. Vielleicht haben Sie diese Karte im Spiel überhaupt nicht bemerkt. Oder sie weggelegt.«

»Zählen Sie den Joker auch dazu? Dann haben wir nicht das gleiche Spiel gespielt.«

Major Nye nickte. »Ich bin kein besonders phantasievoller Mensch. Doch das ergibt einen Sinn.«

Bischof Beesley hatte diese Unterhaltung satt. Er schien bereit zu sein, seine bewaffnete Eskorte nach vorne zu winken. Doch Major Nye wurde nicht angegriffen. Mittlerweile starrten sie gierig auf seinen Körper, wie geduckte Frettchen.

»Wenn ich bedenke, was Sie mir gerade erzählt haben, bin ich sicher, daß Miss Brunner zu Verhandlungen bereit wäre.«

»Sie haben Ihre Bedingungen klar dargelegt. Ich denke, auch ich habe unsere Position so gut ich es vermochte beschrieben.« Major Nye streckte die Hand aus, um die erste Schneeflocke zu fangen. »Sie hatten recht. Ihre Einschätzung des Wetters ist besser als meine, alter Junge.« Er wandte sich zum Gehen. »Ein Nachtzug nach Penzance? Oder wie wäre es mit Tintagel?«

Bischof Beesley wurde nervös, versöhnlich. »Von mir aus, Major. Bleiben Sie. Wenn Miss Brunner damit weitermacht, dann seien Sie bitte versichert, daß ich Gewalt verabscheue.« Seine Männer blickten ihn von der Seite an. Geschlossen rückten sie ihre Mützen gerade. Ihre Bewegungen waren militärisch korrekt, aber irgendwie spasmodisch. Er hatte sie verärgert. Eilig fügte er hinzu: »Aber wenn Gewalt dieses Spiel bestimmt ...«

Major Nye erreichte den Pfad, überquerte das Feld am Fuß des Tor. Die Aprilluft, nun nicht mehr klar, hatte plötzlich einen scharfen, metallischen Geruch. Er haßte Schnee. Er war zu alt, um die Kälte zu ertragen.

Bischof Beesley verharrte auf seinem Platz. Er beobachtete, wie die gebeugte Gestalt langsam die Terrassen hinaufkletterte und dann irgendwo unweit der Spitze der Südwand verschwand. Beesley gab ein Zeichen.

Einer der SAS-Männer eilte um die Hecke herum. Die Fernsehkameras liefen noch. Der junge Mann startete seinen Jeep und lenkte ihn zurück durch die Hecke. Er stoppte nur Zentimeter vor seinem Vorgesetzten. Er salutierte. Mit einiger Mühe raffte der Erzbischof von London seine Roben zusammen. Er stieg in das Fahrzeug, reichte seinen Stab einem Soldaten, seine Mitra einem anderen. Seine Arme schlugen klirrend gegen seinen polierten Messingbrustschild, als er sie in die Ärmel schob. Während sie wendeten und in Richtung Hauptquartier davonrasten, war Bischof Beesley voller Zweifel. Er machte sich keine Sorgen, daß die Schlacht verlorengehen würde. Aber er vermutete, daß sie mehr Blutvergießen kosten würde, als er geschätzt hatte. Ganz gleich, wie Miss Brunner diese letzte Schlacht verkaufen würde, zum Beispiel als ein traditionelles Ritual, am Ende würde sie mehr Unruhe auslöschen, als Miss Brunner recht war. Er verschwendete kaum einen Gedanken daran, ob Cornelius und seine Bande ausgelöscht wurden (es gab in allen südwestlichen Häfen spezielle Einheiten) oder ob er floh. Nun brauchte er verzweifelt Frieden. Dieser Frieden wurde ihm verweigert, wenn Miss Brunners Angebot nicht angenommen wurde. Wenn das Land ihre Lüge nicht glaubte. Es gab sogar die Chance, daß ein neuer Kult entstand, der die Bande als Märtyrer betrachtete.

Sein Jeep gelangte in die Außenbezirke des Hauptlagers. Er rollte durch schlammige Felder und besetzte Parks, in denen Miss Brunners patriotisch bemalte Panzer und Anhänger standen. In einem langen Reitrock schlenderte sie auf der dünnen Schneedecke hin und her. Ihre rechte Hand umschloß ein Zierschwert, mit dem sie gelegentlich an der Seitenwand des Fahrzeugs entlangstrich.

Sie beachtete Bischof Beesley nicht. Er kletterte aus dem Jeep und humpelte auf sie zu. »Ma'am?«

Am Fenster eines der Anhänger nahm ein uniformierter Funkoffizier seine Kopfhörer ab und fauchte: »Wir bekommen wieder etwas anderes herein. Ich kann es überhaupt nicht identifizieren.«

Sie ging zum Fenster und schnappte sich die Hörmuscheln. Während sie eine dicht an ihre Ohren preßte, lauschte sie aufmerksam. Sie hatte Bischof Beesley noch immer nicht begrüßt, aber sie nickte, als Mitzi aus der fahrbaren Toilette auftauchte und ihre Haare unter einem gefiederten Helm glättete. »Komm her, Liebes. Was hältst du davon?«

Indem sie die Kopfhörer aufsetzte, runzelte Mitzi die Stirn. »Das klingt wie früher Reggae, nicht wahr, Vater?«

Der Bischof erkannte die Klänge sofort. Sie führten ihn zurück in seine glücklichste Zeit in Dixie. »Gütiger Himmel!«

»Ist es etwas Besonderes, mein Herr?« Miss Brunner stieß die Spitze der Klinge in ein noch gedeihendes Stück Rasen.

»Es ist Ersel Hickey. *Bluebirds over The Mountain.*«

»Aber in welchem Jahr, mein Herr. Wann?«

»Nun, 1957. Das ist ja so seltsam. Cornelius haßte die fünfziger. Und nun haben wir 1958. Wieder Hickey. Weitere Charakteristiken seiner gewöhnlichen Arbeit. *Going Down That Road.* In jenen Tagen machte er Derrell Felts als Bühnenstar Konkurrenz. Damals, als Rock noch Rock und Roll noch Roll war.« Seine Augen trübten sich vor Nostalgie nach den Hershey Bars, den Tootsies und seinen Lieblingen, den Orios. »Ich wurde ursprünglich hierher geschickt. Ans Utica College der Göttlichkeit.«

»Meinen Sie, darin steckt eine Botschaft?«

»1957? Das war noch vor Bob Dylan, Ma'am.«

»Für Sie, mein Herr. Für Sie!«

»Going down that road, feelin' kinda blue. Going down that road, feelin' kinda blue. And I got no word and I got no letter from you. Boom chicka boom ba ba. Boom chicka boom ba ba. Boom

chicka boom ba ba«, sang der plötzlich fröhliche Bischof. Mitzi starrte ihren Vater wutentbrannt an. Sie nahm ihm die Ohrmuscheln weg und gab sie dem Offezier zurück. »Vater!«

Miss Brunner war zufrieden. »Das ist eine Art doppelter Schlag. Es kann eigentlich kein Zufall sein.«

Mitzi schlug dem Bischof auf die Jogginghose. »Komm zurück!«

Er sank keuchend auf die Knie. Hinter ihm begann die Sonne unterzugehen. Die Flocken waren jetzt schwerer, glänzten pinkfarben und rot durch das Licht, das die Wolken noch nicht verhüllten. Miss Brunner blickte auf ihren Klapptisch. Alle ihre Landkarten waren feucht. Sie machte mit ihrer Nase ein Geräusch. »Was liegt in diesem traurigen Domdaniel? Mein Herr und Bischof, sind Sie wieder Sie selbst?«

»Bin ich, Madam, aye.« Seine Augen waren glasig.

Sie machte auf dem Absatz kehrt und suchte Zuflucht bei ihrer großen Armee. »Sie benutzen meine düstere Magie, mein Herr. Sie haben ein Orakel, das wir selbst nicht befragen können. Nur der Himmel weiß, welchen Zauber sie sonst noch beherrschen. Wir müssen sie angreifen, mein Herr. Wir müssen sie vernichten.«

Bischof Beesley dachte an die Bänder. Sie würden in einem totalen Beschuß verlorengehen. »Ich räumte ihnen eine Frist bis zum Morgen ein.«

»Aufgrund welcher Autorität, mein lieber Bischof, haben Sie dieses Zugeständnis gemacht?«

»Nun, aufgrund der Ihren, Madam. Aufgrund Ihrer eigenen Worte, welche ich als euer Gesandter überbringen sollte.«

»Dann haben Sie mich falsch verstanden, Sir.«

»Nein, Madam, das habe ich nicht.«

»Aye, Sir, haben Sie doch. Ich sagte, bei Tagesanbruch wären sie tot, es sei denn, sie würden sich sofort ergeben. Erinnern Sie sich nicht an meine Worte?«

Er senkte den Kopf. »Aye, Madam, ich hab sie vergessen.«

»Überdies«, sagte sie, »wer kann schon dem Wort von Hexen trauen? Sie müssen verbrannt werden, und das schnellstens. Es gibt dort eine schlimme Krankheit, die durch den leisesten Windhauch weitergetragen werden kann.«

»Es hat sich schon wieder verändert, Ma'am.« Der Funkoffizier reichte ihr die Kopfhörer. Erneut lauschte sie.

Mitzi, die ihrem Vater auf die Beine half, sah kaum etwas in dem Schnee. Das Zwielicht setzte ein, dann kam die Dunkelheit. Sie war überrascht, Miss Brunner wie verzaubert dasitzen zu sehen und der Musik zuzuhören. Mitzi, die in ihrem eigenen Gedächtnis nach dem Schlimmsten suchte, was geschehen könnte, fragte sich einen Moment lang, ob sie Discomusik sendeten. Ihren Vater schwer atmend an die Ketten der Panzer gelehnt zurücklassend, näherte sie sich ihrer Anführerin. »Madam?« Als sie keine Antwort erhielt, sah sie fragend den Offizier an. Er zuckte die Achseln. »Ich bin kein Fachmann, aber ich glaube, es ist Gilbert und Sullivan.«

Mitzi nahm ihr die Kopfhörer ab. Miss Brunner schrie. Dann schaute sie Mitzi geistesabwesend an. »Ich würde nicht gerade behaupten, daß du das Vorbild eines modernen Generals bist.« Aber sie war dankbar. »Sie haben Mittel zur Verfügung, um bei einem der tiefsten Sehnsüchte anzurühren.« Sie befahl dem Offizier, den Empfänger auszuschalten. »Wir werden aus dieser Quelle nicht mehr erfahren.«

»Leuchtkugeln«, sagte Mitzi. »Wenn wir heute nacht arbeiten, Lady, dann müssen wir etwas erkennen können.«

Miss Brunner zuckte die Achseln. »Ihre Methode ist raffiniert. Aber sie ist nicht mehr als eine Verteidigung. Der Morgen wird uns reich entlohnen. Komm, Kleines, bring mich in mein Zelt.« Sie legte Mitzi einen dünnen Arm um die Schultern.

Bischof Beesley, der laut atmete, sah Dampf aus seinem Mund dringen und fragte sich, ob das wohl Ektoplasma war. Er zwang sich zu einem Gefühl, das dem Optimismus ähnlich war. Er war sicher, daß die Schlacht gewonnen würde. Es würde jedoch ein härterer Kampf werden, als er vermutet hatte. Seine eigene innere Stimme erzeugte in ihm den Wunsch, sofort anzufangen. Er war überzeugt, daß sie von irgendwoher ihre Energie bekamen, jedoch hatte er keine Hilfsmittel, um entweder ihre Form oder ihre Quelle festzustellen.

Er zog sich in sein eigenes Zelt zurück und verbrachte den größten Teil der Nacht mit seinen Lion Riegeln und seinen Linda Lovelace-Videos. Um fünf Uhr wurde er durch ein Klopfen an seiner verriegelten Tür überrascht. Draußen erklang Mitzis Stimme mit einem drängenden Unterton. »Wir machen uns fertig, Dad.«

Hastig schaltete er das verwirrende Durcheinander von Genitalien aus und ließ sie herein.

»Du konntest nicht schlafen, eh? Ich auch nicht.« Ihr Gesicht zeigte eine häßliche Blässe. »Wisch dir lieber die Schokolade ab. Warum machst du dir Sorgen?«

Er war zittriger, als ihm bewußt war; ein wenig durcheinander durch das offen ausgedrückte Mitgefühl seiner Tochter. »Die Vergangenheit holt mich ein, glaube ich.« Sein Lächeln war eine verzerrte Bitte um weitere Aufmerksamkeit. Aber Mitzi hatte ihm alles davon gegeben, was sie hatte. »In zwei Stunden ist alles vorbei, Dad.«

»Ich hatte Hickey völlig vergessen. Seltsam, wie potent ...«

»Ich sehe dich dann in der Operations-Kontrolle in fünfzehn Minuten.«

Als Beesley sich waschen wollte, stellte er fest, daß das Wasser gefroren war. Er schaltete seinen elektrischen Wasserkessel ein, doch auch nach zehn Minuten war der Rest Wasser vom vorhergehenden Abend noch nicht zum Kochen gebracht worden. Er war gezwungen, Kleenextücher mit der Zunge anzufeuchten und von der Schokolade soviel wie möglich wegzuwischen. Als er schließlich wieder in seine Kleidung geschlüpft war, fühlte er sich etwas besser. Als er die Tür öffnete und sah, wie dick und solide die Schneedecke war, ging er gleich wieder hinein. Beim nächsten Versuch hatte er sich in eine monströse Bärenfelldecke gehüllt. »Körper und Kopf«, sagte er leise. »Körper und Kopf, Beesley.«

Er wanderte durch das Camp und war dankbar, daß es wenigstens zu schneien aufgehört hatte. Er bemerkte, daß viele Soldaten ihre Fahrzeuge mit Vorrichtungen aufheizten, die aussahen wie elektrische Viehpeitschen. Es mußte der kälteste Mai in der Menschheitsgeschichte sein. Er fragte sich, ob die gleichen Bedingungen überall im Lande herrschten. Oder hatte Miss Brunner diesen Zustand bewußt herbeigeführt?

»Ah, und da ist ja auch der Gerstenzucker-Mann persönlich.« Sie trug Hermelin und Zobel über ihrer Rüstung und war offensichtlich guter Stimmung. Das beruhigte ihn.

Der Himmel war zinnfarben mit zunehmendem Silberglanz. Der Clastonbury Tor ragte als scharfe Silhouette auf, und Sankt Michael auf seinem Gipfel wirkte wie eine schwarze Mütze. Miss Brunner wanderte im Kreis um ihren Operationstisch, von dem der Schnee entfernt worden war und auf dem nun eine gerade aufgerollte Karte lag sowie ein Tablett mit Teekanne und Tassen und Toast, ein Computerausdruck mit der Anzahl der Soldaten und ihrer Aufstellung, eine alte Ansichtskarte von Ramsgate mit einem Text in Jerrys Handschrift auf der Rückseite, zwei oder drei Knochen, ein herzförmiges Medaillon mit einer schwarzen Haarsträhne darin, die Hülle einer alten Elvis Costello-Langspielplatte, das Stück einer mit Krausen besetzten Manschette. Miss Brunner hatte sich offensichtlich der Wahrsagerei verschrieben. Sie schien mit dem Ergebnis zufrieden zu sein. Ihre Ausdrucksweise war nun nicht mehr so archaisch. »Ein historischer Tag, Bischof. Der Beginn eines neuen Jahrtausends. Wie rein der Schnee ist. Es kommt einem wie ein Verbrechen vor, ihn zu zertrampeln. Aber es wird noch viel mehr fallen.«

»Einige der Maschinen arbeiten nur unzureichend.« Mitzi, die Pelze verabscheute, trug einen schweren Ledermantel. »Sie meinen doch wohl nicht, daß wir von Rußland Unterstützung bekommen, oder?«

»Diesmal steht Rußland auf unserer Seite.«

»Schneit es nicht auf der ganzen Welt?«

»Das wird es in Kürze.« In ihrer Stimme schwang ein stiller Stolz mit. »Steht die Artillerie bereit, um unserer Kavallerrie Feuerschutz zu geben?«

»Alles ist vorbereitet. Eine rote Leuchtkugel ist das Signal.« Mitzi fragte sich, ob Cornelius und seine Bande überhaupt noch dort waren. »Sollten wir es nicht mit einem letzten Handel versuchen?«

Miss Brunner begriff, worauf sie hinauswollte. »Ich denke ja. Wir müssen auch an die Zuschauer denken.«

»Ich bitte, mich bei diesem Mal zu entschuldigen.« Der Bischof griff unbewußt nach ihren Biskuits. Er ertappte sich dabei. »Wenn ich darf, liebe Lady.«

»Wie Sie wünschen, Vikar.«

Dankbar kaute er und bemerkte, daß ihr Tee sich in der Tasse bereits in Eis verwandelt hatte.

Mitzi rief nach einem Jeep. Sie wollte nicht das Risiko eingehen, bei Glatteis zu fahren. Sie nahm ihre Lanze und ihre weiße Fahne. Der Jeep kam nur kriechend vorwärts, und sein Fahrer, eingehüllt in Wollsachen, fluchte vor sich hin. »Ich verbitte mir solche Ausdrücke, Lieutenant«, sagte sie.

Seine dunklen Augen versuchten, Überraschung auszudrücken. »Ich hab gesungen, Ma'am.«

Mitzi hatte Schwierigkeiten, den Text von *(I Don't Wanna Go To Chelsea)* aus ihrem Bewußtsein zu verdrängen. Miss Brunner hatte während der Nacht diesen Titel des öfteren gespielt. Sie betrachtete ihn als einen wichtigen Teil der Gleichung, die sie zu lösen suchte. »Dann singen Sie lauter, Soldat.«

Erstaunlich schnell stimmte der Lieutenant *Stand By Your Man* mit zitterndem Kneipenbariton an, den die meisten Soldaten, ob im oder außer Dienst, hatten.

Schließlich gelangten sie zu der Straße. Sie war fast vollständig von Schneeverwehungen blockiert. Sie hielten an. Eine kleine, dunkle Gestalt unweit einer halb vergrabenen Hecke erregte Mitzis Aufmerksamkeit. Es war ein verendeter Zaunkönig. Der Berg war offensichtlich verlassen. Es gab ein paar Spuren, aber keine war menschlichen Ursprungs.

Mitzi schwenkte ihre Lanze.

Nach etwa fünf Minuten sah sie in der Nähe des Turms Gestalten auftauchen, aber es war unmöglich, sie zu identifizieren. Eine Frau lehnte eine lange, selbstgemachte Leiter gegen die Mauer. Sie reichte fast bis zu den Krenelierungen.

Ohne auf die Unruhe seiner Kommandantin zu achten, fuhr der Fahrer mit seinem Gesang fort. *»She's the Queen of the Silver Dollar and she rules a smokey kingdom ...«* Er war offenbar ein C & W-Fan.

Die Leiter wurde wieder weggenommen. Mitzi hatte den Eindruck, daß diese Aktion bewußt ausgeführt worden war. Oder daß es für sie ein Signal gewesen war. Noch immer kam niemand den Berghang hinunter. Sie rührte sich nicht. Sie war neugierig geworden.

Mit einiger Mühe richteten sie die Leiter wieder auf. Eine Gestalt schien darauf geschnallt zu sein; etwas Schlaffes, wie ein Guy. Eine riesige Mais-Puppe? Mitzi mußte lächeln. Wenn sie ihre Möglichkeiten auf die Aktion dort reduzierten, dann würde die Schlacht nicht so schlimm, wie sie erwartet hatte. Sie hatte keinen Feldstecher, konnte daher keine Details der Figur erkennen. Es könnte ein Totem sein; eine Botschaft. Sie dachte sogar für eine Sekunde, daß es eine Art Dirigent sei! Es wies direkt auf Miss Brunners Hauptquartier. Nun befestigten sie den Rahmen am Mauerwerk des Turms. Am Ende sah sie eine Person sich auf etwas niedersetzen, das aussah, wie ein improvisierter Schlitten. Der Schlittenfahrer begann den Abhang des Tor hinunterzuhüpfen und zu rutschen und folgte dabei dem Verlauf eines der Hauptpfade. In der Nähe der Hecke am Fuß des Berges fiel die Gestalt herunter. Sie tauchte wieder auf, mit Schnee bedeckt, und marschierte auf sie zu, wobei sie sich den Schnee von ihrem hellen, leuchtend gelben Schutzmantel klopfte. Die Gestalt schob die Kapuze zurück und entblößte damit die seltsam künstliche Frisur und die hellen Terrieraugen Shaky Mo Colliers.

»Verdammt!« sagte der Soldat. »Der General!«

»Sie haben den alten Collier hergeschickt, um Ihnen mitzuteilen, daß sie zu allem bereit sind.« Er entfernte einen Klumpen Schnee von seinem eleganten Marinesweater. Seine Aufmerksamkeit wurde auf seinen Arm gelenkt. Er bog die Finger seiner linken Hand. »War ein ganz schöner Schlag da oben.«

»Sie sehen gesünder aus als das letzte Mal, als ich Sie sah.«

Er schüttelte den Kopf. »Ich hatte gestern abend zuviel Dope.«

Sie wollte es kaum glauben. »Sie rutschen wieder ab, nicht wahr?«

»Okay«, sagte er aufgeräumt, »was liegt an?«

»Bis jetzt noch nichts. Wir haben noch nicht angefangen, oder?«

Mo wies mit einer Kopfbewegung auf den Turm. »Wie es bei Ihnen aussieht, weiß ich nicht, wir sind jedenfalls mittendrin.«

»Hoffen Sie etwa, mit Hilfe Ihrer Puppe unser Feuer ablenken zu können?«

»Das ist keine verdammte Puppe. Das ist Cornelius.«

»Ich verstehe. Sie machen uns ein Angebot.«

Mo seufzte. »Es soll eher ein Zeichen unserer Stärke sein.«

»Sie nehmen diesen Quatsch doch wohl nicht ernst, nicht wahr, Mo?«

»Es ist der einzige Quatsch, den ich ernst nehmen kann.« Seine Wangen wölbten sich, als seine Zunge nach einem Zahn tastete. »Verzeihung.« Er schien sich für die Benutzung des Personalpronomens zu entschuldigen. Er glaubte, daß diese Art des Ausdrucks völlig in Ordnung war, solange eine zweite oder dritte Person beteiligt waren, obgleich die zweite Person manchmal einen verwirrenden Grad von Umsetzung nötig machte.

»Sie sollten wirklich auf unserer Seite stehen«, sagte sie.

»Das wurde schon versucht. Ihre Argumente passen nicht so recht.«

»Und deren?« Sie wies auf die schlaffen Überreste des alten Attentäters.

»Deren sind überhaupt nicht zu verstehen.«

»Wie bitte? Von niemandem dort?« Sie bot ihm ihre Brandyflasche an. Er lehnte ab, als fürchtete er, daß sie versuchte, ihn zu verführen.

»Cornelius scheint es bis zu einem gewissen Grad zu verstehen. Mrs. Persson versteht es, sagt sie. Und Cathy. Und Hira. Und Lobkowitz. Aber Major Nye und Alvarez machen einfach nur mit. Sie hängen sich an die anderen dran.«

»Und Mo?«

»Mo auch. Natürlich.«

»Nun ja, egal. Miss Brunner meint, die Vorzeichen sind günstig, so daß er in Kürze angreifen wird. Dieser Besuch soll nur die Gewißheit bringen, daß Sie noch hier sind. Wir vergeuden ungern Energie.«

Mo starrte grinsend zu Boden. Er signalisierte eher Unterwürfigkeit als echte Amüsiertheit. »Sie haben eine Göttin«, sagte er.

»Jesus! Demnach haben wir es nicht mit einer Invasion zu tun? Keltischer Scheiß. Bei euch ist niemand mit mehr als nur einem winzigen Tropfen irischen Blutes in den Adern. Das Ganze ist wohl eher ein Rückzug, eh?«

»Das zu entscheiden liegt bei Ihnen.«

»Denken Sie nur an das, was den Brigantes zustieß, als sie in Yorkshire einen Berg erklommen, um sich den Römern zur letzten Schlacht zu stellen. Sie warteten jahrelang. Die Römer bemerkten nicht einmal, daß sie da waren. Am Ende stiegen sie ab. Aber sie kamen sich ziemlich lächerlich vor.«

»Das ist Ihr Problem.«

Mitzi hatte den Eindruck, als versuche Mo sich in einer primitiven Form eines verbalen Jiu-Jitsu. Wer erteilt wem eine Lektion? »Na und? Ihr habt dort oben also Brigantia, in ihrer albernen Ersatzgestalt. Welche Rolle spielt Cathy denn? Macha! Morrigan?? Baeve? Alle drei?«

»Ist für den alten Mo alles egal. Die weiße Fahne heißt also nicht, daß Sie kapitulieren? Okay.« Er wandte ihr den Rücken zu.

»Sehen Sie denn nicht, wie lächerlich das hier ist? Was habt ihr euch besorgt? Sentimentale mystische Volksmedizinen? Collier, haben Sie unsere Feuerkraft inspiziert?«

Am Zucken seiner Schultern erkannte sie, daß er wenigstens neidisch war. Er war wahrscheinlich bereit zum Märtyrertum wie ein alter Held, dessen Geisha ihn überrascht hatte. Und versuchte Cornelius, sich in einen zum Untergang verdammten Chu Chulain zu verwandeln? An seine Säule gefesselt, so daß er sterben würde, ohne seine Ehre zu verlieren? Ein lächerliches, unzureichend verstandenes Ritual des Märtyrertums: die Mythologie der Niederlage.

Mitzi war beinahe überrascht, als der Fahrer vorsichtig losfuhr. *»Jesse James was a man, a friend of the poor. He had both a heart and a brain. But a dirty little coward shot Mr. Howard, and laid Jesse James in his grave.«*

»Waren Sie jemals in Missouri, Lieutenant?«

»Nein, Ma'am. Auch noch nie in den Staaten. Für mich zu materialistisch.«

»Dieses Zeug ist stark.« In einem seltenen Anflug von Gleichheitsgefühl reichte sie ihm ihre Flasche. Sie begann zu hoffen, daß Miss Brunner mit den Regeln vertraut war. Oder hatten Regeln überhaupt noch eine Bedeutung, wenn man so viele Granaten zur Verfügung hatte?

Unterdessen hatte Mo Collier sein Zinntablett gefunden und kletterte vorsichtig den Hang hinauf, wobei er sich wünschte, er hätte wenigstens eines seiner französischen Steigeisen mitgenommen. Noch nie hatte er erlebt, daß der Untergrund so rasch gefror. Aber wenigstens war die Luft sauber, und die Mühe der Rückkehr war etwas, worauf er sich sorgfältig vorbereitet hatte. Er war lieber hier draußen, als in irgendeinem muffigen Loch zu stecken und Mrs. Perssons schreckliche amerikanische Zigaretten riechen zu müssen. Als er die Ruine auf dem Gipfel des Tor erreichte, schwitzte er.

Für Mo befand Jerry sich am ärgsten in der Klemme. Obgleich er nackt war, wurde Jerrys Körper von der Kälte am wenigsten beeinträchtigt. Er schimmerte immer noch in einem schwachen blauen Leuchten. Dieser Effekt entsprach am ehesten dem Vorgang des tropischen Verfalls als alles, was Mo je gesehen hatte. Opferte Jerry ihnen seine so hart erkämpfte Wärme?

Sie warteten alle auf ihn in dem kleinen Burgverlies. Er zuckte die Achseln, um ungestellte Fragen zu beantworten. »Sie wollte sich nur vergewissern, daß wir in der vergangenen Nacht nicht abgehauen sind. Wahrscheinlich nimmt sie an, wir versuchten, Cornelius in einen Gott oder einen Märtyrer oder so etwas zu verwandeln.«

»Was haben Sie ihnen gesagt?« Catherine fröstelte, mit nicht mehr als einer Decke bekleidet. Sie wurde von Unas Arm gestützt.

»Viel war nicht zu sagen.« Als er auf einem Fuß stand, tastete Collier die Sehnen an seinem linken Fuß ab. »Wenigstens hat das Bein nichts abbekommen.«

»Wollen wir alle Zeit gewinnen?« Major Nye hatte sich für ein zweites Treffen nicht gemeldet. »Es wird jetzt allmählich dunkel.«

»Zweifellos richten die sich nach eigenen Runen.« Prinz Lobkowitz, dessen Haut fast die gleiche Farbe hatte wie der Schnee draußen, war in dem Halbdunkel beinahe unsichtbar. Er hatte sich mit einer Art Uniform ausstaffiert. »Wie kam Cornelius Ihnen vor, als sie dort waren?«

»Nicht schlecht, wenn ich es recht bedenke. Ist noch eine von den Diät-Pepsis da?«

»Die letzte tranken Sie, bevor Sie aufbrachen. Es ist nichts mehr da außer Karottensaft oder so ähnliches Zeug.« Alvarez haßte es, das Frühstück zu versäumen. »Man sollte eigentlich den Tag mit einem heißen ... Aber die verdammte Energie ist rationiert und aufgeteilt worden, wie immer. Hoffen Sie, Sie würden sie ablenken, wenn sie ihn dort oben aufstellen? Ein paar Beinahetreffer wären das

Ende für ihn. Sie verfügen über jede Art von Sprengstoff. Ein ganzes Raketenarsenal. Sie können uns mit ihren Atombomben in die Ewigkeit und zurück blasen, wenn ihnen danach zumute ist.« Dies war eine Variation zu einem nunmehr vertrauten Thema. Dennoch hatte er durch nichts verraten, daß er eigentlich jetzt gehen wolle. Sein Fatalismus, unterstützt von seiner Gewohnheit, ließ ihn auf seinem Posten ausharren. »Vergessen Sie's.«

Una war beinahe froh über seine Antipathie. Ursprünglich hatte sie gehofft, er würde einlenken. Nun erkannte sie, daß seine Haltung ihr half, ihre eigenen Gedanken zu ordnen. Sie amüsierte sich sogar, als Mo Collier und Sergeant Alvarez, die an der gegenüberliegenden Wand lehnten, ein oder zwei Scherze auf ihre Kosten machten. Sie traute den anderen. Sie traute sogar Cornelius. Für ihn gab es ohnehin kein Zurück mehr.

Major Nye blickte durch ein Fernrohr. Er hatte es durch eines der schmalen Fenster geschoben. Eine Mischung aus Tages- und Gaslicht verlieh den Farben im Innern des Turms eine prä-raphaelitische Qualität.

Major Nye richtete sein Glas auf den Horizont. Erstreckte der Schnee sich über die ganze Landschaft? Hatte dort vielleicht schon ein Krieg stattgefunden? Ein Krieg im Himmel, der sich in einem Krieg auf der Erde widerspiegelte ... Er ärgerte sich über sich selbst. Bei dieser Show war kein Platz für müßige Spekulationen. Sie waren von Miss Brunners Artillerieformationen, von Minensperren und Raketenwerfern umgeben. Er meinte, sie sollten dankbar sein, daß die Australier Miss B. keine Luftwaffe genehmigt hatten. Um den Schein eines Schaukampfes aufrechtzuerhalten, hatte sie es vielleicht auch nur für unklug gehalten, Flugzeuge oder größere Raketen zum Einsatz zu bringen. Vor dem weißen Hintergrund waren ihre Waffen grell, desgleichen Fahnen und Uniformen; im Vergleich dazu hatte das Schwarz-gelb ihrer Unterstände eine fast beruhigende Wirkung. Nichtsdestoweniger hatte das Vorherrschen von Grundfarben zur Folge, daß er sich nicht allzu lange darauf konzentrieren konnte. Eine Reihe roter Leuchtkugeln stieg plötzlich in den Himmel. Die ganze Szenerie wurde plötzlich scharlachrot, als wäre sie mit dem Blut eines niedergemetzelten Monsters getränkt.

»Das ist es!« Mo hatte das Leuchten gesehen.

»Wir sollten lieber hoffen, daß Ihr Plan funktioniert, Mrs. Persson.« Alvarez kehrte wieder zu seinen einfachen Monitoren zurück. Die Hauptanlage stand noch unten. »Und daß sie Cornelius als Hauptziel ihres Angriffs nehmen.«

»Sie haben schon früher genug von ihm einstecken müssen.« Alvarez lachte und legte schnell noch mehr Schalter um, als absolut nötig war. Er schien vor der bevorstehenden Schlacht weniger Angst zu haben als vor dem, was geschehen könnte, wenn sie am Ende gewinnen würden.

»Sie sollten mir lieber sagen, wann«, sagte Catherine leise.

»Trinken Sie die Conventina-Mixture jetzt.« Drei Gläser standen auf einem kleinen Tisch, einer Art Behelfsaltar. »Und hoffen wir, daß Maria die Jüdin wußte, wovon sie redete.«

»Was die byzantinische Alchemie betrifft, so bin ich recht vorsichtig.« Catherine trank die perlenfarbige Flüssigkeit. Sie hustete und grinste. »Verflucht, das schmeckt wie ... ich weiß nicht ... etwas ...«

»Komm.« Una brachte sie zur Tür. Der ganze Berg hatte vom Rückschlag der Kanonen unten zu beben begonnen. Hunderte von Granaten stiegen über ihren Köpfen hoch in die Luft und explodierten. Sie duckten sich, als der Splitterregen niederging. »Entweder wollten sie damit nur Eindruck schinden, oder sie haben unseren Abstand zu ihnen noch nicht ausgerechnet.« Von den Befestigungen draußen drangen laute Warnrufe zu ihnen. Sie gingen erneut durch die Tür und zu der Stelle, wo Jerry angebunden war. Glühende Metallsplitter lagen überall herum und schmolzen den Schnee. Einer war auf das Türgitter gefallen, und ein Seil schmorte, aber Jerry schien unversehrt zu sein.

»Hallo, Cath.« Er war verängstigt.

»Hallo, Jerry. Was ist das für ein Gefühl, wenn man der Top-Mann am Totempfahl ist?«

»Du hast nicht zufällig diese Schokoladenbiscuits bei dir, die ich dir überlassen habe, Una?«

»Erst nachher, Jerry.«

»Du hast gut reden.« Als er seinen blauen Kopf bewegte, verströmte er Energiewellen wie ein Glorienschein. »Das ist noch gröber als dieses Lappland-Zeug.«

»Nur auf einer einzigen Ebene. Glaub mir nur.«

Dunkler Qualm wallte von unten empor, und die Regierungsarmeen formierten sich neu. »Ich glaube, ich fange etwas auf«, sagte er. Sein Blick war traurig. Eine weitere Salve wurde abgefeuert, doch diesmal explodierten die Granaten und Raketen ein Stück weiter unten, ehe sie den Tor erreichten. Jerry war jedoch beeindruckt. »Oh!«

Catherines Augen blickten verträumt. Die Mixtur, die sie getrunken hatte, machte sich bei ihr bemerkbar. Zunehmend galt ihre Aufmerksamkeit ihrem Bruder. »Kann ich noch mal zu ihm?«

»Sicher nicht. Ich habe es doch erklärt.«

Die Panzer und Raketenwerfer zogen den Ring jetzt enger. Sie hielten am Fuß des Berges. Sie würden jetzt fast direkt auf ihn schießen.

Mo tauchte auf. Er atmete heftig. Seine Fäuste waren geballt. »Ich wünschte, wir hätten etwas, das wir ihnen zurückschicken könnten.«

»Das brauchen wir nicht«, erklärte Una.

»Ach nein! Hören Sie auf den alten Mo, Lady, und Sie können noch einiges lernen.« Er holte eine Panoramasonnenbrille aus einer Tasche seiner Uniform und schob sie sich vor die Augen. »Meinen Sie noch immer, Sie könnten es mit den Spiegeln schaffen?«

»Gehen Sie wieder rein, Sie kleiner Quälgeist.«

Verblüfft und mit einem Ausdruck verwirrten Respekts in seinem Gesicht gehorchte Collier ihr.

Major Nye hatte den Desput verfolgen können. »Sie hat recht, alter Junge.«

»Wir werden niemals gewinnen, wenn wir die gleichen Methoden wie sie anwenden.« Professor Hira lächelte. In der Dunkelheit sah er mit seinen schimmernden Zähnen und Augen wie eine Cheshirekatze aus. »Ironischerweise können wir uns der Energie bedienen, mit der sie uns überschütten. Das begreifen Sie doch sicher.«

»Ich würde sie bis zurück in die Steinzeit bomben, wenn ich könnte. Ein Haufen Affen. Das ist nicht die Art der Kriegsführung, für die ich ausgebildet wurde.«

»Niemand von uns wurde genau darauf vorbereitet.« Prinz Lobkowitz schaute begehrlich auf die beiden noch übriggebliebenen Gläser. Die Flüssigkeit in dem einen war rot, die in dem anderen blau. »Wir waren es. Ich glaube, wir sind im Begriff, das Kind mit dem Bade auszuschütten. Wenn wir Erfolg haben, dann wird dies das Ende der Alchemie und von allem, was dazugehört, sein. Ist das nicht eine Ironie des Schicksals, Professor Hira?«

»In einem rein wörtlichen Sinn, glaube ich schon. Ich neige dazu, alles unter dem Aspekt zu betrachten, daß es einem weltweiten Ziel dienlich ist. Mein religiöser Hintergrund, müssen Sie wissen.«

»Mein Gott!« Major Nye stand wieder mit dem Fernrohr am Fenster. Lichtreflexe tanzten auf dem Messing. »Sie schickt tatsächlich die Kavallerie los. Sie hatte mit einem Energieentzug gerechnet und ihre Alternative bereitgehalten. Aber sie weiß doch nicht von – die armen, verdammten Tiere!«

Wenigstens eintausend Reiter drängten sich auf den unteren Hängen. Als sie den Versuch eines Angriffs unternahmen, fanden ihre Pferde keinen Halt auf dem Eis und rutschten weg und brachten die Nachrückenden zu Fall. Als die Kanonen wieder zu feuern begannen, kam es sofort zu einem Blutbad. Major Nye wandte sich angewidert und traurig ab. »Das war die beste Ansammlung von Pferden und Reitern, die ich je gesehen habe.«

Alvarez nahm ihm das Glas aus der Hand. »Dagegen sieht der Sturm der leichten Brigade wie ein müder strategischer Akt aus.« Er hatte Pferde niemals besonders gerne gehabt.

Catherine kam alleine herein. »Sie können nicht bis zu uns durchkommen, wie es scheint. Nicht über die Terrassen.« Sie schien von innen her zu strahlen. Sie war nackt. Errötend wandte Alvarez sich ab und schaute wieder hinaus auf das tödliche Treiben. Sie griff nach dem zweiten Glas, dem mit der blauen Flüssigkeit, und leerte es. »Oh, das tut weh.« Sie faßte sich erst an die Kehle, dann klopfte sie sich auf die Brust, dann auf den Bauch. Resolut wandte sie sich um und ging dorthin zurück, wo Una wartete.

Von unten klang ein furchtbares Schreien und Brüllen herauf. Rotes Metall glänzte, wo einige der Reiter sich selbst oder ihre Pferde mit ihrer Lanze getroffen hatten. Unas Gesicht war schneeweiß. Oben schien Jerry zu schlafen. »Wir sind nicht die Ursache für das«, sagte Una. »Und trotzdem können wir keine Hilfe leisten.« Sie redete mit sich selbst. »Hast du es getrunken?«

»Oh, Scheiße! Oh, Scheiße! Holt mich runter!« Jerry war aufgewacht. »Oh, Scheiße!«

»Reißen Sie sich zusammen, Mr. C.«

Er hob den Kopf und stieß einen Fuchsschrei aus.

»Es ist dein verdammter Bruder, wegen dem wir uns Sorgen machen müssen. Er hat nur eine Art zu siegen. Sieh dir seine verfluchten Augen an.« Sie waren rot und so hell, daß sie ihr Licht über seine Schultern gossen, als er den Kopf hin und her drehte. »Vitriol! Vitriol!« schrie er. *»Visita interiora Terrae, rectificando, inveniens occultum lapidem! Intra muros! Intra muros! Inter arma silent leges!«*

»Interdum stultus bene loquitur«, sagte Una mit trockenem Humor.

Catherine hatte Mühe, dem Latein zu folgen. Eine neue Salve Artilleriefeuer schien noch näher einzuschlagen. Sie duckte den Kopf.

»Bleibt ganz ruhig.« Una amüsierte sich über ihre eigenen Archaismen. »Solange wir an unserem Plan festhalten. Sie haben keine Möglichkeit, durch das Labyrinth zu gelangen. Aber wir müssen uns beeilen, bevor sie auf die Idee kommen, Brände zu entfachen.«

Catherine blickte auf ihre Haut. »Ich schmelze.«

»Noch nicht. Nimm jetzt den Katalysator.«

Major Nye löste ein Auge vom Fernrohr, als Catherine

hereinkam. »Mrs. Persson scheint recht zu haben. Entweder das, oder wir sehen uns dem schlampigsten Artilleriefeuer seit dem vierzehnten Jahrhundert gegenüber!« In leichter Sorge um sie beobachtete er, wie sie das letzte Glas vom Tisch nahm und es vorsichtig Una brachte.

Prinz Lobkowitz runzelte die Stirn. »Hoffentlich gehen sie nicht übereilt vor. Das Timing ist von entscheidender Bedeutung.«

Alvarez blickte von seinen Anzeigen hoch. »Hier sieht alles bestens aus.«

Jerry sprach jetzt ein hastiges Hebräisch, aber unzusammenhängend. Der ganze Berg war von einer Feuerwand umgeben. Miss Brunner hatte befohlen, daß die Toten und Sterbenden mit Petroleum übergossen wurden. Die Hitze sollte es den Panzern und der Infanterie ermöglichen, auf den Tor zu gelangen.

»Es stinkt!« Jerry blickte in den wallenden Qualm. »Die ganze Farce stinkt. Ich steige jetzt runter.«

Major Nye hatte sich zu ihnen gesellt. »Dafür ist es zu spät, alter Junge.«

»Ich will hier nicht das Opfer sein.«

Una war von seiner bewußt gezeigten Stumpfheit enttäuscht.

»Oder ein Märtyrer«, fügte er hinzu. »Oder ein Symbol. Oder ...«

»Du bist ein Geheimagent«, sagte sie. »Und dies ist unser Hochzeitstag.«

»Die einzigen Ehen, die mich interessieren, sind chemische.«

»Dann hast du wirklich Glück, Tiger.« Sie nickte Catherine zu, die, den gefüllten Becher vorsichtig in der Hand balancierend, langsam zu ihrem Bruder hinaufzuklettern begann. Nun hatten sie beide die gleiche blaue Aura auf der Haut.

Catherine war nur vier oder fünf Schritt vom Erdboden entfernt, als Mo Collier plötzlich aus dem Turm herausstürmte. Mit rudernden Armen rannte, dann rutschte er den Berg hinunter, hüpfte dabei von Terrasse zu Terrasse.

Er konnte sich erst in dem Schlamm abbremsen, der sich wie Wachs aus dem Brandherd ausgebreitet hatte. Unter lauten Rufen »Scheiße! Mist!« und »Verdammt noch mal!« rannte er wie ein aufgeregter Käfer im Kreis und suchte einen Ausgang. Dann verschwand er auf der anderen Seite des Berges.

»Es ist wohl das Feuer, wie wir erwartet haben.« Major Nye wies mit einer ausholenden Geste auf die stinkende Luft.

Mo Collier hatte aufgehört zu denken. Er hatte sich seit Jahren nicht mehr auf seine Instinkte verlassen. Er wußte, daß Instinkt das einzige war, womit er all dies überstehen konnte, und rannte ein paar Meter zurück. Er wälzte sich im schmelzenden Schnee. Als er völlig durchnäßt war, rannte er so schnell er konnte weiter. Er schrie aus voller Brust; seine Füße blieben in einem Gewirr vom Zaumzeug toter und sterbender Männer und Pferde hängen und rutschten in Blutlachen. Der furchtbare Gestank nahm ihm den Atem. Die Flammen waren so heiß, daß sie ihm als etwas erschienen, das noch über den reinen Schmerz hinausging. Dann tauchte er aus dem Inferno auf, leicht versengt, und starrte die wartende Armee, Miss Brunner, Mitzi Beesley, Bischof Beesley an. Sie betrachteten ihn mit verwirrtem Interesse.

»Ich dachte, Sie wären einer von uns«, sagte der Bischof. »Sind Sie gekommen, um zu kapitulieren, alter Freund?«

»Das ist keine Frage der Kapitulation. Es ist eine Frage der Vernunft. Der Logik. Niemand kann behaupten, daß Mo Collier irrational ist.«

»Aber wir haben für Sie jetzt keine Verwendung, alter Freund. In ein oder zwei Stunden fliegt dieser Berg hier in die Luft. Die Zeit für die eine oder andere Strategie ist endgültig vorbei.« Das rote Gesicht des Bischofs erhielt durch den Widerschein der züngelnden Flammen ein gesundes Leuchten.

»Was haben Sie vor? Das können Sie doch nicht zu einem

Mann sagen, der gerade sein Leben riskiert hat, um die Fronten zu wechseln.«

»Wiederholen Sie es in Pidgin-Englisch.« Auch Miss Brunner hatte ihren Spaß. Sie freute sich auf die Vernichtung und war von ihrem ursprünglichen Vorhaben völlig abgekommen. »Du Kerl Collier hier nix gut mehr, klaro?«

»Oh, ihr Bastarde!«

Die drei schauten ihm gleichmütig nach, als Mo sich umwandte und müde ins Feuer zurückging.

»Verdammt«, rief Bischof Beesley plötzlich aus. »Was meint ihr, was sie vorhaben? Irgendwas mit Hexerei?«

»Chemische Kriegsführung.« Mo unterwarf sich etwas, von dem er überzeugt war, daß es noch reiner war als das Leben.

Miss Brunner erlitt einen herben Rückschlag. »Meine Lords von Telford und Widnes!« Sie drehte den Kopf hin und her. »Wer erlöst mich von diesem schrecklichen …?«

Bischof Beesley unterbrach sie hastig. »Tor!« sagte er. »Oder meinen Sie Cornelius? Soweit ich weiß, war er mal Jesuit. Oder ihnen zugetan. Oder in ihrer Lehre ausgebildet. Madam?«

Ihre Lippen spannten sich, gaben ihre Zähne frei. Für einen spannenden Moment glaubte er, sie wollte ihm den Hals aufreißen. Dann strich sie sich fahrig mit der Hand durch die Haare und atmete etwas ruhiger.

»Telford und Widnes sind bei dem Angriff umgekommen«, meldete Mitzi. Sie hatte ihre Zweifel an den Führungsqualitäten von Miss Brunner. Sie schwitzte. »Wir hätten den kleinen Bastard verhören sollen. Was geht dort oben vor? Warum schießen wir dauernd daneben?«

»Die Konjunktion. Die Konfiguration. Die Anordnung eines Labyrinths. Die positive Macht des Gehörnten Gottes. Das Konkrete. Die physische Manifestation …« Bischof Beesley gab sich seinem letzten Crunchy-Riegel hin.

»Schickt die Panzer nach vorn«, sagte Miss Brunner.

Unentschlossen hob Mitzi die Lanze. Sei gab das Zeichen.

Als der erste Lucan Mark Seven auf die Flammen zurollte

und Löschschaum sprühte, zerrte Miss Brunner heftig an den Zügeln ihres weißen Hengstes. »Dieser Tag wird bis zum Ende der Zeit in Erinnerung bleiben!«

»Viel länger kann es jetzt nicht mehr dauern.« Bischof Beesley sah nichts durch den abziehenden Qualm. »Was meinte er mit chemisch? Werden wir uns irgend etwas fangen?«

»Laßt den Hund den Hasen sehen«, murmelte Mitzi in ihr CB-Gerät. Die ständigen Salven der Lucans gingen, obgleich man den Turm mit den draußen versammelten Personen deutlich sehen konnte, ständig daneben.

»Jetzt sind zwei auf der Leiter.« Beesley glaubte, daß eine Gestalt der anderen einen Becher an die Lippen hielt; es war wie eine schlechte Parodie der Kommunion. »Ich wußte, daß es etwas mit Hexerei zu tun hat.«

»Das war's, was ich Ihnen schon die ganze Zeit erklärt habe, mein Lord.« Miss Brunner hielt sich an ihrem Sattelknauf fest. »Ich gebe zu, einige Macht haben sie. Jedoch, nicht lange werden sie uns standhalten. Ihre Infamie und ihre Anmaßung werden bestraft.«

»Verzeihung, Ma'am?«

»Kein Pardon wird ihnen gewährt.«

Ihre Bemerkungen brachten ihn noch mehr als zuvor durcheinander. Er dachte daran, daß die *Teddy Bear* immer noch vor Torquay lag und daß er mit etwas Glück noch vor Einbruch der Dunkelheit dort sein könnte. Nicht, daß er Angst vor einer Niederlage hatte; er fürchtete ihren Triumph und das, was nachher kommen würde. Würde sie darauf bestehen, daß jeder rückwärts redete? Als Engländer kam ihm das alles zu teutonisch vor. Er dachte voller Nostalgie an den Mississippi. Es wäre nicht schwierig, in der Deltaregion Arbeit zu finden.

Blinzelnd starrte Beesley angestrengter auf die Leiter. Er war sich nicht ganz sicher, daß er zwei Gestalten sah. Vielleicht war es nur eine? Vielleicht spielte das Licht seinen Augen einen Streich?

Schließlich, als brächen sie durch eine Barriere, trafen die Raketen und Granaten endlich den Turm. Sehr schnell hüllten die Brandraketen alles ein. Schon bald brannte die Spitze des Turms genauso stetig wie der Ring von Leichen an seinem Fuß.

»I fell into an burning rang of far«, sang Mitzi fröhlich, als sie mit der Nachricht eintraf. »Sieht so aus, als wäre für den alten Guy das Ende gekommen, Ma'am.«

Mitzi hielt ihr den Ausdruck vor das Gesicht.

FRAGE: WAS GENAU IST DIE NATUR DER KATASTROPHE?

»Wer hat das geschickt?«

»Es kam über die Wanze herein, Ma'am.«

Mitzi schaute ihren Vater stirnrunzelnd an. Er schwitzte so heftig, daß sie den Verdacht hatte, daß irgendwelche Krankheiten in der Luft umherschwirrten. Sie holte ein Taschentuch hervor und preßte es sich vor die Nase.

»Wir haben es geschafft.« Miss Brunner hatte sich wieder gefangen. Dennoch war zu erkennen, daß sie ihrem Glück nicht traute. »Es muß dafür gesorgt werden, daß dies alles wie ein kleiner Scherz behandelt wird!« rief sie den Kameraleuten zu, die in ihrem Jeep vorbeirasten. Sie fügte für sich halblaut hinzu: »Alte Bräuche, in Somerset zu neuem Leben geweckt.« Sie fühlte sich jetzt dazu verpflichtet, jeden Teil der Operation zu überwachen, jede Meinung im Lande kennenzulernen und zu lenken. Wie Mitzi schon in Argentinien und Vietnam bemerkt hatte, war dies die unvermeidliche Folge davon, einen Mythos der Stabilität und Kompetenz zu schaffen. Ebenso wie ihr Vater erkannte sie allmählich die Botschaft an der Wand. Überrascht von der Trägheit ihrer Reflexe begriff sie nun, warum er schwitzte. Gewöhnlich arbeitete ihre Auffassungsgabe schneller. Diesmal wenigstens würde sie ihn wahrscheinlich nicht zurücklassen müssen. Dann erlebte sie etwas noch Erstaunlicheres. Sie identifizierte dieses Gefühl als Zuneigung zu ihrem Vater.

Mitzi sah ihn wieder an. Wie war es möglich, ein Geschöpf zu lieben, das so hoffnungslos lädiert und gemein war? Es war dieses Gefühl von Mensch zu Mensch. Sie mußte ihre eigene Identität auf ihn übertragen. Sie erlebte nun Selbstmitleid und Selbsterhaltungstrieb. Das war die einzige glaubwürdige Erklärung für ihre Empfindungen. Sie begriff, daß sie wie gelähmt gewesen waren und sich für einige Sekunden angestarrt hatten. Miss Brunner, ängstlich darauf bedacht, daß die Geschichte richtig verbreitet wurde, redete heftig auf die Presseleute ein. »Denken Sie stets daran. Zeigen Sie ganz spezifische Bilder, dann wird die Interpretation kein Problem mehr sein. Das Bild geht immer der Realität voraus. Der Mais-Mann wußte das.«

»Wie bitte, Ma'am?« Ein Fotograf, der soeben damit beschäftigt war, einen neuen Film in seine Kamera einzulegen, blickte auf.

»Cornelius wußte das. Doch von jetzt an heißt er nur noch der Mais-Mann von Glastonbury. Je eher er zur Legende wird, desto besser.«

»Richtig«, pflichtete ein unglücklicher Geschützführer bei. »Wie erklären wir unsere Verluste?«

»Zeigen Sie am besten ein paar gesunde, lachende Gesichter. Suchen Sie zwei knorrige Typen mit geringeren Verletzungen. Das wird ausreichen, um die Gerüchte aus der Welt zu schaffen. Die meisten Menschen glauben sowieso lieber die guten Nachrichten, meinen Sie nicht?«

Er war ein recht intelligenter junger Mann. »Ich glaube, dies ist ein entscheidender Zeitpunkt, wenn ich mich mal zu Wort melden darf, Ma'am. Es ist wichtig, jetzt die Moral des Landes aufrechtzuerhalten. Wie wäre es, wenn wir ein paar von unseren Leuten ganz oben zusammenbekämen? Wir ziehen ihnen ein paar verrückte Klamotten an, daß sie aussehen wie der Feind. Dann können wir sie bei einem Picknick oder sonst etwas zeigen. Sozusagen als Freunde nach der Schlacht.«

Sie war erleichtert. »Ich dachte schon, ich müßte alle guten Ideen selbst liefern. Sehr gut, Hauptmann. Sagen Sie mir Bescheid, wenn ich mir die ersten Aufnahmen ansehen kann.«

Er salutierte.

Mitzi fragte sich, ob er eine Ahnung hatte, wie gefährlich

all das für ihn werden konnte. »Dad«, sagte sie leise zu dem zitternden Bischof. »Wir müssen auf den Berg steigen, ehe wir ihn hinter uns lassen können.«

»Ich habe so ein seltsames Gefühl. *Nolo Episcopari.* Die *Teddy Bear* wird nicht ewig warten.«

»Lange genug, Dad. Glaub mir nur.«

Sein Grinsen war furchtbar, aber er gehorchte ihr.

»Sollten wir nicht einmal nachschauen, ob es Überlebende gibt?« fragte Mitzi laut. »Lady? Sonst könnte es ziemlich peinlich sein ...«

Miss Brunner ordnete ihr Tudor-Kostüm. »Eh?« Sie bewegte die Lippen, als wollte sie etwas sagen. Langsam kehrte Leben in ihre Augen zurück.

Als Mitzi ihren Vorschlag erneut äußerte, sagte Miss Brunner zögernd: »Sie sind tot. Weder die Pferde des Königs noch seine Männer könnten jetzt etwas retten. Diesmal nicht.« Sie ordnete ihre wunderschönen roten Haare. »Nein, General Beesley, Sie haben vollkommen recht. Loyalität ist jetzt die Hauptsache, Liebe. Wir müssen zusammenhalten. Es ist immer vor dem Morgengrauen am dunkelsten. Von jetzt an müßte es eigentlich ohne Schwierigkeiten weitergehen. Aber wir müssen auf Draht sein. Zu Englands Nutzen, Mitzi. Was hast du gesagt? Dies ist ein großer Sieg, weißt du. Die Vereinigung und die Zentralisierung werden unsere nächsten Schritte sein. Aber du verstehst das. Ich brauche gute Freunde. Leute, die mich verstehen. Dir brauche ich es nicht ausführlich zu erklären. Wirst du mir helfen?«

»Sie sind unsere Führerin.« Mitzi zeigte totale Verblüffung, als wäre für sie keine Frage mehr offen. »Wir haben Ihnen gegenüber unsere Pflichten. Wir brauchen Sie mehr als je zuvor. Sie können sich auf die Beesleys verlassen. Wer könnte nicht davon überzeugt sein, daß Sie die wahre Seele Englands repräsentieren?«

»L'etat, c'est moi.«

»Ganz recht«, sagte Mitzi, »Euer Majestät.«

»Folge mir.« Miss Brunner schritt mit fliegenden Röcken

und funkelnder, rußgeschwärzter Rüstung zu ihrem Wagen.

»Dad.« Mitzi ergriff sanft die Hand ihres Vaters. »England erwartet etwas von uns.«

Der gesamte Tor war mit Panzern, Raketenwerfern, Kettenfahrzeugen bedeckt; Infanterie eilte umher. Es gab kaum noch einen Rest Schnee oder Gras. Hier und da schwelten noch tote Soldaten und Pferde, aber der größte Teil bestand nur noch aus nackten Knochen. Mit einem Ausdruck gemessener Würde auf ihren Sätteln auf den Geschütztürmen sitzend, nahmen Miss Brunner und ihre Verbündeten, eine edle Dreieinigkeit von Staat, Kirche und Heer, die Huldigungen der Kamerateams entgegen. Der Luca mühte sich schwerfällig die zerstörten Terrassen hinauf. Sankt Michael war ein flackernder, qualmender Trümmerhaufen. Mitzi zog eine Grimasse. »Hier hat es heute aber reingehauen. Ich bezweifle, ob wir noch irgend etwas Brauchbares finden.«

»Von jetzt an sind wir mit unserem Urteil überaus vorsichtig.« Miss Brunner zeigte ein großzügiges Lächeln, Schläuche erzeugten geschwungene Strahlen von Löschsubstanz; seltsame Regenbögen. Überall standen Fahrzeuge kreuz und quer. Die meisten hatten es nicht bis zum Gipfel geschafft; andere verfolgten sonderbare Routen, als wären sie auf unsichtbaren Straßen und Wegen unterwegs. Der Lucan begann zu zittern und zu ächzen. Miss Brunner entschied, daß es so einen besseren Eindruck hinterlassen würde, und ließ sich von Bischof Beesley herunterhelfen. Nachdem sie salutiert hatte, machte sie sich zielstrebig auf den Weg und benutzte dabei ihren Degen als Stütze. Sie stieg mit entschlossener Konzentration: Die perfekte Führerin zwischen ihren siegreichen Kriegern. Aber als sie vor den Ruinen stehenblieb, ein Stück vor Mitzi und dem Bischof, veränderte ihre Haltung sich ein wenig. Sie runzelte die Stirn.

»Was halten Sie davon, meine Herren?« Sie deutete mit ihrem Degen.

Bischof Beesley, jetzt sehr blaß und außer Atem und

seine Hände auf verschiedene Teile seines Körpers legend, trat widerstrebend neben sie.

»Das ist nur ein Scherz.« Mitzi hatte keine Zweifel. Sie schnüffelte. »Das sollte, nun, vielleicht wie ein Saurier-Ei sein. Touristenzeug.«

»Oder eines dieser riesigen Ostereier, die sie herstellen.« Und sie hoffte, wie immer, daß ihr Vater sich die roten Lippen leckte. »Das dort könnte eine Art Folie sein, die es einhüllt.«

»Mehr schon eine Art Glasur«, sagte Mitzi. »Ich glaube, es ist etwas Keramisches.«

»Es wurde von unseren Raketen nicht beschädigt.« Miss Brunner ließ ihre Blicke über die Steintrümmer, das rußgeschwärzte Geröll und über die qualmenden Holzbalken schweifen. »Es kann durchaus nachher hierher gebracht worden sein. Ich denke, meine Herren, wir sollten uns vor diesem fremdartigen Fund in acht nehmen.«

»Ich kann nicht umhin zu glauben, daß es Porzellan ist. Sehr hartes Porzellan.«

»Oder sehr dichte Schokolade.« Bischof Beesley keuchte und zuckte. Er schien Schmerzen zu haben. »Mitzi?«

»Glasiert«, wiederholte sie mit Nachdruck. »Bist du in Ordnung, Dad?«

Das riesige Ei pulsierte einmal: ein schwacher rötlicher Lichtschein.

Dann rief Miss Brunner plötzlich eine Warnung, daß alle zurücktreten sollten. Sie senkte die Stimme und wandte sich an die Beesleys. »Das ist eine Falle. Eine Bombe. Könnt ihr nicht ... Sehen Sie? Sie glüht. Jeden Moment geht sie los!«

»Aber es ist aus Keramik.« Mitzi trat näher heran. »Ich könnte darauf schwören!«

»Zurück in die Stadt!« Miss Brunner rief ihre Streitmacht zusammen. Sie hielt inne. Ihr Staunen verwandelte sich schnell in Angst, als hätten sie die ganze Zeit mit etwas Furchtbarem gerechnet. »Zurück! Zurück!« Erneut flüsterte sie mit ihren Begleitern. »Es könnte durchaus etwas Nukleares sein. Sie sind schließlich Fanatiker.«

»Wir haben entschieden, daß es keine Schokolade ist.« Der Bischof schweifte schon wieder ab. »Kein Gemüse. Nichts Tierisches. Damit bleiben nur noch die Mineralien übrig.«

Das Ei gab ein kurzes orangefarbenes Lichtzeichen von sich. Mitzi kicherte. »Wärmer.« Sie näherte ihren Kopf dem seinen. »Jetzt haben wir unsere Chance, Dad. Der Schoner wartet.«

Aber er war wie gebannt. »Habe ich dir schon von deiner Mutter erzählt?«

Das leuchtende Ei wechselte die Farbe von Perlfarben zu leuchtendem Grau und weiter zu einem milchigen Blau, dann zu Violett.

»Ich glaube nicht, daß es eine Bombe ist«, beharrte Mitzi. »Aber es könnte eine Höllenmaschine sein.«

»Wir müssen uns mal ernsthaft unterhalten.«

»Auf dem Schiff.« Sie zupfte an seinem klebrigen Ärmel. »Wir werden aus der Verwirrung schon das beste machen.«

Endlich gelang es ihr, ihn zum Gehen zu bewegen. Er stapfte hinter ihr her, keuchte wie ein Minotaurus und schleifte mit den Füßen durch den Schnee und den blutigen Schlamm. Überall zogen die Soldaten ab. Sie waren in Panik geraten. Indem sie nichts weiter erklärt hatte, hatte Miss Brunner in ihnen noch einen weit größeren Schrecken geweckt. Mitzi fand am Fuß des Berges einen Jeep und lenkte ihn zurück zu dem halb aufgegebenen Lager und befahl ihrem Vater, auf dem Beifahrersitz zu warten, während sie sich umzog. Fünf Minuten später tauchte sie wieder aus dem Zelt auf. Nachdem sie ihre Uniform abgelegt hatte, war sie wieder wie ein Mädchen gekleidet. »Wir werden diese Unterhaltung führen«, versprach sie, »aber in wärmeren Gewässern, auf ruhigerer, sonniger See.« Sie fragte sich, welches ihre Motive waren, ihn zu retten. »Vielleicht war es – weißt du – der Stein der Weisen.«

Sie fuhren durch Glastonbury. Abgesehen von einigen plündernden Soldaten war die alte Stadt verlassen, auf Miss Brunners Befehl hin evakuiert worden.

Bald rollten sie über die breite M 5 nach Taunton. Bischof Beesleys Kopf war zurückgesunken, und gelegentlich, über dem Motorengeräusch, konnte sie sein Schnarchen hören. Erst als sie an der Ausfahrt nach Exeter vorbeikamen, erkannte sie, daß er gestorben war. Sie beschleunigte die Fahrt mit der Absicht, ihn auf das Dampfboot zu bringen, wie sie es ihm versprochen hatte. Dann, kurz bevor die M 5 mit der A 380 zusammentraf, mußte sie in eine Haltebucht abbiegen. Ihr Körper wurde von tiefen, krampfartigen Schluchzern durchgeschüttelt. Aber der Bischof schien seinen Frieden gefunden zu haben.

Unterdessen verteilten Miss Brunners Truppen, überzeugt, daß sie von Hexerei besiegt worden waren, sich in Somerset, warfen Waffen und Rangabzeichen fort, sogar ihre Kampfanzüge. Miss Brunner, die kaum etwas davon mitbekam, daß ihre Armee sich auflöste, stand auf dem friedvollen Gelände der Abtei. Sie blickte zum Tor hinauf und wartete auf die Explosion. Sie hielt sich ein Walkie-talkie ans Ohr. Es spielte Märsche von Walton und Bliss.

In der Oberationshöhle beugten Una, Prinz Lobkowitz und Professor Hira sich über Alvarez, als er das Bild hereinholte. Sie hatten den Turm durch den Tunnel verlassen, den Eingang zum Labyrinth. Die Kammer lag in seinem Mittelpunkt. »Haben wir etwa gesiegt?« Lobkowitz rieb sich seinen lädierten linken Arm. Sie waren in der allerletzten Minute geflohen, bevor Jerry und Catherine eingeschlossen waren.

»Wir hatten keine Ahnung, was geschehen würde«, erinnerte Professor Hira ihn. »Wir konnten nur hoffen. Aber es sieht doch verdammt gut aus, oder meinen Sie nicht, Mrs. P.?«

Sie hatte ihm nicht zugehört. »Ich glaube, wir können jetzt zurückkehren. Aber senden Sie weiter dieses Zeug, Sergeant. Es scheint uns zu nützen.«

Alvarez knurrte. Er war, was die Situation betraf, mindestens geteilter Meinung. Soweit es ihn betraf, war nichts so gelaufen, wie er es erwartet hatte. Er konnte sich einfach nicht zu der Überzeugung durchringen, daß eine Operation eine solche Erfolg- oder Mißerfolg-Angelegenheit sein würde. Er brauchte mehr Klarheit. Er mußte sich über den Ausgang jedweder Aktion, die sie in Angriff nahmen, halbwegs sicher sein können. Und da waren sie nun, immer noch nicht sicher, ob sie gewonnen oder verloren hatten. Seiner Meinung nach waren sie nur ein Haufen Oberschichtspisser und Amateure. Wenn es nach all dem einen anderen Job für ihn gäbe, dann würde er ihn schon zu finden wissen. Außerdem ärgerte er sich über Mos offensichtlichen Selbstmord. Mo war sein einziger Mitstreiter im Geiste gewesen. Alvarez fühlte sich total alleingelassen.

Sobald die anderen sich entfernt hatten, lehnte er sich auf seinem Stuhl zurück und zündete sich eine Zigarre an, um an Mexiko zu denken.

Una ging durch den gewundenen Gang voraus. Sie hatte als einziges Licht eine kleine Duracell-Taschenlampe. Die Wände bestanden stellenweise aus Erdreich und stellenweise aus Felsgestein oder lockerem Geröll. Ein strenger, fast uteriner Geruch herrschte, so daß Prinz Lobkowitz manchmal den Eindruck hatte, als bewegten sie sich durch ein fast flüssiges Medium. Sie stiegen allmählich aufwärts. Dann blieb Una stehen. Im schwachen Licht der Taschenlampe war zu erkennen, daß die Stufen und der Durchgang zum Turm von Geröll versperrt wurden. Das hatten sie erwartet. Sie gingen ein paar Meter weiter. Der Geruch von feuchter Erde wurde vom Gestank des Schlachtfeldes abgelöst. Una verharrte. Dann deutete sie mit dem Lampenstrahl. Dort bestand die Wand aus glattem, grauem Gestein. Professor Hira ging hin und schlug mit aller Kraft dagegen, nachdem er einen Stein aufgehoben hatte. Er erhielt von der anderen Seite Antwort. Er griff nach einem Eisenring und zog daran, bis der Stein sich zu rühren begann, Tageslicht eindringen ließ und das müde, schmutzige Gesicht Major Nyes zu sehen war. »Phew! Bei Ihnen alles klar, Professor?«

»Offensichtlich. Und bei Ihnen, alter Junge?«

»Ich mußte den Kopf einziehen und sehen, daß ich mich aus dem Staub machte. Dachte zweimal, sie hätten mich schon erwischt. Dann drehten sie plötzlich um und hauten ab. Wissen die etwas, das wir nicht wissen?«

»Schon möglich.« Una dachte an die verlassenen Fahrzeuge, an die kreisförmig angeordneten Leichen am Fuß des Tor. Dann gewahrte sie Major Nyes versengte Kleidung. »Das war für Sie aber ziemlich knapp, was?«

»Um Haaresbreite. Hab's aber geschafft. Haben Sie sie in die Flucht gejagt, Mrs. Persson?«

»Ich glaube, sie haben irgend etwas geschluckt.« Una strich sich mit beiden Händen die Haare aus dem Gesicht. »Vielleicht war es auch etwas, das sie nicht geschluckt haben. Was immer es war, es steckte in ihnen. Vielleicht haben sie auch ein Gespenst gesehen.«

»Ich kann mir vorstellen, daß es in diesem Berg eine ganze Menge davon gibt.« Prinz Lobkowitz hatte in seinem Leben schon schlimmere Zerstörung gesehen, aber an der Haltung der Pferde und Reiter, die aufeinander auf einem Haufen lagen, das Fleisch schwarz, verschmort oder bis auf die Knochen weggebrannt, war etwas besonders Pathetisches. Er schaute nach Osten. Die Raben flatterten schon herbei. »Etwas, das sie geschluckt haben?«

»Eine Betäubungspille in ihrem Pudding?« Der Major zeigte ihnen den Weg zu dem, was von dem Turm noch übrig war.

»Es ist ein Ei!« Hira war begeistert. »Als stamme es aus einer Sage. Oh, das ist wunderbar. Welch ein Wunder! Sie haben ein Ei gemacht. Mrs. P.! Wer hätte das gedacht?«

Una lachte laut auf. Es war erstaunlich, wozu man fähig war, wenn man jegliche Kontrolle über sich selbst fahren ließ; wenn man es zuließ, daß die Ereignisse ihren eigenen Verlauf nahmen. Obgleich sie sich gelegentlich hatte vom Wind des Schicksals treiben lassen, hatte sie nur ihre eigene Identität aufs Spiel gesetzt, vielleicht sogar ihr Leben. Dies war ein weitaus befriedigenderes Gefühl. Das Ei war hell orange mit Streifen in Pink und Adern in Zinnober. Sein Glanz war fast metallisch. Als sie ihre Hand seiner Wärme entgegenstreckte, kräuselte sich die Oberfläche, und es färbte sich rundum golden. Ein tiefrotes Gold der Kelten. Sie entdeckte, daß es zum Aufheben viel zu schwer war. Sie drückte mit dem Fuß dagegen. Es bewegte sich kaum. »Das Rätsel«, sagte sie. »Ich glaube, es stand in Maiers Buch. ›Nimm einen Bruder und eine Schwester und gebe ihnen den Becher der Liebe zu trinken.‹ Aber das Bild verhieß doch etwas mehr als das. Zwei Köpfe, Flügel, gefiederte Schlangen, Kelche, Löwen, Adler, dreiköpfige Hunde, Sonnenblumen. Ah ja. Das ist der Symbolismus, nehme ich an, und dies ist die Realität. Ein wenig enttäuschend. Trotzdem, wenigstens haben wir etwas. Ein Ei.«

»Aus der Gemeinschaft der Gegensätze«, sagte Professor Hira, dann hielt er inne. »Von wo alle Eier herkommen.«

»Vielleicht ist Ihr Adler darin«, sagte Major Nye und glaubte verrückterweise, daß sie enttäuscht war. »Ich glaube, aus einem Ei dieser Größe könnte man einen Greif herausholen.«

»Es kann auch genausogut ein Zufall sein.«

»Gold!« Una lachte wieder. »Das ist wohl eher etwas, auf das Miss Brunner scharf sein würde, oder? Vielleicht hätten wir nicht zulassen sollen, daß sie der letzte Katalysator ist. Es war der einfachste Weg, schnell die Hitze zu erhalten, die das Rezept forderte.«

Das Ei schien jetzt zur Ruhe gekommen zu sein.

»Das Ganze ist doch auch ein wenig ein Paradoxon, oder?« wollte Major Nye wissen. Er wünschte, er könnte sich von dem Gefühl befreien, daß er irgendwie die Flanke ungeschützt ließ. Es war immerhin sein Job gewesen, draußen zu bleiben und alles zu bewachen, was sich noch im Turm befand, nachdem der Angriff stattgefunden hatte.

»An diesem Ei ist nichts Paradoxes.« Prinz Lobkowitz, der alle Bücher über das Thema gelesen hatte, dessen Vorfahren in allen Gegenden der Welt Wissenschaftler und Astrologen gefördert hatten, konnte auch die spaßige Seite an dieser Angelegenheit erkennen. Er wagte es nicht, Una anzuschauen, aus Furcht, sie würden beide anfangen zu kichern. »Es gibt tatsächlich keine Paradoxone. Wir schaffen sie uns, nicht wahr, durch unsere Ungeduld, die Welt allzu schnelle zu rationalisieren. Haben Sie *Das Goldene Land* gelesen, Professor? Als der König und die Königin sich umarmten, schmolz sein Herz in Folge seiner Leidenschaft, und er zerfiel in tausend Stücke. Als die Königin sah, was geschehen war, begann sie, die ihn genauso liebte wie er sie, bitterlich zu weinen. Sie weinte so sehr, daß nach einiger Zeit die Überreste des Königs von ihren Tränen bedeckt wurden. Dann, da ihre Trauer durch nichts gemildert werden konnte, entleibte sie sich selbst. Als der Alchemist, der sie beide beschützen sollte, den einen zerschmolzen und den anderen tot da liegen sah, wurde er an Medea erinnert. Sie hatte eine Leiche zum Leben erweckt. Mit Hitze und Dampf konnte er sie, miteinander verschmolzen, wieder zum Leben bringen. Ist es das? Hermaphroditus und Salmacis? Der Stein der Weisen wird auch ›die zwei, die eins sind‹ genannt. Ist es kein Paradox, vollständig zu sein? Mann und Frau, selbstreproduzierend.«

»Ich hätte trotzdem ein Lebewesen erwartet.« Una versuchte, das Ei zu rollen. Es bewegte sich ein kleines Stück in dem Geröll, dann rutschte es wieder in seine alte Lage zurück und blieb liegen. »Was machen wir damit?«

»Offen gesagt, ich glaube, ich habe ziemlich viel Mist gebaut.« Major Nyes Finger strichen über seinen versengten Schnurrbart. »Entschuldigen Sie meine Ausdrucksweise.«

»Sie hätten nichts anderes tun können«, sagte sie. Die beiden anderen nickten zustimmend. »Wir haben dummerweise etwas Spektakuläres erwartet. Etwas Lebendigeres als ein Ei. Was sollen wir jetzt damit tun? Uns darauf setzen?«

»Und wie lange?« Professor Hira hob die Schultern. »Eine *yuga*, eine *manvantara?* Das ist doch im wesentlichen das, wo ich eingestiegen bin. Wann sollen aus dem einen denn viele werden? Was sagt Mademoiselle Coudert darüber, daß Hermaphroditen das Individuum aus seiner Alltagswelt der Vielfalt herausführen bis zu dem transzendentalen Punkt des Ursprungs, wo Pluralität in Gott aufgeht?

Denn Gott ist, wie wir alle wissen, weder ein Er noch eine Sie, sondern alles, kombiniert in einem. Dies ist natürlich die Basis der keltischen Vorstellung von der Mutter Meer, in dem wir alle nur winzige Teile eines einzigen Wesens sind. Wenn Wesen überhaupt das richtige Wort ist.«

Sie hatten alle höflich aufgehört, ihm zuzuhören, und richteten ihre Aufmerksamkeit auf das Ei.

»Natürlich«, sagte Una, »könnte es ein Zufall sein. Vielleicht völlig bedeutungslos. Außer, daß wir offensichtlich Gold hergestellt haben! Was, wie jeder euch erklären kann, ein Mißbrauch der alchemistischen Methoden ist. Haben wir einen Fehler gemacht, obwohl wir nur das Beste gewollt haben? Das würde mich nicht überraschen. Und was würde Catherine denken? Daß es dieses Opfer eigentlich nicht wert gewesen ist, oder? Ich glaube, wir haben irgend etwas von dem Lateinischen oder dem Griechischen falsch verstanden. Sogar Sie, Prinz Lobkowitz, haben zugegeben, daß Ihr Hebräisch recht lückenhaft ist. Heißt das nun, wieder zurück an den Konstruktionstisch?« Sie verstummte. Sie verfiel wieder in alte Angewohnheiten. Es war eigentlich nur fair, den neuen auch mal eine neue Chance zu geben. Aber sie hatte sich festgefahren.

»Was ist mit Miss Brunner?« wollte Professor Hira wissen. »Sie glaubte doch trotz allem an den Wert materieller Macht. Und in dieser Hinsicht ist sie doch die Repräsentantin der potentiellen Goldmacher. Die Quelle der Hitze wird unterschiedlich angegeben, in allen Texten, sie wird jedoch nie von Waffen erzeugt. ›In aus Gewalt entstandener Wärme wird der Hermaphrodit geboren‹, käme einer Erklärung noch am nächsten. Und Paracelsus verrät uns kaum etwas. Entweder weil er zu betrunken war oder weil er es ganz einfach nicht wußte.«

»Ich mache mir wegen Cathy Sorgen«, sagte Una. Und war ihr Ego bei all dem denn besser weggekommen?

Major Nye räusperte sich. »Wenn es nichts mehr gibt, was ich im Augenblick tun könnte, dann würde ich jetzt gerne etwas aufräumen.«

»Ich fürchte, ich bin die einzige, die Sie alle zurückführen kann«, sagte Una. Sie wandte sich zu den anderen um. »Es ist noch immer ziemlich kalt. Wollen Sie warten?«

»Wäre mir ein Vergnügen«, sagte Lobkowitz. Hira deutete sein Einverständnis mit einer gewichtigen Verbeugung an.

Als Una und Major Nye sich außer Hörweite befanden, sagte Hira: »Ich fürchte, daß ist das ständige Los des Experimentalwissenschaftlers. Vielleicht wird Una das eines Tages verstehen.«

»Sie hat ihre liebste Gefährtin verloren«, sagte Lobkowitz. »Und sie hat gehofft, sie wiederhergestellt vorzufinden. Sie hat sich voll und ganz diesem Glauben hingegeben. Nun wird sie natürlich von jeder Form moralischen Zweifels heimgesucht.«

»Nun«, sagte Hira, »es ist ja noch früh am Tag.«

Lobkowitz hockte in den Ruinen. Er betrachtete das Ei aus einer Reihe von Blickwinkeln. »Ich denke, wir sollten uns eine Möglichkeit ausdenken, wie wir es hineinschaffen. Was meinen Sie, Hira?«

»Das ist einfach. Ich würde sagen, wir stecken kurz die Köpfe zusammen, dann gehe ich runter nach Glastonbury und versuche eine Schubkarre zu leihen.«

»Das ist einen Versuch wert! Aber gehen werde ich, wenn Sie nichts dagegen haben. Ich könnte einen Spaziergang gut gebrauchen, und außerdem wird es für mich nicht so gefährlich sein.«

»Oh, mein lieber Prinz, die Gefahr ist doch sicherlich längst vorüber, oder?«

»Wir können uns dessen nicht ganz sicher sein. Noch nicht.«

Hira ließ sich überzeugen. »Dann bleibe ich und bewache das Ei.«

Für einen Moment schaute er Lobkowitz nach, wie er den Berg hinunterschritt, dann hockte auch er sich hin. »Was tun wir jetzt?« wollte er von dem Ei wissen. Eine Antwort hätte ihn nicht überrascht. Es erfolgte aber keine.

Prinz Lobkowitz war froh, endlich einmal wieder seine

langen Beine auszustrecken. Die zurückgelassenen Fahrzeuge waren kaum von Interesse für ihn. Er war in seinem Leben über mehr als nur ein Schlachtfeld gewandert. Manchmal war es unmöglich festzustellen, welche Art von Massenhysterie eine Schar Soldaten ergriff und sie fliehen ließ. In den Außenbezirken der Stadt entdeckte er nur wenige Anzeichen für Plünderungen. Deserteure waren auch nicht zu sehen. Er fragte sich, was Miss Brunner mit der Bevölkerung gemacht hatte. Während er die Chilkwell Street entlangschlenderte, kam ihm der Gedanke, daß er eine Schubkarre vielleicht auf dem Grundstück der Abtei finden könnte.

Er war nie an diesem Ort gewesen, daher war er auch völlig unvorbereitet auf die Schönheit der Jungfrauenkapelle, ohne Dach und etwas lädiert, die Lobkowitz als eines der besten Zeugnisse der Architektur des späten zwölften bis frühen dreizehnten Jahrhunderts anmutete. Er begann um sie herum zu wandern, fasziniert von den hübschen Türmchen und der Nordtür mit ihren feinen Steingravuren. Ähnliches hatte er nur in Prag und einmal, dank eines ungewöhnlichen Glücksfalles, in Mürenburg gesehen. Ihm war, wähend er die Skulptur betrachtete, welche die Ermordung der Unschuldigen darstellte, als höre er aus den Ruinen ein leises menschliches Stöhnen.

Er fand Miss Brunner in der Kirchenvorhalle. Die Knie hatte sie bis ans Kinn hochgezogen, und ihr Gesicht, obgleich von den Jahren des Kampfes mit tiefen Falten und Linien gezeichnet, trug jenen Ausdruck von Unschuld, der verriet, daß sie durch den Verrat ihrer Streitkräfte übergeschnappt war. Nichtsdestoweniger näherte er sich ihr wachsam. Ihre einzige Waffe schien ein Schmuckdegen mit juwelenbesetztem Griff zu sein, in dessen Klinge etwas eingraviert war, das seiner Meinung nach alchemistische Runen darstellen sollte. »Guten Morgen.« Er sprach leise.

Sie griff langsam nach der Waffe und umfaßte sie mit beiden Händen. Mit einem Kopfnicken wies sie auf ein khakifarbenes Walkie-talkie. »Die Batterie ist leer. Nun, mein Herr? Seid Ihr gekommen, mich in den Turm zu tragen?«

Er begriff nicht, worauf sie anspielte. »Ihre Männer haben ihn zerstört. Wissen Sie das nicht mehr?«

»Ein Wunder. Nennen Sie es so, mein Lord? Ein Glanz, von Euren zauberischen Verbündeten unseren Sinnen eingegeben. Wir haben unsere Kraft an eine Illusion vergeudet. Nichts Reines hat uns besiegt. Schwarze Magie, mein Lord. Eure übernatürliche Chemie war unser Untergang. Wir kamen mit ehrlichem Stahl. Es ist schlimmer, gegen einen unehrenhaften Feind zu verlieren.« Sie seufzte und benutzte den Degen, um auf die Füße zu kommen. Sie bot ihm die Waffe dar, mit dem Griff voraus. »Hier ist das Symbol Eures Sieges. Ich bitte Euch, so Ihr nur einen Hauch von Barmherzigkeit besitzt, verwendet es gegen mich, auf daß ich nicht zum gemeinen Vergnügen für den Mob werde.«

»Ich versichere Ihnen, Madam, niemand beabsichtigt, Sie zu töten, weder öffentlich noch anders.«

»Ich könnte lange Jahre im Gefängnis nicht ertragen, Sir.«

Er war hilflos. Seine diplomatischen Fähigkeiten wurden dieser Situation kaum gerecht.

»Sagt mir, mein Herr, berührt Elizabeth mit ihrem mageren Hintern bereits den Thron der Gekrönten?«

»Ich glaube, Sie haben keine Königin. Es sei denn, es geht um Kanada. Oder möglicherweise Australien. Großbritannien war innerhalb des Commonwealth schon immer eine Titularrepublik und unter der Jusrisdiktion von Sydney, glaube ich. Ich habe seit Wochen kaum in die Zeitungen geschaut. Waren Sie nicht mal eine Art Gouverneur? Oder so etwas wie ein Tyrann?«

»Ich hatte meine Hoffnungen für England, mein Herr. Ein England, das wieder zu Ehren gelangt ist.«

Er rieb seine Hände gegeneinander, denn sie wurden allmählich eisig kalt. »Ihre Vision, Madam, könnte Wirklichkeit werden.«

»O nein, Sir. Meine Vision ist mit einer Gefangennahme beendet.« Sie beschrieb mit dem Degen eine auffordernde Geste. Unsicher nahm er ihn entgegen. »Ich fürchte ...«

»Es ist gut, daß es so ist, Sir. Im Mittelpunkt der Welt befindet sich ein großes Ei. Und wenn es aufbricht, wird unser Globus aus der Bahn gerissen; er wird durch den Himmel geschleudert wie ein Staubkorn. Es wird das Ende unserer Geschichte sein, Sir.«

»Madam, Sie sind zu verzweifelt. Könnte es nicht der Beginn von etwas Neuem sein? Nun, man hofft immer noch auf das Goldene Zeitalter.«

»Solche Hoffnungen starben mit unserer Niederlage, mein Lord. Ein Zeitalter des Eises muß heraufziehen. Und dann ein Zeitalter des Eisens. Ich sage Euch die Wahrheit, Sir. Die Welt endet mit meinem Tod.«

Dies war ein so alltäglicher Standpunkt, daß Prinz Lobkowitz, der den Degen mit zwei Fingern hielt, wieder nach einer Antwort suchen mußte. »Aha«, sagte er schließlich. Dann: »Hatten Sie jemals Ambition auf ein, wenn ich mal so sagen darf, auf ein Ei?«

»Wie bitte, Sir? Sie meinen, ich hätte es geschaffen? Ich habe mein Leben, meine Seele, meine Weisheit der Erschaffung einer Welt geweiht, in der eine solche Scheußlichkeit niemals existieren könnte. Sir, Sie tun mir Unrecht. Wollen Sie, daß ich die Mutter von etwas so Fürchterlichem bin? Erschafferin eines Phoenix? Verdammt will ich sein, mein Herr. Ihre Worte sind meinen Ohren zuwider. Ich verdiene wohl mehr als eine haltlose Beleidigung. Ich habe immerhin beinahe die Natur dieses Universums verändert.«

»Sie fühlen keine Schuld?«

»Große Schuld, Sir. Wer würde das nicht. Ich habe versagt. In der Reinheit des Winters hätte ich dem Jahrtausend sowohl Mutter als auch Erzeuger sein sollen. Aber ich wurde betrogen. England hat mich verraten. Meine Engländer waren meiner unwürdig. Ich wurde getäuscht.«

»Meinen Sie nicht Lady, daß dies auch etwas Selbstüberschätzung ist? Ihre Armee ist geflohen. Ich habe schon viele Armeen auf der Flucht erlebt. Gewöhnlich geschieht es dann, wenn der Mythos, der die Soldaten auf ihrem Platz ausharren läßt, von diesen irgendwann als schal und hohl erkannt wird. In diesem Moment fällt jeglicher Glanz von ihnen ab.«

»Der Glanz, mein Lord, war die Ursache für unseren Ruin. Das Werk dieses unheiligen Coven. Diese Gestaltveränderer sind von der Macht des Teufels besessen, verschwinden an dem einen Ort und erscheinen an einem anderen. Was ist das sonst als üble Zauberei?«

»Sie kommen aus einer Zeit, in der man es so sehen kann.«

»Es ist so, mein Herr. Es gibt keine andere Erklärung.« Ihr altes Feuer flackerte in ihrem Gesicht für einen kurzen Moment auf, war aber gleich wieder verschwunden. Sie neigte den Kopf. »Seid Ihr hier, um mich zu versuchen? Um mich dazu zu bringen, daß ich der Wahrheit abschwöre? Wollt Ihr, daß ich lüge, damit Euer Mord an mir Euer Gewissen weniger belastet? Mein Herr, ich werde nicht mitwirken, mich selbst in Unehre zu stürzen. Mein Stolz bleibt erhalten. Dieser Körper, den Ihr seht, ist mein Reich, und so lange wir nicht beide ausgelöscht sind, werde ich uns in Ehren regieren.«

Prinz Lobkowitz legte den Degen auf einen abgewetzten Steinklotz. »Eigentlich, Miss Brunner, bin ich hergekommen, um eine Schubkarre zu suchen. Haben Sie vielleicht die Hütte des Gärtners irgendwo gesehen?«

Sie hatte das Gespräch mit ihm endgültig beendet.

Traurig verließ er die Marienkapelle. Schließlich fand er auf der anderen Seite des Abteigeländes, was er suchte. Es war eine schwere, altmodische Schubkarre, und es würde eine ganze Menge seiner Kraft kosten, sie auf den Gipfel des Tor zu schieben, aber trotzdem freute er sich auf die mühevolle Arbeit.

Als er auf dem Rückweg wieder an der Kapelle vorbeikam, hörte er die Frau keuchen. Er befürchtete, sie habe sich in ihren eigenen Degen gestürzt und zögerte. Aber da er aus Gewohnheit diskret war, setzte er schließlich seinen Weg fort.

Una und Major Nye hatten sich wieder zu Hira gesellt, als Prinz Lobkowitz, grinsend und hechelnd wie ein altersschwacher Schäferhund, am Ende mit seiner Beute auf dem Berggipfel eintraf.

»Was für eine hervorragende Idee.« Una kämpfte gegen ihre Melancholie an. »Damit müßte es zu schaffen sein, Prinz Lobkowitz.«

»Sie sehen ja völlig schachmatt aus, alter Junge.« Major Nye hatte wieder Oberwasser und wirkte frisch und unternehmungslustig. »Lassen Sie es mal langsam angehen. Wir machen weiter.«

Lobkowitz berichtete von seiner Begegnung in der Marienkapelle, zum Teil in der Hoffnung, damit jeden Zweifel auszuräumen, dem Unas Urteil noch ausgesetzt war. »Die arme Frau ist völlig verrückt. Aber sie hat Angst vor unserem Ei. Sie meint, es würde die Welt zerstören.«

»Ich hoffe nicht.« Una bückte sich, um das Ei zu streicheln und behandelte es fast wie ein Schoßtier. »Ich habe lediglich gehofft, die Zivilisation, so wie wir sie kannten, zu vernichten.«

»Das bedeutet für Miss B. und ihresgleichen meistens das selbe.« Hira strahlte weiterhin, versuchte jedoch, als er Unas Zwiespalt bemerkte, seine Fröhlichkeit etwas zu mildern. »Ich denke, wir sollten mal versuchen, ob wir unser Ei aufladen konnen. Miss Brunner ist eigentlich eine dumme Gans, finden Sie nicht? Fällt einem ganz schön schwer, sich mit einem solchen Typ anzufreunden.« Er neigte dazu, den Snobismus des britischen Indien zu imitieren, wenn er versuchte, gesellschaftlichen Abstand zu demonstrieren.

Indem sie die Karre so kippten, daß das Vorderteil sich unter das Ei schieben ließ, gelang es ihnen zu viert, das Ei aufzuladen.

In dem Labyrinth, während sie sie zurückführte, fragte

Una sich mit einer gewissen Dringlichkeit, ob all dies lediglich eine Alternative war; ein geringfügiges Ereignis in der Geschichte des Multiversums? Sie wäre froh, wenn sie wüßte, was an anderen Orten geschah. In seiner gegenwärtigen Stimmung jedoch wäre Alvarez kaum zu einer Mithilfe zu bewegen. Sie hatte sogar um Collier getrauert. Nun galt ihre Sorge ausschließlich Catherine (war sie tatsächlich ein Teil des Eis?). Das Ei konnte ein Scherz sein. Wenn Jerry hatte fliehen können, dann war es möglich, daß er es zurückgelassen hatte, um alle vor ein großes Rätsel zu stellen. Die zentrale Kammer war warm und heimelig, sogar ein wenig feucht. Das Ei, immer noch in der Schubkarre, wurde in die Mitte gestellt.

»Ist es das?« Alvarez schlug einen spöttischen Ton an. »Was steckt dahinter? Soll Großbritannien wieder zum Goldstandard zurückkehren? Wie viele von diesen Dingern kann man in einer Woche herstellen?«

»Ich würde sagen, das Ei ist einmalig.« Professor Hira sagte es mit einem Unterton der Mißbilligung. »Aber wir haben keine Ahnung, was wir damit tun sollen, wissen Sie, alter Junge. Ha, ha!«

Una, die grimmig an ihrem Glauben festhielt, sagte: »Ich denke, wir lassen es einstweilen in Ruhe. Es ist jetzt hier. Weil es hier warm und in Sicherheit ist und so weiter.«

»Wie König Artus, der in seiner Höhle schläft.« Lobkowitz fragte sich, ob dieser Vergleich paßte. »Oder Merlin?«

»Oder Morgana?« sagte sie.

»Wie sollen wir unser Zeug nach London zurück schaffen?« wollte Alvarez wissen. »Das wird ein ganz schön mühevoller Job.«

»Wir lassen alles hier. Es war sowieso nur für dieses Unternehmen gedacht.«

Er riß ungläubig die Augen auf. »Es sind teure Ausrüstungsgegenstände dabei!« Es war der letzte Strohhalm. »Unser Ei ist unendlich wertvoll. Wir sollten zumindest ein paar Wachen aufstellen!«

Kopfschüttelnd atmete Una einige Male tief durch. »Das Labyrinth schützt die Sachen.«

»Eine schlimme Verschwendung«, sagte Alvarez. »Jemand sollte Sie mal den Wert des Geldes lehren. Wissen Sie, was es kostet, ein neues Zentrum von Grund auf zu finanzieren?«

»Wir haben nicht vor, eines zu bauen. Dies muß ausreichen, wenn sich die Notwendigkeit dafür jemals ergeben sollte.« Sie lächelte. »Das ist doch eine Art Schulzimmer, nicht wahr?«

»Das ist nicht die verdammte Offene Universität.« Trotzig zündete er sich eine neue Zigarre an. »Dieses Zeug soll funktionieren. Wir haben es kaum benutzt. Ich will nicht behaupten, daß es nicht einer Überholung bedarf, und einige der Systeme spielen ganz einfach verrückt, aber in zwei Wochen könnte ich alles am Laufen haben.«

»Vielleicht sollten Sie besser hier bleiben«, sagte sie. »Ich glaube, es sind genug Lebensmittel vorhanden. Ich könnte Ihnen später mehr schicken.«

»Sie brauchen nicht auf mir herumzuhacken«, sagte er, »nur weil Ihr dämliches Experiment danebengegangen ist. Wir müssen jetzt raus hier und versuchen, die einzelnen Bruchstücke wieder zusammenzusetzen. Das Land braucht eine stabile Regierung, oder es bricht zusammen.«

»Eine stabile Regierung hat es gehabt«, sagte sie. »Brigantia wird unsere einzige Führerin sein. Sie ist perfekt. Sie mischt sich niemals ein.«

»Die Leute sind es leid, daß Frauen dauernd alles in Unordnung bringen.« Alvarez, der überzeugt war, seinen Job verloren zu haben, war nicht mehr vorsichtig in seinen Äußerungen.

»Ich sagte Ihnen doch«, sagte Una. »Das waren keine Frauen. Es waren Betrüger.«

»Typen?« Alvarez zeigte plötzlich Interesse.

»Quasi-Männer«, sagte Una.

»Woher wird Ihre Macht kommen?«

»Ich habe nicht vor, über irgend jemand zu herrschen. Meine Macht kommt von Brigante.«

»Demnach fangen Sie auch an zu spinnen.« Er zuckte die

Achseln und schob zwei Markierungsstifte auf seinem Pult in eine andere Position. »Nun, ich kann in einer der aufstrebenden Nationen jederzeit einen Job bekommen. Ich wünsche Ihnen viel Glück.«

»Ich glaube, Sie werden bald Gesellschaft bekommen, wenn die Göttin dieses Land inspirieren sollte. Es wird eine Welt der Frauen, Sergeant. Ich spüre es in meinem Innern.«

»Schwein.« Alvarez glaubte nun, er habe eine wichtige Rolle dabei gespielt, diese erstaunliche Wende herbeigeführt zu haben. Wenn er sich doch nur auf Miss Brunners Seite geschlagen hätte, wären die Dinge viel besser gelaufen. Er paffte wütend seine Zigarre. Das Mundstück wurde mit jeder Lippenbewegung nasser. »Glauben Sie nicht, ich hätte etwas dagegen, für Frauen zu arbeiten. Ich habe schon für Frauen gearbeitet. Ich hatte großen Respekt vor Miss Brunner. Sie haben nicht das Zeug, über Männer das Kommando zu führen, Una, wenn Sie nichts dagegen haben, daß ich das sage. Wir haben unseren Stolz, müssen Sie wissen. Miss Brunner war anders.«

Unfähig, dem Drang zu widerstehen, ihm darauf etwas zu erwidern, schüttelte Una den Kopf. »Miss Brunner war die personifizierte Gleichheit, Sergeant. Gleichheit war ihr Ideal.«

»Ich konnte nicht anders, als mit der armen Frau Mitleid zu empfinden.« Prinz Lobkowitz wurde von der Spannung in Unruhe versetzt. »Sie glauben, sie hätte das Herz und den Mumm eines Königs. Meinen Sie, sie würde gerne dort unten auf dem Friedhof beerdigt?«

Alvarez wäre am liebsten zu diesem Zeitpunkt gegangen, aber nur Una konnte sie hinausführen. Er öffnete seinen Aktenkoffer und fand eines seiner noch übriggebliebenen Magazine. Er schenkte nun *Pain Today* seine ganze Aufmerksamkeit.

Major Nye und Professor Hira studierten immer noch das Ei. »Ich kann nicht behaupten, daß es überhaupt organisch aussieht.« Professor Hira strich mit seiner feinen

Hand über die Oberfläche. »Daher ist es schwer zu glauben, daß es von etwas Organischem geschaffen wurde. Wir haben soviel in die Luft gepustet. Es wird Jahre dauern, ehe wir in der Lage sind, all das zu analysieren, was wir in den vergangenen paar Wochen getan haben. Doch wenn wir davon ausgehen, daß dieses Ei durch eine Transmutation entstanden ist, dann sind, wie ich glaube, auch weitere Transmutationen möglich. Da wir bisher keine Möglichkeit haben, ähnliche Ergebnisse zu steuern, müssen wir einstweilen warten und zusehen, was geschieht. Unterdessen frage ich mich, was wird mit Ihrer Insel geschehen?«

Major Nye räusperte sich. »Die Menschen können ganz gut auf sich selbst aufpassen, wissen Sie. Wenn sie nur die Chance dazu haben. Meine Vermutung geht dahin, daß es in einigen Teilen ziemlich schlimm sein wird, während man an anderen recht angenehm wird leben können.«

»Wie finde ich denn das, Major?« Lobkowitz war aufgeräumter Stimmung. »Höre ich richtig, daß Sie ein gutes Wort für die Anarchie einlegen?«

»Habe nie viel von Regierungen, von hohen Tieren gehalten. Haben die Frauen eine Chance?«

»Sie werden sie ergreifen.«

»Demnach ist die Gefahr von Machtkämpfen zwischen rivalisierenden Kriegsherren nicht so groß.«

Una näherte sich ebenfalls dem Ei. »Viel hängt davon ab, was es hervorbringt. Wenn überhaupt etwas. Oder was für eine Bedeutung es haben wird. Aber die Männer sollten ...« Sie verstummte. »Ich glaube, wir sollten endlich mal an die Reihe kommen, mehr nicht. Es ist natürlich schwerer, wenn Miss Brunner und ihresgleichen in schlechtes Licht geraten. Sie war ein mächtiger Feind, müssen Sie wissen. Es gab keinen mächtigeren. Sie wußte es. Wenn sie sich selbst umbrachte, dann nur, weil es in ihren Augen keine Aussicht mehr gab, jemand anderen zu töten. Sie war alles, was sie übriggelassen hatte. Seltsam, wie oft so etwas geschieht.«

Nur Prinz Lobkowitz hatte eine Vorstellung von dem,

was andere für ihre geheimen Gedanken hielten. »So sterben alle Tyrannen. Es ist ein Trost. Aber stimmt es auch?«

Unas Abneigung gegen einen sofortigen Aufbruch hatte wenig mit dem zu tun, was sie draußen erwartete. Sie hoffte weiterhin, Catherine würde erscheinen. Sie spürte, daß sie in ihrem Bestreben, Gewalt zu vermeiden, irgendwie für die Ermordung des menschlichen Geschöpfes verantwortlich war, das sie am meisten liebte. Einige sehr düstere Stunden warteten auf sie. Der schwerste Kampf stand ihr noch bevor. »Würde der letzte bitte die Hauptenergieleitung abschalten?« Sie straffte sich. »Lassen Sie nur die kleinen Lampen brennen. Die bleiben für immer in Betrieb.« Den Tränen nahe, ergriff sie Major Nyes freundlichen, neutralen Arm. »Sie haben etwas Positives getan«, meinte er. »Es war ein nutzloses Opfer. Das Ei hat sie abgeschreckt. Ich sah es. Ich sah sie den Berg hinunterrennen wie Kinder, die einem Gespenst begegnet sind – oder dem, was sie für ein Gespenst halten. Oder auch ein Wespennest. Oh, ich kann gar nicht zählen, wie oft ich gestochen wurde, wenn ich mit diesen Nestern herumspielte. Haben Sie das mal gemacht? Als Mädchen? Mit einem Stock herumgestochert, um zu sehen, was geschieht? Verdammt dumm, das zu tun. Ich glaube, ich war immer etwas schwer von Begriff.«

»Aber Sie haben Ihr Herz auf dem rechten Fleck, Major.«

Alvarez, gefolgt von Professor Hira, warf einen letzten Blick auf die Anlage und fluchte halblaut. »Sie sollten endlich versuchen, sich zu beruhigen, alter Freund«, riet der Brahmane ihm. »Der Krieg ist vorbei, wissen Sie?«

»Ist er das jemals? Wir werden sehen.«

Professor Hira legte den großen Schalter um. Zuerst schien das gesamte Zentrum in Dunkelheit zu versinken. Dann machte er allmählich die kleinen Notlampen aus. Zufrieden schloß er die Tür hinter sich. »Ich bin mal gespannt, wie es nach all diesen Jahren draußen auf der Straße zugeht«, sagte er.

»Australien«, sagte Alvarez. Er schmiedete schnell seine eigenen Pläne.

Hira hielt inne. Er dachte, er hätte aus der Höhle einen Laut gehört. Er öffnete erneut die Tür. Er konnte gerade die Schubkarre und das Ei erkennen. Das Ei schien ein schwaches Licht abzustrahlen. Nachdem er die Tür geschlossen hatte, lief Hira den anderen nach.

Sobald sie das Labyrinth verlassen und die Tür neu getarnt hatten, fühlte Alvarez sich besser. »Nun, so schlecht waren wir doch gar nicht, glaube ich.«

Una spürte Hoffnung in ihrem Innern. Auch sie wurde etwas fröhlicher. »Es ist eine Welt der Frauen«, sagte sie. »Mit ein bißchen Glück wird sie das auch noch für einige Zeit bleiben. Sehen Sie mal dort drüben. Was für ein schöner Tag.«

Jenseits des Schlachtfeldes war der Schnee total geschmolzen. Jetzt, beim Verdampfen, verlieh er der Landschaft einen weichen, unwirklichen Schleier. Die Sonne kam durch.

Prinz Lobkowitz blickte zärtlich auf die im Dunst liegenden Berge und Wälder.

Vielleicht hatten sie endlich eine annehmbare Form der Unsterblichkeit entdeckt. Er erkannte, daß er zutiefst zufrieden war. Sogar glücklich.

Die kleine Truppe folgte Una nach unten. Abgesehen vom Flügelrauschen und Geschrei der Raben war der Tor sehr still. Sie schafften es am Ende auch, die Leichen hinter sich zu lassen. Sobald das Lager überwunden war, atmeten sie mehrmals tief durch.

Major Nye und Una wanderten Arm in Arm über die Straße. »Meinen Sie, der arme Cornelius wird auch zu einer Touristenattraktion?« Er seufzte. »Und was ist mit Catherine?«

»Wir werden sehen.« Sie konnte nicht mehr reden.

»Sie sind nicht tot, wissen Sie. Vergessen Sie nicht, daß ich dort draußen war, obgleich ich mich in Deckung befand. Ich schwöre, sie sind untergetaucht. Als sie in Brand gerieten, fiel die Leiter nach innen. Sie wissen ja selbst, daß an diesen beiden etwas verdammt Dauerhaftes ist.«

Una schüttelte den Kopf. »Jerry ist tot, Major. Für immer dahin. Als Jerry auf jeden Fall. Catherine war schon immer die Stärkere.«

»Nun, ich glaube, es bleibt noch eine Menge abzuwarten.«

Sie war abergläubisch. Sie streckte eine Hand aus, um einen dornigen Ast zu berühren, als sie daran vorbeigingen.

Sie war etwas überrascht, daß er noch nicht blühte.

»Werden Sie lange in England bleiben?« fragte Professor Hira Prinz Lobkowitz, als sie stehenblieben, um in einen Buchladen voller Bände von Ashe, Caine und Graves zu schauen.

»Ich muß schon bald in Prag sein. Wir haben keine Ahnung, wie lange es dauern mag, bis diese Dinge sich verbreitet haben. Ich hoffe, ich werde rechtzeitig zum Beginn des neuen Jahrtausends wieder zugegen sein.«

»So lange wird es mindestens noch dauern. Ich beneide Mrs. P. nicht um ihre Aufgabe. Was halten Sie von ihrem Ehrgeiz?«

»Ich habe ihr gesagt, was ich denke. Wenn macht es schon Spaß, Macht aufzugeben? Vor allem wenn es sich um eine Art handelt, die man beiläufig benutzt. Sie kennen meinen Hang zur Vielfalt und zum Variantenreichtum, Professor. Was Unas Arbeit angeht, so gibt es jedoch nur eine einzige moralische Position.«

Er klopfte dem stirnrunzelnden Brahmanen auf den Rükken. »Kommen Sie schon, alter Mann! Wir haben nichts zu verlieren außer Selbstgefälligkeit!«

»Und nichts zu erringen als unsere Ketten.« Alvarez war am Ende ganz offen verächtlich. Er fragte sich, welches der beste Weg war, nach Australien zu gelangen. Dann erinnerte er sich an sein Morgenband. Die *Teddy Bear* lag in Torquay. Wenn er schnell dorthin gelangen würde, könnte er schon bald Kapitän seines eigenen Schiffs sein. »Und Herr meines eigenen verdammten Schicksals«, sagte er zu sich selbst. Als er begann, an den Türklinken der geparkten Wagen zu rütteln, vergrößerte sich der Abstand zwischen ihm und den anderen.

Am oberen Ende der High Street wartete Una, daß Hira und Lobkowitz zu ihr aufschlossen. Der kleine braunhäutige Wissenschaftler und der förmliche blasse Diplomat erschienen wie Cartoonhelden aus einem alten *Comic Cuts*.

»Kommen Sie schon, Alvarez!« rief Hira in einem mühsamen Versuch, Kameradschaft zu demonstrieren. »Wir gehen zur Hyde Park Corner und zum Trafalgar Square und zum Post Office Tower. Ich glaube, wir sind jetzt so etwas wie Jünger, glaube ich. Wir verkünden die Botschaft.«

»Dämliche Bastarde.« Zu seiner tiefen Befriedigung spürte Alvarez, wie die Tür eines Mercedes 350 SL seinem suchenden Daumen nachgab. »O Jesus! Das ist mein Glückstag!« Die Schlüssel hingen nicht am Zündschloß. Das erfreute ihn: eine Gelegenheit, die Drähte zu manipulieren, seine alten Fähigkeiten zu testen, seine Urteilskraft zurückzugewinnen. Die Fahrt nach Torquay würde zu einem seiner glücklichsten Momente werden. Der Techniker pfiff, als er an die Arbeit ging. *»Va va voom, sexy bombshell! Your sarge has copped himself a Mercky.«*

Als die anderen vor der Sankt Benedikt-Kirche stehenblieben, bedachte Alvarez sie mit einem zufriedenen Handzeichen, ehe er zu einem roten Blitz wurde. Er verschwand.

Una gähnte. Sie fragte sich noch immer, warum sie sich soviel besser fühlte.

Als sie sich umschaute, sah sie, daß der Nebel um den Tor dichter geworden war und sich mit dem vermischte, was von dem Qualm noch in der Luft hing. In dem Bewußtsein, ein neues Paradies gefunden zu haben, hüpften Raben von einem Tommy Atkins zum nächsten.

Tief im Innern des Tor machte das Ei, das immer noch aus solidem Gold zu bestehen schien, einen Schlag. Eine Stunde später wiederholte sich der Schlag: das Herz eines phantastischen Monsters im Winterschlaf. Kleine Lampen am Höhlendach funkelten in der feuchten Hitze wie Sterne. Ein schwacher Geruch von Ozon hing in der Luft.

Es dauerte sechs Monate, bis das Ei sprach.

»Es ist eine wohlschmeckende Welt«, sagte es.

Januar/März 1984
London, Paris, London

Der Opium-General

Sie lebten schon seit einigen Wochen in einer Art belagerter Dunkelheit. Anfangs hatte sie das Gefühl der Abgeschiedenheit begrüßt, nachdem das Telefon abgestellt worden war. Sie ignorierten die Vordertür, es sei denn, Freunde kannten das geheime Klopfzeichen. Hinter den Fensterläden war es fast sicher. Nach seiner quälenden Angst hatte Charlie sich für eine Weile beruhigt, aber schon bald war er mürrisch und streitsüchtig geworden. Es gab zu viele Gläubiger. Die Kellerwohnung verwandelte sich in ein Gefängnis, das zu verlassen er Angst hatte. Als sie vor drei Jahren herkam, war die Wohnung ihr wie eine Schatzkammer vorgekommen; nun betrachtete sie sie lediglich als einen Nachweis seiner unerfüllten Träume: seine zur Hälfte gelesenen Bücher, seine Comics, sein Spielzeug, seine Synthesizer reizten ihn nicht mehr, dennoch wehrte er sich dagegen, nur ein einziges seiner zerbrochenen Spitfire-Modelle wegzuwerfen. Sie waren Symbole seines früheren Wesens, einer glorreichen Vergangenheit. Als sie vorschlug, einen Spaziergang zu machen, sagte er: »In Notting Hill kennen mich zu viele Leute.« Er meinte damit die Kunden, die er übers Ohr gehauen hatte, indem er Geld für Drogen nahm, die er niemals lieferte, und die wichtigen Händler, die er nie bezahlte. Er versuchte, eine Einheit aus seinen vielen Frustrationen zu formen: ein allgemeines Muster, ein berechnetes Komplott gegen ihn. Ein Freund wurde bei einem Streit um Drogen in einem Haus in der Talbot Road ermordet. Er glaubte, daß das Messer für ihn bestimmt gewesen war. »Ich habe mir zu viele Feinde gemacht.« Er steckte in einer Phase des Selbstmitleids.

Sie lenkte ihn so gut es ging von seiner Paranoia ab. Sie

fürchtete sich vor einer offenen Instabilität, lernte es jedoch, völlig ruhig und entspannt zu sein, solange die Anzeichen nicht offen dalagen, sondern verborgen blieben. Als Antwort auf ihre Nervosität riß er sich in der einzigen Weise zusammen, die er kannte: Er hielt das angemessene Image aufrecht. Er sagte, es sei an der Zeit, den Kopf nicht hängen zu lassen und sich zusammenzureißen. Sie war sofort zufrieden, ihre Zuneigung zu ihm war wiederhergestellt, und sie hatte weitermachen können. Er wurde wie Leslie Howard in einem alten Kriegsfilm. Sie versuchte jemanden zu finden, der ihm helfen konnte. Diese schreckliche Ungewißheit hielt ihn davon ab, sein Bestes zu geben. Wenn er sich befreien konnte, vielleicht etwas Geld verdiente, dann könnten sie von vorne anfangen. Er wollte einen Roman schreiben: in Inverness, dachte er, wo er in einem Hotel gearbeitet hatte. Sobald sie erst einmal weg waren, dann würde sie ihn schon zur Ruhe bringen, dann würde er wieder so sein wie früher. Doch es blieb immer noch das Mißtrauen, daß er am Ende den Wahnsinn als Ausweg wählen würde. Seine Freunde sagten, er würde ständig den Weg in eine Irrenanstalt suchen, wo er keine persönliche Verantwortung tragen mußte. Er sagte jedoch, es sei eine chemische Sache.

»Niemand ist hinter dir her, Charlie, wirklich.« Sie hatte Stunden damit verbracht, all die großen Dealer zu überreden. Einige von ihnen besuchte sie persönlich. Sie versicherten ihr mit herablassender Verachtung, daß sie ihre Außenstände längst abgeschrieben und ihn vergessen hätten, allerdings auch nie wieder mit ihm Geschäfte machen würden. Der Hauswirt hatte versucht, bei ihnen die nicht bezahlte Miete für ein ganzes Jahr einzutreiben und war unnötig grob gewesen, als sie ihn das letzte Mal um Aufschub gebeten hatte. Sie gab sich selbst die Schuld. Sie hatte sich danach gesehnt, die Euphorie ihrer ersten gemeinsamen Wochen wiederzuerwecken. Damals hatten sie viel Geld zur Verfügung gehabt oder zumindest Kredit. Sie hatte gezielt die Stimme ihres gesunden Menschenverstandes zum Schweigen gebracht. In ihrer berauschten Passivität hatte sie sich von ihm überzeugen lassen, daß aus seinen wilden Phantasien irgend etwas Konkretes herausspringen würde; sie verband ihre eigenen beträchtlichen manipulativen Fähigkeiten mit den seinen und erzählte seinem Bankmanager von all den Schallplattenfirmen, die an seinen Werken interessiert waren, von der geplanten Tournee, von dem Ex-Agenten, der ihm ein Vermögen schuldete. Das baute ihn kurzfristig auf, und er wurde wieder zu dem hochgewachsenen, rothaarigen, attraktiven Träumer, als den sie ihn kennengelernt hatte. »Partner in Sachen Scheiß«, sagte er fröhlich. »Du solltest auf die Bühne gehen, Ellie. Du kannst in meiner nächsten Show als Star auftreten.« Gerade seine gutgelaunte Sorglosigkeit angesichts seiner Schwierigkeiten hatte ihn für sie vor drei Jahren so attraktiv erscheinen lassen, als sie ihr Zuhause verließ, um mit ihm hier zusammenzuleben. Sie hatte nicht erkannt, daß niemand im Musikbusiness mit ihm zusammenarbeiten wollte, nicht einmal bei Studiosessions, weil er sich manchmal so verrückt benahm.

Sie wußte, es waren seine Nerven, aber er konnte so grob zu ihr sein, zu jedem, und einen furchtbaren Eindruck hinterlassen. Bei seinem letzten Gastauftritt in Dingwalls hatten die Roadies bewußt seinen Sound sabotiert, weil er so arrogant gewesen war. Und Jimmy hatte ihr später ernst erklärt: »Man kann es sich nicht leisten, hochnäsig auf die Roadies runterzuschauen, Ellie. Sie können einem den ganzen Set vermasseln.« Jimmy war in ihrer ersten psychodelischen Band Charlies Partner gewesen, hatte sich von ihm getrennt, als Charlie zum drittenmal im Knast landete. Es war ein schlimmes Zeichen, hatte Jimmy ihr erklärt, wenn Charlie anfing, seine ›Armeekluft‹ zu tragen, wie er es bei dem Dingwalls-Gig getan hatte.

Während der vergangenen zwei Wochen hatte Charlie seine Uniform die ganze Zeit getragen. Es schien ihm daraufhin besser zu gehen. »Achte auf Scharfschützen, Algy«, warnte er sie, wenn sie einkaufen ging. Er ließ die Fensterläden der vorderen Zimmer geschlossen, lag den ganzen Tag im Bett, blieb nachts auf und drehte sich Zigaretten und spielte mit seinem kleinen Casio Synthesizer. Er brauche R & R, sagte er. Als sie ihn aus Gereiztheit angefahren hatte, er solle nicht so albern sein und Soldat spielen, hatte er sich mit sorgenvollem Gesicht von ihr abgewandt: ein militärischer Märtyrer, ein anständiger Engländer, der gezwungen ist, sich mit dem schmutzigen Kriegsgeschäft abzugeben. »Dies ist für uns alle kein Vergnügen.« Sein Vater war Sergeant in der Royal Artillery gewesen und hatte immer den Wunsch gehabt, daß Charlie nach Sandhurst ginge. Seine Eltern waren jetzt in Afrika und betrieben dort einen Bulawayo Gemischtwarenladen. Gelegentlich sprach er sie mit dem Titel Sergeant-Major an. Gläubiger wurden zum Feind; er brauchte weitere Soldaten, Verstärkungen, Nachschub. »Wie wäre es mit einer Tasse Kaffee, S'a'rnt-Major?« und sie mußte aufstehen und ihm eine bereiten. Seine alten Freunde kannten diese Rolle. Sie halfen ihr nicht, indem sie das Spiel mitspielten. »Wie geht's dem General?« fragten sie. Er holte seine militärischen Publikationen heraus, seine Abzeichen, seine Zinnsoldaten, eine Luftkarte. Sie bedeckten jetzt jede Wand. Er las das Buch von Biggles und alte Ausgaben des *Eagle.*

Sein letzter Telefonanruf hatte Gordon in Camden gegolten. »Guten Morgen, Feldmarschall. Große Schwierigkeiten bei uns. Permanent unter Feuer. Soldaten brauchen Nachschub. Was können Sie heranschaffen?« Gordon, sein Haupt-Kokainlieferant, sagte ihm, er könne ihm am Arsch lecken. »Der Bursche ist zum Feind übergelaufen.« Charlie weinte fast. »Macht sich in die Hosen. Ist aus dem falschen Holz geschnitzt.« Sie schob sich die langen hellen Haare aus ihrem kleinen ovalen Gesicht und bat ihn, normal zu reden. »Niemand wird dich ernst nehmen, wenn du eine so komische Stimme hast.«

»Weiß gar nicht, was du meinst, Alte.« Er rückte seine schwarze Mütze auf seinem geschorenen Kopf gerade. Er war schon immer eitel gewesen, doch nun verbrachte er die Hälfte seiner Zeit vor dem Spiegel. »Jetzt sag mir ja nicht, daß auch du kurz vor dem Zusammenbruch stehst.« Er fuhr mit dem Motorrad nach Brixton und kam mit Bargeld zurück und behauptete, man hätte ihn beim Preis betrogen. »Wir werden für einige Zeit einige Transport- und Logistikprobleme haben, S'a'rnt-Major. Aber wir werden es schon irgendwie schaffen, was? Am dunkelsten ist es immer vor dem Sonnenaufgang und so weiter.« Sie hatte gerade begonnen, ihm neuen Mut zu machen, als er düster hinzufügte: »Aber ich glaube, du wirst als nächste desertieren. Man bekommt einfach nicht mehr die Qualität von Frontsoldaten.« All seine anderen Freundinnen hatten ihn am Ende nicht mehr ertragen können. Sie schwor, daß sie sich nicht genauso verhielt. Sie bereitete ihm eine Tasse Tee und sagte ihm, er solle sich ins Bett legen und sich ausruhen: ihre eigene universelle Medizin. Bei ihr schien es immer zu wirken. Vage erkannte sie seine verzweifelte Suche nach Sicherheit und Ordnung, doch sein ›General‹ machte sie allmählich mürbe. Sie bat ihre Mutter, für zwei Tage zu ihnen zu kommen. »Du solltest etwas für dich alleine tun, Liebes«, sagte ihre Mutter. Sie wurde durch Charlies Rollenspiel verwirrt. »Such dir eine kleine Wohnung und einen Job.«

Ellie spreizte ihre kurzen Finger auf der Tischplatte und starrte sie an. Sie fühlte sich am ganzen Körper taub. Er hatte ihre Sinne geweckt, daß sie zischten und blitzten wie ein Feuerwerk; nun fühlte sie sich verbraucht. Sie sehe schrecklich aus, sagte ihre Mutter. Sie sei zu dünn, trage zuviel Make-up und benutze zuviel Parfüm. Charlie möge es, sagte sie. »Er tut überhaupt nichts für dich. Für dein Wohlbefinden!« All das brachte sie im Flüsterton vor, während Charlie im Zimmer nebenan schlief.

»Ich kann ihn jetzt nicht im Stich lassen.« Ellie polierte sich die Fingernägel. »Jeder schuldet ihm Geld.« Aber sie wußte, daß sie einerseits zuviel Angst hatte, ihn zu verlassen, und daß sie ihm andererseits mehr gegeben hatte, als ihm zustand, so daß er ihr noch etwas schuldete. Da war niemand mehr, der sie unterstützt hätte; sie war ausgelaugt. Es lag alleine an ihm. Sie würde ihm wieder auf die Beine helfen, dann würde er ihr anschließend helfen.

»Bei uns zu Hause ginge es dir besser«, sagte ihre Mutter

zweifelnd. »Vater ist viel ruhiger als früher.« Ihr Vater haßte Charlie. Seltsam war nur, daß die beiden in vielen Dingen überaus ähnlich waren. Ihr Vater erinnerte sich voller Nostalgie an den Krieg und an sein Panzerregiment.

Sie und ihre Mutter gingen zusammen zu Tesco's. Die Portobello Road war dicht bevölkert wie immer, voll von farbigen Frauen mit Körben und Einkaufstaschen, Pakistanifrauen in Saris, die zwei oder drei Kinder an der Hand hatten, alte Hippies in weiten, armseligen Mänteln, irische Säufer, Zigeuner, einige Frauen der Mittelschicht von der anderen Seite von Ladbroke Grove. Ihre Mutter haßte die Straße; sie wollte, daß sie in eine andere, respektablere Gegend zogen. Sie schoben den Einkaufswagen durch den Supermarkt. Ihre Mutter bezahlte das Gemüse. »Wenigstens kommst du wieder zu dir selbst«, sagte sie. Sie war eine kleine, gequälte Frau. Ihr Gesicht glich einer beständigen Maske. Auch den allgemeinsten Erklärungen gegenüber verhielt sie sich taub. »Bring Charlie für zwei Wochen nach Worthing. Das wird euch beiden guttun.« Aber Charlie wußte, genausogut wie die anderen, daß er und Ellies Vater sich schon nach einem Tag in der Wolle haben würden. »Muß im Hauptquartier bleiben«, sagte er. »Die Lage könnte sich jeden Augenblick entspannen.« Er versuchte, neue Texte für Jimmys Band zu schreiben, aber sie glichen zu sehr jenen, die sie vor zehn Jahren gemeinsam geschrieben hatten, über den Krieg und die Atombomben und die kosmischen Soldaten. Ihre Mutter kehrte mit einem ernsten, melancholischen Gesicht nach Worthing zurück; ihre Schultern waren von dreißig Jahren unterwürfiger Verzagtheit ganz rund geworden. Ellie bemerkte, daß auch ihre eigenen Schultern sich nach vorne schoben und den Rükken wie einen Buckel erscheinen ließen. Sie gab sich Mühe, sie zu straffen, und dann hörte sie in Gedanken Charlie (oder war es ihr Vater?) sagen: »Bauch rein, Brust raus«, und sie ließ sich wieder nach vorne sacken. Dieser als Selbstverteidigung entwickelte Trotz war das einzige, was sie sich selbst gestattete.

An jenem Abend verbrannte er alle Texte. »Streng

geheime Dokumente«, nannte er sie. Als sie ihn anflehte, aufzuhören, und sagte, daß jemand sie sicherlich kaufen würde, raunzte er sie an. »Wenn du so scharf auf Geld bist, warum gehst du dann nicht los und verdienst etwas?« Sie hatte Angst, ihn sich selbst zu überlassen. Er würde alles mögliche anstellen, während sie weg war. Schon nach fünf Minuten hätte er eine neue Freundin. Er konnte es nicht ertragen, alleine zu sein. Sie hatte ihn als sensibel und verletzlich eingeschätzt, als er ihr den Hof gemacht hatte. Sie hatten sich in einem Pub unweit der Music Machine kennengelernt. Er schien an ihr sehr interessiert zu sein und wirkte reizend frech, schüchtern und aufmerksam zugleich. Er hatte sie zum Lachen gebracht. Sie hatte ihn ein wenig bemuttert, vermutete sie. Sie hätte alles für ihn getan. War das vielleicht ein Fehler gewesen?

»Du mußt herausfinden, was du willst«, sagte ihre vulgäre Freundin Joan, die mit einem ehemaligen Radrennfahrer zusammenlebte. »Sei unabhängig.« Joan arbeitete in einem Reformhaus und beschäftigte sich mit Feminismus. »Laß dich nicht von irgendeinem Idioten fertigmachen. Sei dein eigener Herr.« Aber Joan war bisexuell und hatte ein Auge auf Ellie geworfen. Ihrer Objektivität war nicht zu trauen. Joan hatte Probleme mit ihrem Lebensgefährten, doch sie schienen sich nicht voneinander trennen zu wollen.

»Ich weiß nicht, wer ich bin.« Ellie starrte den victorianischen Schirm an, den Charlie ihr geschenkt hatte. Auf ihm befanden sich Bilder von Lancers und Guardsmen, die bereits bräunlich verfärbt waren. »Ich habe gelesen, wir alle definieren uns selbst durch andere Menschen, nicht wahr?«

»Nicht so sehr wie du, Liebes«, sagte Joan. »Wie wäre es mit ein paar Tagen Urlaub? Wir könnten im nächsten Monat in ein Landhaus in Wales fahren. Eine Zeit ohne unsere Typen würde uns beiden mal guttun.«

Ellie versprach, darüber nachzudenken. Sie verbrachte nun die meiste Zeit des Tages in der Küche und starrte von dort aus in den unkrautüberwucherten Hof. Sie stellte in

Gedanken Listen auf; Listen von Dingen, die sie verkaufen könnten, Listen von Kleidung, die sie kaufen würde, Listen von Orten, die sie gerne einmal besuchen würde, Listen von Menschen, die Charlie vielleicht helfen könnten. Sie hatte auch irgendwo eine Liste mit all ihren Schulden. Sie erwog eine Liste von Musikern und Managern, die sie kannte. Aber zur Zeit war Charlie nur an Leuten interessiert, die ihm zu Drogen verhelfen würden. Doch niemand überließ ihm auf Kredit mehr als einen Joint. Es war widerlich. Die Leute meldeten sich, weil man ihnen vielleicht helfen konnte. Doch sobald man nicht mehr von Nutzen für sie war, dann ließen sie einen fallen. Charlie würde nicht zulassen, daß sie so redete. Er sagte, es sei alles ihre Schuld. Sie hetze die Freunde gegen ihn auf. »Warum haust du nicht ab? Du hast dir alles unter den Nagel gerissen, was ich mal hatte.« Aber als sie anfing zu packen (wobei sie wußte, daß sie niemals weggehen würde), gestand er ihr, daß er sie brauche. Sie sei alles, was ihm noch geblieben wäre. Es täte ihm leid, ein solches Schwein zu sein.

»Ich glaube, ich bringe dir Unglück.« In Wirklichkeit meinte sie etwas anderes, das in ihr Bewußtsein eindringen zu lassen, sie Angst hatte. Er war schwach und selbstsüchtig. Sie hatte in allem zu ihm gestanden. Aber wahrscheinlich hatte er recht, wenn er ihr die Schuld gab. Sie hatte sich von seinem Witz, seinem Lächeln, seinem schlanken, nervösen Körper täuschen lassen. Sie hätte ihn schon eher auf die Erde zurückholen sollen. Sie hatte gewußt, daß alles schieflief, hatte aber geglaubt, irgend etwas würde schon auftauchen, um sie zu retten. »Können wir von hier weggehen?« hatte sie ihn eines Nachmittags gefragt. Im Raum war es beinahe dunkel. Sonnenlicht fiel auf die polierte Tischplatte zwischen ihnen; ein einziger Strahl, der durch einen Spalt in der Rollade hereinfiel. »Was ist denn mit deinem Freund in Tanger?« Sie zupfte unwillkürlich an dem Brokatstuhl, den seine Exfrau hier stehengelassen hatte. Sie hatte das Gefühl, sie hätte sich hinter einer Mauer verschanzt, die ihr Körper war, angemalt, rasiert, parfümiert;

eine Lüge von Sexualität und Unterwürfigkeit. Sie hatte jede Sehnsucht verloren.

»Damit der Feind die Wohnung ausräumt, während wir weg sind? Du mußt daran denken, Sergeant-Major, daß Eigentumsdelikte etwa neun Zehntel aller Verbrechen ausmachen.« Er lag in seinem roten Windsorschaukelstuhl. Er trug nichts als seine Armeekluft mit einem breiten Gürtel um den Bauch, einem eindeutigen Zeichen seiner Unsicherheit. Er zog seine nachgemachte Luger aus dem Halfter und überprüfte ihre Funktionen. Sie starrte auf das rötliche Haar auf seinen dicken Handgelenken, auf die Flecken an seinen Fingern, die auf das frühe Stadium einer Krankheit hindeuteten. Seine großen, flachen Wangenknochen schienen zu glühen; unter seinen Augen befanden sich dicke Tränensäcke. Er war fast vierzig Jahre alt. Er wehrte sich mit der gleichen Heftigkeit gegen die Sterblichkeit, wie er etwas bekämpfte, das er die ›eitle Welt‹ nannte. Sie hatte auf eine abstrakte Art und Weise Mitleid mit ihm. Sie dachte noch immer gelegentlich an Leslie Howard in den Gräben. »Können wir dann nicht ein paar Tage auf Vinces Hausboot verbringen?«

»Vince hat sich nach Shropshire zurückgezogen. Ein non-pukkah wallah«, sagte er spöttisch. Er und Vince hatten oft Offiziere der Indischen Armee gespielt. »Seine alte Dame macht ihm die Hölle heiß. Er hätte sie nicht mit an Bord nehmen sollen. Frauen bringen einen immer in Schwierigkeiten.«

Er sah weg.

Sie war dankbar für den Wutanfall, der sie auf die Füße kommen ließ und sie in die Küche trieb. »Du undankbarer Bastard. Du hättest diesen verdammten Schwanz in der Hose lassen sollen, klar?« Sie hatte sich von ihrer Abscheu vor ihrem eigenen schlimmen Urteil mitreißen lassen. Sie seufzte und wartete darauf, daß er genauso wütend reagierte. Sie wandte sich um. Er blickte traurig auf seine Luger und schob sie zurück ins Halfter. Er stand auf, zupfte an den Falten seines Khakizeugs und strich über das Gewebe. Er rückte seine Mütze vor dem Spiegel zurecht, räusperte sich. Er war blaß. »Wie wäre es, wenn Sie jetzt ein Frühstück organisieren würden, Sergeant-Major?«

»Ich gehe Brot holen.« Sie nahm die schottische Pfundnote aus der Blechdose auf dem Kaminsims.

»Bleib nicht zu lange. Der Feind kann jeden Augenblick zuschlagen.« Eine Sekunde lang sah er aus, als hätte er wirklich Angst. Er spuckte ein wenig, wenn er sprach. Sein Haar brauchte eine Wäsche. Normalerweise war er, wenn es um seine äußere Erscheinung ging, ziemlich penibel, aber er hatte schon seit Tagen nicht mehr richtig gebadet. Sie hatte nicht gewagt, darüber zu sprechen.

Sie stieg die Treppe hinauf. Auf dem Powys Square herrschte ein lärmendes Durcheinander von Kindern, die Cowboy und Indianer spielten. Sie brachten sie in Rage. Sie war fünfundzwanzig und fühlte sich Hunderte von Jahren älter als sie, älter als Charlie, älter als ihre Mum und ihr Dad. Vielleicht werde ich endlich erwachsen, dachte sie, als sie in die Portobello Road einbog und vor der Bäckerei stehenblieb. Sie starrte auf die Brotlaibe und tat so, als würde sie etwas Bestimmtes suchen. Sie betrachtete das goldbraune Brot und atmete den süßen, warmen Duft ein; sie sah ihr Spiegelbild in der Schaufensterscheibe. Sie trug ihren maßgeschneiderten Rock, eine Seidenbluse, Strümpfe, Spitzenbüstenhalter und Schlüpfer. Gewöhnlich sah er sie am liebsten so weiblich, aber manchmal gefiel sie ihm in jungenhafter Aufmachung besser. »Das ist der Soldat in mir.« Sie war sich nicht sicher, was sie jetzt tragen sollte. Sie betrachtete sich erneut. Es war alles eine Lüge. Dann wandte sie sich von der Bäckerei ab und ging weiter, vorbei an Obstbuden, an Ständen voller Avocados und Savoys, Tomaten und Orangen, zu dem Trödelladen, wo sie vor zwei Wochen ihre letzten Schätze gelassen hatte. Sie inspizierte eingehend jede elektronische Uhr und jeden alten Ring im Schaufenster und sah nichts, was ihr gefiel. Sie überquerte die Straße. Farbige Männer lungerten auf der Straße herum und tranken aus Flaschen, in die üblichen Flachsereien vertieft; sie hoffte, daß niemand sie erkannte. Sie ging den Elgin Crescent hinunter, vorbei an dem Zeitungshändler, bei dem sie noch Schulden hatte, und in das Kirschen- und Apfelblütenmeer der gepflegten Spring-Gegend. Die Blumen umwogten ihre Pumps wie eine plötzliche Flutwelle. Ihre Farben, pink und weiß, blendeten sie beinahe. Sie atmete schwer. Der Duft traf ihre Nase wie durch einen Filter, er hatte keine tröstende Wirkung mehr. In einem Anfall von Schwäche ließ sie sich auf einer Begrenzungsmauer vor einem großen Haus nieder, Einkaufstasche und Geldbörse in der linken Hand und mit der rechten automatisch über den Beton streichend, verzweifelt auf eine Empfindung hoffend. Normale Gefühle waren alles, was sie sich wünschte. Sie hatte keine Ahnung, wohin sie entschwunden waren. Ein normales Leben. Sie sah ihre eigenen romantischen Vorstellungen wie einen faulenden Zahn mit einer Goldkrone. Ihr Kiefer schmerzte. Sie blickte nach oben durch die Blumen zum blauen Himmel, an dem scharf umrissene Wolken langsam auf die Sonne zutrieben, wie Kulissen auf einer Bühne. Sie bekam plötzlich Angst, wollte zurückgehen: Sie mußte das Brot holen, ehe die Szene endete und der Tag wieder grau wurde. Aber sie brauchte diesen Frieden so dringend. Sie wurde noch nervöser, als ein dunkelhäutiger Junge in einem billigen schwarzen Samtanzug vor sich hin pfeifend vorbeiging. Mit ein wenig Mühe hätte sie ihn attraktiv finden können, aber sie hatte nicht mehr die Energie. Panik ließ ihr Herz schneller schlagen. Charlie konnte jetzt jeden Moment durchdrehen. Er könnte sämtliche Möbel vor Türen und Fenstern aufstapeln, wie er es schon einmal gemacht hatte, oder sich entschließen, seine Geräte neu zu verkabeln (er war für praktische Arbeiten total ungeeignet) und einen Wutanfall bekommen, alles mögliche zerschlagen und sie dafür verantwortlich machen, daß eine Sicherung durchgebrannt war. Oder er trieb sich draußen auf der Straße herum und versuchte, seine Nachbarn zu einer Reaktion zu veranlassen, indem er sie lockte, sie beleidigte oder besonders nett zu ihnen war. Oder er war im Princess Alexandra und suchte jemanden, der ihm das Geld für ein Gramm Koks oder ein halbes Gramm Smack lieh und sich bis zur Polizeistunde an der Theke herumdrückte, da er versprochen hatte, zurückzukommen: sein Ego, wie er es manchmal tat, mit einem Schwindel wiederaufbaute. In diesem Fall konnte er in ernste Schwierigkeiten geraten. Alle meinten, bisher habe er Glück gehabt. Sie vergaß das Brot und eilte nach Hause zurück.

Die Kinder schrien und kreischten noch immer, als sie auf den Platz gelangte und ihn gerade noch um die Ecke des gegenüberliegenden Gebäudes verschwinden sah. Er trug seine Kampfmütze, seine Fliegerjacke, seine Armeestiefel, seine Sonnenbrille. An seinem Gürtel hatte er seine Spielzeug-Luger und sein Messer. Sie zwang sich, den Impuls zu unterdrücken, ihm nachzulaufen. Zitternd stieg sie die Treppe zur Kellerwohnung hinunter, schob den Schlüssel in das Schloß der Tür, drehte ihn herum und trat ein. Im gesamten vorderen Zimmer herrschte ein Durcheinander, als hätte er nach irgend etwas gesucht. Der Korbsessel war umgekippt. Der Bambustisch war verschoben. Als sie ihn zurechtrückte (denn sie war von Natur aus ordentlich), entdeckte sie die Nachricht. Er hatte ein Jeep-Modell als Beschwerer benutzt. Sie zerknüllte den Zettel. Sie ging in die Küche und setzte den Wasserkessel auf. Während sie darauf wartete, daß das Wasser im Kessel zu kochen begann, strich sie den Zettel auf dem Abtropfbrett glatt:

14.00 h. Befehl aus dem HQ, direkt die Kampfzone aufzusuchen. Werde mich bei Andauern der Feindseligkeiten melden. Traue niemandem. Halte die Stellung.

– BOLTON, KvD, Sektor Sechs.

Ihre Beine drohten nachzugeben, als sie zum Wasserkessel zurückging. Innerhalb von drei oder vier Tagen würde er wahrscheinlich auf irgendeinem Polizeirevier oder in einem Irrenhaus auftauchen. Er würde sich als freiwilliger Patient melden. Er hatte kapituliert.

Ihr ganzer Körper bebte jetzt vor Erleichterung im Bewußtsein ihres eigenen Versagens. Am Ende hatte er doch gewonnen. Er konnte immer gewinnen. Sie ging zur Tür zurück und schob oben und unten die Riegel vor. Sie öffnete die Fensterläden. Sie bereitete sich eine Tasse Tee und setzte sich an den Tisch, stützte das Kinn in die Hand und starrte durch die Gitterstäbe des Kellerfensters. Der Tee wurde kalt, aber sie trank weiter davon. Sie war aus dem Wettbewerb ausgestiegen. Sie beugte sich ihrem Schicksal.

Ingleton, Yorkshire
Mai 1982

Unterwegs nach Kanada

Ich bekam den Marschbefehl nach Kanada; dieses Eldorado der Privilegien und gebrochenen Versprechungen: nach Toronto. Mein Chef begriff überhaupt nichts, als ich Enttäuschung zeigte. »Kanada! Jeder möchte dorthin!«

»Ich war schon mal in Toronto«, erklärte ich ihm.

Er wußte es. Er wurde mißtrauisch, daher sagte ich, ich hätte nur einen Scherz gemacht. Ich kicherte, um das zu bekräftigen. Sein altes, großrussisches Gesicht, geformt von den Einflüssen der verschiedensten Diktaturen, zeigte ein leichtes Wahnsinnslächeln. »Sie sollen Belko aufsuchen, einen Emigranten. Er ist der einzige Belko im Telefonbuch.«

»Sehr wohl, Viktor Andrejewitsch.« Ich nahm den bunten Papierumschlag mit Tickets und Geld entgegen. Diese Ausstattung war ungewöhnlich. Meine Tarnung gestattete mir normalerweise, selbst für meine Lebenshaltungskosten zu sorgen. Ich arbeite als Antiquitätenhändler in der Portobello Road.

»Belko weiß, warum Sie ihn aufsuchen. Er wird Ihnen mitteilen, was Sie wissen müssen. Ich nehme an, es betrifft einige amerikanische Pläne.«

Ich tauschte mit ihm einen Händedruck aus und stieg die mit einem grünen Teppich belegte Treppe in den Regen Ost-Londons hinunter.

Während unseres Bürgerkrieges gaben viele vor, Bolschewisten zu sein, um die Ortsgemeinschaften zu terrorisieren. Nach dem Krieg hatten diese Leute als Kommissare weitergemacht. Ihre Klasse war es gewesen, die die meisten der ursprünglichen Marxisten vertrieben hatte. Stalin wurde zu ihrem Führer und Vorbild. Mein Vater war ein Mitglied dieser neuen Aristokratie gewesen.

Ebenso wie die Ordnung, die sie ersetzt hatte, hatte unsere Aristokratie auf Banditentum gegründet und war durch eine orthodoxe Frömmigkeit erhalten worden. Ich war ein jüngerer Sohn ohne nennenswertes väterliches Erbteil. Früher wäre ich Priester geworden oder zur Armee gegangen. Ich schloß mich der modernen Kombination von beidem an, dem KGB. Der KGB bietet eine weitaus konventionellere und sympathischere Stellung, als die meisten Westler sich vorstellen. Dort vergnügte ich mich zuerst als subalterner Bürokrat in einer Moskauer Abteilung, später als Spezialbeamter auf einem unserer Passagierschiffe, das zwischen Leningrad und New York, Odessa und Sydney verkehrte. Später wurde ich Geheimagent in London, wo ich bis vor kurzem zwölf relativ ereignislose Jahre verbracht habe. Ich schmeichelte mir selbst, daß meine Herkunft und mein Charakter mich für die Rolle eines heruntergekommenen versoffenen Händlers in alten Möbeln und überteuertem Krimskrams prädistinierten. Es wurde allgemein angenommen, daß ich ein ausgebürgerter Pole sei, und ich hatte in der Tat den Namen und den britischen Paß eines solchen Emigranten an mich bringen können; er war aus einer Laune heraus freiwillig nach Polen zurückgekehrt und hatte uns in einem freundschaftlichen Handel seine alte Identität verkauft. Wir ebneten ihm dafür den Weg zu den Krakauer Verwaltungsorganen, die ihm neue Papiere ausstellten, und besorgten ihm eine Wohnung und einen Job.

Mein Name in London war Tomas Dobrowsky. Zu meinem eigenen Vergnügen zog ich den Namen Tom Conrad vor. Dieser Name zierte in der ›modernen‹ Schrift der dreißiger Jahre meinen Laden. Ich zahlte Steuern, Mehrwertsteuer und besaß eine TV-Lizenz. Obgleich ich nicht den gesteigerten Wunsch hatte, meine Rolle für immer weiter zu spielen, genoß ich sie auf Grund ihrer totalen Gefahrlosigkeit und dem damit einhergehenden Gefühl der Sicherheit, die sie mir vermittelte. Nun, da ich im Begriff war, kurzfristig in die reale Welt zurückzukehren, würde ich mir ein neues Milieu suchen müssen.

Ein Sowjetbürger braucht ein Milieu, denn seine Konditionierung macht ihn zu einem totalen Kind. Alles reicht dafür aus. Daher ist das Milieu oft simple Sklaverei. Selbst ich, von jüdisch-ukrainischer Herkunft (durch meine Großmutter), brauche dieses Gefühl der Gebundenheit. Es ist wahrscheinlich kein Zufall, daß Kropotkin, der Begründer des modernen Anarchismus, Russe war: Seine trotzigen Ansichten stehen in direktem Gegensatz zu unseren Bedürfnissen, die insgesamt autoritärer Natur sind.

Mein Vater war Marinemaat gewesen. Später wurde er ›Kommissar‹ einer kleinen Stadt in Belorußland. Er hatte elf weitere desertierte Seeleute bei sich, als er Anfang 1918 dort ankam. Sie stellten sich als Bolschewisten vor. Er hatte eine Lederjacke und zwei Mauser-Pistolen in seinem Gürtel getragen, und er hatte so gut wie nie seine Matrosenmütze abgenommen. Irgendwie zog der Bürgerkrieg die Stadt kaum in Mitleidenschaft, daher verbrachte die Bande dort eine recht angenehme Zeit.

Mein Vater suchte fünf Mädchen vom örtlichen Gymnasium für sich selbst aus und überließ die anderen seinen Männern. Er unterwies die Mädchen in jeder Ausschweifung. Als der Bürgerkrieg zu Ende ging und es sich abzeichnete, wer gewonnen hatte, schaffte mein Vater die Mädchen nicht beiseite (wie er es durchaus hätte tun können – es war die allgemeine Praxis), sondern ließ sich aus den Werken von Marx und Engels, aus Lenins Schriften, aus der *Prawda* und der *Iswestija* vorlesen, bis er und sie mit der neuen Lehre vertraut waren. Dann schuf er aus seinen Spießgesellen den Kern der örtlichen Partei, schickte vier der Mädchen (nunmehr vollwertige Komsomol-Führerinnen) als Lehrerinnen zurück ans Gymnasium und heiratete Vera Wladimirowna, meine Mutter.

Nach einiger Zeit wurde er als Vorbild für die Gemeinschaft gelobt und erhielt vom Staat als Auszeichnung eine Medaille. Während der Hungersnöte der nächsten Jahre fehlte es ihm und meiner Mutter an nichts. Während der Säuberungsaktionen schienen sie niemals gefährdet zu sein. Sie hatten zwei Kinder, einen Jungen und ein Mädchen.

1936 war mein Vater in Parteigeschäften unterwegs, und 1938 kam ich zur Welt. Der junge Dichter, der mich gezeugt hatte, wurde daraufhin in ein Arbeitslager gesteckt und starb dort. Ich hatte mich lange als heimlichen Bewahrer seines Blutes betrachtet. Mein Vater war in den meisten Dingen ein Realist. Er zog es vor, mich als seinen eigenen Nachkommen anzuerkennen, anstatt den Skandal zu riskieren, seinen Namen mit dem des Dichters in Verbindung zu bringen. Meine ältere Schwester kam während des Krieges ums Leben. Mein älterer Bruder wurde während der Belagerung von Stalingrad zum Helden. Er leitete später ein großes Kraftwerk in der Nähe von Smolensk am Dnjepr. Er war ein selbstzufriedener Mann, der immer das Richtige dachte.

»Ein wenig Schmerz«, pflegte meine Mutter zu ihren Freundinnen zu sagen, »macht aus uns allen brave Mädchen.«

Mein Vater brachte seinen Mädchen bei, ihm die Füße, die Beine, die Genitalien und den Arsch zu küssen. Meine Mutter war darin hingebungsvoller als ihre Rivalinnen, was der Grund dafür ist, daß er sie zu seiner Ehefrau machte. Und wieder benahm sie sich typisch russisch. Sie war in allen Dingen unterwürfig, aber wenn er nicht im Hause war, dann verhielt sie sich leichtsinnig. Die russische Seele ist mit den Wunden eines Masochisten zu vergleichen. Sie ist ein beängstigendes, genußsüchtiges, unendlich sentimentales Preisgeben jeglicher individueller Verantwortung: Sie ist schizophren. Mehr als anderswo geht persönliches Leid mit Tugend einher.

Meine Großmutter wurde offenbar von einem jungen Juden vergewaltigt, und meine Mutter war das Ergebnis. Der Jude wurde kurz danach während eines auf Grund dieser Affäre veranstalteten Pogroms getötet. Das geschah in Jekaterinaslaw während des letzten Jahres des neunzehnten Jahrhunderts. Meine Großmutter wollte nie eindeutig bestätigen, daß es eine Vergewaltigung gewesen war. Ich erinnerte mich, wie sie mir zuzwinkerte, als dieses Wort einmal gesprächsweise fiel. Mein Großonkel, der überlebende Bruder des Toten, erzählte mir, daß nach der Revolution die Roten Kosaken in sein Schetl gekommen waren.

Er stand natürlich Todesängste aus und hätte alles mögliche getan, um am Leben zu bleiben. Ein Kosake namens Konkoff quartierte sich im Haus meines Großonkels ein. Mein Großonkel war fast wahnsinnig vor Angst, katzbukkelte vor dem Kosaken und hätte ihm beim ersten Wort schon die Sohlen seiner Stiefel geküßt. Statt dessen hatte Konkoff ihn angelacht, ihm von seinen Lebensmittelrationen angeboten, ihn hochgezogen, auf den Rücken geklopft und ihn ›Genosse‹ genannt. Mein Großonkel erkannte, daß die Revolution tatsächlich einiges verändert hatte. Er war kein verabscheuungswürdiges Ungeziefer mehr. Er war der Schoßjude eines Kosaken.

In Rußland hatte es in jenen Tagen vor dem gegenwärtigen Krieg ein Wiederaufleben des Nationalismus gegeben, der vom Staat gefördert wurde. Auf Grund des Fehlens einer echten demokratischen Macht hatten viele sich (wie auch schon zur Zeit des Zarismus) dem Pan-Slavismus verschrieben. Eine direkte Folge dieser Bewegung war der Antisemitismus, ebenfalls inoffiziell vom Staat abgesegnet, und eine geistige Haltung unter unserer Elite, die, wenngleich nicht so uneingeschränkt antisemitisch, sich gerne an die Schwarzen Hundert oder die Legion des Erzengels Michael, also an die frühen Pogromisten des 20. Jahrhunderts, erinnerten. Ganz offensichtlich setzte der Staat Radikalismus mit intellektuellen jüdischen Störenfrieden gleich. Der Staat förderte daher – mittels der simplen Vorurteile seiner raffinierten, aber nicht gerade intelligenten Führerpersönlichkeiten – eine Bewegung, die sich in keiner Weise von der unterschied, die auf die Unruhe von 1905 hin entstand, als jüdische Sozialisten für praktisch alles als Sündenböcke herhalten mußten. Bis 1935 hatte Stalin praktich das gesamte jüdische Element der Partei eliminiert.

Als ich noch jung war, war es modern, spöttisch auf die Symbole des Nationalismus herabzuschauen! Auf Vokstrachten, Bauernblusen und so weiter. Außerhalb kultureller Ausstellungen und Veranstaltungen galten diese Dinge als Zeichen einer altmodischen Romantik. Sie wurden nicht als progressiv angesehen. Als ich 1980 kurz nach

Rußland zurückkehrte, liefen die jungen Leute in einer Aufmachung auf den Straßen herum, als wären sie direkt einer Aufführung von *Prinz Igor* entsprungen. Selbst einige der jungen Anführer wurden gelegentlich im Kosakenkostüm fotografiert. Antisemitische Bücher und Gemälde, sogar Lieder wurden öffentlich gefördert. Die totalitäre Republik hatte es endlich nach sechzig Jahren geschafft, in allen Details die Autokratie wiederherzustellen, die sie abgelöst hatte. Schon bald würde es keine klaren Unterschiede mehr geben, außer daß Armut und Krankheit in den slawischen Regionen der Union abgeschafft worden waren.

Diese Vorteile waren errungen worden durch die Aufgabe von Würde und Freiheit und die edleren Formen des Idealismus, die der frühen Revolution ihre Rhetorik und ihren Impetus gegeben hatte. Es gab keine unabhängigen Künste mehr. Alles war formalisierten Zeremonien geopfert worden ähnlich kirchlicher Rituale oder anderen primitiven Beweisen des Aberglaubens. Die Sowjetunion hatte jenen entsetzlichen Impuls menschlicher Wesen kodifiziert und geheiligt, sich gegenseitig beruhigende Lügen zuzuschreien, während sie mit krampfhaft geschlossenen Augen am Abgrund der Realität stehen. Der Staat behauptete, daß die Existenz eines solchen Abgrunds unmöglich (oder zumindest unmoralisch) war. Auch die sowjetische Bürokratie formalisierte das menschliche Versagen und verlieh ihm Form und Ansehen; sie akzeptierte dieses Versagen nicht nur: sie zeichnete es aus. Ich war genauso wie jeder andere darauf konzentriert zu glauben, daß unsere Beeinflussungsmethoden hinsichtlich der menschlichen Verfassung die feinfühligsten waren. Ich empfand all diese Aspekte des sowjetischen Lebens angenehm und beruhigend. Ich hatte nicht den Wunsch, zu emigrieren. Ich verfügte auch nicht über die Charaktereigenschaften, die notwendig sind, um am Ausleben persönlicher Freiheit Gefallen zu finden. Überdies konnte ich die Vorstellung nicht ertragen, als alter Mensch auf die russische Sprache verzichten zu müssen.

Trotz schlimmer Entstellungen und Neulogismen gibt es keine schönere und feinsinnigere Sprache auf der Welt als das Russische; keine klingendere; keine, die die Seele derer, die sie sprechen, mehr widerspiegeln könnte. Ihre Wurzeln liegen im Alt-Slawischen, im Kirchenslawisch; in Blut und düsterer Ignoranz von einer Art, die für einen Angelsachsen oder einen Romanisten fast unmöglich zu verstehen ist: In dieser Hinsicht haben wir mehr mit den Kelten gemein. Wir haben kein ethisches System an sich, eher eine Lebensphilosophie, die auf der Würde des Schmerzes, der Angst vor dem Unbekannten und dem Mißtrauen gegenüber allem, was wir nicht auf Anhieb begreifen, basiert. Deshalb war der Bolschewismus auch eine so attraktive Ideologie für viele Bauern, die ihn mit einer wohltätig modifizierten Kirche und Monarchie identifizierten und eine Zeitlang glaubten, daß Lenin die Absicht hatte, den Zar wieder auf seinen Thron zu setzen; deshalb wurde er auch so schnell den russischen Bedürfnissen und Gewohnheiten angepaßt. Ich habe gegen die Regierung der Sowjetunion nichts einzuwenden. Ich akzeptiere sie als Notwendigkeit. Im Jahr 1930, als Folge auf die von Kerenski angeführte bürgerliche Revolution und die Revolution, die vom bourgeoisen Lenin angezettelt wurde, hungerten Frauen und Kinder sich überall in Rußland zu Tode. In seinem Herzen war Stalin ein orthodoxer Bauer. Er und andere orthodoxe Bauern retteten Rußland vor dem Monster, das von dummen, mittelständischen Idealisten auf die Nation losgelassen worden war. Dabei bestrafte er die Kommunisten, die das Desaster heraufbeschworen hatten: die Intellektuellen und Fanatiker, die tatsächlich für unser Unglück verantwortlich zu machen waren.

Stalin nahm die große Last und die Verantwortung eines Zaren und seiner Minister auf sich. Stalin wußte, daß die Geschichte ihn verunglimpfen würde und daß seine Nachfolger zynisch und grausam sein würden. Er begegnete ihrem Zynismus und ihrer Grausamkeit mit der einzigen Waffe, die er anwenden konnte: Terror. Er wurde wahnsinnig. Er selbst war kein Zyniker. Er machte Fabriken leistungsfähig. Er schenkte uns unsere Industrie, unsere Erziehung, unseren Gesundheitsdienst. Er machte die Behausungen sauber und keimfrei. Er tötete Millionen um all der anderen Millionen willen, die ansonsten verhungert wären. Er versetzte uns in die Lage, über Hitler herzufallen und ihn nach Deutschland zurückzujagen. Er gab uns die Sicherheit unseres Weltreichs zurück. Und als er starb, vernichteten wir sein Andenken. Er wußte, daß wir das tun würden, und ich glaube, er begriff auch, daß es geschehen müßte. Er war Realist; aber er besaß ein orthodoxes Gewissen, und dieses Gewissen machte ihn wahnsinnig. Ich bin ein Realist, der glücklicherweise in einer Zeit geboren wurde, die das Christentum ablehnte und adaptierte, und das ist zweifellos der Grund, warum ich ein so guter und zuverlässiger Diener des Staates bin.

Wegen zunehmend strenger Kontrollen jener, die nach Kanada einreisen oder das Land verlassen wollten, mußte ich meinen Arzt wegen eines medizinischen Attests aufsuchen. Ich konsultierte immer einen eleganten Privatarzt in Süd-Kensington, der mir stets ohne Umstände die Drogen verschrieb, die ich wünschte. In seinem Wartezimmer traf ich drei junge Frauen an, die das raffinierte und wilde Make-up und die Kleidung trugen, die damals von der britischen Demi-monde favorisiert wurde. Sie unterhielten sich flüsternd in der seltsamen Art und Weise, die nur Nonnen und Huren gemein ist, geprägt von zahlreichen Wechseln in Lautstärke und Ausdruck und abwegigen Bezügen, Blicken und Gesten, daher verstand ich nur Bruchstücke ihrer Unterhaltung.

»Ich hatte diesen Job, wißt ihr – nichts Schräges ... Im Club. Er sagte, er wolle, daß ich für ihn arbeite – wißt ihr – ich meinte, ich täte es nicht – er fragte, ob ich mit ihm ausgehen wolle – aber ich wollte nicht – er war ein seltsamer Bursche, wißt ihr – er verpaßte mir das ...« Ein bandagierter Arm wurde hochgehalten, ein zarter Arm in anschmiegsamer Kleidung. »Er hatte eine Flasche, wißt ihr – sie riefen die Bullen – sie führen eine genaue Untersuchung – sein Anwalt hat mich angerufen und mir dreißigtausend angeboten, um die Angelegenheit außergerichtlich zu regeln ...«

»Tu's«, riet eines der anderen Mädchen.

»Ich würd's tun«, meinte die zweite.

»Aber mein Anwalt sagt, wir könnten fünfzigtausend herausholen.«

»Sei mit dreißig zufrieden.«

»Er hat mir siebzehn Striche gemacht.« All dies wurde in einem neutralen, fast selbstzufriedenen Tonfall abgehandelt. »Was hast du hier eigentlich zu suchen?«

»Ich bin nur mit ihr mitgekommen«, antwortete die Hübscheste. »Es geht um ihre Pillen.«

»Ich bin hier, um mir andere Schlankheitspillen verschreiben zu lassen. Die, die ich jetzt nehme, machen mich regelrecht krank.«

»Wie bitte? Durophets?«

»Ja. Danach fühle ich mich immer grauenvoll.«

»Worum willst du ihn denn bitten? Terranin?«

»Die nehme ich«, warf ihre Freundin ein.

»Sie sind viel besser«, pflichtete die verletzte Hure ihr bei. »Du siehst so anders aus«, erklärte sie der Freundin des Mädchens. »Ich hätte dich niemals erkannt. Du siehst furchtbar aus.«

Sie lachten.

»Wißt ihr, was mit Mary passiert ist?« Sie brachte ihren Mund nahe an das Ohr des Mädchens und fing an, hastig zu flüstern.

Die Empfangsdame des Arztes öffnete die Tür. »Sie können jetzt hineingehen, Miss Williams.«

»... über das ganze Bett«, schloß Miss Williams, erhob sich und folgte der Empfangsdame.

Als sie sich entfernt hatte, begannen die anderen beiden, sich in desinteressiertem Ton über sie zu unterhalten, als folgten sie einer unbewußten Gewohnheit. Keine, so stellte sich heraus, glaubte, daß dreißigtausend Pfund angeboten worden waren. »Eher nur drei«, meinte eine. Auch sie regten sich gar nicht so sehr über den Vorfall auf. Die meisten Huren haben Angst vor jedem Ausdruck von Leidenschaft, deshalb suchen sie sich meistens Zuhälter, die sie ziemlich kühl behandeln. Ich selbst hatte für kurze Zeit in Griechenland ein Hurenhaus geleitet und habe gelernt, wie man mit den Mädchen umgeht, die Liebe mit Angst verwechseln. Wenn sie vor ihrem Zuhälter Angst hatten, dann glaubten sie, sie liebten ihn. Weil sie vor ihren Kunden keine Angst hatten, konnten sie sie nicht lieben und empfanden für sie nur Verachtung. Dabei war es Selbstverachtung, was sie tatsächlich empfanden. Ich erinnerte mich mit einigem Unbehagen an die Engstirnigkeit solcher Mädchen, die das Schikanieren und Ausnutzen ihrer Kunden als eine Art Beruhigungsmittel betrieben, während diese Kunden oft nur an sexuellen Empfindungen interessiert waren; die es lernten, sich die Gunst ihrer Zuhälter mit dem gleichen Geld zu erkaufen, das sie aus der Vermietung ihrer Körper erzielten.

Bei meinem Gastspiel als Huren-Meister hatte ich zum ersten und einzigen Mal wirklich Macht gehabt; und es hatte mich ziemlich viel Selbstdisziplin gekostet, meinen Job zu tun; es war für mich eine Erleichterung, als ich meinen jetzigen Beruf ergriff.

Miss Williams gesellte sich wieder zu ihren Freunden. »Ich werde ihn heute nachmittag fotografieren lassen«, erklärte sie ihnen und zog den Ärmel herunter.

Die beiden Mädchen gingen zum Arzt hinein. Sie kamen heraus. Dann verließen die drei die Praxis.

Ich war als nächster im Sprechzimmer. Der Arzt lächelte mich an. »Noch immer Probleme?«

Ich schüttelte den Kopf.

»Hat das Penicillin gewirkt?«

»Ja.«

»Das ist schon sonderbar. Es wirkt sofort gegen Syphilis und richtet gegen Gonorrhoea nichts aus. Nun, was ist Ihr Problem?« Er sprach schnell mit hoher Stimme. Er war Jude.

»Keine. Ich brauche nur ein Attest, daß ich an nichts

leide, was ein Kanadier sich möglicherweise fangen könnte.«

Er lachte. »Das kommt doch auf Sie an, nicht wahr?« Er griff bereits nach seinem Block mit den Vordrucken. »Kanada, eh? Sie Glückspilz.«

Er füllte den Vordruck schnell aus und reichte ihn mir. »Sind Sie lange fort?«

»Ich glaube nicht«, erwiderte ich.

»Geschäftlich?«

»Glauben Sie es oder nicht, wir kaufen unsere Antiquitäten mittlerweile in Nordamerika.« Es stimmte.

»Nein! Wirklich?« Meine Entgegnung amüsierte ihn. Er stand auf, als ich mich erhob. Er beugte sich über den großen Schreibtisch, um mir die Hand zu schütteln. »Nun, viel Glück. Genießen Sie Ihre Freiheit.«

»Das werde ich.«

Ich verließ das Sprechzimmer und ging die Kensington Church Street hinauf; dabei passierte ich die drei Mädchen, die am Bordstein standen und auf ein Taxi warteten. Eine von ihnen sah dem Girl verdammt ähnlich, das mir die Syphilis beschert hatte. Ich fragte mich, ob sie mich wohl erkennen würde. Aber sie war zu sehr in eine Unterhaltung vertieft, um mich zu bemerken, obgleich ich nahe genug an ihr vorbeiging, um ihr schweres Parfüm zu erkennen.

Am Morgen des Tages, an dem ich das Nachtflugzeug von Gatwick aus nehmen sollte, las ich die Nachricht von einem Grenzzusammenstoß zwischen China und Indien, aber ich schenkte dem nicht allzuviel Beachtung. Der Russisch-Indische Pakt war im vorausgegangenen Jahr in Simla unterzeichnet worden, und ich glaubte, daß die Chinesen das Abkommen ernst nahmen. Am Nachmittag meldeten die Radionachrichten Moskauer Warnungen an die Adresse Pekings. Als ich in der Victoria Station den Zug nach Gatwick bestieg, kaufte ich mir eine Abendzeitung. Ich hatte begonnen, über die Möglichkeit eines Krieges zwischen

Rußland und China nachzudenken. Die Abendnachrichten brachten wenig Neues und verrieten mir nicht mehr als die Radionachrichten. Im Flugzeug, das genau nach Plan startete, schaute ich mir einen Walt Disney-Film über zwei weibliche Teenager an, die Zwillinge zu sein schienen.

Ich kam um elf Uhr abends Ortszeit in Toronto an, fuhr mit einem Taxi zu einem Hotel in der Innenstadt und schaltete den Fernseher ein, um zu entdecken, daß sowjetische Soldaten und Panzer in China eindrangen, während indische Streitkräfte, zusammen mit einigen bereits dort stationierten britischen und amerikanischen Divisionen auf die chinesische Grenze zurückten. Eine Blitznachricht lieferte die Information, daß sowohl die Warschauer-Pakt-Staaten wie auch die Natoländer Indien unterstützten und daß China und ihre Verbündeten erwartungsgemäß jeden Augenblick kapitulieren mußten.

Früh am nächsten Tag fand ich mich in einer hübschen Vorortstraße mit hohen, hölzernen victorianischen Gebäuden, Birken und Ahornbäumen und gepflegten Rasenflächen und betätigte die Rufanlage für meine Kontaktperson, Mr. Belko. Ein wütendes junges Mädchen kam an die Tür. Sie trug einen blauen Morgenmantel.

»Mr. Belko erwartet mich«, erklärte ich ihr.

Sie schien zu tiumphieren. »Mr. Belko hat das Haus vor einer Stunde verlassen.«

»Wohin ist er gegangen? Wissen Sie es?«

»Zum Flughafen. Haben Sie nicht gehört? Der Dritte Weltkrieg ist ausgebrochen!«

Für einen Augenblick war ich von ihrer Bemerkung amüsiert, genauer gesagt von ihrer Annahme dieses unvermeidlichen Ereignisses.

»Sie sehen erschöpft aus«, sagte sie. »Sind Sie Diplomat?«

»Nicht so ganz.«

Sie fing an, sich schuldig zu fühlen. »Kommen Sie, und trinken Sie eine Tasse Kaffee.«

»Ja, sehr gerne.«

Ihre Mutter saß in der großen, modernen Küche beim

Frühstück. »Dobrowski«, stellte ich mich vor und nahm den Hut ab. »Es tut mir so leid ...«

»Wassili ist fort. Hat Janet es Ihnen erzählt?«

»Ja.« Ich knöpfte meinen Mantel auf. Janet nahm ihn mir ab. Ich bedankte mich bei ihr und nahm am Tisch Platz. Mir wurde eine Tasse jenes West-Kaffees gebracht, der so gut riecht, aber nach nichts schmeckt. Ich trank ihn.

»War es wichtig?« fragte Janets Mutter.

»Nun ...«

»Hat es mit der Krise zu tun?«

Ich war mir nicht sicher. Ich winkte ab.

»Nun«, sagte Janets Mutter, »Sie können von Glück reden, daß Sie hier sind, mehr kann ich dazu nicht sagen.«

»Meinen Sie, daß es einen richtigen Krieg geben wird?« Dankbar nahm ich den angebotenen Zucker.

»Sollen sie es auskämpfen«, sagte Janets Mutter. »Damit es endlich erledigt ist.«

»Kanada wird sich daran beteiligen.«

Janets Mutter bestrich eine Scheibe Toast mit etwas Butter. »Nicht direkt.«

»Kommen Sie auch aus der Ukraine?« erkundigte Janet sich.

»Auch?«

»Wir sind Ukrainer.« Janet ließ sich neben mir nieder. Ich spürte plötzlich die Wärme. »Oder zumindest Mama und Papa sind es.«

Ich betrachtete die Frau im Hausmantel mit ihren gefärbten roten Haaren und mit ihrem typisch amerikanischen Make-up. Ich fragte mich, ob ich nicht gerade irgendeine Art Tests mitmachte.

»Ich kam 1947 rüber«, erzählte Janets Mutter. »Aus England. Wir waren während der deutschen Besetzung deportiert worden, und als die Verbündeten kamen, schafften wir es, nach England zu gelangen. Fedya wurde hier geboren. Sind Sie Ukrainer?«

Ich begann leise zu lachen. Es war eigentlich nur ein schwaches Kichern, aber dafür war es der erste spontane Gefühlsausbruch seit Jahren. »Ja«, sagte ich, »das bin ich.«

»Wir haben nicht allzu viele Kontakte geknüpft«, sagte Janets Mutter, »mit der Gemeinde hier, wissen Sie. Janet war auf einigen Versammlungen. Sie trifft mehr von den alten Leuten als wir. Sie ist eine Nationalistin, nicht wahr, Liebes?«

»Überzeugte«, sagte Janet.

»Kanadierin«, fragte ich, »oder Unkrainerin?« Ich war durch und durch verwirrt.

Janet nahm es mit Humor. Sie legte ihre Finger auf meinen Ärmel. »Beides«, sagte sie.

Als ich in mein Hotel zurückkam, fand ich eine Nachricht vor, in der mir mitgeteilt wurde, daß ich unsere Botschaft aufsuchen solle. In der Botschaft erhielt ich den Befehl, mit der nächsten Aeroflot-Maschine nach Moskau zurückzukehren. Dort würde ich über meine neue Rolle informiert. Als ich in Moskau ankam, zogen sich gerade alliierte Truppen aus China zurück, und über ein Abkommen wurde in den Vereinten Nationen verhandelt. Ich erhielt einen sowjetischen Paß und den Befehl, nach London zurückzukehren.

Mein kurzer Aufenthalt in Moskau hatte mein Heimweh geweckt. Ich wäre für einen Urlaub von ein oder zwei Wochen in dem Land sicher glücklich. Noch muß ich mir meine Träume erfüllen. Einen Monat, nachdem ich zurückkam, brach der richtige Krieg aus, und ich begann zusammen mit so vielen anderen, die Euphorie des Armageddon zu kosten.

(London, November 1978
Los Angeles, November 1979)

Abschied von Pasadena

Ich wurde von der Frau gefragt, warum ich kein Mitleid hätte. Sie saß auf dem Fußboden, hatte einen Ellenbogen auf eine Couch gestützt und den Kopf in die Hand gelegt. Sie hatte nicht geweint. Ihre Qual hatte ihre Augen hart werden lassen: Sie glitzerten vor unausgesprochenen Sehnsüchten. Ich konnte sie nicht berühren. Ich konnte sie nicht mit meiner Leidenschaft beleidigen. Ich erklärte ihr, daß Mitleid ein unangemessenes Gefühl wäre. Unsere Welt stand in Flammen, und es blieb für nichts anderes Zeit als für schnellstes Handeln. Afrika und Australien waren bereits verloren, und die Wolken und die Verseuchung flößten nur denen Angst ein, die überlebten. Sie verriet mir, in langsam und überaus kontrolliert artikulierten Worten, daß sie wahrscheinlich starb. Sie brauche Liebe, sagte sie. Ich riet ihr, sie solle sich deshalb jemand suchen, dessen Sehnsüchte den ihren entsprachen. Was mein Loyalitätsgefühl anlangte, so hatte meine Einheit Vorrang. Ich konnte nicht einmal meine Hand nach ihr ausstrecken. Jede Geste wäre in diesem Moment eine Grausamkeit gewesen.

Die beiden anderen Frauen betraten den Raum. Eine trug meine Reisetasche. »Weißt du noch immer nicht, wohin dein Weg dich führen wird?« fragte die Blondine, Julia hieß sie. Ihre modisch grellen Kosmetika schienen ihrem Gesicht den Glanz und den Charakter von Porzellan zu verleihen.

Ich kehrte ihnen den Rücken zu und ging hinaus in die Halle. »Noch nicht.«

Julia meinte: »Ich versuche, auf sie aufzupassen.«

Als ich die Apartmenttür erreichte, sagte die braunhaarige Frau, Honour: »Du frommer Bastard.« Sie trug kein Make-up. Ihr Gesicht war so blaß wie Julias.

Ich akzeptierte ihre Beschuldigung. Im Augenblick empfand ich nichts anderes mehr als Frömmigkeit, und dieser wollte ich nicht mit Worten Würde verleihen. Ich nickte, schüttelte beiden die Hand. Ich hörte sie im Zimmer einige verzweifelte Fragen murmeln, dann schritt ich die weißen Stufen des Pasadena-Kondominiums hinab, überquerte den Hof mit seinen schlafenden Springbrunnen, seinen schwebenden Engelsfiguren, die in der Sonne leuchteten, und bestieg den Wagen, der geschickt worden war, mich abzuholen. Ich verließ Kalifornien. Das war alles, was man mir mitgeteilt hatte.

Mein Chef hatte ein gemietetes Haus in Long Beach nicht weit vom Yachthafen. Auf dem Weg dorthin fuhren wir durch imposante Palmenalleen, bis wir auf den nahezu ausgestorbenen Freeway gelangten. Die Fahrzeuge hielten weite Abstände zueinander, als bewachten sie sich gegenseitig. Lediglich Regierungsleute verfügten über offizielle Fahrgenehmigungen; alle anderen konnten geisteskrank oder Kriminelle sein.

Long Beach war noch immer bewohnt. Es gab sogar Leute, die mit ihren Yachten in den Hafen segelten. Die Bedrohung durch den Pazifik schien die Leute ebensowenig zu stören wie die Bedrohungen durch mögliche Erdbeben. Die Häuser waren niedrig und strahlten Ruhe aus. Zwischen ihnen gediehen Hecken und Bäume auf gepflegten Rasenflächen. Ich sah einen Mann auf einem Pferd über seinen Rasen reiten. Er winkte mit einer spöttischen Geste hinter dem Fahrzeug her. In Gruppen herumstehende Frauen starrten die Limousine mit haßerfüllten Augen an. Wir fanden das Haus meines Chefs. Der Chauffeur ging hinein, um unsere Ankunft zu melden. Er kam sofort heraus.

Während er stehenblieb und mich erwartete, meinte der Chef: »Sie sehen schlecht aus. Sie sollten mehr schlafen.«

Pflichtgemäß erzählte ich ihm von der Frau. Er zeigte Verständnis. »Wir haben Krieg. Und so geht es nun mal im Krieg.« Natürlich stimmte ich ihm zu. »Immerhin kämpfen wir auch für sie«, fügte er hinzu.

Wir fuhren zu einem Militärflugplatz. Sowohl sowjetische als auch amerikanische Flugzeuge waren dort stationiert. Wir bestiegen sofort unsere Iljuschin und hatten kaum in den unbequemen Sesseln Platz genommen, als wir auch schon starteten.

Mein Chef händigte mir meinen Paß aus. Er war mit meinem richtigen Namen und einem aktuellen Foto versehen. »Offiziell gehören Sie zum Verbindungsstab«, erklärte er. »Das heißt, Sie können sich sowohl an die Amerikaner wie auch an uns wenden. Nichts wird Ihnen vorenthalten. Dafür sind die Angelegenheiten jetzt zu dringend.«

Ich reagierte mit angemessener Verblüffung.

Ich blickte hinunter auf Los Angeles; auf seine Strände, seine Phantasien. Es war so, als legte man als Kind seine Lieblingsgeschichte beiseite. Wir flogen landeinwärts in Richtung Osten und überquerten dabei die Berge.

»Der Dritte Weltkrieg ist bereits ausgefochten worden«, sagte mein Chef, »und zwar in der Dritten Welt, wie die Amerikaner sie nennen. Warum sonst sollten sie sie so benennen? Tatsächlich ist dies der Fünfte Weltkrieg.«

»Und was war der Vierte?« fragte ich.

»Er fand im Land der Seelen statt.«

Ich lachte. Ich hatte seine sentimentale Ader vergessen. »Und wer hat gewonnen?«

»Niemand. Es war für uns lediglich eine Art Vorbereitung auf dies hier.«

Unter uns waren Wolken zu erkennen. Es wurde immer ruhiger, als die zunehmende Höhe das Gefühl der Taubheit steigerte. Seine nächste Bemerkung konnte ich kaum hören: »Unsere Sinne wurden geschärft und unsere emotionalen Reaktionen abgetötet. Krieg ist eine große Befreiung, nicht wahr? Ein total falscher Sinn von Objektivität. Der Zwang, erwachsen zu bleiben, ist für die meisten von uns einfach zu viel.«

Das war sein Lieblingsthema. Ich löste den Sicherheitsgurt und wankte unbeholfen durch das Flugzeug dorthin, wo ein Kosakensergeant an einer kleinen Bar Getränke servierte. Ich bestellte ein Glas von dem finnischen Wodka, den wir erst kürzlich beschlagnahmt hatten. Ich leerte das

Glas und kehrte zu meinem Platz zurück. Vier hochrangige Offiziere in ihren Tropenuniformen diskutierten auf den Plätzen hinter mir. Einer von ihnen war der Meinung, wir sollten mit massiven Raketenangriffen auf die größeren chinesischen Städte beginnen. Die anderen plädierten für Vorsicht und Zurückhaltung. Immerhin hatten die Bombardierungen aufgehört. Die meisten der zivilisierten Länder waren noch unbehelligt.

Mein Chef fing an zu husten. Es war dieses trockene Krächzen, das meistens mit dem Einatmen von Qualm einhergeht. Er beruhigte sich wieder, und als Reaktion auf meinen besorgten Gesichtsausdruck gestand er mir, daß er wahrscheinlich im Begriff war, sich zu erkälten. »Wir müßten schon bald in Washington sein. Dieses dauernde Herumreisen ist sehr schlecht für die Gesundheit.« Er zuckte die Achseln. »Aber das Leben ist niemals einfach. Nicht einmal in Kriegszeiten.«

Ein Dienstwagen holte uns vom Flughafen ab. Er trug das Emblem des Präsidenten. Wir passierten die monströsen neo-klassizistischen Gebäude, welche den naiven Rationalismus des 18. Jahrhunderts feierten, den wir mittlerweile alle bedauerten und dessen Nachwirkungen wir bis auf den heutigen Tag spürten. Wir gelangten zu einem moderneren Bauwerk, das Regierungsbüros beherbergte. Im Fahrstuhl wies mein Chef mich an, keinerlei Überraschung zu zeigen, ganz gleich, worüber wir diskutierten. Er glaubte, daß man meinte, wir wüßten weitaus mehr, als man uns tatsächlich mitgeteilt hatte.

Ein höflicher Mann mit wohlrasiertem Gesicht in einem hellen Anzug stellte sich uns als Mansfield vor und lud uns ein, in tiefen, schwarzen Sesseln Platz zu nehmen. Er fragte, wie unsere Reise verlaufen wäre, wollte einiges über Kalifornien wissen und berichtete von den Leuten, die an der Westküste lebten. »Die Menschen lernen es, ihr Zuhause mit ihrer Sicherheit zu identifizieren. Wenn so etwas wie dies jetzt geschieht … Nun, wir alle wissen ja, daß auch die Juden sich geweigert haben, Deutschland zu verlassen.«

»Ihre Zeitungen widersprechen dem aber«, warf mein Chef ein. Er lächelte. »Sie schreiben, es gäbe kaum Anlaß zur Furcht.«

»Das stimmt.« Mansfield bot uns Lucky Strike-Zigaretten an, von denen wir uns bedienten. Mein Chef hustete ein wenig, ehe er sein Stäbchen anzündete.

»Wir glauben, in Venezuela dürften Sie mehr Erfolg haben.«

Mansfield legte das Feuerzeug auf seinen Tisch zurück. »Sie mißtrauen natürlich unseren Motiven.«

»Und unseren nicht?« Mein Chef lächelte immer noch.

»Ihren Argumenten konnten sie leichter Glauben schenken. Sie sind sich nicht allzu sicher, ob das Bündnis sich selbst erhalten kann. Sie könnten sie vielleicht dazu überreden.«

»Schon möglich.«

»Sie können nicht mehr länger neutral bleiben.«

»Warum nicht?«

»Weil jemand sie irgendwann angreifen wird.«

»Dann sollten wir lieber warten, bis das auch geschieht. Auf diese Weise wäre es weitaus einfacher, wenn wir als ihre Befreier aufträten, oder?«

»Wir brauchen doch deren Öl. Diese Tatenlosigkeit, in die sie sich zurückgezogen haben, ist sinnlos. Die nützt niemandem.«

»Und warum wollen Sie, daß wir dorthin gehen?«

»Die Russen?«

»Nein.« Mein Chef wies auf mich. »Wir.«

»Erst einmal müsssen wir uns mit deren Geheimdienst in Verbindung setzen. Danach können die Politiker alles durchdiskutieren.«

»Haben Sie irgendwelche Vorbereitungen getroffen?«

»Ja. Man meinte, es wäre das beste, wenn wir uns nicht in Caracas treffen. Sie fliegen nach Maracaibo. Überdies ist dort auch das Öl. Die meisten ihrer Ölleute wollen verkaufen. Wir haben kaum eine Ahnung, welche Stimmung dort herrscht und wie man Ihnen begegnen wird, aber wir gehen davon aus, daß von dieser Seite ein ganz hübscher Druck ausgeübt wird.«

»Haben Sie Material für uns?«

Mansfield nahm einen Schnellhefter von seinem Tisch und zeigte ihn uns.

Obgleich mein Chef das Treffen ernst zu nehmen schien, wunderte ich mich allmählich darüber, wie verschwommen die verschiedenen Punkte abgehandelt wurden. Ich hatte den Verdacht, daß unser Flug nach Maracaibo nicht die geringsten Folgen haben würde. Wir waren auf dem Weg dorthin, weil es sich gerade so ergab.

Als wir in unserem Hotel in Maracaibo ankamen, widerstand ich dem Drang, die Frau anzurufen und nach ihrem Wohlergehen zu fragen. Es hätte keinen Nutzen für sie, so entschied ich, wenn sie von mir hörte. Ich wußte auch, daß ich sie unter anderen Umständen geliebt hätte. Im Zuge meiner Arbeit hatte sie mir einige Gefallen getan, so daß ich ihr auf ewig dankbar war. Diese Dankbarkeit war die einzige Schwäche, die ich mir leistete.

Mein Chef betrat durch die Verbindungstür mein Zimmer. Er rieb sich die Augenbrauen. »Ich bin mit einem Angehörigen ihres Geheimdienstes verabredet. Mit einem Colonel. Das Ganze ist als Gespräch unter vier Augen vereinbart. Deshalb haben Sie den heutigen Abend zu Ihrer freien Verfügung. Ich kann Ihnen da ein recht gutes Haus nennen.«

»Vielen Dank.« Ich schrieb die Adresse auf, die er mir diktierte.

»Es wird Ihnen sicherlich die Zeit vertreiben«, sagte er mit einem wohlwollenden Lächeln. »Dann kann wenigstens einer von uns die Annehmlichkeiten dieser Stadt auskosten. Wie ich hörte, sind die Huren hier absolute Spitzenklasse.«

»Ich bin Ihnen zu Dank verpflichtet.« Ich dachte bei mir, daß ich nur deswegen hingehen würde, weil ich kein Verlangen danach hatte, die ganze Zeit in meinem Hotelzimmer zu hocken. Die Tatsache, daß er mich praktisch dienstfrei stellte, bestärkte meinen Verdacht, daß es keinen echten Grund dafür gab, daß wir nach Maracaibo gekommen waren.

Die Stadt mit ihren Wolkenkratzern und Überresten spanischer Architektur war ausreichend erleuchtet und relativ sauber. Ich hatte einmal gehört, »Venezuela sei die Zukunft«. Sie hatten mit unterschiedlichen Energieträgern herumexperimentiert, wobei sie ihre Einnahmen aus dem Ölgeschäft darauf verwandten, Techniken zu entwickeln, die nicht so ausschließlich vom Öl abhängig waren. Doch Maracaibo erschien kaum anders, abgesehen von dem See selbst, auf dem es von Maschinen und anderen technischen Einrichtungen wimmelte, die gelegentlich rätselhafte Flammenstöße in die Luft jagten, welche die Gebäude beleuchteten und unheimliche Schatten in die Nischen zauberten. Über allem lag wie eine dichte Glocke ein schwerer Ölgestank. Während ich mit dem Stadtplan in der Hand zu der Adresse spazierte, die mein Chef mir angegeben hatte, sah ich eines ihrer Luftschiffe, erbaut von einer britischen Firma in Cardington, in die Dunkelheit hinter der Stadt schweben. Wahrscheinlich war Venezuela das letzte Land, das Romantik mit praktischer Technik verquickte.

Ich gelangte zu dem Haus. Es war groß und ziemlich luxuriös. Die Inneneinrichtung war gemütlich und gediegen und erinnerte mich an das Interieur einiger der besseren Familienrestaurants, die ich in Pasadena besucht hatte. Ein Pianist war da, der ähnliche Musik spielte wie sein amerikanischer Kollege. Ich entdeckte eine Bar. Ich nahm Platz und bestellte einen Scotch. Eine hübsche Hostess, die eine blonde Perücke trug, gesellte sich zu mir. Ihre Haut war dunkel, und ihr Lächeln wirkte offen und echt. Auf englisch sagte sie, daß sie glaube, mich früher schon mal gesehen zu haben. Ich informierte sie, daß dies erst mein zweiter Besuch in Maracaibo sei. Sie fragte, ob ich Schwede sei. Ich antwortete, daß ich aus Rußland stamme. Sie gab mir einen Kuß und meinte, sie liebe die russischen Menschen und daß sie wüßten, wie man sich amüsieren könne.

»Wodka in Strömen«, fügte sie hinzu. Aber ich tränke doch Scotch; ob ich denn ein Emigrant sei? Ganz aus Gewohnheit bejahte ich dies. Sie hieß Anna. Ihr Vater, so erzählte sie, sei in Süd-London geboren. Ob ich London kenne? Sehr gut, sagte ich. Ich hätte einige Jahre dort gelebt. Anna wollte wissen, ob Brixton genauso sei wie Maracaibo. Ich meinte, es gäbe gewisse Ähnlichkeiten. In den ungewöhnlichsten Situationen suchen wir nach Vertrautem, ehe wir das Fremde akzeptieren. Das trifft auf Reisende genauso zu wie auf Liebesleute.

Anna holte ein Mädchen für mich. Sie hatte seidiges schwarzes Haar, das im Nacken zusammengebunden war und ihr Gesicht freiließ; dazu ein weißes Kleid mit viel Spitze. Ihrem Aussehen nach war sie sechzehn. Ihr Make-up war sehr sparsam und raffiniert. Sie gab sich sehr schüchtern. Ich fand sie reizend. Sie hieße Maria, sagte sie mir. Sie sprach ein exzellentes Englisch mit amerikanischem Akzent. Ich bestellte einen Drink für sie und erwartete, daß sie mit mir auf ihr Zimmer ging, doch sie machte den Vorschlag, mich zu ihr nach Hause mitzunehmen, falls mir das recht sei. Ich beschloß, alle Vorsicht fahren zu lassen. Sie brachte mich hinaus, und wir fuhren in einem Taxi zu einer Straße mit auf den ersten Blick ruhigen, gepflegten Apartmenthäusern. Wir stiegen zwei Treppen hoch. Sie öffnete eine auf Hochglanz polierte Holztür mit ihrem Schlüssel, und wir betraten ein mit hochwertigen, von gutem Geschmack zeugenden Möbeln ausgestattetes Apartment. Allmählich kam mir der Verdacht, von einem Schulmädchen aufgegabelt worden zu sein, und daß dies die Wohnung ihrer Eltern war. Doch die Art und Weise, wie sie sich darin bewegte, mir einen Scotch einschenkte, den Deckenventilator einschaltete, mir meinen Sakko abnahm, überzeugte mich davon, daß sie tatsächlich die Hausherrin war. Außerdem wurde mir klar, daß sie ganz bestimmt älter war als sechzehn und daß ihre teenagerhafte Erscheinung nur eine perfekt einstudierte Rolle und Verkleidung war. Allmählich entwickelte sich in mir ein leichter Widerwille, mit ihr tatsächlich ins Bett zu gehen.

Völlig gegen mein Wollen erinnerte ich mich plötzlich an die Frau in Pasadena. Ich zwang mich dazu, zu glauben, daß alle Frauen am Ende gleich waren, daß es sie schon befriedigte, sich für einen Mann völlig aufzugeben. Wenigstens die Hure machte mit ihrem Instinkt noch einen gewissen Gewinn. Die Frau in Pasadena brauchte nichts anderes als Schmerz und Leid. Wir gingen ins Schlafzimmer und entkleideten uns. In dem großen und gemütlichen weißen Bett gestand ich ihr dann endlich, daß ich es überhaupt nicht eilig hatte, mit ihr zu schlafen. Ich wäre noch nicht in der richtigen Stimmung dazu. Ich fragte sie, warum sie sich die Schamhaare abrasiert hätte. Sie erwiderte, damit steigere sich ihr Vergnügen, und viele Männer fänden es ebenfalls sehr reizvoll. Sie fing an, mir ihre Geschichte zu erzählen. Sie wäre, so erzählte sie, in den Mann verliebt gewesen, der sie zur Prostitution gebracht hatte. Offensichtlich war sie noch immer von ihm regelrecht besessen, denn ich brauchte noch nicht einmal starkes Interesse zu mimen, damit sie mir ihren ganzen Lebenslauf erzählte. Er war mir sowieso ziemlich vertraut. Natürlich triefte alles, was sie sagte, von jener sattsam bekannten Sentimentalität und Romantik. Sie redete sehr viel von Liebe und auch von ihrer Gewißheit, daß auch er – obwohl er das niemals aussprach – sie liebte und für sie sorgte. Und das sei nur recht so, denn sie liebte ihn, und man sollte ihm gestatten, so zu sein wie er war. Er hatte wohl eine ganze Reihe anderer Mädchen sowie, wie ich vermutete, eine Ehefrau. Ursprünglich hatte Maria, so wie verzweifelte Frauen es gerne tun, versucht, aus sich ein unersetzliches Stück Kapital zu machen: Sie hatte sich die Haare gefärbt, hatte sich die Schamhaare abrasiert, ihr Gesicht geschminkt und die Nägel lackiert. Die Mädchenhure ist, wo immer man sich in dieser Welt auch aufhält, stets besonders wertvoll. Ich nahm an, daß der Mann, wenngleich ihm diese Form der Zuneigung sehr gefiel, ihr gesagt hatte, er hätte vor, auch weiterhin mit anderen Mädchen auszugehen. All dies war irgendwie bedrückend, denn an wirtschaftlichen Dingen war ich nie sonderlich interessiert. Ich ertappte mich dabei, wie ich anfing, ein wenig zu moralisieren. Ich sagte ihr, daß Reife und Eigenständigkeit am Ende für mich die weitaus attraktiveren Qualitäten seien. Sie garantierten mir eine angemessene Art von Freiheit, die sich auf die Basis einer von beiden Seiten akzeptierten Verantwortung für einen selbst stützte. Natürlich verstand sie kein einziges Wort. Ich fügte hinzu, daß die weiblichen Versuche, sich voll und ganz auf einen Mann zu fixieren, durchaus mein Verständnis fänden. Ich wüßte Treue durchaus zu würdigen und zu schätzen. Doch wie die meisten Männer konnte ich weder Besitz noch Lebenssinn einer Frau sein. Maria unternahm einige Versuche, mich zu erregen, dann ließ sie sich zurücksinken. Sie meinte, so ein Pech könnte nur sie haben, einen Langweiler aufzugabeln. Sie hätte angenommen, ich sei recht interessant. Sie fügte hinzu, daß sie mir nicht allzuviel berechnen könne. Das amüsierte mich. Ich stand auf und rief im Hotel an. Der Chef war noch nicht zurückgekommen. Ich erklärte, in diesem Fall würde ich noch etwas länger wegbleiben. Sie sagte, sie empfände meine Gesellschaft als angenehm, doch ich müßte mich etwas mehr anstrengen. Schließlich fand ich die richtige innere Einstellung und schlief mit ihr. Sie war weich, nachgiebig und unflätig. Es gelang ihr, mich zu einem mehr als befriedigenden Orgasmus zu bringen. Als ich ging, bestand sie darauf, daß ich sie am nächsten Tag anrufen sollte, wenn es irgend möglich war. Ich versprach es ihr.

Mein Chef war aufgeräumt und gutgelaunt, als wir in seinem Zimmer frühstückten. »Wir bleiben mindestens eine Woche hier«, sagte er. »Man muß die Angelegenheit äußerst behutsam angehen. Diese Leute sind noch empfindlicher als die Araber.«

Ich erzählte von dem Mädchen. Er zuckte mit den Schultern. »Sie brauchen nichts zu melden oder zu gestehen. Selbst wenn so etwas wie eine Strategie dahinterstecken sollte, würden sie nur ihre Zeit vergeuden.«

Ich gewann den Eindruck, daß er mich nur mitgenommen hatte, damit ich mich einmal erholte. In der übrigen

Welt sah es gar nicht so gut aus. Eine Bombe war irgendwo in Indien vom Himmel gefallen, und niemand war sich absolut sicher, woher sie gekommen war. Keine größere Stadt war getroffen worden. Das war keine annehmbare Kriegsführung, sagte mein Chef. Der Krieg sollte eigentlich die Unklarheiten beseitigen.

Noch vom Frühstückstisch aus rief ich das Mädchen an. Ich verabredete mich mit ihr zum Lunch.

Wir speisten in einem eleganten Restaurant, das sich im obersten Stockwerk eines modernen Turms befand. Ein Dunstschleier lag über dem See, Maracaibo war wie von goldenem Licht übergossen. Die Kleine trug einen roten Anzug mit dazu passendem Hut. Sie war zärtlich und betrachtete mit offensichtlichem Vergnügen das, was sie für meine Unsicherheit hielt. Sie hatte eine ganz spezielle Art, daß ich mich nach und nach entspannte. Natürlich widerstand ich der Verlockung, mich ganz ihrem Einfluß hinzugeben.

Nach dem Essen fuhren wir gemeinsam zu einem Kai. Einige Männer in abgetragener Seemannskleidung riefen ihr Scherzworte zu. Sie unterhielt sich mit einem von ihnen, und wenig später waren wir schon in ein kleines, elegantes Motorboot geklettert.

Sie startete den Motor, griff nach dem Steuerrad, und wir glitten hinaus in den Dunst.

Ich fragte sie, was ihr Freund von all dem hielt. Sie strahlte mich an. »Es ist ihm gleichgültig.«

»Aber so verdienst du nichts.«

»Das ist ja auch nicht die Hauptsache«, erwiderte sie. »Er ist nett, weißt du. Meistens jedenfalls.«

Die ganze Episode hatte den Charakter einer kurzen Windstille während eines ungewöhnlich heftigen Unwetters. Ich konnte mich nicht völlig von dem Wissen um die Frau in Pasadena befreien, aber ich wußte nicht, wie ich mir anders hätte die Zeit vertreiben sollen. Maria lenkte das Boot ziemlich ungeschickt an einer Reihe von Ölbohrtürmen vorbei, die wie eine Herde gestrandeter und enthaupteter Giraffen im Wasser standen. Ein leichter Wind begann den Nebel aufzureißen. Ich hatte einen Eindruck von Bergen in der Ferne.

Sie stellte den Motor ab, und wir umarmten uns. Sie schlug vor, daß wir vögeln sollten. »So habe ich es schon immer mal machen wollen«, gestand sie.

Ich gab mir alle Mühe, aber das Boot war unbequem, und mein Körper war zu erschöpft. Am Ende brachte ich sie mit dem Mund zum Höhepunkt. Sie schien mehr als zufrieden zu sein. Nach einer Weile stand sie auf und setzte sich wieder ans Steuerrad. »Jetzt siehst du viel glücklicher aus«, sagte sie. »Du auch«, erwiderte ich. Es fiel mir schwer, für sie kein Gefühl der Zuneigung zu entwickeln. Aber diese Art von Zuneigung war nicht so gut für mich, weil sie mich an die Frau in Pasadena erinnerte. Ich erzählte ihr einen Witz über den Krieg. Einige chinesische Kommandoeinheiten waren in ein Gebiet eingedrungen, das sie für indisches Territorium gehalten hatten, und hatten dabei eine ihrer eigenen Stellungen vollkommen zerstört. Sie wurde ernst. »Wird der Krieg auch Venezuela erreichen?«

»So gut wie sicher«, meinte ich. »Es sei denn, ein paar Leute kommen zur Vernunft. Aber bis jetzt hat noch keine richtige Katharsis stattgefunden.«

Sie fragte mich, was ich damit meinte. Ich sagte: »Kein Orgasmus, was?«

»Mein Gott«, seufzte sie.

Auf dem Kai kamen wir überein, uns am Abend an der gleichen Stelle zu treffen. »Ich möchte dir den See bei Nacht zeigen.« Sie hob plötzlich den Kopf und zeigte nach oben. Ein sanftes Motorengebrumm lag in der Luft. Es war ein weiteres Luftschiff, weiß und mit dem militärischen Hoheitszeichen Venezuelas bemalt. Wiederbelebte Technologie hatte die Rettung der Welt sein sollen. Nun jedoch mußte das Land schon froh sein, wenn es der völligen Vernichtung entging. Doch davon sagte ich Maria nichts.

Als ich zum erstenmal den Befehl erhielt, in Übersee zu arbeiten, kam es mir vor, als ginge ich ins Exil. Die Gegend war mir fremd und barg Gefahren, die ich nicht einschätzen konnte. Ich setzte Maria in ein Taxi und kehrte zu Fuß zum Hotel zurück. Aus irgendeinem Grund wurde ich durch ein Zeichen oder ein Gesicht auf der Straße an ein seltsames Vorstadtgetto erinnert, wo jedermann besser lebte als fast alle Bewohner der Sowjetunion. Es hatte mir Spaß gemacht, dort herumzulaufen. Dort gab es Lebensmittelmarken: Die jungen Leute kannten keine Menschenschlangen, die um Brot anstehen. Man hatte gehofft, mit Amerika gleichzuziehen. Vor dem Krieg lagen wir auf dem Weg zum unzufriedenen Kapitalismus nur ein kleines Stück zurück. Danach kam gleich die Anarchie, welche mir gar nicht gefällt, obwohl ich weiß, daß sie an sich unser Ziel hätte sein sollen.

Ich kaufte eine polnische Zeitung. Sie war über eine Woche alt, und ich konnte kaum die Verweise verstehen. Die Zeitung wurde in New York verlegt. Doch ich genoß das Gefühl, etwas Gedrucktes in der Hand zu haben. Ich las in dem Blatt, als ich in der Badewanne lag. Mein Chef rief an. Er klang betrunken. Mir kam der Gedanke, daß auch er glaubte, er mache Urlaub. Er teilte mir mit, daß ich für den Abend frei hätte.

Maria wartete mit zwei Freundinnen, als ich auf dem Kai eintraf. Sie waren beide einige Jahre älter als meine Bekannte und trugen jenes grelle Make-up der vierziger Jahre, das noch vor ein paar Jahren im Westen modern war. Ihre Baumwollkleider, eines pinkfarben, eines gelb, zeigte den gleichen Stil, ebenso ihre Frisuren. Sie hatten sich für ein sehr kräftiges Parfüm entschieden und sahen aus wie Abziehbilder von Rita Hayworth. Sie benahmen sich noch viel gehemmter als Maria. Sie sagte, daß sie nur wenig Englisch sprächen und entschuldigte sich dafür, sie mitgenommen zu haben. Ihre Erklärungen waren recht vage und bestanden im wesentlichen aus Schulterzucken und gehobenen Augenbrauen. Ich machte keine Einwände. Die Nähe von soviel Weiblichkeit gefiel mir.

Und wieder steuerte Maria uns hinaus ins Zwielicht. Das Wasser schien im gleichen Maße heller zu werden, wie es schwärzer wurde. Die beiden Frauen saßen nebeneinander hinter Maria und mir. Sie holten mexikanischen Tequila hervor und ließen die Flasche herum gehen. Nicht lange, und wir alle waren ziemlich betrunken. Als Maria das Boot wiederum mitten auf dem See anhielt, fielen wir uns alle gegenseitig um den Hals. Ich begriff, daß dies ein Teil von Marias Plan war. Eine weitere Phantasievorstellung, die sie realisieren wollte. Ich überließ mich völlig den Wünschen der Frauen, wenngleich ich für sie von nicht allzuviel Nutzen war. Es bereitete mir durchaus Vergnügen, sie dabei zu beobachten, wie sie sich liebten. Maria beteiligte sich nicht daran, sondern sah nur zu und gab Anweisungen, wobei sie unentwegt kicherte. Die Unwirklichkeit des ganzen hatte eine entwaffnende Wirkung. Die Situation war nicht seltsamer als die Situation, in der sich die ganze Welt befand. Es schien, als glitte ich von einem Traum in den nächsten, und daß dieser Traum, betrachtete man die Fröhlichkeit derer, die darin mitwirkten, allem anderen vorzuziehen war. Ich wußte nun, daß Maria sich bei mir sicher fühlte, weil ich meine Gefühle so gründlich unter Kontrolle hatte und weil ich ein Fremder war. Ich wußte, daß ich mich als Hilfe für sie bewies, und das machte mich glücklich. Ich erwog, sie zu warnen, daß sie bei der Suche nach Katharsis mittels ihrer Sexualität den Kontakt mit dem Ursprung ihrer Gefühle verlieren könnte, daß sie auch ihrer Liebhaber, ihrer Orientierung verlustig gehen könnte, doch das schien bedeutungslos zu sein. In Anbetracht der Tatsache, daß der Krieg sich auszuweiten drohte, war unser aller Zukunft derart unsicher, daß wir ebensogut all das aus vollen Zügen genießen konnten, was uns die Gegenwart bot.

Einige Tage und Nächte verstrichen. Jedesmal, wenn wir uns trafen, schlug Maria eine neue sexuelle Eskapade vor, und ich war einverstanden. Sowohl wurde meine Neugier befriedigt wie auch mein Wunsch, mich als jemand betrachten zu können, der sich als nützlich für jemand anderen erwies.

Mein Chef war weiterhin ständig betrunken und bedeutete mir, weiterzumachen, auch wenn ich ihm genauen Bericht erstattete, was geschah.

Im gleichen Maße, wie ich sie besser kennenlernte, gewann ich die Überzeugung, daß sie sich verzweifelt bemühte, zur Frau zu werden, der Art von Sicherheit zu entfliehen, in der sie sich gegenwärtig befand. Ihre Gier nach sofortiger Reife, ihr verbissener Kampf um neue Erfahrungen, wie leidvoll auch immer, war im Grunde kindisch. Sie war sich selbst gegenüber immer nachsichtig gewesen, und man hatte sie so lange ungehindert gewähren lassen, daß ihre Methoden, persönliche Freiheit zu erringen, grob und oft lasterhaft waren. Und dennoch, Freiheit und Reife würden nach und nach auch ihr zuteil werden, erworben durch traumatische Erlebnisse und jene weibliche Bereitwilligkeit, seine Erfüllung im Leid, in der Verzweiflung zu finden. Zweifellos verdeckten ihre Aktivitäten, ihre Attitüden ein beträchtliches Potential an Hoffnungslosigkeit und emotionaler Verwirrung. Ich fragte mich, ob ich sie nicht ausbeutete, obwohl sie, oberflächlich betrachtet, mich auszubeuten schien. Wir taten nichts anders, so interpretierte ich die Situation, als gegenseitig aus der Freizeit des anderen unseren Nutzen zu ziehen. Und die ganze Zeit über, so erinnerte ich mich, war da noch die Gestalt ihres Beschützers, Ramirez. Höchstwahrscheinlich wußte er, was da vor sich ging, genauso wie mein Chef es wußte. Allmählich begann ich ihn immer mehr zu schätzen, empfand eine gewisse Dankbarkeit ihm gegenüber. Ich erwähnte zu Maria, daß ich ihn gerne einmal kennenlernen würde. Das schien ihr nicht besonders recht zu sein, doch sie meinte, sie würde ihn wissen lassen, was ich vorgeschlagen hatte. Ich sagte ihr auch, daß ich ihr mitteilen würde, wann ich abreiste, so daß das Treffen, falls es dazu kommen sollte, an meinem letzten Abend stattfinden könne. Ich machte sie auch darauf aufmerksam, daß ich gezwungen sein könnte, meine Zelte recht abrupt abbrechen zu müssen. Sie meinte, das hätte sie längst schon vermutet.

In gewisser Weise, so begriff ich, bat ich sie, die einzige Macht, die sie hatte, aufzugeben. Ich machte eine betrunkene Bemerkung über Leute, die sich mit einem Flair des

Zwiespältigen umgeben, damit sie weiterhin ihren Kurs verfolgen können. Am Ende sind sie von den Umständen gefesselt, die sie selbst geschaffen haben, geraten in Verwirrung und gehen dazu über, fast jeden Aspekt ihres eigenen Urteils in Frage zu stellen. Ich empfand nach diesem Statement kurzzeitig einen gewissen Ekel vor mir selbst. Ich hatte kein Recht, Maria eine moralische Erziehung aufzuzwingen. Doch es ist schwer, seine politischen Gewohnheiten abzulegen.

Verwirrt entgegnete sie mir, daß sie angenommen hätte, Ramirez bedeute Sicherheit für sie. Dabei wußte sie jedoch genau, daß sie nicht den Wunsch hatte, ihn zu heiraten. Sie wäre nicht glücklich, wenn er, vielleicht morgen schon, zu ihr käme und sich ihr ganz anbot. Darüber lachten wir. Frauen heiraten wegen der Sicherheit, bemerkte ich, während Männer im allgemeinen nur heiraten, weil ihnen das eine mehr oder weniger regelmäßige sexuelle Betätigung garantierte. Der Mann ist darauf bedacht, seinen Teil des Ehehandels einzuhalten, denn der ist ziemlich klar. Während die Frau, die keine Ahnung hat, was dieser Handel alles umfaßt, verblüfft ist, wenn der Mann sich beklagt.

»Sind alle Ehen so?« fragte sie. Zweifellos hatte sie schon viele Kunden gehabt, die das bestätigt hatten. Ich sagte nein, nicht alle. Ich wüßte von einigen zufriedenen Ehen. Im großen und ganzen jedoch, speziell in Ländern, wo politische oder religiöse Orthodoxheit vorherrschte, gebe es im Bereich der sexuellen Beziehungen ein beträchtliches Durcheinander. Und wieder hatte ich sie überfordert. Allmählich langweilten mich meine eigenen Vereinfachungen. Und als wir miteinander schliefen, ertappte ich mich bei verzweifelt sehnsuchtsvollen Gedanken an die Frau in Pasadena.

Maria redete nun immer öfter von Ramirez. Ich war so etwas wie eine Art Beichtvater. Aus dem, was sie erzählte, formte ich mir eine Meinung über ihn. Er war unbeirrbar, jedoch hatte er seine Vorsicht und seinen Mangel an Großzügigkeit zu einem Credo hochstilisiert, so daß es manchmal so schien, als übe er Selbstdisziplin und Neutralität, während er sich in Wirklichkeit völlig gehenließ. Als Folge darauf verzeichnete er in seinem Gewerbe die ersten Mißerfolge (ihre Wohnung stand kurz vor der Kündigung), und das teils durch eine Unfähigkeit, etwas zu riskieren, und teils durch den Verlust an Courage, zu dem es kommt, wenn Sicherheit mit materiellen Gütern und Wohlverhalten gleichgesetzt wird. Er stellte das typische Dilemma der bürgerlichen Schicht dar, doch davon hatte sie keine Ahnung, weil sie den größten Teil ihres Lebens in einer Arbeiterklasse oder in der Boheme, in Künstlerkreisen verbracht hatte.

Dieser Materialismus fand sogar Eingang in sein Sexualleben, wie es so häufig der Fall ist: Er hoffte, etwas für nichts zu bekommen, falls es ihm gelang (sein Leben war eine Reihe von Verhandlungen und Geschäftsabschlüssen), doch für jeden Aufwand erwartete er eine ordentliche Belohnung. Er war attraktiv, jungenhaft und emotional ein wenig naiv. Man braucht nicht besonders hervorzuheben, daß diese Qualitäten bei vielen Frauen, nicht alle kinderlos, großen Anklang fanden. Er war leicht zu durchschauen und ziemlich einfach zu manipulieren. Überdies hatten die Frauen eine gewisse Kontrolle über die Beziehung, denn solche Männer können auch, in gewissen Bereichen, überaus beeindruckend sein: Sie sind nahezu ausschließlich auf ihr eigenes Ego fixiert. Letztendlich jedoch machte ihn seine Unfähigkeit, Verantwortung entweder für sich selbst oder für andere zu übernehmen, zu einem frustrierenden Partner, und seine Beziehungen zerbrachen zwangsläufig nach einem Zeitraum, in dem versucht worden war, ihn zu erziehen, was ihn mehr und mehr unerträglich werden ließ.

Wir erfahren Veränderungen ausschließlich durch äußere Umstände, niemals durch einen reinen Willensakt. Was sie betraf, sagte sie, so hatte sie ihn bereitwillig als das genommen, was er war. Er war besser als die meisten und weitaus interessanter. Er war kein Dummkopf. Das bin ich auch nicht, hörte ich mich selbst sagen.

Sie schüttelte den Kopf.

»Nein. Du bist ein ganz großer Dummkopf. Deshalb mag ich dich ja.« Ich konnte nur staunen.

An diesem Morgen hörte ich von meinem Chef, daß wir am nächsten Tag in die Vereinigten Staaten zurückkehren müßten.

Ich traf mich mit Maria zum Lunch und eröffnete ihr, daß ich Ramirez gerne kennenlernen würde. Sie ließ mich schwören, daß ich tatsächlich abreisen würde, und arrangierte dann ein Treffen am Kai.

Vom Kai gingen wir in eine nahe gelegene Bar. Es war ein reizloser Ort, düster und ein bißchen heruntergekommen. Maria kannte viele Stammgäste, speziell die weiblichen, die sie alle zur Begrüßung küßte. Ramirez erschien. Er trug einen gediegenen Anzug aus dunkelblauem Tuch, und ich war überrascht, daß er einen Bart hatte und eine Brille trug. Wir schüttelten uns die Hand. Sein Fleisch war etwas weich und sein Händedruck weiblich sanft. Er meinte, er wisse nicht genau, warum er überhaupt gekommen sei, aber »ich kann Maria keine Bitte abschlagen«. Wir nahmen einige starke Drinks. Dann fuhren wir mit dem Motorboot hinaus auf den See. Es war eine warme Nacht. Er legte sein Jackett ab, doch nicht seine Weste, und fragte, ob ich Kokain schnupfte. Ich bejahte. Während er die Dosis auf einem kleinen Handspiegel zum Schnupfen vorbereitete, informierte er mich, daß er Marias Meister war und ihr, wie in diesem Fall, manchmal erlaubte, sich mit anderen Männern einzulassen: ich solle mich lieber jetzt verziehen, sonst könnte ich irgendwann zur Zielscheibe für Erpressung oder gar Gewalt werden. Ich stellte amüsiert fest, daß Maria ihn betrog. Ich beschloß, ihr Spiel so gut mitzuspielen, wie ich es vermochte. Ich erzählte ihm, daß ich in Griechenland einige Nutten hätte für mich laufen lassen, und daß ich wüßte, daß er nicht gerade der typische Louis wäre. Er war überhaupt nicht beleidigt. Wir nahmen das Kokain. Es war von bester Qualität. Ich machte ihm dafür ein Kompliment. »Sie haben mich aber verstanden«, entgegnete er. Darauf erwiderte ich nichts, bis wir wieder zum Hafen zurückfuhren.

Als wir aus dem Boot gestiegen waren und beisammenstanden, Maria zu meiner rechten, Ramirez vor der offenen Tür seines Autos, drohte ich ihm mit dem Tod. Ich erzählte ihm, ich sei ein Agent des KGB. Er wurde nervös, sagte kein Wort mehr, stieg in sein Auto und fuhr davon. Auf dem Heimweg war Maria unruhig. Sie fragte mich, was sie tun solle. Ich erklärte ihr, ihr stehe frei, unter einer ganzen Reihe von Möglichkeiten zu wählen. Sie sagte, sie brauche Geld. Ich gab ihr etwas. Wir verbrachten die Nacht in ihrer Wohnung und fuhren am Morgen noch einmal auf den See hinaus. Als Maracaibo hinter uns verschwand und wir ganz alleine mitten auf den stillen blauen Fluten trieben, holte sie ein kleines Päckchen Kokain hervor und streute, während sie sich mit ihrem schlanken Körper in den Sitz preßte, zwei Portionen auf ihren Taschenspiegel. Ich inhalierte als erster durch einen zusammengerollten amerikanischen Zehn-Dollar-Schein. Sie hielt inne, ehe sie die eine Hälfte ihrer Portion erst mit dem einen Nasenloch, dann mit dem anderen einsog. Sie lächelte mich an, traurig und vertraut. »Nun?«

»Du wirst zu Ramirez zurückkehren?«

»Nicht, wenn ich in einem Hotel wohnen kann.«

»Und wenn du in einem Hotel wohnst?«

»Ich kann mir etwas Geld verdienen. Kannst du mir nicht behilflich sein, nach Amerika zu kommen?«

»Jetzt gleich? Hier bist du sicherer.«

»Aber könntest du?«

»Nur unter Bedingungen, die mir nicht gefallen. Ich wiederhole, hier ist es für dich viel besser.«

»Wirklich?«

»Glaub mir.«

Ihre dunklen Augen blickten in den See. »Die Zukunft ist auch nicht besser als die Vergangenheit.«

Ich schätzte, daß sie schon in einer Woche wieder bei Ramirez wäre; und in einem Jahr wäre sie von ihm befreit. Ich startete den Motor und hielt auf die Wirklichkeit der Ölbohrinseln und Raffinerien zu. Ich beruhigte Maria, daß ich wüßte, sie würde schon überleben, wenn es in der Welt so etwas wie Glück gab. Sie hatte nicht diese in sich selbst versunkene Sexualität, die einen gewissen Grad an Kälte birgt: je mehr ihr nachgegeben wird, desto mehr nimmt die Kälte zu. Man trifft Libertinäre, deren Leben dem Sex gewidmet sind und die trotzdem jegliche sexuelle Großzügigkeit verloren haben. Gewisse Frauen sind genauso. Sie lassen davon ab, etwas zu zelebrieren und gewinnen mehr und mehr die Kontrolle. Es ist das unvermeidliche Vorrükken der rationalisierten Romanze, wie ich sehr wohl wußte.

Im Hotel teilte der Chef mir unvermittelt mit, daß sein Tod kurz bevorstand. Er bat mich, daß ich danach als Verbindungsoffizier zu einem Kosakenregiment nach Kiew gehen solle. »Ich glaube, das ist das beste, was ich Ihnen anbieten kann«, sagte er. Er fügte hinzu, daß seine Willenskraft ihn im Stich gelassen hätte. Ich fragte, ob er unter Strahlenvergiftung litt. Er bejahte das. Er wolle für einige Zeit nach Long Beach zurückkehren, doch ich könne, wenn ich wollte, in Washington bleiben. Ich konnte mir gar nicht ausmalen, in welchem Maße er manipuliert oder intrigiert hatte, um uns beiden soviel Zeit herauszuschinden, doch ich war ihm dafür dankbar und teilte es ihm auch mit. Ich hätte beschlossen, erklärte ich, nach Pasadena zurückzukehren.

»Gut«, sagte er. »Dann können wir ja das gleiche Flugzeug nehmen.«

Ich beschloß, mich nicht vorher telefonisch anzumelden, sondern fuhr vom Flughafen in Burbank direkt nach Pasadena. Los Angeles war stiller als je zuvor, wenngleich es erste Hinweise auf Flucht und Vandalismus gab. Die meisten Autos auf dem Freeway waren Streifenwagen. Als ich meinen gemieteten Toyota in Richtung der wohlhabenderen Vororte lenkte, wurde ich zweimal angehalten, und meine Papiere wurden überprüft. Jetzt, in der gegenwärtigen Situation, ist es in Amerika zu einem großen Vorteil geworden, einen sowjetischen Ausweis und eine KGB-Identifikation zu besitzen.

Ich verließ den Freeway und fuhr in Richtung South

Orange. Nach Maracaibo schienen die breiten, palmenüberschatteten Straßen ohne Dichte oder Struktur zu sein. Ein fadenscheiniger Traum. Pasadena war eine geometrische Kindergartenvision von Sicherheit. Nur in der Innenstadt, zwischen den Ziegeln und Natursteinen der historischen Siedlung und um den Bahnhof, gab es ein Flair von Komplexheit, und das war die Komplexheit irgendeiner ländlichen amerikanischen Kleinstadt. Ich sehnte mich nach Europa, nach London und den geheimnisvollen, klaustrophobischen Straßen.

Ich parkte in der Gemeinschaftsgarage, nahm mein Reisegepäck vom Rücksitz und schlenderte über das ordentliche Phantasie-Pflastermosaik zum letzten Block des Kondominiums. Wie so viele Gebäude in Los Angeles war es weniger als zehn Jahre alt und zeigte hinter der grellweißen Fassade bereits erste Spuren des Verfalls. Ich ging die Treppe hinauf, dankbar für den Schatten des Vordachs, und betätigte die Schelle rechts von der Doppeltür. Ich bückte mich und hob eine zusammengefaltete Zeitung auf, überrascht, daß immer noch Lieferungen getätigt wurden. Julias Stimme erklang jenseits der Türflügel. Ich gab mich zu erkennen.

Sie schien erfreut. »Du bist also zurückgekommen. Das ist wunderbar. Es geht ihr sehr schlecht.« Ich kam mir so vor, als hätte ich Julia unwissentlich den Glauben an die gesamte menschliche Rasse wiedergegeben. Einige Menschen haben ein so dringendes Bedürfnis nach einer anständigen Welt, daß sie sich an den kleinsten Beweis für deren Existenz klammern und alles verdrängen, was auf das genaue Gegenteil hinweist. Julia sah erschöpft aus. Ihre Haare waren in Unordnung.

Ich knöpfte meinen leichten Regenmantel auf und überließ ihn ihr. Ich schob meinen Koffer unter einen kleinen Tisch, der an der Wand der Eingangshalle stand.

»Honour ist nach Flagstaff zurückgekehrt«, sagte Julia. Sie machte ein wehmütiges Gesicht. »Ist auch gut so. Viel hat sie nicht von dir gehalten.«

»Ihre Offenheit gefiel mir«, sagte ich.

Die Frau wußte, daß ich eingetroffen war, doch sie blieb an der Staffelei sitzen, die wir in dem geräumigen Vorderzimmer aufgestellt hatten. Licht fiel auf eine halbfertige Landschaft, auf ihr dünner werdendes aschblondes Haar, auf ihre pastellfarbene Haut. Sie war noch zarter, noch schöner, dennoch wehrte ich mich immer noch gegen das Gefühl der Liebe zu ihr.

»Warum bist du hergekommen?« Sie sprach mit leiser Stimme. Sie begann sich umzudrehen, widerstand dabei der Hoffnung und sah mich an, als könnte ich sie aufs neue verletzen. »Der Krieg ist noch nicht beendet.«

Ich vollführte mit der Zeitung eine hilflose Geste. »Offensichtlich nicht.«

»Das ist zuviel«, sagte sie.

Ich erzählte ihr, ich hätte mich entschlossen, mich abzusetzen und für einige Zeit zurückzuziehen. Niemand außer meinem Chef wüßte, wo ich mich aufhielt, und er hätte eine Geschichte erfunden, laut der ich mit einer Gruppe radikaler Pazifisten in den Untergrund gegangen sei.

»Deine Leute werden das nicht glauben.«

»Unsere Organisationsstruktur ist so stabil, daß man ihr nur mit den verwegensten Mitteln widerstehen kann«, sagte ich, »und dann oft sehr erfolgreich. Das ist offenbar einer der großen Vorteile der Orthodoxie.«

»Du redest nur Scheiße, wie immer«, sagte sie. »Was du mit mir gemacht hast, schaffst du kein zweites Mal. Eher würde ich mich umbringen.«

Ich trat zu ihr, so daß meine Brust sich mit ihrem entzückenden Kopf auf gleicher Höhe befand. Wir umarmten uns nicht. Sie sah nicht so grau oder verhärmt aus wie zu dem Zeitpunkt, als man ihre Krankheit diagnostiziert hatte. Als sie zu mir aufsah, war ich überwältigt von ihrer sanften Schönheit. Sie war zugleich würdevoll und pathetisch. Ihre Augen begannen sich mit Tränen zu füllen. Eine löste sich und fiel herab. Sie entschuldigte sich. Ich entgegnete, das sei nicht nötig. Ich berührte ihre Schulter, ihre Wange. Sie sagte mehrmals meinen Namen und umklammerte meine Hand.

»Du siehst nicht gut aus«, stellte sie fest. »Du hattest Angst, du würdest den Verstand verlieren, nicht wahr?«
»Ich bin nicht dabei, verrückt zu werden«, sagte ich ihr. »Ich wünsche oft, ich könnte es. Dieses Stadium der Kontrolle ist eine Art Wahnsinn, nicht wahr? Vielleicht ist es ein viel gründlicherer Wahnsinn als jede andere Art. Jedoch wohnt dieser Art nicht jene reizvolle Unverantwortlichkeit inne, dieser Mangel an Bewußtsein um andere, welches eine der klassischen Erfahrungen des Wahnsinns ist.« Ich lachte. »Daher liegt darin nichts Vorteilhaftes.«
»Und was ist mit deinem Dienst?«
»Für den Krieg?«
»Oder deine Aufgabe, was auch immer.«
»Hervorragende Entschuldigungen.«
»Was ist denn wichtiger?«
Ich atmete tief ein. »Ich weiß nicht. Zuneigung?«
»Du hast dich verändert. Deine Denkweise. Deine Logik.«
»Ich mußte vereinfachen.«
»Und nun?«
»Ich bin geschlagen. Ich kann es nicht länger ertragen. Die Dinge bleiben so verwirrend wie eh und je.«
»Was willst du damit sagen?«
Ich zuckte die Achseln. »Liebe regiert alles?«
»Aber nicht dich!« Sie schüttelte den Kopf.
»Ich weiß nicht«, fuhr ich fort, »was die Wahrheit ist. Es ist bisher meine Aufgabe gewesen zu lügen und auf Lügen zu erwidern. Mein Dienst läßt das zu, fordert es sogar. Die einzige andere Wahrheit ist für mich die Wahrheit meiner Gefühle, meiner Sehnsüchte und Sinne. Alles andere ist Heuchelei, Selbstbetrug. Bestenfalls ist es eine sentimentale Grundhaltung. Wir alle werden nur vom Interesse für uns selbst getrieben.«
»Aber manchmal weitet dieses Selbstinteresse sich aus«, wandte sie ein. »Und das ist dann der Moment, wo wir zu Menschen werden. Warum bist du hier?«
»Um dich zu sehen. Um bei dir zu sein.«

»Wir wollen uns hinlegen«, sagte sie. »Laß uns zu Bett gehen.«

Das Bett war sehr groß. Der Wohnsitz hatte ihren Eltern gehört. Nun hielten sie sich in Iowa auf, wo sie sich sicherer wähnten. Wir zogen uns aus, und ich schloß sie in die Arme. Wir küßten uns. Ihr Körper war warm und noch immer stark. Wir liebten uns nicht, sondern wir redeten, wie wir es immer getan hatten. Ich erzählte ihr, daß ich die Bedeutung von Liebe nicht kennen würde und daß das, was mich zu ihr zurückgebracht hätte, die Erkenntnis gewesen sei, daß mir sämtliche Alternativen zu ihr unerträglich erschienen wären. Ich berichtete ihr weiter, daß eine Mischung aus Sentimentalität und Machtpolitik der beste Ersatz für die Liebe gewesen sei, den ich mir unter den gegebenen Umständen hätte leisten können. Altruismus war ein Luxus. Sie meinte, daß sie es für eine Notwendigkeit hielte. Ohne Altruismus gäbe es in der menschlichen Existenz keine Würde, wenn daher jemand ihn zurückwiese, lehne er gleichzeitig auch den einzigen Grund für den Fortbestand der Rasse ab. War das vielleicht der Grund, warum ich mich für einige Zeit aus dem Krieg zurückgezogen hatte?

Ich lobte sie für ihren feinsinnigen Fundamentalismus und sagte, daß ich meine Unfähigkeit bedauere, nach solchen Prinzipien zu leben. Sie erklärte mir, das sei gar nicht schwierig: man übernehme keine weiterreichenden Verantwortungen – man ließ alle Macht fahren, und dabei befreite man sich gleichzeitig von aller Schuld. Diese Vorstellung alleine, so offenbarte ich ihr scherzhaft, wäre für die russische Seele beängstigend. Ohne Schuld gäbe es überhaupt keine Bewegung mehr! Sie schüttelte den Kopf über das, was sie meinen Zynismus nannte, meinen Selbsthaß. Ich sagte, daß ich es vorzöge, nach meinen eigenen Maßstäben zu leben. Ich stieg aus dem Bett und ging hinaus in die Halle. Aus meinem Gepäck holte ich einen Schmuckanhänger, den ich in Maracaibo für sie gekauft hatte.

Ich ging zurück und reichte ihn ihr.

Sie betrachtete ihn und bedankte sich freudlos. Sie legte ihn beiseite. »Demnach wirst du niemals frei sein?« sagte sie in fragendem Ton.

»Ich glaube nicht«, erwiderte ich. Dazu war es zu spät.

Sie erhob sich und schlüpfte in einen Hausmantel und schlenderte mit unter den Brüsten verschränkten Armen in den angrenzenden Raum, den sie als Atelier nutzte. »Die Liebe und die Kunst gehen ohne Freiheit ein.« Sie starrte ein halbfertiges Porträt an, das an einer Wand lehnte. Ich erschien auf dem Bild viel älter.

»Das nehme ich an«, pflichtete ich ihr bei. Doch ich war im Gewerbe der Politik tätig, die, per definitionem, sowohl den Liebenden wie auch den Künstlern feindlich gesonnen war. Sie waren Faktoren, die das Spiel stets verkomplizierten und bei denen enorme Frustration hervorriefen, die es von ihrer Temperamentslage her bevorzugten, die Welt so gründlich wie möglich zu vereinfachen.

»Meine Argumente sind dir doch immer dämlich romantisch vorgekommen, nicht wahr?« sagte sie. Sie beleidige meine Intelligenz, hielt ich ihr entgegen. Wir lebten in einer Welt der Macht und Manipulation. Gegenwärtig legten politische Entscheidungen fest (und dabei ergriff ich ihre Hand), ob wir leben oder sterben würden – oder ob wir uns der Liebe hingeben oder Kunstwerke schaffen sollten. Mein Realismus, so führte ich aus, sei auf diese Situation beschränkt; der ihre entsprach ihrem Leben als Künstlerin und als ein Individuum, das weiterhin hoffen muß.

»Aber ich sterbe«, sagte sie. »Ich brauche keine Hoffnung.« Sie lächelte, als sie den Satz beendete. Sie wandte sich mit einem Schulterzucken ab, in dem viel von ihrer alten Fröhlichkeit zu erahnen war. Sie strich mit den Fingerspitzen über die Rahmen der Gemälde. »Ich würde mein Leben hingeben, wenn ich nur einen Bezugspunkt hätte.«

Ich konnte ihr darauf nichts erwidern, doch plötzlich verlor ich mich wieder in ihr, wie ich es während der Anfangstage unserer Beziehungen erlebt hatte. Ich ging zu ihr hin und umarmte sie. Ich küßte sie. Sie erkannte mein Gefühl sofort. Sie reagierte. Sie war voller Großzügigkeit, voller Freundlichkeit und Entgegenkommen. In diesem Moment mochte ich nicht daran denken, daß dies alles einmal diese Welt verlassen würde.

Doch dann würde ich immer noch die Erinnerung daran bewahren, dachte ich.

ch offenbarte ihr, daß ich ihre Neigung bewunderte, mir, allen Leuten, altruistische Motive zu unterstellen. Doch die meisten von uns wären viel zu selbstsüchtig. Wir müßten schließlich in einer von Zynismus geprägten Welt überleben. Sie hielt mir entgegen, daß sie an die Selbstzufriedenheit glauben müsse und daß der Altruismus die einzige Chance bot, in dieser Welt, wenn überhaupt, zu überleben. Man mußte die Welt beobachten und irgendwie lernen, sich selbst zuzutrauen, Toleranz und Hoffnung zu erhalten. Ich sagte, ihr Mut sei größer als meiner. Sie bestätigte das. Sie meinte, eine Frau fände es notwendig, den Mut zu entdecken, wenn sie ihrem Leben als Individuum überhaupt einen Sinn geben wollte.

»Aber du hast mich doch verfolgt«, gab ich behutsam zu bedenken.

»Ich liebe dich«, erwiderte sie. »Ich will dich allein für mich und werde alles tun, um dich zu halten.«

»Ich kann mich nicht ändern.«

»Das würde ich auch nicht wollen.«

»Dann hast du mich für dich gewonnen.«

»Nun«, sagte sie, »ich habe etwas von dir errungen, und vorerst bin ich damit zufrieden. Was meinst du, habe ich es ehrlich gewonnen? Bist du vielleicht nur aus Mitleid wieder zurückgekommen?«

»Es zog mich hierher, zu dir. Ich habe keine Vorbehalte.«

»Du fühlst dich nicht eingeengt?«

»Im Gegenteil.«

»Bist zu deinem Tod?«

»Es ist möglich – vielleicht bitte ich dich, mich zu töten, wenn es ganz schlimm wird.«

»Ich weiß.«

»Könntest du das?«

»Ich habe den Verdacht, daß du deswegen zu mir kamst, weil du wußtest, daß ich es kann.«

Sie war erleichtert. Die Anspannung zwischen uns verflog völlig. Sie lächelte mich an und ergriff wieder meine Hand: Sie war verliebt in ihren Henker.

(Los Angeles, August 1979,
Ladbroke Grove, März 1980)

Abstecher nach Kambodscha

1

Ich näherte mich, und Sawitzki, Kommandeur der Sechsten Division, stand auf. Wie immer war ich von seinem massigen, austrainierten Körper beeindruckt. Dennoch schien er sich seiner Macht oder seiner eleganten Erscheinung nicht bewußt zu sein. Obgleich ich es nicht mußte, hätte ich beinahe vor ihm salutiert. Er streckte mir seinen Arm entgegen. Ich legte die Papiere in seine behandschuhte Rechte. »Dies sind die letzten Nachrichten, die wir erhielten«, sagte ich. Der lose Ärmel seiner Kosaken-Tscherkeßka glitt zurück und entblößte einen kampfgestärkten, braungebrannten Unterarm. Ich verglich seine Haut mit meiner eigenen. Dafür, daß ich mit der Sechsten fünf Monate lang unterwegs war, war ich noch immer blaß; immer noch, so dachte ich, mit Intellektuellenhänden geschlagen. Das Licht der Abendsonne fiel durch das Laub des Dschungels, und ein paar Papageien schrien ihre letzten Gutenachtgrüße. Moskitos versammelten sich in den Schatten, wirbelten in dichten Mustern umher wie ein aufgescheuchter Mob. Der Dschungel stank nach Fäulnis. Irgendwo stimmte Jakovlew eine traurige Akkordeonmelodie an.

Der vietnamesische Spion, den wir gefangen hatten, ließ sich mit ruhiger Stimme von der anderen Seite von Sawitzkis Klapptisch vernehmen. »Ich glaube, ich möchte schon vor Einbruch der Dunkelheit von hier verschwinden. Werden Sie Ihr Wort halten, Sir, wenn ich Ihnen erzähle, was ich weiß?«

Sawitzki blickte nach hinten, und ich sah den Gefangenen zum ersten Mal (obgleich seine Anwesenheit im Lager natürlich bekannt war). Seine Hände und Füße waren mit Bajonetten am Erdboden festgenagelt, aber ansonsten war er unversehrt.

Sawitzki sog zischend die Luft ein und fuhr fort, die

Dokumente zu studieren, die ich ihm gebracht hatte. Unser Funkgerät war jetzt nutzlos. »Er scheint zu bestätigen, was hier steht.« Er klopfte auf das zweite Schriftstück. »Ein Angriff heute nacht.«

Der Tempel auf der anderen Seite der Lichtung erwachte innen zum Leben. Fahles Licht spielte über grünliches, beschädigtes Mauerwerk. Einige unserer Männer mußten dort ein Feuer entfacht haben. Ich hörte Laute der Ausgelassenheit und einige Klagen von den Frauen, die bei dem Spion gewesen waren. Eine begann etwas in jenem seltsam hohen weinerlichen Geheul zu rufen, das sie immer dann benutzen, wenn sie versuchen, uns wegen irgend etwas anzuflehen. Für einen Moment waren Sawitzki und ich durch unseren gemeinsam empfundenen Ekel miteinander verbunden. Ich fühlte mich geschmeichelt. Sawitzki beschrieb eine ungeduldige Geste, als schäme er sich. Er wandte sein attraktives Gesicht und blickte ernst auf den Bauern hinunter. »Ist es so wichtig für dich? Du hast eine Menge Blut verloren.«

»Ich glaube nicht, daß ich sterbe.«

Sawitzki nickte. Er war in allem ökonomisch, sogar in seinen Grausamkeiten. Er hatte vorgehabt, den Mann von Pferden zerreißen zu lassen, aber er wußte, daß er dadurch zwei schon jetzt überforderte Tiere noch weiter schwächen würde. Er nahm seine Mütze vom Klapptisch und setzte sie sich nachdenklich auf den Kopf. Von den verlassenen Hütten wehte der Geruch unserer Pferde herüber, als der Wind seine Richtung änderte. Ich zog die geliehene Burka noch enger um mich. Ich war der einzige in unserer Einheit, der sie trug, denn mir war schon kalt, sobald die Sonne unterging.

»Kannst du uns auf der Karte zeigen, wo sie angreifen wollen?«

»Ja«, sagte der Bauer. »Dann können Sie einen Mann hinschicken, um ihr Lager auszuspionieren. Er wird bestätigen, was ich erzähle.«

Ich stand etwas abseits, während diese beiden Profis über ihr Geschäft sprachen. Sawitzki schlenderte zu dem

Spion hinüber und zog sehr schnell wie jemand, der ein Huhn rupft, das Bajonett heraus und warf es auf die Erde. Mit angedeuteter Behutsamkeit half er dem Bauern auf die Beine und setzte ihn in den ledernen Feldsessel, den er auf unserer langen Wanderung von Danang, wo wir den Truppentransporter verlassen hatten, der uns von Wladiwostok hergebracht hatte, mitgeschleppt hate.

»Ich hol mal ein paar Lappen, um seine Blutungen zu stillen«, sagte ich.

»Gute Idee«, lobte Sawitzki. »Das Zeug soll nicht über die Karten geschmiert werden. Sie sollten sowieso besser über alles informiert sein.«

Als Verbindungsoffizier war es meine Pflicht, zu wissen, was geschah. Deshalb kann ich auch diese Geschichte erzählen. Mein einziger Wunsch war, wieder in mein Quartier zurückzukehren, wo zwei armselige Alte hockten und mir etwas vorsangen, sobald ich hereinkam oder weg-ging, doch wo wenigstens zwischen mir und den alltäglichen Schrecken dieses Feldzuges eine Barriere existierte. Aber, so sehr des Lesens unkundig und stumpf diese Reiter waren, sie besaßen zuverlässige und feine Instinkte und konnten sofort erkennen, wenn ich auch nur die geringste Furcht empfand. Vielleicht, so dachte ich, liegt es daran, daß sie alle daran gewöhnt sind, ihre eigenen Ängste zu verschleiern. Dennoch gehörte Tapferkeit zu ihren ersten Eigenschaften, was ich von mir leider nicht behaupten kann. Ich war bei mehr als einem Dutzend Überfällen mit ihnen geritten und hatte mitgeholfen, die Kambodschaner in ihr Land zurückzutreiben. Jedesmal hatte ich Männer und Pferde in die Luft fliegen gesehen, zerrissen, lebendig verbrennend. Es war so weit gekommen, daß ich von dem Geruch nach Blut und Schießpulver lebte, als wäre es ein Ersatz für Luft und Verpflegung – ich betrachtete es als den Geruch des Lebens an sich –, dennoch schaffte ich es noch immer nicht, diese seltsam passive Haltung innerer Ruhe einzunehmen, die all meine Kameraden mehr oder weniger deutlich an den Tag legten. Nur während der Aktionen schienen sie die Außenwelt wahrzunehmen, obgleich sie immer mit umsichtiger Grausamkeit zu Werke gingen und so schnell wie möglich mit Lanze, Säbel oder Karabiner töteten und, in einem Ausdruck furchtbarer Menschlichkeit, niemals einen Verwundeten der eigenen Seite oder des Gegners ohne durchgeschnittene Kehle oder eine Kugel im Schädel zurückließen. Ich war dankbar, daß sie, meine früheren Feinde, nun Verbündete waren, denn ich hätte gegen sie nicht standhalten können, wenn sie sich gegen mich gwandt hätten.

Ich verband die schlanken Hände und Füße des Bauern. Er war wie ein Kind. Er sagte: »Ich wußte, daß keine Arterien verletzt waren.« Ich nickte dazu. »Sie sind der politische Offizier, nicht wahr?« Er sagte es fast mit einem Ausdruck des Mitgefühls.

»Verbindungsoffizier«, sagte ich.

Er war mit meiner Antwort zufrieden, als hätte ich seine Vermutung bestätigt. Er fügte hinzu: »Ich glaube, es ist der Ledermantel. Fast eine Uniform.«

Ich lächelte. »Meinst du, ein Zeichen von Klassenunterschied?«

Seine Augen verdüsterten sich plötzlich vor Schmerz, und er schwankte, erholte sich jedoch wieder, um zu sagen, was er sich offenbar zurechtgelegt hatte. »Ihr Russen seid von Natur aus bourgeois. Ihr könnt nichts dafür. Es ist eure Art.«

Sawitzki war zu müde, um eine andere Reaktion als nur ein kleines Lächeln zu zeigen. Ich spürte, daß er dem Bauern beipflichtete und daß die beiden mich irgendwie ausschlossen, sich mir überlegen fühlten. Darüber ärgerte ich mich. Ich zog den letzten Verbandsstreifen um sein linkes Handgelenk so fest an, daß der Spion sich krümmte. Zufrieden, daß meine Ehre gerächt war, warf ich einen Blick auf die Landkarte. »Hier sind wir«, sagte ich. Wir befanden uns am Rande Kambodschas. Ein kleines Flüßchen, das leicht zu überschreiten war, bildete die Grenze. Wir hatten davon gehört, noch ehe wir dieses Dorf betraten. Kundschafter bestätigten, daß er nicht mehr als nur einen halben Werst entfernt im Westen lag. Der Wasserarm auf der anderen Seite des Dorfes, hinter dem Tempel, war ein Nebenfluß.

»Sie haben versprochen, daß Sie mich nicht töten«, sagte der Vietnamese.

»Ja«, sagte Sawitzki. Er hatte das Witzemachen satt. Wir alle hatten es satt. Es war Ewigkeiten her, seit wir anders als direkt miteinander umgegangen waren, abgesehen von den üblichen Scherzen, die zum Alltag der Einheit gehörten wie zum Beispiel das Geklapper der Waffen und Geräte. Und er dachte nicht daran zu lügen, außer wenn es unbedingt nötig war.

Seine Drohungen waren genauso unbedingt wie seine Versprechungen.

»Sie sind dort.« Der Spion wies auf eine Ortschaft. Er fing an zu zittern. Er trug nur zerfetzte Shorts. »Und ein paar sind hier, denn sie meinen, daß Sie vielleicht anstatt der Furt die Brücke benutzen.«

»Und die Angriffsmacht für heute nacht?«

»Die steht hier.« Eine Stelle auf unserer Flußseite.

Sawitzki rief: »Pawlitschenko!«

Aus dem Zelt des Divisionskommandeurs tauchte der junge Pawlitschenko auf, ohne Mütze, mit zerzausten blonden Haaren und einem Ausdruck unterdrückten Unwillens im Gesicht. »Genosse?«

»Besorgen Sie sich ein Pferd, und reiten Sie mit diesem Mann eine halbe Stunde auf dem Weg zurück, den wir heute hergekommen sind. Reiten Sie so schnell Sie können, dann setzen Sie ihn ab und kehren ins Lager zurück.«

Pawlitschenko lief zu den Hütten hinüber, wo die Pferde untergestellt waren. Sawitzki hatte dem Spion geglaubt und machte sich nicht die Mühe, seine Information zu überprüfen. »Wir können sie nicht angreifen«, murmelte er. »Wir müssen warten, bis sie zu uns kommen. Das ist besser.« Die Klappe von Sawitzkis Zelt stand nun offen. Ich schaute hinein und gewahrte zu meiner Verblüffung eine kleine Eurasierin von vielleicht vierzehn Jahren. Sie hatte ihre Füße in einen Eimer Wasser getaucht. Sie lächelte mich an. Ich schaute weg.

Sawitzki sagte: »Er wäscht sie für mich. Pawlitschenko ist darin ein Experte.«

»Meine Frau und die Töchter?« fragte der Spion.

»Sie müssen noch hierbleiben. Was soll ich tun?« Sawitzki wies schulterzuckend mit dem Kopf auf den Tempel. »Du hättest eher den Mund aufmachen sollen.«

Der Vietnamese nahm diese Äußerung wortlos hin. Als Pawlitschenko mit dem Pferd erschien, es im Laufschritt am Zügel führte, als wolle er den Auftrag schnellstens erledigen, gestattete er dem jungen Kosaken, ihn in den Sattel zu heben.

»Nehmen Sie Ihr Gewehr mit«, riet Sawitzki Pawlitschenko. »Wir erwarten einen Angriff.«

Pawlitschenko lief zu seinem eigenen Zelt, einem kleineren neben Sawitzkis. Das Pferd, genauso gründlich ausgebildet wie die Männer, die es ritten, stand linkisch, aber still unter seiner nervösen Last. Der Spion umklammerte den Sattelknauf, die Mähne, seine nackten Füße hingen neben dem Hals des Tieres herab. Er starrte in die Nacht. Seine Frau und seine Tochter hatten ihr lautes Flehen eingestellt, aber ich glaubte ein gelegentliches Stöhnen und Ächzen aus dem Tempel zu hören. Die Flammen schlugen jetzt höher. Die andere Tochter, ihre Füße immer noch im Eimer, hatte die Arme vor der Brust verschränkt und schaute aus neugierigen Augen und ohne Groll ihren Vater, dann den Divisionskommandeur und schließlich mich an. Sawitzki meinte: »Sie sind hier der Intellektuelle. Sie kann kein Russisch. Sagen Sie ihr, daß ihrem Vater nichts geschehen wird. Sie wird morgen wieder bei ihm sein.«

»Dafür reicht mein Vietnamesisch wahrscheinlich nicht.«

»Dann versuchen Sie es auf Englisch oder Französisch.« Er begann seine Landkarten zusammenzulegen und rief Kreschenko zu sich, der für die Wachen verantwortlich war.

Ich betrat das Zelt und wurde von ihrem Lächeln überrascht. Sie hatte einen seltsamen Geruch an sich – wie alter Tee und gekochter Reis. Ich wußte, daß mein Vietnamesisch zu lückenhaft war, daher fragte ich sie, ob sie Französisch verstünde. Sie gehörte zur falschen Generation. »Amerikanski«, erwiderte sie. Ich überbrachte ihr Sawitzkis Botschaft. Sie sagte daraufhin: »Demnach bin ich also der Preis für die Freiheit dieses Bastards.«

»Überhaupt nicht«, widersprach ich ihr. »Er hat uns erzählt, was wir wissen wollten. Ihr hattet einfach Pech, daß er euch drei als Tarnung benutzt hat.«

Sie lachte. »Quatsch! Ich war es, der ihn dazu gebracht hat. Zusammen mit meiner Schwester. Taos Freund arbeitet für die Kambodschaner.« Sie fügte hinzu: »Damals schienen sie kurz vor dem Sieg zu stehen.«

Sawitzki kam ins Zelt und zog den Reißverschluß von unten nach oben zu. Er machte das mit einer einzigen graziösen Bewegung. Dafür, daß er todmüde war, bewegte er sich mit der unbewußten Geschmeidigkeit eines Akrobaten. Er zündete sich eine seiner übelriechenden Papyrossizigaretten an und ließ sich schwer neben dem Mädchen auf das Feldbett fallen.

»Sie spricht Englisch«, sagte ich. »Sie ist ein Halbblut. Sehen Sie?«

Er lockerte seinen Kragen. »Würden Sie sie fragen, ob sie sauber ist, Genosse?«

»Das bezweifle ich«, sagte ich. Ich wiederholte, was sie mir erzählt hatte.

Er nickte. »Dann fragen Sie sie, ob sie ein braves Kind sein wird und es mit dem Mund macht. Ich will endlich weiterkommen. Außerdem erwarte ich, daß sie es tut.«

Ich übersetzte ihr die Frage des Divisionskommandeurs.

»Ich beiße ihm den Schwanz ab, wenn ich dazu Gelegenheit bekomme«, erwiderte das Mädchen. Draußen in der Nacht setzte das Pferd sich in Bewegung und entfernte sich. Ich erklärte, was sie gesagt hatte.

»Ich frage mich, Genosse«, sagte Sawitzki, »ob Sie mir wohl behilflich sind und den Kopf der jungen Dame festhalten.« Er löste den Gürtel seiner Hose und zog sein kunstvoll besticktes Hemd hoch.

Die Füße des Mädchens begannen im Wasser zu strampeln, und der Eimer kippte um. In meiner Lederjacke, meiner Burka und mit meiner Automatic an ihrem rechten Ohr hielt ich das Mädchen in Schach, bis Sawitzki mit ihr fertig war. Er begann, seine Stiefel auszuziehen. »Wollen Sie es auch mal mit ihr versuchen?«

Ich schüttelte den Kopf und brachte das Mädchen aus dem Zelt nach draußen. Sie bewegte sich in jener typisch steifbeinigen Art, die man immer bei Frauen beobachten kann, nachdem sie vergewaltigt wurden. Ich fragte sie, ob sie Hunger habe. Sie bejahte. Ich nahm sie zu meinem Quartier mit. Das alte Ehepaar hatte noch etwas Reis, und ich sah ihr bei Essen zu.

Später in jener Nacht verließ sie ihren Platz zu meinen Füßen und kam zu mir. Ich glaubte, ich würde überfallen, und schoß ihr in den Bauch. Da ich wußte, was meine Kameraden über mich denken würden, wenn ich versuchte, sie am Leben zu erhalten (was nur einige Stunden gedauert hätte), schoß ich sie in den Kopf und beendete ihre Qualen. Wie der Zufall es wollte, weckten diese Schüsse das Lager, und als die Khmer ein paar Momente später angriffen, waren wir bereits kampfbereit und töteten sehr viele von ihnen, ehe der Rest sich in den Dschungel absetzte. Die meisten dieser Soldaten waren noch jünger als das Mädchen.

Am Morgen wurden, um Peinlichkeiten vorzubeugen, die restlichen Frauen aus dem Lager und in die Richtung gejagt, die der Patriarch eingeschlagen hatte. Das alte Ehepaar war verschwunden, und ich nahm an, daß sie nicht zurückkommen würden, oder, wenn sie es doch taten, daß sie dann das Mädchen begraben würden, daher ließ ich sie liegen, wo ich sie erschossen hatte. Ein Silberring, den sie trug, würde sie für ihre Mühe entlohnen. In dem Dorf waren nur noch wenige Lebensmittel aufzutreiben, aber was wir fanden, verzehrten wir zum Frühstück oder packten es in unsere Satteltaschen. Dann, nachdem wir aufgesessen waren, folgten wir dem beinahe schon übernatürlich hübschen Sawitzki zurück in den Dschungel und zum Fluß.

2

Als unser Kundschafter nicht zurückkehrte, nachdem wir eine lange Salve Maschinengewehrfeuer gehört hatten, vermuteten wir, daß er zumindest auf einen Teil des feindlichen Hinterhalts gestoßen war und daß der Spion uns nicht angelogen hatte, daher beschlossen wir, den Fluß an einem weniger einladenden Ort zu überqueren, wo, mit etwas Glück, kein Feind auf uns warten würde.

Der Fluß hatte eine beträchtliche Strömung, aber nicht die Gewalt russischer Flüsse, und Pawlitschenko wurde mit einem Seil hinübergeschickt, das er um einen Baumstamm wickelte. Dann wateten wir ins Wasser und schwammen mit unseren Pferden hinüber. Diejenigen, die die Schutzhüllen für ihre Karabiner verloren hatten, hielten diese hoch in die Luft, umfaßten das Seil mit einer Hand und lenkten die Pferde mit den Beinen und den Zügeln, die sie zwischen den Zähnen hielten. Ich befand mich mehr oder weniger in der Mitte, mit einer halben Division hinter mir und einer halben, die sich auf der anderen Flußseite auf trockenem Land versammelte, als ein kambodschanisches Flugzeug uns sichtete und uns angriff. Das Flugzeug war in schlechtem Zustand, es war mit Ersatzteilen aus mindestens einem Dutzend Ländern zusammengeflickt worden, und die Waffen, die Zielvorrichtungen und, wie ich vermute, die Piloten waren in einem noch schlechteren Zustand, aber sie töteten sieben unserer Männer, während wir das Seil losließen, aus den Sätteln glitten und neben unseren Pferden schwimmend aufs andere Ufer zuhielten, und während diejenigen, die hinter uns noch auf dem Trockenen standen, sich Deckung suchten. Zwei Maschinengewehre wurden in Stellung gebracht, aber sie nutzten nicht viel. Die seltsamen Waffen, die gegen uns eingesetzt wurden – Leuchtspurgeschosse, zwei Raketen, ein paar Napalmkanister, die aufs Wasser aufschlugen und versanken (nur einer platzte auf und brannte, doch das Gemisch wurde schnell von der Strömung weggespült) –, legten die Vermutung nahe, daß sie nur noch sehr wenige konventionelle Waffen zur Verfügung hatten. Dies traf zu diesem Zeitpunkt auf die meisten Kriegsteilnehmer zu, weshalb sich unsere Kavallerie ja auch als so wirkungsvoll erwiesen hatte. Aber sie hatten für ihre Bodentruppen, die jetzt herankamen, etwas Zeit herausgeschunden.

In absoluter Stille, gelegentliche Rufe wurden vom Rauschen des Flusses übertönt, gingen wir ans feindliche Ufer und bauten ein Schützennest auf, wozu wir die Maschinengewehrlafetten benutzten, die als letztes mit Seilen herübergezogen wurden. Die Kambodschaner griffen uns von zwei Seiten an – wobei sie sich aus ihrem ursprünglichen Hinterhalt näherten –, aber wir konnten ihr Feuer wirkungsvoll erwidern und setzten sogar die Panzerabwehrwaffen und die Granaten ein, die wir, bis zu diesem Zeitpunkt, als nutzlosen Ballast betrachtet hatten. Sie verwendeten Pfeile, Blasrohrpfeile, automatische Gewehre, Pistolen und einen Flammenwerfer, der nur für ein paar Sekunden funktionierte und uns keinen Schaden zufügte. Die Kosaken waren nicht allzu glücklich mit dieser Art der Kriegsführung, und sobald eine Pause eintrat, saßen wir auf, packten unsere Ausrüstung in Karren und jagten mit gezogenen Säbeln und mit lautem Gebrüll auf die Khmer-Stalinisten (wie wir sie nennen wollten) zu. Nachdem wir sie verstreut und demoralisiert zurückgelassen hatten, stießen wir auf ein Stück befestigter Betonstraße, auf der wir eine Weile schnell vorwärtskamen. Wir fielen darauf in Trab und anschließend in den Schritt. Die Straßenoberfläche war voller Löcher und kaum weniger unsicher und gefährlich als der Dschungelboden. Der Dschungel lag jetzt hinter uns und schien ein Vorhang zu sein, der die Verwüstung vor uns verbarg. Die Landschaft wirkte ziemlich gleichförmig, als wären jegliche Konturen aus ihr weggebombt worden, mit ein paar zusammengestürzten Häusern, dem gelegentlichen verkohlten Baum und Asche, die über die Straße wehte und manchmal bis zu den Knien unserer Pferde hochwirbelte. Die Asche wurde von einem leichten Wind bewegt. Wir hatten solche Szenen schon vorher gesehen, aber noch nie in einem solchen Umfang. Die fast farblose Beschaffenheit der Landschaft wurde durch die ungeminderte Helligkeit des blauen Himmels darüber noch verstärkt. Die Sonne war sehr heiß geworden.

Einmal beobachteten wir am Horizont zwei Panzer, aber sie bedrohten uns nicht. Wir setzten unseren Weg bis zum frühen Nachmittag fort, als wir zu den Überresten eines modernen Kraftwerks kamen und im Schutz seiner Mauern unser Lager aufschlugen. Die Asche geriet sogar in unser Essen, und wir tranken mehr von unserem Wasser, als vernünftig war. Mittlerweile waren wir alle von diesem grauen Zeug bedeckt.

»Wir sind wie Leichen«, bemerkte Sawitzki. Er stellte eine heroische Statue der Art dar, wie sie auf fast jedem öffentlichen Platz in der Sowjetunion zu stehen pflegte. »Wie sollen wir in dieser Umgebung irgend etwas Eßbares finden?«

»Es ist wie das Ende der Welt«, sagte ich.

»Haben Sie es noch mal mit dem Funkgerät versucht?«

Ich schüttelte den Kopf. »Es ist die Mühe nicht wert. Napalm frißt sich noch schneller durch Drähte als durch den menschlichen Körper.«

Er nahm diese Mitteilung kommentarlos hin und begann mit einem Finger die Innenränder der Brille zu reinigen, die er (wie die meisten von uns) als Schutz vor Sonne, Regen und Staub trug. »Ich könnte ein paar Befehle gebrauchen«, sagte er.

»Wir sollten ins Gebiet des Feindes vorrücken. Und das tun wir gerade.«

»Wo wir, wie man uns sagte, mit amerikanischen und australischen berittenen Einheiten zusammentreffen würden. Diese Narren können gar nicht reiten. Ich hab keine Ahnung, warum man die je auf Pferde gesetzt hat. Cowboys!«

Ich sah keinen Sinn darin, eine bereits sattsam geführte Diskussion von neuem zu beginnen. Es stimmte jedoch, daß die westlichen Kavalleriedivisionen Mühe hatten, mit uns mitzuhalten. Ich hatte es auch recht spaßig gefunden, als sie uns kurz mit zwei mongolischen Schwadronen zusammengelegt hatten. Die Mongolen waren schon seit Jahrzehnten nicht mehr in den Krieg geritten und wurden für ihre alten Feinde, die Kosaken, zum Objekt schallenden Gelächters. Sawitzki glaubte, daß wir die letzten großen Reiter waren. Allerdings zählte er mich nicht dazu; denn ich war ein schlechter Reiter und zudem auch kein Kosake. Er glaubte, es wäre unsere Bestimmung, den Krieg zu überleben und eine neue und tapferere Zivilisation aufzubauen: »Frei vom Einfluß der Frauen und Juden.« Er erinnerte an die großen Tage der Saporoschjanischen Zech, bei denen Frauen nicht zugelassen waren. Selbst bei der Sechsten galt er als besonders konservativ. Er wurde mehr bewundert als seine Auffassungen.

Als die Männer unsere Pferde hatten saufen lassen und die Wassersäcke wieder in unsere Wagen geladen hatten, breiteten Sawitzki und ich die Landkarte auf einem Streifen Beton aus und fanden unseren Standort mit Hilfe von Kompaß und Sextant (es gab keine äußeren Anhaltspunkte oder Landmarken). »Ich frage mich, was mit Angkor passiert ist«, sagte ich. Dort sollten wir andere Einheiten treffen, darunter die Kanadier, denen ich in den nächsten Monaten zugeordnet war (ich sollte später erfahren, daß sie bereits die ganze Zeit hinter uns gewesen waren).

»Meinen Sie, es wäre so wie das?« Sawitzki beschrieb eine umfassende Geste. Seine Augenbrauen wölbten sich. »Ich meine, Genosse, würden Sie sagen, es wäre die Mühe wert, jetzt nach Angkor zu gehen?«

»Wir haben unsere Befehle«, sagte ich. »Wir haben keine Wahl. Wir werden erwartet.«

Sawitzki blies sich den Staub von den Lippen und kratzte sich am Kopf. »Von unserer Division ist noch etwa die Hälfte übrig. Wir könnten Verstärkung gut gebrauchen. Und dann bin ich froh, wenn Sie nichts dagegen haben, auch mal wieder ein bißchen Himmel zu sehen.« Im Dschungel waren wir uns wie eingesperrt vorgekommen.

»Was ist dieses Angkor überhaupt? Deren Hauptstadt?« fragte er mich.

»Ihr Stalingrad, vielleicht.«

Sawitzki begriff. »Oh, es ist also für deren Moral wichtig. Also ohne strategische Bedeutung.«

»Davon hat man mir nichts gesagt.«

Sawitzki tauchte wie üblich in sein diplomatisches Schweigen ab und deutete durch seine Haltung an, daß er mir nicht glaubte und daß ich zur Geheimhaltung angehalten worden war. »Wir ziehen am besten weiter«, sagte er. »Wir haben noch einen weiten Weg vor uns, oder?«

Nachdem wir wieder aufgesessen waren, ritten Sawitzki und ich für einige Zeit schweigend nebeneinander über die Reste der befestigten Straße. Wir befanden uns ein gutes Stück vor der langen Marschsäule mit ihren Reitern, ihre Bagagewagen und ihren Maschinengewehrlafetten im Makhno-Stil. Wir waren willkommene Ziele für jedes Flugzeug, und da es keine Möglichkeit zur Deckung gab, ignorierten Sawitzki und seine Männer lässig die Gefahr. Ich hatte es gelernt, meine Nervosität nicht zu zeigen, aber in diesem Moment war ich mir nicht sicher, wie gut ich sie unter Kontrolle hatte.

»Wir sind die einzige lebendige Macht in Kambodscha«, stellte der Divisionskommandeur mit einem engelhaften Lächeln fest. »Alles andere ist tot. Wie sehr müssen sich diese gelben Bastarde gegenseitig hassen.« Er war beeindruckt, verspürte vielleicht sogar so etwas wie Bewunderung.

»Wer kann das feststellen?« meinte ich. »Wir wissen nicht, wer sonst noch in Kämpfe verwickelt ist. Es gibt jetzt keine Nation mehr, die nicht Krieg führt.«

»Und nicht eine, die nicht nahezu am Ende ist. Sogar die Schweiz.« Sawitzki schnaubte überheblich. »Aber was für ein Erbe für uns!«

Ich gelangte zu der Überzeugung, daß er heimlich, still und leise, allmählich den Verstand verlor.

3

Wir stießen in einer Senke, unweit der Straße, auf einen Panzerwagen. Einer unserer Kundschafter hatte das Stöhnen der Besatzung gehört. Als Sawitzki und ich heranritten, hielt der Kundschafter die uniformierten Khmer mit seinem Karabiner in Schach, aber sie waren bereits zu sehr geschwächt, um für uns eine Gefahr darzustellen.

»Was ist mit ihnen los?« fragte Sawitzki den Kundschafter.

Der Kundschafter wußte es nicht. »Krank«, sagte er. »Oder beinahe verhungert. Sie sind nicht verwundet.«

Wir stiegen von unseren Pferden und rutschten in das Erdloch hinunter. Der Wagen war nicht beschädigt. Er schien langsam in den Staub gerollt und steckengeblieben zu sein. Ich kletterte in den Fahrersitz und versuchte den Motor zu starten, aber er rührte sich nicht. Sawitzki hatte einem der zitternden Khmer in die Genitalien getreten, aber der Mann schien den Schmerz gar nicht zur Kenntnis zu nehmen, obgleich er sich dort mit der Hand anfaßte, als wäre es ein spezielles Ritual. Sawitzki sagte die ganze Zeit »Soldaten! Soldaten!« Es war eines der wenigen vietnamesischen Worte, die er kannte.

Er zeigte in verschiedene Richtungen und blickte voller Abscheu auf die ausgelaugten Männer. »Sie sollten sie lieber verhören«, sagte er zu mir.

Sie verstanden mein Englisch, weigerten sich aber, es zu sprechen. Ich versuchte es auf Französisch. »Was ist mit eurem Wagen passiert?«

Der Mann, den Sawitzki getreten hatte, lag auf dem Gesicht, seine Arme auf dem von Asche bedeckten Untergrund in unsere Richtung gestreckt. Ich glaubte, er wollte uns berühren; wollte aus unsere Lebenskraft nehmen. Mir war schlecht, als ich den Absatz meines Stiefels in seine Handfläche drückte. Einer seiner Gefährten sagte: »Das ist kein Geheimnis. Uns ist der Sprit ausgegangen.« Er wies auf den Panzerwagen. »Der Sprit war alle.«

»Ihr seid aber von eurer Basis ganz schön weit entfernt.«

»Unsere Basis ist verschwunden. Es gibt nirgendwo mehr Sprit.«

Ich glaubte ihm und gab es an Sawitzki weiter, der nur zu bereit war, diese simple Erklärung zu akzeptieren.

Wie üblich wurde von mir erwartet, daß ich die Gefangenen tötete. Ich griff nach meinem Halfter, aber Sawitzki, in einem seltenen Anflug von Mitgefühl, stoppte mich. »Gehen Sie mal hin, und sehen Sie nach, was in der Dose ist«, sagte er und zeigte auf etwas. Als ich auf das durchlöcherte Metall zuwatete, fielen drei Schüsse aus dem Revolver des Divisionskommandeurs. Ich wunderte mich über seine Barmherzigkeit. Ich setzte mein sinnloses Tun fort, indem ich einen Blick auf die Dose warf, sie hochhielt, sie schüttelte und schließlich wieder in den Sand schleuderte. »Leer«, sagte ich.

Sawitzki kletterte gerade aus dem Krater zu seinem Pferd hinauf. Während ich hinter ihm her stieg, sagte er: »Es ist eine Welt des Teufels. Meinen Sie, wir sollten uns ihm in die Hand geben?«

Ich war verblüfft über seinen ungewöhlichen Zynismus.

Er schwang sich in den Sattel. Unbewußt nahm er die Pose – oft gesehen in Filmen und auf Bildern – des edlen Revolutionsreiters ein: der Kopf hoch erhoben, die Hand überschattete die Augen, während er nach Westen blickte.

»Wir scheinen wieder beim Töten von Tartaren angekommen zu sein«, meinte er mit einem Lächeln, als ich schwerfällig in dem Sattel stieg. »Glauben Sie an all diese Geschichten, Genosse?«

»Ich habe die Theorie des Präzedenzfalles schon immer für absolut infantil gehalten«, sagte ich.

»Was heißt das?«

Ich begann zu erklären, aber er stürmte bereits vorwärts und brüllte seine Männer an.

4

Am dritten Tag hatten wir eine Aschewüste durchquert, und unsere Pferde konnten wenigstens etwas Gras auf dem Rücken einer Reihe niedriger Hügel finden, die glitzernde, von Dunst bedeckte Reisfelder überragten. Sawitzki, den Feldstecher vor den Augen, war erleichtert. »Ein Dorf«, sagte er. »Gott sei Dank. Wir bekommen frischen Proviant.«

»Und ein bißchen Training«, sagte Pawlitschenko hinter ihm. Der Junge lachte, schob sich die Mütze in den Nacken und wischte sich schmutzigen Schweiß von der Stirn. »Soll ich hinunterreiten, Genosse?«

Sawitzki war einverstanden und befahl Pawlitschenko, zwei weitere Männer mitzunehmen. Wir beobachteten, wie die Kosaken den Berg hinunterritten und ihre Pferde vorsichtig durch den jungen Reis lenkten. Der Himmel hatte hier einen Grünstich, als reflektierte er die Felder. Es sah aus wie Schwarzmeer-Lagunen im Hochsommer. Ein Geruch nach Laub, in seiner Fremdheit fast schon schockierend, drang zu uns herauf. Sawitzki verfolgte aufmerksam die Aktionen seiner Männer, die ihre Karabiner in Anschlag gebracht hatten und absaßen, als sie das Dorf erreichten. Die Zügel um einen Arm geschlungen, drangen sie langsam vor und feuerten ein paar vorbeugende Salven auf die Hütten ab. Einer von ihnen hakte eine Übungsgranate von seinem Sattel los und schleuderte sie in einen nahegelegenen Eingang. Bauern, wie es schien verhungert und schon vom Tod gezeichnet, kamen herausgelaufen. Die jungen Kosaken ignorierten sie und hielten Ausschau nach Soldaten. Als sie sich überzeugt hatten, daß das Dorf frei von Fallen war, winkten sie uns heran. Die Bauern versammelten sich in der Dorfmitte. Offensichtlich waren sie mit solchen Operationen schon vertraut.

Während unsere Männer ihre gründliche Durchsuchung begannen, wurde ich wieder herbeigerufen, um meiner Pflicht nachzukommen und die Einwohner zu verhören. Diese, so stellte sich heraus, waren fast alle Intellektuelle,

Reste eines Re-Edukationsprogramms der Khmer Rouge (was praktisch ein Todesurteil per Zwangsarbeit bedeutete). Es war einfacher, sie anzusprechen als ihre komplizierten Antworten zu verstehen. Am Ende gab ich es auf und, durch die weinerlichen Bitten der Frauen ungeduldig geworden, ignorierte sie. Sie wußten nichts, was für uns von Nutzen hätte sein können. Unsere Männer sahen sich in ihren Erwartungen enttäuscht. In dem Dorf waren nur noch alte Leute. Am Ende holten sie sich die jüngste der alten Frauen und mißbrauchten sie in einem Gebäude, das früher die Ratshütte gewesen sein mußte. Ich wunderte mich über ihre Energie. Mir kam der Gedanke, daß sie ein solches Verhalten wahrscheinlich voneinander erwarteten und daß sie voreinander das Gesicht verlieren würden, wenn sie nicht die nötigen Aktionen durchführten. Am Ende, als wir verspeist hatten, was wir hatten finden können, widmete ich mich wieder der Befragung von zwei der alten Männer. Sie standen den kambodschanischen Truppen wenigstens ablehnend gegenüber und erzählten uns alles, was sie wußten. Es schien jedoch so, als hätte es in dieser Gegend keine besonders großen Truppenbewegungen gegeben. Gelegentlich tauchte ein Helikopter oder ein Flugzeug auf, das letzte vor ein paar Tagen. Offenbar war es jene Maschine gewesen, die uns am Fluß attackiert hatte. Ich fragte, ob sie irgendwelche Neuigkeiten aus Angkor besäßen, aber es gab hier kein Funkgerät, und sie erwarteten von uns, mehr zu wissen als sie. Ich wies auf die rötlichen Berge auf der anderen Seite des Tales. »Was ist dort?«

Sie erzählten mir, soweit sie informiert seien, liege dort ein weiteres Tal, ähnlich wie dieses, nur etwas größer. Die Berge sahen steiler aus und waren bewaldet. Es würde eine anstrengende Kletterpartie für uns, es sei denn, es gab dort eine Straße. Ich holte die Karte hervor. Dort war eine Straße eingezeichnet. Ich zeigte darauf. Einer der alten Männer nickte. Ja, er glaubte, daß die Straße dort immer noch sei, denn sie führe auch in dieses Dorf. Er zeigte mir, wo der Pfad verlief. Er war dort tief zerfurcht, wo vor einiger Zeit noch schwere Fahrzeuge gefahren sein mußten. Er verschwand im dunklen, grünen, zwitschernden Dschungel. Alles, was der Dschungel jetzt noch für mich bedeutete, waren Moskitos und einen gewissen Schutz vor angreifenden Flugzeugen.

Ungeachtet der Blutegel und Insekten nutzte der größte Teil der Division die Chance zu einem Bad in dem Fluß, der die Reisfelder bewässerte. Ich konnte mich nicht dazu überwinden, mich in Anwesenheit all dieser kräftigen gesunden Männer auszuziehen. Ich beschloß, weiterhin schmutzig zu bleiben, bis ich die Möglichkeit bekäme, meine Intimsphäre zu wahren.

»Ich will, daß die Männer sich ausruhen«, sagte Sawitzki. »Haben Sie Einwände dagegen, daß wir für den Rest des Tages und für die Nacht hier unser Lager aufschlagen?«

»Das ist eine gute Idee«, entgegnete ich. Ich suchte mir eine Hütte aus, scheuchte die Bewohner hinaus und schlief fast augenblicklich ein.

Am Morgen wurde ich von einem Soldaten geweckt, der mir einen Metallbecher mit einem exquisit aromatisierten Tee brachte. Ich war verblüfft und nahm ihn amüsiert an. »Davon gibt es hier jede Menge«, sagte er. »Das ist alles, was sie noch haben.«

Ich trank den Tee. Ich trug immer noch meine Uniform, die Burka lag auf dem Erdboden, und meine Lederjacke hatte ich zu einem Kissen gefaltet. Die Hütte war völlig leer. Ich war daran gewöhnt, wenigstens ein paar persönliche Gegenstände zu sehen, und begann mich zu fragen, ob sie ihr Zeug schnellstens versteckt hatten, als sie uns kommen sahen. Dann erinnerte ich mich, daß sie aus den Städten stammten und gewaltsam hergebracht worden waren. Vielleicht, dachte ich, ginge der Krieg an ihnen vorbei und sie würden den Frieden kennenlernen, vielleicht sogar ein bißchen Glück. Ich kratzte mich hinter dem Ohr und streckte mich, als Sawitzki mit grimmigem Gesicht hereinkam. »Wir haben einen verdammten Friedhof gefunden«, sagte er. »Hunderte von Leichen in einem Loch. Ich glaube, sie waren die ursprünglichen Einwohner und ein oder zwei Soldaten – zumindest trugen sie Uniform.«

»Soll ich fragen, wer sie sind?«

»Nein! Ich will nur schnellstens von hier weg. Gott weiß, was sie sich gegenseitig angetan haben. Es ist eine schmutzige Rasse. Immer nur katzbuckeln und heimlich töten. Sie haben keinen Mumm in den Knochen.«

»Es sind auch keine Soldaten«, sagte ich. »Keine richtigen. Sie wurden seit Jahrhunderten von Banditen heimgesucht. Banditen sind wahrscheinlich die einzige Art von Soldaten, die sie jemals kennengelernt haben. Daher eifern die, die ebenfalls Soldaten sein wollen, ihnen nach. Und diejenigen, die keine Soldaten sein wollen, behandeln solche, die es sein wollen, so, wie sie schon immer Banditen behandelt haben. Sie sind freundlich und verträglich, bis sie die Gelegenheit bekommen, ihrerseits den Spieß umzudrehen.«

Er war von dieser Erkenntnis beeindruckt. Er massierte sich das frisch rasierte Kinn. Er sah um Jahre jünger aus, obgleich er noch immer die monumentale Erscheinung eines Gottes bot. »Diebe, meinen Sie. Ihre Soldaten, sie haben die Mentalität von Dieben?«

»Sind die Kosaken keine Diebe?«

»Die fouragieren nur.« Er war nicht verärgert. Nur wenig von dem, was ich von mir gab, konnte ihn je ärgern, weil er vor meinen Auffassungen keinen Respekt hatte. Ich war der notwendige politische Offizier, seine einzige Verbindung zu der hohen, fernen Autorität des Kreml, aber er brauchte meine Ideen nicht mehr zu respektieren als die, welche ihm aus Moskau übermittel wurden. Was er achtete, war die Macht und die Tatsache, daß Rußland in mystischer Weise in unseren Führern repräsentiert wurde. »Wir brechen in zehn Minuten auf«, sagte er.

Ich bemerkte, daß Pawlitschenko ihm die Stiefel poliert hatte.

Am Nachmittag, nachdem wir das ganze Tal auf einer hervorragenden Lehmstraße durch den Dschungel hinter uns gebracht hatten und auf den Gipfeln der nächsten Hügelkette angelangt waren, bekam ich Magenschmerzen. Sawitzki bemerkte, wie ich eine Hand gegen meinen Unterleib preßte, und sagte lakonisch: »Ich wünschte, der Doktor wäre nicht gefallen. Meinen Sie, es ist Typhus?« Natürlich hatte ich genau daran gedacht.

»Ich glaube, es ist nur der Tee und der Reis und das andere Zeug. Vielleicht auch die Mischung mit dem Staub, den wir geschluckt haben.« Er sah blasser als sonst aus. »Ich habe es auch. Desgleichen mindestens die Hälfte der anderen Männer. O Scheiße!«

Im Dschungel fiel es um diese Tageszeit schwer festzustellen, ob man Fieber hatte. Ich beschloß, dieses Problem so gut wie möglich bis zum Sonnenuntergang aus meinem Bewußtsein zu vertreiben, denn dann würde es wieder kühler werden.

Die Straße wies bereits erste Anzeichen von Zerstörung auf, und als wir den Berg erklommen hatten, blickten wir auf eine Landschaft, die noch verwüsteter aussah als jene, die wir während der vergangenen drei Tage durchquert hatten. Es war eine graue Wüste, durchschnitten von unwegsamen Straßen und übersät mit Bombentrichtern. Dahinter und auf uns zukommend befand sich eine Mauer aus dunklem Staub; ganz offensichtlich eine Armee auf dem Vormarsch.

Sawitzky entspannte sich augenblicklich in seinem Sattel und wandte sich, um zu verfolgen, wie unsere Männer langsam den bewaldeten Berg erstiegen. »Ich glaube, sie sind hierher unterwegs.« Sawitzki legte den Kopf schief. »Was war das?«

Ein entfernter Schrei. Dann schwebte eine ganze Flugzeugschwadron ziemlich tief heran. Wir konnten die kunstlos angebrachten Erkennungszeichen der Khmer Rouge erkennen. Die Männer verzogen sich hastig von der Straße, aber die Flugzeuge kümmerten sich nicht um uns. Sie jagten vorbei und schienen eher auf der Flucht zu sein, als anzugreifen. Ich blickte zum Himmel, aber nichts folgte ihnen.

Wir holten unsere Feldstecher hervor und justierten sie. In dem Staub konnte ich eine Masse barfußlaufender Soldaten erkennen, die Gewehre mit aufgepflanztem Bajonett trugen. Wir entdeckten auch Lastwagen, ein paar Panzer, einige Privatwagen, Fahrräder, Motorräder, Ochsenkarren, Handwagen und Zivilisten mit Bündeln. Der ganze Trupp war eine Ansammlung geschlagener Soldaten und Flüchtlingen.

»Ich glaube, wir haben die Aktion versäumt.« Sawitzki war wütend. »Wir wurden geschlagen! Und dann auch noch von den Australiern, wahrscheinlich!«

Meinen Impuls, die Schulter zu zucken, konnte ich rechtzeitig unterdrücken. »Verdammt!« sagte ich ein wenig lahm.

Sawitzki begann, mich auszulachen. »Sie sind erleichtert. Geben Sie es zu.«

Ich wußte, daß ich nicht in sein Gelächter einstimmen durfte, sonst wäre es hysterisch geworden und hätte in Tränen geendet, daher ließ ich diesen Moment möglicher Kameradschaft verstreichen. »Was sollen wir tun?« fragte ich. »Sie umgehen?«

»Es wäre einfach, durch sie hindurchzugehen und sie fertigzumachen. Es würde sie zumindest davon abhalten, dieses Tal zu vernichten.« Seinem Ton nach zu urteilen, war es ihm ziemlich gleich.

Die Männer versammelten sich hinter uns. Sawitzki unterrichtete sie über das Geschehen vor uns. Er schaute wieder durch den Feldstecher und sagte zu mir: »Ebenfalls Infanterie. Eine ganze Menge. Sie nähern sich schnell.«

Ich schaute ebenfalls ins Glas. Die Barfüßigen kämpften sich offenbar durch die Flüchtlinge, um sie zu überholen.

»Vielleicht haben die Flugzeuge zurückgefunkt«, sagte Sawitzki. »Nun, auf jeden Fall gibt es etwas zu kämpfen.«

»Ich finde, wir sollten sie umgehen«, sagte ich. »Wir sollten unsere Kräfte schonen. Wir wissen nicht, was uns in Angkor erwartet.«

»Das liegt doch noch meilenweit entfernt.«

»Unsere Instruktionen besagen, jeden Konflikt so gut es geht zu vermeiden«, erinnerte ich ihn.

Er seufzte. »Das ist das Land des Satans.« Er wollte gerade den Befehl geben, der meinem Vorschlag entsprach, als in der Richtung Angkor Wat der Himmel sich in gleißendes Feuer verwandelte. Die Pferde bäumten sich auf und wieherten. Einige der Männer brüllten und hielten sich die Arme vor die Augen. Wir waren alle für Momente geblendet. Dann schien der Staub dichter zu werden. Wir schauten fasziniert zu, wie die dunkle Mauer höher und höher wuchs, auf uns zurannte und losheulte wie Millionen sterbender Stimmen. Wir gerieten in den Ascheregen und wurden in die Knie gezwungen, dann auf den Bauch, wobei wir unsere verängstigten Pferde so gut es ging mit nach unten zogen. Das Zeug klebte in meinem Gesicht und an den Händen und sogar an solchen Körperstellen, die von dichter Kleidung geschützt waren. Größere Steinbrokken prasselten gegen meine Schutzbrille.

Als der Wind sich gelegt hatte und wir wieder aufrecht standen, war der Himmel noch immer sehr hell. Ich staunte darüber, daß mein Feldstecher noch intakt war. Ich hielt ihn vor meine brennenden Augen und schaute durch umherwirbelnde Asche zu den Kambodschanern hinüber. Die Armee rannte auf der Straße in unsere Richtung, so wie aufgescheuchte Waldtiere vor der Feuersbrunst flüchten. Ich wußte jetzt, wovor die Flugzeuge auf der Flucht gewesen waren. Unsere Kosaken waren etwas durcheinander, versammelten sich jedoch schon wieder und verständigten sich untereinander mit lauten Rufen. Einige Pferde scheuten und wieherten noch immer, aber im großen und ganzen hatten wir alle wieder die Übersicht gewonnen.

»Nun, Genosse«, sagte Sawitzki mit einer Art wahnsinniger Zufriedenheit, »was tun wir jetzt? Hieß das Kaff nicht Angkor Wat, wo wir eigentlich unsere Verbündeten treffen sollten?«

Ich schwieg. Die Pilzwolke am Horizont wuchs. Sie hatte die Umrisse einer gigantischen, ausladenden Zeder, als wäre die einstige Aschewüste mit einem Schlag zu fruchtbarem Land geworden. Eine blutrote Aura schien sie zu umgeben wie eine Silhouette bei einem Sonnenuntergang. Der kräftige, künstliche Wind blies noch immer in unsere Richtung. Ich wischte den Staub von meiner Brille und schob sie mir wieder vor die Augen. Sawitzki gab unseren Männern den Befehl zum Aufsitzen. »Diese Bastarde da unten sind uns im Weg«, sagte er. »Wir werden sie angreifen.«

»Wie bitte?« Ich konnte und wollte ihm nicht glauben.

»Wenn man im Zweifel ist«, erklärte er mir, »soll man angreifen.«

»Vor dem Feind haben Sie keine Angst«, sagte ich, »aber da ist noch immer die Strahlung.«

»Ich habe keine Ahnung von der Strahlung.« Er wandte sich im Sattel um, um seine Männer zu beaufsichtigen. Als sie bereit waren, zog er den Säbel. Sie machten es ihm nach. Ich hatte keinen Säbel, den ich hätte ziehen können.

Ich war entsetzt. Ich führte mein Pferd von der Straße. »Divisionskommandeur Sawitzky, unsere Pflicht gebietet uns ...«

»Unsere Pflicht gebietet es, daß wir nach Angkor Wat gelangen«, sagte er. »Und genau das tun wir.« Sein austrainierter Körper spannte sich im Sattel. Er hob den Säbel.

»Das ist kein gewöhliches Sterben«, begann ich. Aber er gab den Befehl, loszumarschieren. Jeder Mund war blutgierig verzerrt. Das Licht des Himmels spiegelte sich in jedem Auge wider.

Ich ging mit ihnen. Ich hatte mich an die Sicherheit unserer Soldaten gewöhnt und wollte mich nicht ihrer Mißbilligung aussetzen. Aber nach und nach entfernten sie sich von mir, bis ich gewissermaßen die Nachhut bildete. Zu diesem Zeitpunkt befanden wir uns fast am Fuß des Berges und eilten der Pilzwolke entgegen, die nun von allen möglichen dunklen wirbelnden Farben durchsetzt war. Sie war zu einer drohenden Hand geworden, während die vom Wind gepeitschte Asche an unseren Körpern klebte und die Flanken unserer Reittiere leicht bluten ließ.

Jakowlew, dicht vor mir, schnallte sein Akkordeon los und stimmte ein vertrautes kosakisches Kampflied an. Bald sangen alle mit. Ihr Tempo steigerte sich noch. Der Klang des Akkordeons erstarb, aber nun war ihr Gesang so laut, daß er die Welt bis in den letzten Winkel auszufüllen schien. Sie fielen jetzt in vollen Galopp, stürmten dem erstaunlichen Gebilde entgegen, dem letzten Symbol ihres Untergangs, ähnlich wie ihre Vorfahren gegen die Tore der Hölle angestürmt sein mochten. Sie waren schnell huschende, dunkle Schatten im Staub. Der Gesang wurde zu einem wilden, trotzigen Brüllen.

Mein erster Impuls war, mit ihnen nach vorne zu stürmen. Doch dann hatte ich mein Pferd schon gewendet und trottete zurück zum Tal und weiter zur Grenze und betete im stillen inständig darum, daß ich, falls ich je wieder in Sicherheit gelangte, nicht zu sehr strahlenverseucht wäre.

(Als Hommage an Isaac Babel, 1894-1941?)
Ladbroke Grove, 1978

Sternenschiff-Sturmtruppen

Es gibt immer noch ein paar Dinge, die mich, wenn ich sie erlebe, in einen Zustand des Erstaunens und der Entrüstung versetzen – ein Gottesdienst, bei dem die Rituale steinzeitlichen Aberglaubens praktiziert werden, ohne daß die Teilnehmer auch nur einen Hauch von Zweifel an den Tag legen – ein fetter sowjetischer Bürokrat, der sich in päpstlich allwissender Manier über die bourgeoise Dekadenz ausläßt – ein Radikaler, der ein Loblied auf Robert Heinlein singt. Wenn ich in der U-Bahn säße, und alle Leute läsen mit offensichtlichem Vergnügen in *Mein Kampf,* würde mich das wahrscheinlich nicht mehr beunruhigen, als wenn sie Heinlein, Tolkien oder Richard Adams läsen. All dieser visionären Fiktion scheint in meinen Augen etwas gemeinsam zu sein. Utopische Fiktion war seit ihrem Anbeginn in der ein oder anderen Form vorwiegend reaktionär (und vorwiegend langweilig). Meistens wird darin die Welt vor der Dekadenz ihrer Zeitgenossen gewarnt, und die Alternativen sind gewöhnlich autoritär und verallgemeinernd – um nicht zu sagen einfältig. Ein Blick auf die den Kunden bei Cienfuegos angebotenen Bücher liefert einem die gleiche alte Liste mit Lovecraft und Rand, Heinlein und Niven, von so vielen Leuten heiß geliebt, die geradezu entsetzt reagieren würden, unterstellte man ihnen, daß sie den *Daily Telegraph* abonnierten oder Mitglied im Monday Club seien, und dabei völlig beglückt die Ansichten von Autoren lesen und gutheißen, neben denen Leitartikel des *Telegraph* sich ausnehmen wie Texte von Bakunin und Monday Club-Mitglieder klingen wie Sprecher der Pariser Kommune.

Ich erinnere mich, daß ich vor einigen Jahren in *Anarchy* einen Artikel von John Pilgrim las, in dem dieser Robert Heinlein als revolutionären linken Autor bezeichnete. Als Reaktion auf diesen Artikel konnte ich mich jahrelang nicht überwinden, eine weitere Ausgabe des Magazins zu kaufen. Ich mußte in der letzten Zeit des öfteren verwirrt anhören, wie eingefleischte Kommunisten Ansichten äußerten, die mit ihren anti-autoritären Grundprinzipien nicht im Einklang standen, aber ich hätte niemals erwartet, ähnliches auch von Anarchisten zu hören. Meine Erfahrung mit Science-Fiction-Fans bei den Conventions, die alljährlich in zahlreichen Ländern (vorwiegend in den USA und England) abgehalten werden, hat mich gelehrt, daß die dort teilnehmenden stets reaktionär eingestellt waren (sich selbst als ›apolitisch‹ einstuften, jedoch immer Tory wählten und Colin Jordan in einigen Dingen recht gaben). Ich hatte immer angenommen, solche Leute bildeten aus dem ein oder anderen Grund eine Ausnahme unter des SF-Begeisterten. Dann erschienen die ersten Underground-Zeitungen, und ich konnte den meisten dort geäußerten Auffassungen nur zustimmen – aber auch dort fand ich alte Argumente wieder: Tolkien, C. S, Lewis, Frank Herbert, Isaac Asimov und der Rest, bourgeoise Reaktonäre bis auf die Knochen, christliche Apologeten, Krypto-Stalinisten, sie alle wurden in *IT*, *Frendz* und *Oz* und sonst überall von Leuten gepriesen, deren grundsätzliche politische Auffassungen ich zu teilen glaubte. Ich begann über das zu schreiben, was ich als den implizierten Autoritarismus dieser Autoren betrachtete, und mehr als einmal sah ich mich als Reaktionär, Exzentriker oder bestenfalls als Spielverderber beschimpft, der sich an guter SF nicht um ihrer selbst willen erfreuen kann. Auf Stuart Christies Bitte hin, führe ich hier wieder Argumente auf, die ich schon mehr als einmal vorgestellt habe.

Während der sechziger Jahre glaubte unser Magazin *New Worlds*, gemeinsam mit anderen Periodikas, an die Revolution. Wir legten die Betonung auf Fiktion, die Künste und Wissenschaften, denn dort kannten wir uns am besten aus. Wir griffen an und wurden im Rahmen sattsam bekannter Rituale selbst angegriffen. Smiths weigerte sich, unser Magazin zu vertreiben, wenn wir nicht den Inhalt etwas maßvoller gestalteten. Wir lehnten ab. Wir wären, so meinten sie, obszön, blasphemisch, nihilistisch usw. usw. Der *Daily Express* griff uns an. Ein Tory formulierte im Unterhaus eine Anfrage – warum öffentliches Geld (wir bekamen einen kleinen Betrag vom Arts Council) für einen solchen Schund ausgegeben wurde. Ich erwähne all dies nicht, um zu beweisen, was wir alles zu tun bereit waren, um unsere Politik durchzusetzen (am Ende wurden wir tatsächlich von Smith und Menzies vom Markt gefegt), sondern um deutlich zu machen, daß wir das einzige SF-Magazin waren, das eine ausgesprochen radikale Haltung verfolgte – und daß SF-Fans die ersten waren, die uns aufrichtig entrüstet angriffen. Unsere Hauptfortsetzungsgeschichte zur Zeit unserer größten Schwierigkeiten war *Bug Jack Barron* (›Champion Jack Barron‹), geschrieben von Norman Spinrad, der eine aktive Rolle in radikalen politischen Kreisen in den USA spielte und der in seiner Geschichte den Mißbrauch der Demokratie und der Medien in Amerika darstellte. Später schrieb er ein satirisches Schwert-und-Magie-Epos, *The Iron Dream* (›Der stählerne Traum‹), um die in diesem Genre wirksamen faschistischen Elemente darzustellen. Der Autor dieses Romans existierte, so wie die Dinge lagen, in einer zur unseren alternativen Geschichte. Sein Name war Adolf Hilter. Das Buch sollte auf die Autoren hinweisen, die, in gewisser Weise, ›erfolglose Hitlers‹ waren.

Viele Amerikaner benutzten *NW* als Vehikel, weil sie ihre Geschichten in den Vereinigten Staaten nicht veröffentlichen konnten. Thomas M. Disch, John Sladek, Harvey Jacobs, Harlan Ellison und andere brachten eine ganze Menge ihrer besten und damals kontroversesten Werke in *NW* heraus – und Heinlein-Fans attackierten uns mit dem Vorwurf, die Science Fiction zu ›zerstören‹. Sie mochte Ekapismus sein, aber sie gab sich als ›Literatur der Ideen‹, und das, so behaupteten wir, war sie nicht – es sei denn, *The Green Berets* (›Die grünen Teufel‹) ist ein tiefschürfender, philosophischer Kinofilm.

Ein weiteres Beispiel: Im Jahr 1967 schlug Judith Merril, Gründungsmitglied der Science Fiction Writers of America, ehemalige Trotzkistin und nun Libertarierin, vor, daß diese Organisation Anzeigen in SF-Magazinen schalten solle, in denen der Krieg in Vietnam verurteilt wurde: Ich war zugegen, als der Vorschlag gemacht wurde. Eine große Zahl Mitglieder äußerte begeistertes Einverständnis – darunter auch englische Mitglieder wie ich selbst, John Brunner, Brian Aldiss usw. Robert Silverberg und Harry Harrison waren ganz wild darauf, desgleichen Harlan Ellison, James Blish und, um fair zu sein, Frank Herbert und Larry Niven. Aber genauso viele waren von dieser Idee entsetzt und meinten, daß die SFWA sich ›nicht in Politik, einmischen solle‹. »Okay«, sagte Judith Merril, dann schreiben wir einfach »Folgende Mitglieder der SFWA verurteilen die amerikanische Verstrickung in den Vietnamkrieg usw.« Am Ende bekamen die SF-Magazine zwei Anzeigen – eine gegen den Krieg und eine für die Teilnahme Amerikas. Zu den Befürwortern gehörten unter anderen Poul Anderson, Robert Heinlein, Ann MaCaffrey, Daniel F. Galouye, Keith Laumer. Interessant war, daß damals viele der für Amerikas Engagement stimmenden Autoren die berühmtesten SF-Schreiber der englischsprechenden Welt waren (und im großen und ganzen noch sind), von Japan, der Sowjetunion, Frankreich, Deutschland, Italien und Spanien ganz zu schweigen, wo eine große Anzahl SF-Leser sich selbst als Radikale empfinden. Ein oder zwei dieser Autoren sind liebe Freunde von mir und sehr freundliche und mutige Persönlichkeiten von hoher Integrität – aber ihre politischen Äußerungen (wenn auch nicht immer ihre Aktionen) können einem den Magen umdrehen! Die meisten Leute müssen an ihren Aktionen gemessen werden und nicht an ihren Äußerungen, die manchmal in einem verblüffenden Widerspruch zueinander stehen. Autoren können nur nach dem Gehalt ihres Werks beurteilt werden. Die Mehrheit der SF-Schreiber, die bei Radikalen am populärsten sind, sind im großen und ganzen bis zum letzten Mann und zur letzten Frau Krypto-Faschisten! Das gilt für Lovecraft, den misogynen Rassisten; ebenso für Heinlein, den autoritären Militaristen; das gilt gleichfalls für Ayn Rand, die eingefleischte Gegnerin des Gewerkschaftswesens und der Linken, die, wie viele Reaktionäre vor ihr, die Probleme der Welt als eine Folge des Versagens der Kapitalisten betrachtet, sich der Verantwortung der ›guten Führung‹ zu stellen; das gilt auch für Tolkien und jene Gruppe gutbürgerlicher christlicher Fantasy-Autoren, die ständig das Loblied auf bourgeoise Tugenden singen und deren Bösewichter nur oberflächlich verkleidete Arbeiterklassen-Agitatoren sind – die Angst vor dem Mob durchzieht ihre ländlichen Romanzen. Für sie und andere ist die Arbeiterklasse eine geistlose Bestie, die unter Kontrolle gehalten werden muß, sonst verwüstet sie die Welt (i. e. die bourgeoise Sicherheit) – die Antwort lautet immer Führung, ›Anstand‹, Paternalismus (Heinlein ist darin besonders stark), christliche Werte …

Was hat all dies mit Radikalen jeglicher Prägung gemein? Die einzige Antwort ist vielleicht Romantik. Die Trennlinie zwischen rechter Romantik (Nazi-Insignien und Mythen usw.) und linker Romantik (Kavalerie von Rebellen usw.) ist nicht immer leicht zu bestimmen. Ein aufwühlendes Bild ist ein aufwühlendes Bild und kann dazu benutzt werden, alle möglichen atavistischen oder infantilen Regungen in uns wachzurufen. Eskapistische oder ›Genre‹-Fiktion appelliert an diese Emotionen. Es schadet uns nicht, von Zeit zu Zeit zu entkommen, aber es kann gefährlich sein, simplifizierende Fiktion mit Wirklichkeit zu verwechseln, und genau das macht die Propaganda.

Der Banditenheld – der Underdog-Rebell – wird daher regelmäßig zum politischen Tyrannen; und wir sind ständig verblüfft! Solche Gestalten wenden sich an unser infantiles Selbst – schlimm ist an ihnen im wahren Leben, daß sie gewöhnlich unreif sind, ohne Selbstdisziplin und nur dank ihres ›Charmes‹ nicht untergehen. Die Fiktion läßt sie, wie Zorro oder Robin Hood, ständig charmant erscheinen. In der Realität sind sie ungeduldig, kindisch und verlassen sich auf eine Mischung aus Drohungen und von Selbstmitleid geprägtem Betteln. So sehen oft die revolutionären Gestalten aus, an die wir unsere Hoffnung hängen, denen wir manchmal unser Leben in die Hand legen und denen wir manchmal nacheifern wollen; weil wir Fakt und Fiktion nicht auseinanderhalten können. In der Realität sind es allzu oft die kleinen, fanatischen Männer mit den Gesichtern und der Haltung neurotischer Büroangestellter, die zu Macht kommen, während die charismatischen Helden, wenn sie Glück haben, ruhmreich sterben und uns der Feststellung überlassen, daß, während wir ihnen gefolgt sind, sich längst ein neuer Zar in die Machtposition geschwindelt hat und daß der Terror wieder zurückgekehrt ist, während wir all unsere Energien dabei verbraucht haben, eine romantische Lüge zu leben.* Die Helden von Heinlein und Ayn Rand sind immer kompetent, haben immer recht; sie sind Orakel und Beschützer, magische Eltern (solange wir uns an ihre Regeln halten). Sie sind bereit, die Verantwortung zu tragen, die wir lieber nicht übernähmen. Sie sind ›Führer‹. Traditionelle SF ist Helden-Fiktion in großem Rahmen, aber nur wenn sie sich als Fiktion der Ideen ausgibt, ist sie ausgesprochen gefährlich. Das Sensationellste, was sie uns gibt, ist Charlie Manson und die Scientology (erfunden vom SF-Autor Ron Hubbard und ein autoritäres System, das mit dem des Papstes wetteifert). Sich daran zu vergnügen ist die eine Sache. Sie als ›radikal‹ zu bezeichnen ist eine andere. Sie ist ziemlich einfallslos; gewöhnlich ist die Schreibe schlecht; die Charaktere sind Abziehbilder, Pappdeckel; die Propaganda ist schlicht und konservativ – gutes altmodisches Opium, welches speziell dafür geschaffen wurde, um sich der potentiellen Revolutionäre anzunehmen.

Bei einem Autor wie Lovecraft ist die Angst vor dem Sex fast immer mit einer Angst vor Massen, der ›häßlichen‹ Menschenmenge verbunden (oder sie wird damit verwechselt). Aber dies ist in der Horror-Fiktion so weit verbreitet, daß es sich kaum lohnt, darüber zu diskutieren. Lovecraft ist morbid. Sein Werk steht gleichrangig neben jenem negativen Romantizismus, der in einem großen Teil der Nazi-Kunst anzutreffen ist. Er war ein verwirrter Antisemit und Misanthrop, ein Verfechter anti-rationalistischer Ideen über den rassistischen ›Instinkt‹, die viel mit *Mein Kampf* gemein haben. Ein leidenschaflicher Befürworter der

* Helden betrügen uns. Und indem wir ihnen folgen, betrügen wir uns selbst.

›Arier-Ideologie‹, dazu Frauenhasser, heiratete er am Ende eine Jüdin (was ein Hoffnungszeichen sein oder nicht sein kann – wir kennen ihre Ansicht zu dem Thema nicht). Lovecraft spricht uns am ehesten dann an, wenn wir selbst uns morbid fühlen. Abgesehen von seiner erschreckend schlechten Schreibe und einer daraus resultierenden Unfähigkeit, die Schrecken darzustellen (indem er uns alle Arbeit überläßt – das Geheimnis seines Erfolges – wir sind allesamt bessere Schreiber als er!), ist er infolgedessen kaum so beängstigend wie die meisten der anderen sehr populären Autoren, deren Interesse nicht den ›quiekenden Wesen‹ gilt, sondern idealisierten Versionen der Gesellschaft. Es ist gar kein so großer Schritt von *Farnham's Freehold* zu Hitlers *Lebensraum*.

Ich muß gestehen, daß ich keine ordnungsgemäß untermauerte kritische Linie verfolge. Ich argumentiere auf Grund der Annahme, daß meine Leser wenigstens mit einigen der Bücher und Autoren vertraut sind, die ich erwähne. Ich kritisiere diese Bücher, weil sie die Lieblingslektüre so vieler Radikaler darstellen. Ich greife diese Bücher nicht auf Grund ihrer oberflächlichen Faszination bezüglich pseudo-mittelalterlicher sozialer Systeme (à la Frank Herbert) an. Geschichten von Königen und Königinnen sind nicht notwendigerweise royalistische Fiktion, ebensowenig wie Geschichten von Anarchisten wahrscheinlich libertäre Literatur sind. Als Schriftsteller habe ich eine beträchtliche Anzahl fantastischer Romanzen geschaffen, in denen Könige und Königinnen, Lords und Ladies eine wichtige Rolle spielen – dennoch bin ich ein erklärter Anti-Monarchist. Für mich hat *Catch* 22 (›Der Iks-Haken‹) niemals den Krieg befürwortet. Und nur weil viele Charaktere Heinleins Soldaten oder Ex-Soldaten sind, gehe ich nicht automatisch davon aus, daß er etwas für den Krieg übrighaben muß. Es kommt alleine darauf an, wie man dies Charaktere in einem Roman einsetzt und was man, in einer abschließenden Analyse, damit sagen will.

Jules Verne hat in *Les Naufragés du ›Jonathan‹* (›Die Gestrandeten‹) Kaw-djer, dem Anarchisten, ein paar hübsche Gedanken in den Mund gelegt, und seine besten Personen sind, wie Kapitän Nemo, verbitterte ›Rebellen‹, die sich aus der Gesellschaft zurückgezogen haben. Selbst die durch die Luft fliegenden Anarchisten in *The Angel of the Revolution* von George Griffith haben trotz all ihres tiefverwurzelten Autoritarismus einige Sympathien verdient, jedoch sind sie letztendlich nur romantische ›Outlaws‹, und die Ansichten, die sie vertreten, sind noch nicht einmal nach dem Standard der neuziger Jahre des 19. Jahrhunderts besonders anspruchsvoll.

H. G. Wells war ebensowenig der ›Vater‹ der Science Fiction wie Jules Verne. Er entstammte einer Tradition, die in der Form, die er selbst benutzte, dreißig bis vierzig Jahre zurückging und einige Jahrhunderte in der Form der utopischen Romanze. Ungewöhlich an Wells war jedoch, daß er als einer der ersten Radikalen seiner Zeit die Ausschmükkung der wissenschaftlichen Romanze mit den kraftvollen und wirkungsvollen Bildern kombinierte, um Allegorien wie *The Time Machine* (›Die Zeitmaschine‹) und *The Invisible Man* (›Der Unsichtbare‹) zu schaffen. Wells ließ seine Charaktere nicht für den Sozialismus eintreten. Er zeigte die Folgen des Kapitalismus, des Autoritarismus, des Aberglaubens und anderer Übel, und weil er ein weitaus besserer Schreiber war als die meisten derer, die je zuvor oder später Science Fiction geschrieben haben, stellte er seine Standpunkte mit großer Klarheit dar. Morris war langatmig, er schaute lediglich zurück. Wells bediente sich der Technik Kiplings und predigte seinen eigenen Ableger des Sozialismus. Bis zu Wells – dem talentiertesten, originellsten und intelligentesten Autor seine Art – beschränkte sich fast die ganze SF auf Attacken gegen ›Dekandenz‹ und militärische Sorglosigkeit und zwang unsere Führer, strengere moralische Maßstäbe anzulegen, und unsere Armeen, ihre Bewaffnung zu verbessern und leistungsfähigere Offiziere auszubilden. Im großen und ganzen war das der Tenor der meisten SF, die auf Wells folgte, von Kiplings wirkungsvollem, aber reaktionären *With the Night Mail* (›Nächtliche Post‹) und *As Easy as ABC* (paternalistische

Luftkontrolleure, deren Strahlen die Massen friedlich stimmen) bis hin zu Geschichten von John Buchan, Michael Arlen, William Le Quex, E. Phillips Oppenheim und Hunderten von anderen, die Kipling vorwiegend in seinen Warnungen beipflichteten vor den Gefahren des Sozialismus, von Mischehen, von freier Liebe, von Anarchistenverschwörungen, von zionistischen Verschwörungen, der gelben Flut und so weiter und so weiter. Sogar Jack London war nicht gerade das, was man einen grundsätzlichen Libertären nennen würde, ebensowenig wie Wells einer war, als er mit seinen Ideen von einem Elitecorps von ›Samurais‹ spielte, die sich im Grunde nicht sehr von dem Bild unterschieden, das die Mitglieder der Sowjetischen Kommunistischen Partei sich von sich selbst machten. Die pseudo-religiöse Natur der SF (die ich in einer Kurzgeschichtensammlung *Before Armageddon*, SF von vor dem Ersten Weltkrieg, beschreibe) produzierte letztendlich pseudo-religiöse Surrogate (eine Reihe von autoritaristisch sozialistischen und faschistischen Theorien). Ein paar attackierten die Theorien der aufsteigenden Diktatoren (Murray Constantines *Swastika Night*, 1937, schien davon auszugehen, daß das Christentum Hitler besiegen würde, es ist jedoch gleichzeitig eine recht spöttische Projektion des Nazismus um einige hunder Jahre in die Zukunft). Im großen und ganzen boten uns die dreißiger Jahre genau jene Welt, die die SF-Schreiber jener Zeit sich erhofft hatten – ›starke Führer‹, aufsteigende Nationen. Die Realität dieser Helden-Führer war natürlich nicht ganz das, was man sich ausgemalt hatte – Nürnberger Übergriffe und Kraft durch Freude vielleicht –, aber die Reichskristallnacht und die Gasöfen schienen doch ein wenig zu weit zu gehen.

Wenigstens die amerikanischen Pulp-Magazine wie *Amazing Stories* und *Thrilling Wonder Stories* boten uns keine hochrangige Führerschaft: lediglich die gute altmodische Mischung eines impliziten Rassismus, Militarismus, Nationalismus, Paternalismus, um einige hunderte Jahre in die Zukunft oder ein paar Millionen Jahre in den Weltraum versetzt (E. E. Smith ist bis heute einer der populärsten

Autoren dieses Zeitabschnitts). John W. Campell, der Ende der dreißiger Jahre *Astounding Science Fiction Stories* übernahm und das auslöste, was viele als eine größere Revolution in der Entwicklung der SF betrachteten, war einer der Gründer der Schule, die SF-Fans nur als ›Goldenes Zeitalter‹-SF bekannt war und die von Heinlein, Asimov und A. E. Van Vogt geprägt wurde. All diese Autoren waren wilde Paternalisten und leidenschaftliche Anti-Sozialisten, deren Werk den tiefverwurzelten Konservatismus der Mehrheit ihrer Leser widerspiegelte, die in jeder Gewerkschaftsversammlung eine bolschewistische Bedrohung sahen. Sie glaubten, zusammen mit Autoritaristen allerorten, daß Radikale die altmodische politische Macht übernehmen und die Welt in eine uniforme Masse von ›Arbeitern‹ verwandeln wollten, mit sich selbst (den Radikalen) als Kommissaren. Sie lieferten uns solche Visionen, wenn sie überhaupt jemals eine offene politische Diskussion vom Zaun brachen. Sie standen etwa genauso weit links wie der *National Enquirer* oder *Saturday Evening Post* (wo ihre Geschichten gelegentlich erschienen). Sie waren fremdfeindlich, selbstgefällig und zuversichtlich, daß das kapitalistische System sich im gesamten Universum ausbreiten würde, obgleich sie – natürlich – gegen Diktatoren und die schlimmsten Ausbeuter waren (nicht mehr die Juden, sondern oft genug immer noch ›Aliens‹). Ein krasser Individualismus war das raffinierteste politische Konzept, das sie aufstellen konnten – in der Pulp-Tradition wurde das Gesetz des Wilden Westens zum Gesetz der Pioniergrenze im Raum, und ein Raumschiffkapitän hatte zu tun, was ein Raumschiffkapitän eben tun mußte …

Der Krieg half dabei. Er lieferte Charaktertypen und eine ganze Menge autoritativ klingender technischer Begriffe, die der wissenschaftlichen Hardware und ebensogut auch sozialen Problemen angeheftet werden konnten und beruhigend ›fachmännisch‹ klangen. Diese Kerle hatten den Vietnam-Jargon schon zwanzig Jahre vorher voll drauf. Tatsächlich wurde oft nachgewiesen, daß die SF dem amerikanischen Militär und der Raumtechnologie eine ganze

Menge an Vokabular und Atmosphäre lieferte (eine ›Waldo‹ Maschine ist eine Bezeichnung, die direkt aus einer Heinleingeschichte entnommen wurde). *Astounding* wimmelte bald von kurzgeschorenen, klugscheißerischen, Zigarette rauchenden tüchtigen Burschen (ähnlich dem Bild Campbells, das er von sich selbst hatte). Aber Campbell und seine Autoren (und sie betrachteten sich selbst als eine Art Team) produzierten keine Western. Sie betonten, daß sie eine Literatur der Ideen schufen. Diese tüchtigen Jungs wiesen den Weg, wie die Welt geführt werden mußte. Anfang der fünfziger Jahre hatte *Astounding* sich nach fast jedem Maßstab in ein krypto-faschistisches und zutiefst philisterhaftes Magazin verwandelt, das sich mit dem Mäntelchen des Intellektualismus umhüllte und idealistischen Kids eine ›Alternative‹ anbot, die allerdings überhaupt keine Alternative darstellte. Während der fünfziger Jahre benutzte Campbell sein ganzes Magazin als Propagandamedium für die Ideen, die er in seinen Leitartikeln verfocht. Seine Autoren reagierten fast alle enthusiastisch. Diejenigen, die nicht so reagierten, lösten sich von ihm, erschreckt durch seine zunehmend messianische Haltung (Alfred Bester lieferte darüber eine recht gute Darstellung). Über Jahre hinweg warb Campbell für die mystische, pseudo-wissenschaftliche Scientologie (zuerst vorgestellt von einem seiner regelmäßigen Autoren, L. Ron Hubbard, in *Astounding* als ›Dianetics: Die Neue Wissenschaft vom Geist‹. Ebenso trat er für eine obskure Maschine namens ›Dean Drive‹ ein, für eine Reihe von Plänen, dafür zu sorgen, daß Highways nicht ›mißbraucht‹ wurden, und für Dutzende andere unausgegorene Auffassungen. Konfrontiert mit den Aufständen in Watts Mitte der sechziger Jahre, behauptete er ernsthaft, daß es ›natürliche‹ Sklaven gebe, die in Freiheit unglücklich würden. Ich nahm 1965 an einer Podiumsdiskussion mit ihm teil, in deren Verlauf er darauf hinwies, daß die Arbeitsbiene, wenn sie nicht ihrer Arbeit nachgehen kann, an Trübsal eingeht, daß die Moujiks, kaum befreit, zu ihren Herren gingen und darum baten, wieder als Sklaven aufgenommen zu werden, daß die Ideale der Sklavengegner, die im Bürgerkrieg gekämpft hatten, lediglich Ausdruck ihres Eigeninteresses waren und daß die Schwarzen sich gegen die Befreiung wehrten, was letztlich auch der Grund dafür war, warum sie sich in den Vororten von Los Angeles in führungslose Aufstände stürzten! Ich war sprachlos (eigentlich sagte ich vier Worte gleichzeitig – ›Science Fiction‹ – ›Psychologie‹ – ›Jesus Christus‹ – ehe ich zusammenbrach) und überließ es John Brunner, Campbells Argumente zu widerlegen, die ihn dazu bewegte, Gott zur Unterstützung seiner Ansichten anzurufen – eine Erfahrung, die für mich noch einschneidender war als mir *Doctor Strangelove* (›Dr. Seltsam oder Wie ich lernte, die Bombe zu lieben‹) im Kino anzuschauen.

Starship Troopers (›Sternenkrieger‹) (in *Astounding* als Fortsetzungsroman für Campbell, ehe er seine ›ernsten‹ Bücher wie *Farnham's Freehold* (›Die Reise in die Zukunft‹) und *Stranger in a Strange Land* (›Ein Mann in einer Fremden Welt‹) begann – wobei er die similifizierten Charaktere der Genre-Literatur übernahm und einige der lächerlichen und unwahrscheinlichsten Typen schuf, die je in einem Buch aufgetaucht sind. In *Starship Troopers* begegnen wir einem leicht rebellischem Kadetten, der schrittweise lernt, daß Kriege unvermeidlich sind, daß die Armee immer recht hat und es seine Pflicht ist, den Vorschriften zu gehorchen und die menschliche Rasse vor der fremden Gefahr zu schützen. Es ist der reinste verkommene Ford aus Kipling, und es war der Vorläufer zu Heinleins ambitionierteren paternalistischen, xenophobischen (aber gleichermaßen sentimentalen) Geschichten, die mir immer lächerlich vorkamen, bis ich mit einiger Verblüffung begriff, daß die Leute sie genauso ernst nahmen wie, sagen wir mal, *Atlas Shrugged* eine Generation früher. Daß das Mittelstands-Amerika solches Zeug als ›radikal‹ ansehen konnte, war leicht zu verstehen. Ich stellte fest, daß Sympathisanten der Angry Brigade von Heinlein begeistert waren, daß Leute, von denen ich annahm, wir verteidigten die gleichen libertären Prinzipien, auf jeden paternalistischen, bourgeoisen

Schreiberling abfuhren, bei dem sich mir der Magen umdrehte. Ich kann es noch immer nicht ganz begreifen. Sicher darf ich die Ernsthaftigkeit ihres Idealismus nicht anzweifeln. Aber wie verträgt sich das mit ihren Lobesritualen für Autoren wie Tolkien und Heinlein? Der Schlüssel könnte in der Vieldeutigkeit der Sprache zu finden sein, die auch eine liberale Interpretation möglich macht: Es könnte sein, daß die Chiffren, die sie anstelle von Personen benutzen, tatsächlich fähig sind, bei bestimmten Lesern eine ganz andere Bedeutung zu entwickeln. Für mich ist ihr naives und symbolisches Verständnis der Gesellschaft grundsätzlich menschenfeindlich und daher antiliberal. Und wieder einmal sehen wir uns mit einer Pseudo-Religion konfrontiert, die uns als Radikalismus angeboten wird. Bestenfalls ist es die Philosophie des Western, die auf die komplexen sozialen Probleme des zwanzigsten Jahrhunderts angewandt wird – es ist der Reaganismus, es ist John Wayne in *Big Jim McLain* und *The Green Berets*, es ist George Wallace und Joe McCarthy – und am subtilsten ist es William F. Buckley Jr., der, obgleich um vieles anspruchsvoller als Heinlein, dennoch recht einfältig ist.

Krasser Individualismus geht auch mit einem tiefen Glauben an Väterlichkeit einher – wenngleich mit einer toleranten und leicht distanzierten Väterlichkeit –, und viele ansonsten scharfsinnige Libertäre scheinen nichts an der Moral eines John Wayne-Western zu finden, das sich nicht mit ihren Ansichten verträgt. Heinleins Paternalismus ist im Grunde der gleiche wie der von John Wayne. In letzter Analyse ist er eine Art lockerer Militarismus, wie er von altgedienten Berufssoldaten befürwortet wird. Heinlein ist Eisenhower-Mann, und seine Ansichten scheinen mir gefährlicher zu sein als jene gewöhnliche infantile Mischung aus Christentum, Kommunismus und Blut-und-Boden-Ideologie mit ihrem Mystizismus und Technologiehaß. Ein Anarchist zu sein bedeutet, Autorität abzulehnen, jedoch Selbstdisziplin und Gemeinschaftsverantwortung zu praktizieren. Ein krasser Individualist à la Heinlein zu sein, bedeutet, immer als Kind zu leben, das gehorchen, lachen und herumtoben muß, um von einem gütigen, allwissenden Vater geduldet zu werden: Rooster Coburn, der vor einem Richter mit den Füßen scharrt, den er in *True Grit* (›Der Marshal‹) wegen seines Amtes (aber nicht unbedingt wegen seiner selbst) respektiert.

Ein Anarchist ist kein wildes Kind, sondern ein reifer, realistischer Erwachsener, der seinem Selbst Gesetze auferlegt und sie entsprechend seiner Lebenserfahrung und seinem Weltverständnis modifiziert. Sicherlich ein Rebell, so entwickeln er oder sie aber keinen rebellischen Charme, um Autorität vorzuführen (was übrigens die Rebellenhelden all dieser Genre-Werke ständig tun). Es kommt immer der deprimierende Augenblick, wenn Robin Hoot unterwürfig seinen Hut vor König Richard zieht, nachdem er den feindlichen König besiegt hat. Diese Art von impliziertem Paternalismus ist in hoher Konzentration in der zur Zeit populären SF-Kinoserie *Star Wars* zu beobachten, die auch einen ziemlich störenden Anti-Rationalismus in seiner quasi-religiösen ›Macht‹ präsentiert, welche die Jedi-Ritter vereint (sind wir schon wieder bei den Wellsschen Samurai gelandet?) und von deren Kraft sie zehren können wie eine heilige Bruderschaft oder wie Templerritter. *Star Wars* ist in seiner impliziten Struktur ein reines Beispiel des Genres (und ist insofern eine Sammlung von Ideen anderer). Quasi-Kinder, die um keine väterliche Autorität kämpfen, gewinnen am Ende und stehen verlegen vor der Prinzessin, während ihnen die Orden um den Hals gehängt werden.

Star Wars enthält die paternalistischen Botschaften fast aller Abenteuerliteratur und weist all die richtigen Charaktere auf. Der Film stellt ›Instinkt‹ über Vernunft (eine fundamentale Nazi-Doktrin) und liefert eine Art sentimentalen Romantizismus, der die Jungen und Idealisten anspricht, zugleich aber die existierenden Institutionen schützt. Es gehört zum Wesen dieses Genres, daß ständig gewisse implizite Ideen geäußert werden, selbst wenn der Autor sich dessen nicht bewußt ist.

Es war Alfred Bester, der mich zuerst auf Science Fiction aufmerksam machte. Ich hatte schon einiges an Fantasy und Edgar Rice Burroughs gelesen, aber ich dachte, daß, wenn *The Stars My Destination* (›Die Rache des Kosmonauten‹) SF ist, diese Literatur etwas für mich sei. Ich brauchte einige Jahre, um zu erkennen, daß Bester eine der wenigen Ausnahmen war. Am Ende von *The Stars My Destination* gelangt der autodidaktische Arbeiterklassen-Abschaum der Sternenräume, Gully Foyle, in den Besitz einer Substanz namens PyrE, mittels derer er fähig ist, das gesamte Sonnensystem zu vernichten. Der Plot dreht sich um eine Reihe mächtiger Leute, die des Stoffes habhaft werden wollen. Foyle besitzt ihn. Moralische Argumente oder nachdrückliche Überredung werden gegen ihn eingesetzt, damit er das PyrE einer ›verantwortungsbewußten‹ Institution aushändigt. Am Ende verstreut er das Zeug unter dem Mob des Sonnensystems. Da ist es, sagt er, es gehört euch. Es ist euer Schicksal. Fangt damit an, was ihr wollt.

Dies ist eine der sehr, sehr wenigen libertären SF-Romane. Hätte ich ihn nicht gelesen, hätte ich mich wahrscheinlich niemals weiter mit SF befaßt. Es ist eine wunderbare Abenteuergeschichte. Sie hat einen Helden, der sich von einem total abgestumpften, des Lesens und Schreibens unkundigen Helfer in einem Raumschiff zu einem brillianten, und reifen Individuum entwickelt, der sich an den ersten, die ihm geschadet haben, rächt, und dann nach und nach das entwickelt, was man ein ›politisches Gewissen‹ nennen könnte. Ich kenne kein anderes SF-Buch, das Romantik und Idealismus so gründlich mit einem Idealismus verbindet, der für mich voll und ganz zu akzeptieren ist. Wahrscheinlich ist es recht bezeichnend, daß dieses Buch sich eines deutlich geringeren Erfolges erfreut als, sagen wir, ›*Stranger in a Strange Land*‹.

Wenn ich das sehr achtbare, aber in meinen Augen eher journalistische *The Dispossessed* (›Planet der Habenichtse‹) von Ursula K. Le Guin beiseite lasse, fällt es mir recht schwer, viele andere Beispiele für SF-Bücher zu finden, in denen libertäre Ideen vorgestellt werden. M. John Harrison ist ein Anarchist. Seine Bücher sind voll von Anarchisten – einige von ihnen sind sehr bizarr wie die Anarcho-Ästheten in *The Centauri Device* (›In meiner Hand – die Erde‹). Typisch für die *New Worlds*-Schule, könnte man ihn als existentiellen Anarchisten beschreiben. Unerwähnt bleiben darf auch nicht Brian Aldiss mit seinem *Barefoot in the Head* (›Barfuß im Kopf‹), einer Vision von einem auf dem LSD-Trip befindlichen Europa, das total befreit ist und seltsam bizarre neue Sitten entwickelt. In diesem Zusammenhang gehören aus J. G. Ballards ›terminale Ironien‹ wie *The Atrocity Exhibition** und *Crash*, die ihm die Kritik, ein Nihilist zu sein, eingebracht haben. Ebenso wichtig Joanna Russ' wundervoller Roman *The Female Man* (›Planet der Frauen‹). So wenig Texte der SF-Vertreter fundamentale humanitäre Werte, von libertären Idealen ganz zu schweigen, daß es einem schwer fällt, weitere Beispiele zu finden. Mein eigener Geschmack steht vermutlich manchmal meinen politischen Ansichten entgegen. Ich bewundere Barrington J. Bayley, dessen Geschichten häufig extrem abstrakt sind. Eines seiner vergnüglichsten Bücher ist *The Soul of the Robot* (›Die Seele des Robots‹), worin die Natur der individuellen Identität behandelt wird. Charles L. Harness ist ein weiterer meiner Lieblinge. In *The Rose* (›Die Rose‹) fehlen die Vereinfachungen der meisten SF, und *The Paradox Men* (›Der Mann ohne Vergangenheit‹) mit seinem Gespür für die Natur der Zeit, seinem diebischen Helden, seinen ironischen Anspielungen auf das Weltreich Amerika, ist überaus unterhaltend. Ich habe auch eine Schwäche für C. M. Kornbluth, der meiner Meinung nach ein weitaus stärkeres politisches Gewissen hatte, als er sich selbst gestattete, so daß seine Geschichten manchmal ziemlich wirr wirken,

* (›Liebe + Napalm: Export USA‹)

wenn er versucht, das Mittelstands-Amerika mit seinem eigenen Radikalismus zusammenzubringen. Einer meiner Lieblinge ist (obgleich strukturell ein wenig schwach) *The Syndic* (›Schwarze Dynastie‹), das eine Gesellschaft beschreibt, in der eine ziemliche gnädige Mafia das Sagen hat. Fritz Leiberr ist wahrscheinlich der beste der älteren amerikanischen Autoren wegen seiner Sprache, seines Witzes und seiner Menschlichkeit sowie seines abgrundtiefen Hasses gegen jeglichen Autoritarismus. Sein *Gather, Darkness* (›Das Licht der Finsternis‹) ist eines der besten Bücher, in dem religiöse Macht und weltliche Macht zueinander in Beziehung treten (auch dieser Roman erschien als Fortsetzungsserie während der vierziger Jahre in *Astounding*. John Brunner schreibt oft von einem klar sozialistischen Gesichtspunkt. Harlan Ellison, der für einige Zeit Verbindung zu einer New Yorker Straßenbande hatte und sich seit vielen Jahren mit dem Radikalismus in den Vereinigten Staaten identifiziert, schreibt viele Kurzgeschichten, deren Helden mit jeglicher Autorität nichts im Sinn haben, obgleich die Konventionen des Genre den wichtigen Botschaften seiner Geschichten manchmal im Wege stehen. Ellisons beste Arbeiten werden außerhalb des SF-Genre geschrieben.

Meiner Meinung nach eines der besten Beispiele für imaginative Fiktion in Englang seit dem Krieg ist Maurice Richardsons *Exploits of Engelbrecht*, geschrieben in den vierziger Jahren und erst vor kurzem von John Conquest wiederveröffentlicht. Diese ›Chronik des surrealistischen Sport-Clubs‹ sind lakonische Texte, bei denen mehr Bedeutung in weniger Worte gelegt wird als bei jedem anderen Autor. Für mich überragen sie alles, was ihnen auch nur halbwegs ähnlich ist, darunter die Geschichten von Borges und andere hochgeschätzte Autoren. Richardson leitet zügig von einer Idee zur anderen über und bedient sich dabei einer wundervoll disziplinierten Sprache. Er hat den Vorzug, ein großer Ironiker zu sein. Ein solcher Stil kann zu einer der überzeugendsten Waffen im literarischen Arsenal werden, und es erstaunt mich oft, wie geschickt

Kipling Generationen von Autoren beeinflußt hat, indem er seine autoritären Absichten in jener wundervoll lässigen, leicht ironischen Sprache abhandelte. Viele Autoren, nicht unbedingt mit Kiplings Absichten, haben diese Methode seitdem benutzt. Wir finden eine schlampige Version davon in den Thrillern der Rechten und den SF-Romanen von heute. Es ist wahrscheinlich dieser besondere Ton (erworben, um die grundsätzliche Anständigkeit und den gesunden Menschenverstand wirken zu lassen), der vielen Menschen ermöglicht, Ideen zu akzeptieren, die, anders dargeboten, sie in Entrüstung versetzen würden. Doch was Heinlein und Tolkien fehlt, ist jede Spur von Selbstironie. Sie sind von Natur aus urbane Torys. Sie legen einem gewissermaßen den Arm um die Schultern und erklären, daß ihre Ideen ziemlich radikal sind, daß sie früher, in ihrer Jugend, als Feuerschlucker auftraten; daß es verschiedene Dinge zu tun gibt, um eine soziale Wende herbeizuführen; daß man realistisch und pragmatisch sein muß. Wenn Sie das nächste Mal nach einem Buch von Heinlein greifen, dann stellen Sie sich vor, daß der Autor ein wenig wie General Eisenhower aussieht, der mit ruhigem Lächeln erklärt, daß Margaret Thatcher sich vor allem um Individualismus bemüht. Dann bekommt man vielleicht einen vagen Eindruck von dem, was man zu lesen im Begriff ist.

Ladbroke Grove,
Mai 1977

Wer wird der nächste sein?

Im Mai 1982 wurde mein Freund und Verleger David Britton ins Gefängnis geschickt. Der Richter, der ihn am Manchester Crown Court verurteilte, sagte, er wolle, daß Brittons Verurteilung als Abschreckung für andere diente. Britton saß drei Wochen von seiner Strafe ab (was um so traumatischer war, als er sich während einer Reihe von Demonstrationen und Aufstände in Strangeways befand). Er verließ das Gefängnis mit einem neuen Haarschnitt, deutlich weniger Körpergewicht und mit dem Grauen davor, jemals wieder dorthin zu gelangen. Von Strangeways aus suchte er sofort seinen Buchladen im Zentrum von Manchester auf, um festzustellen, daß man ihn am gleichen Morgen durchsucht hatte. Der Offizier, der die Polizeitruppe leitete (und der etwa den halben Lagerbestand des Ladens mitnahm), hinterließ beim Geschäftsführer einen Zettel: ›Sagen Sie Britton, daß wir ihn nicht vergessen haben‹.

Bei seiner Verhandlung (die ziemlich chaotisch ablief und begann, obgleich Barristers Anwalt nicht erschienen war) wurde Britton von Richter und Staatsanwalt als Nebenstraßen-Pornohändler charakterisiert. Vorgeworfen wurde ihm, daß er in seinem Laden amerikanische Paperbacks verkaufte, einige schon zehn Jahre alt, mit Titeln wie *Secret Sisterhood* und *Two Suspicious Girls*. Die Staatsanwaltschaft legte die Bücher vor, jedes mit Markierungsstreifen versehen, um die angeblich obszönen Passagen zu überprüfen. Der Richter wies die Jury an, die Auszüge zu lesen (natürlich aus dem Zusammenhang gerissen), nachdem er sie über den Obscene Publication Act informiert hatte und den Abschnitt über die ›Tendenz zu sittlicher Verrohung‹ besonders hervorhob. Auf der Grundlage seiner Hinweise erklärten die Geschworenen Britton für schuldig. In seiner Urteilsbegründung meinte der Richter, es müsse den Leuten, die in diesem Geschäft tätig sind, klargemacht werden, daß sie, wenn sie die Gesetze umgehen, dafür bestraft werden.

Die zur Diskussion stehenden Bücher waren seit mindestens sieben Jahren überall in England in Buchläden zu erwerben gewesen. Es stimmt, daß Britton ›Mädchen-Magazine‹ und Soft-Pornos in seinen Läden verkaufte – doch all das war auch bei Zeitungshändlern auf der High Street zu bekommen. Er verkaufte auch Science Fiction, Avantgardeliteratur, Bücher über Drogen, alte Kindercomics, Rock 'n' Roll-Souvenirs, ›New Wave‹-Platten und so weiter. Mit Michael Butterworth, der später ebenfalls angeklagt wurde, verlegte er Savoy Books, bis die Firma 1982 pleite machte. Die Titelliste der Firma war ansehnlicher als die von Penguin Books: vorwiegend Fiktion, dazu einige Kinderbücher, Kochbücher usw; bemerkenswert an diesem Unternehmen war die besondere Beziehung zwischen Autoren und Verleger sowie die Sorgfalt, mit der jeder Titel produziert wurde. Man förderte neue Autoren und verlegte bereits angesehene Schriftsteller wie Jack Trevor Story, Henry Treece, Mike Harding, den Komiker, Langdon Jones, mich selbst und eine Reihe anderer. Der Verlag wurde durch die Buchläden in Manchester finanziert. Diese Läden wurden im Zeitraum von drei Jahren fast zwanzigmal durchsucht, und die Bestände von *Penthouse*, *Mayfair* und *Men Only* sowie Bücher für und wider den Gebrauch von Drogen wurden beschlagnahmt. Der größte Teil davon wurde nie zurückgeschickt; das meiste wurde laut Abschnitt 3 des Obscene Publications Act vernichtet. Es gibt klare Beweise für eine systematische Kampagne gegen Britton ähnlich der, die ich aus der Zeit meiner engen Verbindung mit radikalen Zeitungen und Buchläden kenne. Die Polizei wird durch Leute verwirrt und verärgert, die nicht in die vertrauten Kategorien passen. Sie verfolgen diese gleichermaßen verwirrten Leute weitaus intensiver, die weder die allgemein verständliche Sprache sprechen noch die angemessenen Reaktionen zeigen und deshalb nach den Polizeimaßstäben nicht kontrollierbar sind. Sie ziehen den Kopf nicht ein und reagieren auch nicht auf wohlgemeinte Hinweise, sondern verkaufen weiterhin in aller Offenheit Material, von dem die Polizei denkt, es sollte heimlich unter die Leute gebracht werden. Die Polizei ärgerte sich ganz eindeutig über Britton, denn man war überzeugt, daß in seinem Laden mehr ablief, als zu sehen war, jedoch konnten sie ihm nie mit harter Pronographie beikommen, von der sie sicher waren, daß er sie verkaufte!

Über Brittons Verfolgung und ungerechter Behandlung aufs höchste erregt, fragte ich beim *Guardian* an, ob ich über den Fall schreiben dürfe. Sie reagierten begeistert. Ich schickte ihnen meinen Text, hörte aber dann nichts mehr von ihnen. Schließlich erzählte man mir, man mache sich doch ein wenig Sorgen, weil Michael Butterworths Verhandlung noch nicht angesetzt worden war, und wolle deshalb mit der Veröffentlichung meines Artikels lieber warten, bis sich dort etwas getan habe. Dies war meine zweite Erfahrung dieser Art mit dem *Guardian*. Der Text wurde ohne mein Wissen an *Time Out* geschickt, wo er in voller Länge erschien. Praktisch alles, was ich jemals in Zeitungen oder im Fernsehen zu sagen versucht habe, wurde höflich weggelassen, geschnitten, verändert und verzerrt, daher hat meine Erfahrung mich überzeugt, daß es in den Medien einen gewissen Grad von – vielleicht unbewußter – Zensur gibt. Brittons Fall erlangte keine nationale Publizität. Ich war gewarnt worden, daß der hervorragende Buchladen Grass Roots in Manchester das nächste Opfer sein könnte – und tatsächlich, nach ein paar Wochen wurde auch er durchsucht. Die Polizei konfiszierte vorwiegend Bücher über Drogen. Im Gefolge erfolgreicher Anklagen und Bestrafungen größerer Verleger und Pornographie-Vertreiber, schien die Polizei ganz wild darauf zu sein, die Bandbreite zu erweitern. Überall in England fanden ähnliche Durchsuchungsaktionen bei Buchhändlern und Großhändlern statt, die sich auf ›alternative‹ Publikationen spezialisiert hatten. Viele Bücher, darunter alle mit Drogen sich beschäftigende Titel (u. a. Bücher von William Burroughs und Tom Wolfe) wurden beschlagnahmt, und die Prozesse in Gang gesetzt. Für die Angeklagten hat es bisher nur sehr wenig Unterstützung von Seiten der Öffentlichkeit gegeben. Und auch die polizeilichen Aktionen fanden bei einem Minimum an öffentlicher Anteilnahme statt. Alteingesessene Buchhandlungen wie Compendium in London sind sich noch immer im unklaren darüber, wie die Anklage gegen sie aussehen wird.

Ich finde das alles überaus besorgniserregend. Es ist fast so, als hätten alle Liberalen und Radikalen, die noch vor zehn Jahren gegen Zensur gekämpft haben, sich jetzt einredeten, daß ihre Arbeit getan ist und daß wir nicht beunruhigt sein müssen, wenn ein paar alte Hippies angeklagt werden, weil sie Bücher über den Anbau von Haschisch verkaufen. In diesem Klima kann die Polizei mehr und mehr Fälle vor Gericht bringen, und immer mehr Richter sind bereit, Exempel zu statuieren, in der Hoffnung, eine Art Selbstzensur zu erzwingen. Auf jeden Fall sollten sich diejenigen, die sich in einem vom Gesetz reglementierten Gewerbe betätigen, also journalistisch und politisch, durch diese Unterdrückungsmaßnahmen durch die Thatcher-Regierung bedroht fühlen. Wer wird wohl der nächste sein?

Meine Unterstützung Brittons erfolgte aus ganzem Herzen, jedoch habe ich ihm gegenüber niemals meine Abscheu vor auch dem ›gemäßigten‹ Material geleugnet, das er verkaufte (und dessen Gewinn praktisch direkt in die Taschen von respektablen Autoren wie mich selbst weiterfloß!). Genauso habe ich aus ganzem Herzen die Frauen in verschiedenen englischen Städten unterstützt, die mit Farbsprays Läden attackiert haben und anderweitig ihrem Ärger über Pornographie Luft gemacht haben. Sie haben jeden Grund, erzürnt zu sein. Alles, was sie tun können, um Männer aufzurütteln und ihnen bewußt zu machen, wie sehr sie Frauen beleidigen, erniedrigen und mißachten, wenn sie die Existenz einer solchen Pornographie mit Argumenten verteidigen, hat meine vollste Unterstützung. Jedoch wollen einige Feministinnen in meiner Bekanntschaft nicht einsehen, daß die Kräfte, die David Britton schickanierten, sich irgendwann auch genauso heftig oder noch heftiger gegen sie wenden können. Es ist für viele von uns ein schwieriges moralisches Dilemma.

Rein gefühlsmäßig habe ich nichts gegen die Zensur von Filmen und Magazinen, in denen Brutalität (vor allem brutalisierte Sexualität) gezeigt wird. In der Tat, ich glaube, daß, wenn Gewalt gegen den Körper ein Verbrechen ist, daß dann Gewalt gegen die Persönlichkeit ebenso ein Verbrechen ist. Aber man kann das Verbrechen nicht durch konventionelle autoritäre Methoden eliminieren (das Laster blüht am besten unter repressiven Regierungen jeder Coleur), und die öffentliche Meinung wird sich nicht ändern, während die Medien so eindeutig die Impulse ausbeuten und pflegen, die sie zu verdammen vorgeben. Ich glaube, es wäre besser, gegen Richter zu demonstrieren, die Vergewaltiger und Kinderschänder freisprechen oder mit Geldstrafen und Bewährung glimpflich davonkommen lassen; oder gegen Zeitungen, die ständig Frauen und rassische Minderheiten erniedrigen und gleichzeitig maskuliner Gewalt applaudieren; oder gegen frauenfeindliche Filme, Theaterstücke und Bücher, rassistische und sexistische Witze, Werbung und so weiter.

Großbritannien ist eine weiße mittelständische Männerwelt, deren herrschende Kaste blind ist für die schlimmen Ungerechtigkeiten ihrer Gesellschaft. Zensur ist eine nutzlose Methode zur Kontrolle menschlichen Lasters. Nur eine klare gesellschaftliche Ablehnung und Verurteilung kann mit einiger Hoffnung auf Aussicht versuchen, Leute für die Auswirkungen gewaltbetonter Pornographie empfindlich zu machen, auf ihre Tendenz, die Mythen zu verfestigen, ja, zu verstärken, durch die die Machthaber ihren täglichen Mißbrauch eines gesamten Geschlechts, Dutzender Rassen, Klassen und Individuen, die keine Macht haben, rationalisieren und ihnen die Mittel versagen, einen Teil der Macht zu erringen.

Die gleiche herrschende Klasse, deren Interessen auf allen Ebenen überaus heftig verteidigt werden (auch durch eine unterschwellige und ständig vorhandene Form von Zensur), wird gewöhnlich die Existenz dieser Macht leugnen. Und doch, mit allen zur Verfügung stehenden Mitteln wird sie sich verteidigen und dabei verkünden, für die

Gesellschaft im allgemeinen zu kämpfen. Infolgedessen besteht eine weitaus größere Chance, daß *Mayfair*, *Penthouse* und *Men Only* einen Zugriff der Polizei überleben als z. B. *Spare Rib* oder *Black Flag*. Wie so oft erweist sich etwas, das anfangs aussieht wie eine große moralische Bewegung, am Ende als eindeutig politisch motiviert. Ich glaube, es ist unsere Pflicht, das zu erkennen; aufmüpfig und wachsam zu bleiben und aktiv im Kampf gegen diese Mächte, die mehr und mehr unsere Freiheit, Würde und als Folge davon jede Hoffnung attackieren, die Qualität unserer Zivilisation zu steigern und eine grundsätzlich gerechte und demokratische Gesellschaft zu schaffen.

Fulham,
Januar 1984

Nestor Makhno

Eine Rezension von *Nestor Makhno im Russischen Bürgerkrieg* von Michael Malet, (Macmillan/LSE)

Nestor Makhno ist eine der großen Anarchistenlegenden des Russischen Bürgerkriegs; ein politisch bewußter rebellischer Reiter, der für Bauern und Arbeiter gegen jedermann in den Kampf zieht: Bolschewiken, Weiße, Nationalisten und deutsch-österreichische Soldaten. Seine Großtaten als eine Art ukrainischer Robin Hood machten ihn zum Helden zahlreicher Romane, und ziemlich mythologisiert tauchte er regelmäßig in der Emigranten- und sowjetischen Literatur auf. Die Bolschewiken haßten ihn, spielten seine Erfolge herunter, charakterisierten ihn in Geschichtsbüchern, Filmen und journalistischen Arbeiten als Banditen, Plünderer, Pogromisten, manchmal auch als Verbündeten der Weißen sowie als versoffenen Lustmörder. Dennoch übernahm die Rote Kavallerie dankbar seine Taktiken (Babel erwähnt ihn mit zwiespältigem Mitgefühl) und lieh sich seine erprobte Erfindung, die *tachanka*, ein leichtgewichtiger Maschinengewehrwagen aus, der in Verbindung mit der fliegenden Kavallerie (die nun offiziell Budyenny zugeschrieben wird) mit vernichtender Wirkung eingesetzt wurde. Als er starb (an alten Verletzungen, Alkohol und Tb, 44 J. alt in Paris), stand in *Les Temps:*

> *Es ist sicher, daß Denikens Niederlage mehr dem Bauernaufstand unter der schwarzen Fahne Makhnos schuldig ist als dem Erfolg von Trotzkis regulärer Armee ... falls Moskau diese Tatsache jetzt vergessen will, so wird die Geschichte sich jedoch weiterhin daran erinnern.*
> *(28. Juli 1934)*

Michael Malet hat den wenigen Büchern über Makhno ein weiteres, wertvolles Werk hinzugefügt. Er gesteht seine Sympathie für die Politik seines Helden, hält sich aber bewunderswerterweise an nachprüfbare Tatsachen. Diese Fakten zeigen Makhno als jungen bäuerlichen Anarchisten im Jahr 1906, wie er gefangen und in Moskau eingekerkert wurde und von einem Mitgefangenen, Aschonow, seine politische Ausbildung erhielt. 1917, nach Kerenskys Amnestie kehrte er in seine Geburtsstadt Hulyai Polye zurück, wo er anarchistische Kommunen und Sowjets organisierte. Diese waren erstaunlich erfolgreich, bis die schwache ukrainische Rada deutsche Hilfe gegen Lenins Expansionismus suchte, was in einer heftigen Reaktion des Proletariats gipfelte und Makhno zwang, sich in den Sattel zu schwingen (und auch in den gepanzerten Zug und die mobile Druckpresse), um seine Sache gegen jeden Autoritarismus, kommt er nun von links oder von rechts, zu verteidigen. 1919 hatten sich Tausende von bäuerlichen Rebellen unter Makhnos schwarzer Fahne versammelt, und Trotzki versuchte, seine Unterstützung gegen den gemeinsamen Feind zu gewinnen. Seine Bündnisse mit den Roten standen immer auf unsicherem Boden. Am Ende verriet Trotzki bezeichnenderweise die Anarchisten (viele wurden erschossen, nachdem sie freundliche Einladungen zu den Konferenzen bekommen hatten) und begründete es mit deren politischer Naivität, die sie den Zugeständnissen der Roten Glauben schenken ließ. Malet lieferte den Beweis für Makhnos intellektuellen politischen Unterbau und zeigt, daß das berühmte Attentat auf Hetman Grigoriew hauptsächlich durch Makhnos häufig geäußerte Abscheu vor Grigoriews Antisemitismus (Makhno führte unter seinen Leuten die Todesstraße für jede Art von Juden-Behelligung ein) motiviert wurde. Makhno nahm im wesentlichen deshalb ein schlimmes Ende, da er, anders als seine Roten Gegner, an seinen alten Prinzipien der Gleichheit und des Freien Willens festhielt.

1921, nachdem die neue Wirtschaftspolitik der Bolschewiken die Bauern auf die Idee gebracht hatte, daß man ihnen Autonomie gewähren könnte, war Makhnos Streitmacht stark zusammengeschrumpft. Niederlagen und Verrat ließen ihn schwerverwundet bei einer kleinen Gruppe ausharren, darunter auch seine Frau, die am Ende nach Rumänien überwechselte. Sie beabsichtigten, sich auszuruhen, sich wieder zu sammeln und den Kampf dann wieder aufzunehmen. Zuerst kam er in Rumänien ins Gefängnis, danach in Polen (wahrscheinlich auf Grund von konstruierten Vorwürfen). Schließlich floh er nach Paris, wo er die nächsten neun Jahre in Armut und bei angegriffener Gesundheit verbrachte und sich mit anderen Emigranten herumstritt, deren Träume zunehmend hoffnungsloser wurden, als der Faschismus an Einfluß gewann. Er starb in einem Armenhospital. 500 Genossen nahmen an seinem Begräbnis teil. Er war der Märtyrer für eine Sache, die niemals verloren gehen kann, aber die die Welt wahrscheinlich niemals richtig begreifen wird.

Ingleton, Yorkshire,
Mai 1982

Band 28 161

Norman Spinrad

Kind des Glücks

Deutsche Erstveröffentlichung

Man nennt sie Kinder des Glücks, die Zigeuner der Sterne, die an der Schwelle von der Kindheit zum Erwachsenenalter auf Wanderfahrt gehen, um fremde Welten und dabei sich selber zu entdecken.
Wendi Shasta Leonardo, aufgewachsen in behüteten Verhältnissen, ist ein Kind des Glücks, und vor ihr liegt eine Reise voller Aufregungen und Gefahren, Liebe und Schrecken, deren wahre Bedeutung sie erst am Ende erfahren wird.

Ein fröhlicher, erotischer und bewegender Roman in einer Mischung aus Timothy Leary und *Kamasutra, Alice im Wunderland* und *Finnegan's Wake* – Norman Spinrads außergewöhnlichstes Buch.

BASTEI LÜBBE

Sie erhalten diesen Band im Buchhandel, bei Ihrem Zeitschriftenhändler sowie im Bahnhofsbuchhandel.

FANTASY

Band 20 072
Michael Moorcock
Das Buch Corum

Michael Moorcock, Jahrgang 1939, gilt als einer der Begründer der New Wave in der Science Fiction. Als Herausgeber des legendären Magazins NEWWORLDS trug er dazu bei, die Grenzen dieses vielfach als trivial abqualifizierten Genres zu sprengen. Sein eigenes literarisches Werk reicht von seinen Fantasy-Zyklen um den »Ewigen Helden« und der Roman-Teralogie um Jerry Cornelius, mit dem er einen bis heute fortlebenden Mythos der POP-Kultur geschaffen hat, bis hin zu seinem exotischen Schelmenroman »Byzanz ist überall« (Bastei-Lübbe Paperback).

Mit der Chronik um Prinz Corum schuf Moorcock einen der faszinierendsten Helden der Fantasy. Der sechsteilige Zyklus liegt hiermit erstmals geschlossen in einem Band vor.

BASTEI LÜBBE

Sie erhalten diesen Band im Buchhandel, bei Ihrem Zeitschriftenhändler sowie im Bahnhofsbuchhandel.